ullstein

Franziska Jebens

DIE *Liebe* FÄLLT NICHT WEIT VOM *Strand*

Roman

Ullstein

Besuchen Sie uns im Internet:
www.ullstein-buchverlage.de

MIX
Papier
FSC® C083411

Originalausgabe im Ullstein Taschenbuch
1. Auflage Mai 2020

Umschlaggestaltung: zero-media.net, München
Titelabbildung: shutterstock / © world of vector (Anker);
shutterstock / © Jung Suk Hyan (Blumen);
© Bildkomposition shutterstock (Seesterne, Fische)
Gesetzt aus der Quadraat Pro powered by pepyrus.com
Druck und Bindearbeiten: CPI books GmbH, Leck
ISBN 978-3-548-06262-4

»all my love against your fear«

BOY

Erster Teil

Ich starre mein Spiegelbild an. Was hat die Yogalehrerin gestern Abend noch gesagt? Ich soll mit meiner Niere lächeln? Beim besten Willen. Das ist ein bisschen viel verlangt.

Heute Morgen finde ich es schon anstrengend genug, überhaupt die Augen aufzuhalten. Von einem Lächeln, in welcher Gegend meines Körpers auch immer, kann vor zehn Uhr auf keinen Fall die Rede sein. Wie spät ist es überhaupt? HALB NEUN??? SHIT! Ich bin hundert Jahre zu spät.

Ich reiße meinen Trenchcoat von der Garderobe, schnappe mir meine Handtasche und knalle die Tür zu. Abschließen. Und nun schnell die fünf Stockwerke runterlaufen, ohne mich dabei mit meinen Plateausandalen in der überlangen Schlaghose zu verheddern.

Ohne Verletzungen unten angekommen. Yay! Habe ich eigentlich abgeschlossen? Wieder oben angekommen, schließe ich eine Wette mit mir selbst ab. Wenn du wirklich nicht abgeschlossen hast, darfst du am Wochenende hundert Euro beim Shoppen ausgeben. Zwei Umdrehungen, bevor die Tür aufspringt. War ja klar. Jetzt noch einmal mit voller Konzentration abschließen und wieder nach unten, während ich »Ich habe abgeschlossen. Ich habe abgeschlossen. Ich habe abgeschlossen.« vor mich hin summe.

Der Bäcker nebenan hat keine Franzbrötchen mehr, stattdessen nehme ich eine Brezel. Nachdem ich bezahlt habe, fällt mir wieder ein, warum man bei diesem Bäcker keine Brezeln kaufen sollte: Sie sind trocken und viel zu salzig.

Unten in der U-Bahn-Station hechte ich in den Coffee Shop. Der Karamellsirup ist aus, aber einen ganz normalen Caffé Latte bekomme ich. Während ich versuche, den Deckel auf dem To-go-Becher zu befestigen und dabei Richtung Ausgang gehe, läuft ein Mann geradewegs in mich hinein. Der Kaffee schwappt mir entgegen, direkt auf mein puderfarbenes Shirt.

Ich beuge meinen Oberkörper nach vorne, damit der heißheißheiße Kaffee nicht meine Haut verbrennt, die Flüssigkeit tropft am Saum des Shirts langsam auf den Fußboden.

»Passen Sie doch auf, Sie dumme Person!«, lässt mich eine Frau im Vorbeilaufen wissen.

Ich stelle meinen Becher, in dem noch ein letzter Rest Kaffee darauf wartet, getrunken zu werden, auf den Boden und wringe mit spitzen Fingern mein Shirt aus. Was sind meine Optionen? Mein Traum von letzter Nacht fällt mir wieder ein. Ich musste zu einem Vorstellungsgespräch und befand mich in einem Zimmer voller Kleider, an der Wand eine riesige Uhr. Ich hatte noch zwölf Stunden Zeit, um mir ein passendes Outfit für den Termin herauszusuchen. Eine Leichtigkeit bei dieser großen Auswahl. Aber Pustekuchen. Um fünf vor zwölf hatte ich mich immer noch nicht entschieden. Und um zwölf war das Gespräch! Nass geschwitzt und atemlos war ich aufgewacht.

Das war also Vorhersehung. Ich wusste bereits heute Nacht, dass ich zu spät zur Arbeit kommen würde.

Ein Klamottenwechsel kommt nicht mehr infrage, dafür bin ich zu spät dran. Ich könnte einfach das Shirt umdrehen, sobald es getrocknet ist, und bis dahin den Trenchcoat über meiner Unterwäsche tragen. Das müsste gehen.

Mit dem Becher in der Hand gehe ich zum Gleis. Gerade ist ein Zug abgefahren, und es sind nicht mehr allzu viele Leute auf dem Bahnsteig. Wenn ich mich zur Wand drehe und schnell das Shirt aus- und genauso schnell den Trench anziehe, wird es fast keiner sehen.

Die Durchführung dieser Idee stellt sich als schwieriger heraus als gedacht. Zumindest der zweite Teil. Anscheinend hatte sich beim letzten Ausziehen des Mantels vor ein paar Tagen ein Knopf des Ärmels irgendwo verfangen. Der Ärmelteil steckt in sich fest und lässt sich nicht so einfach befreien. Ich kann nicht sehen, woran der Knopf festhängt, und meine Brille ist irgendwo in meiner Handtasche vergraben. Ich begebe mich, obenrum nur mit meinem BH bekleidet, in die Hocke und krame in den Untiefen meines unübersichtlichen Beutels herum. Ich muss meine Brille finden, sonst stehe ich noch eine halbe Stunde halb nackt hier rum.

Oh-oh! Mein Bauch fängt an, sich hörbar zu beschweren. Mein überempfindlicher interner Kommentator meldet sich immer gerade dann, wenn ich es so gar nicht gebrauchen kann. Ob es hier wohl eine Toilette gibt? Ich krame schneller, finde zwanzig verloren geglaubte Haarbänder, eine Tupperdose mit fragwürdigem Inhalt, ein paar englische Pfundstücke …

»Bist du's, Sophie?«

Das hat mir gerade noch gefehlt. Ich kneife meine Augen fest zusammen.

»Du bist doch Sophie, oder? Sophie Petersen, richtig?«

Pause.

»Hallo? Geht es dir gut?«

Was für eine Frage. Ich hocke in einem U-Bahn-Schacht mitten in Hamburg an einem Freitagmorgen vor meiner Handtasche und krame nach meiner Brille. Nicht ungewöhnlich. Stimmt. Allerdings trage ich dabei obenherum nur einen schwarzen, wenn auch sehr schönen BH, und wenn ich nicht gleich eine Toilette finde, wird es für mich noch sehr viel peinlicher, als es ohnehin schon ist. Ich sehe ein, dass ich mich durch das Schließen meiner Augen nicht unsichtbar machen kann. Es gibt dich wirklich, Sophie, und du musst jetzt antworten, sonst ruft diese Person noch einen Krankenwagen oder die Polizei.

Ich öffne meine Augen, presse den Trenchcoat an meine Brust und schaue nach oben.

»Ja, ich bin Sophie. Und wer bist du?« Beim besten Willen kann ich mich nicht an diese Person erinnern, die da vor mir steht. Sie sieht unglaublich ordentlich aus. Ist das vielleicht meine Bankberaterin?

»Ich bin's, Felicitas. Weißt du nicht mehr? Wir haben zusammen Abitur gemacht.«

Keine Erinnerung. Will ich auch nicht. Es gibt gute Gründe, warum ich mit niemandem von früher befreundet bin.

In der Schule gehörte ich von Anfang an nicht so richtig dazu. Im Nachhinein würde ich mich wohl als lupenreinen Nerd bezeichnen. Wer liebt denn schon mit vierzehn die Naturwissenschaften, findet in der Koch-AG seine Erfüllung und verbringt sämtliche Freizeit damit, sich die Grundlagen der Molekularküche anzueignen?

Während meine Klassenkameraden sich nach der Schule cool und lässig rauchend in den dunklen Ecken unserer Kleinstadtparks herumdrückten, verbrachte ich jede freie Minute im Haushaltswarenladen von Frau Düsen und ließ mir jedes Messer, jede Rührmaschine, jede Backform und jedes Sieb erklären. Während meine Mitschülerinnen sich für Schminke, die neuesten Chart-Hits und Asti Spumante mit Strohhalm begeisterten, stand ich mit einem glückseligen Lächeln an meinen dampfenden Töpfen und habe in flüssigem Stickstoff geeiste Bohnenperlen auf Krustentiergeleewürfeln zubereitet. Gegensätze ziehen sich an? In dem Alter wohl kaum. Zwei Jahre später wurde mein Außenseiterinnen-Schicksal endgültig besiegelt: Meine ambitionierten kulinarischen Kreationen wurden während des Schülerwettbewerbs einer Projektwoche von Eltern und Lehrern gleichermaßen enthusiastisch gelobt, und die Auszeichnung und der erste Preis über zweihundert Euro gingen an mich.

So war das aber nicht geplant gewesen. Die bei der gesamten Schülerschaft sehr beliebte Schulband »Die Letzten« war sich ihres Sieges gewiss gewesen, hatte sich schon sehr auf den Gewinn gefreut und sämtlichen Fans versprochen, die zweihundert Tacken gemeinsam stilvoll zu versaufen. Nun gingen sie leer aus, das allgemeine Umsonst-Besäufnis fiel flach, und stattdessen hätte Sophie Petersen nun endlich ihre lang ersehnte Küchenmaschine kaufen können.

Aber ich war ja auch nicht auf den Kopf gefallen. Vielleicht hatte sich ja jetzt doch noch eine Möglichkeit ergeben, sich endlich beliebt zu machen.

»Ich finde, ›Die Letzten‹ haben den Preis mehr verdient als ich. Ich würde ihn gerne weiterreichen«, verkündete ich selbstlos und mit zitternder Stimme auf der kleinen Bühne in der Aula und sah mich schon mit einer Flasche eisgekühltem Bommerlunder in der Hand in die tosende Menge meiner neu gewonnenen Freunde stagediven, während »Die Letzten« sich auf ebendieser Bühne bei ihrem Sieger-Konzert die Seele aus dem Leib spielten.

Aber anstatt mich dafür zu feiern, schrie Kris, der Sänger der Band: »Buuuh! Wir brauchen deine Almosen nicht, du Kochtopf-Jockey. Buuh!« Und die anderen stimmten mit ein, trampelten mit den Füßen auf den Boden und buhten mich aus, während die Lehrer aufgebracht versuchten, Ruhe in den überhitzten Laden zu bringen. Mein spontaner Plan, mit dem ich mich endlich in die für mich so schwer zu durchschauenden Sozialstrukturen meines Kleinstadtgymnasiums integrieren wollte, war auf fatalste Weise gescheitert. Nun war ich nicht mehr nur der unsichtbare Koch-Freak, sondern hatte mich stufenübergreifend als arrogante Bratnudel präsentiert, die herablassend ihre milden Gaben unter der Schülerschaft verteilt. So wurde mein Auftritt zumindest interpretiert. Mein Schicksal als offizielles Hänsel-Maskottchen der Schule war damit unumstößlich und bis zum Abitur besiegelt worden.

Die Erinnerungen an mein unbeliebtes Ich von damals drücken noch ein bisschen mehr auf meinen Bauch, und ich will einfach nur noch raus aus dieser Situation, weg von dieser längst verdrängten Erinnerung.

»Nein.«

»Was nein? Du kannst dich nicht mehr an mich erinnern, oder nein, wir haben nicht zusammen Abitur gemacht?« Felicitas sieht verwirrt aus.

»Einfach zu allem nein. Du musst mich verwechseln. Und jetzt entschuldige mich bitte. Wie du ja siehst, bin ich sehr beschäftigt.«

Felicitas sieht jetzt noch verwirrter aus. »Okay. Vielleicht mal auf einen Kaffee?«

»Wie schon gesagt, nein. Immer weiter nein. Danke und tschüss.« Ich blicke wieder nach unten in meine Handtasche und krame weiter. Da. Da ist sie. Die Brille. Brille auf. Aha. So. Der Knopf am Handgelenk hat sich in einem Loch vom Innenfutter verfangen. Jaja, Nähen müsste man können. Ich stehe hastig auf, und mir wird kurz schwarz vor Augen. Manchmal mag ich das ja, weil ich dann total im Moment bin. Jede Sorge, jeder Gedanke löst sich auf in diesem kleinen Schwindel, und es geht nur darum, wieder zu sich zu kommen und nicht umzukippen. Heute würde ich es allerdings vorziehen, nicht auch noch eine Top-lose Ohnmacht auf dem U-Bahn-Steig befürchten zu müssen, sondern mich einfach anzuziehen und von hier zu verschwinden. Ich ziehe den Trenchcoat über und setze meine Brille ab. Felicitas steht immer noch mit offenem Mund vor mir.

Die U-Bahn fährt ein. Ich lasse die verblüffte Felicitas stehen, steige zu und fahre fort.

In der Bahn ist es heute noch heißer und voller als sonst. Ich versuche, nicht zu atmen. Wieso müssen sich die Leute immer parfümieren, bevor sie in die U-Bahn einsteigen? Neben mir isst ein Typ, der wohl die Nacht durchgemacht hat, einen Döner, und aus den Kopfhörern eines Mädchens mit schwarz kajalten Augen schallt ohrenbetäubende Heavy-Metal-Musik.

Ich sollte Claudio Bescheid sagen, dass ich zu spät komme. Wenigstens habe ich mein Handy nicht vergessen. Zehn Prozent Akku, lässt es mich wissen. Für eine SMS reicht das noch.

»Hi Claudio, sorry, aber könntest ...?«, und schon ist das Display schwarz. Jetzt lässt mich auch noch mein altes Nokia im Stich.

Endlich kommt meine Haltestelle, ich löse mich aus dem Menschenpulk und steige aus. Mein Blick fällt auf die große Uhr am Bahnsteig. So eine Uhr habe ich doch heute schon einmal gesehen ... Ach ja, in meinem Vorstellungsgesprächs-Albtraum. Nur, dass es nicht fünf vor zwölf ist, sondern fast halb zehn und damit eine halbe Stunde nach Beginn meiner vertraglich vereinbarten Arbeitszeit. Aber bevor ich den Weg zu meinem Arbeitsplatz fortsetzen kann, muss ich mal. Unbedingt. Im Café an der Ecke darf ich die Toilette benutzen und bin unglaublich dankbar, dass es nur eine einzige Kabine gibt.

Wenig später bin ich endlich an unserem Bürogebäude in der Speicherstadt angekommen und stemme die schwere Tür zum Treppenhaus auf. »Außer Betrieb«. Das Schild am Aufzug raubt mir den allerletzten Nerv. Was für ein Morgen! Der Trenchcoat klebt wie eine zweite Haut an mir, und Schweißrinnsale laufen an meinem Körper herunter. Vier Stockwerke Treppensteigen im Eiltempo machen da auch keinen Unterschied mehr. Schnaufend stehe ich vor der gläsernen Eingangstür. Claudio sitzt auf meinem Platz an der Rezeption und telefoniert. Ich bin erleichtert. Für die heutige dreiviertelstündige Verspätung wäre ich wahrscheinlich gefeuert worden. Ich durchwühle meine Tasche nach dem grünen Plastikchip, der mir die Tür zum Triversal-Kosmos öffnet. Aber er ist nicht da.

In dem Moment geht der Türsummer. Claudio hat mich entdeckt.

»Wo warst du? Oh Gott. Du siehst schrecklich aus. Was ist denn mit dir passiert? Am besten, du gehst erst mal ins Bad.«

»Danke fürs Einspringen. Es kommt nicht wieder vor«, verspreche ich zerknirscht.

»Jaja«, knurrt er. Aber ich kenne meinen Kollegen. Er meint es nicht so.

Claudio hat recht. Ich sehe schlimm aus. Aus dem Spiegel blickt mir eine Frau entgegen, die ich nicht kenne. Zerzaustes Haar, zu Pandaaugen verschmierte Wimperntusche und nicht das kleinste Lächeln auf den Lippen. Ich überprüfe das Shirt, das ich zum Trocknen über meine Handtasche gehängt habe. Wenigstens ist der Kaffeefleck schon halbwegs getrocknet. Bevor ich mich meinem derangierten Gesicht widme, muss ich erst einmal diese vermaledeite Zwangsjacke loswerden. Ich zerre an den Ärmeln und bekomme den nächsten Schweißausbruch. Nach einem kräftigen Schütteln meines linken Arms fällt der Mantel zu Boden. Endlich. Ein angenehmer Luftzug umspielt meinen Oberkörper. Die Tür geht auf, und herein kommt Tina. Die hat mir gerade noch gefehlt.

»Huch. Ich wusste nicht, dass Triversal hier eine Umkleide eingerichtet hat. Sorry, das muss mir entgangen sein«, schnippischt sie in meine Richtung. Sie mustert mich von oben bis unten, und ich bin ihr fast dankbar, weil mich ihre eiskalte Aura etwas abkühlt. Glücklicherweise bin ich trotz meines nicht gerade kleinen Pos und ein bisschen Cellulite hier und da ganz zufrieden mit meinem Körper und danke dem Universum für die heutige Wahl meines BHs.

»Die Toiletten sind frei. Also, falls du deswegen hierhergekommen bist.«

Sie hebt nur kurz ihre linke Augenbraue und rauscht an mir vorbei. Ich hoffe, es ist ihr unangenehm, dass ich ihr jetzt beim Pinkeln zuhören kann.

Tina ist Senior Product Managerin im Marketing bei Triversal und generell nie freundlich zu mir. Normalerweise ignoriert sie meine gesamte Existenz, und ihr Sidekick Nina hält es genauso.

Mein Shirt sieht mit der Rückseite vorne auch sehr gut aus, der weite Ausschnitt ist ein Glück. Nun zu meinem Gesicht. Mithilfe meines Schminktäschchens vollbringe ich ein kleines Wunder. Nach fünf Minuten sehe ich wieder vorzeigbar aus. Tina ist, ohne mich eines weiteren Blickes zu würdigen und ohne sich die Hände zu waschen, verschwunden. Ich gehe zum Empfang.

»Claudio, vielen Dank, dass du eingesprungen bist. Es ist ein katastrophaler Tag, und dabei ist es noch nicht einmal zehn Uhr.«

»Nein, aber fast. Was ist denn bloß passiert?«, fragt Claudio besorgt.

Ich erzähle ihm von meinem abenteuerlichen Morgen, und er schaut mich mitleidig an.

»Hier hat dich zum Glück noch niemand vermisst. Ich geh jetzt mal zurück an meinen Arbeitsplatz.«

Claudio ist bei Triversal für das Verteilen von Büromaterialien und Postsendungen zuständig und verwaltet außerdem den Fuhrpark und das Reinigungsteam. Wäre er nicht gewesen, hätte ich den Job gleich wieder hingeschmissen. Aber er war von Anfang an für mich da und hat dafür gesorgt, dass ich nicht aufgebe.

Ich setze das Headset vor den Dutt, in den ich meine Chaoshaare vorhin verstaut habe, und stelle mich auf einen weiteren anstrengenden Tag ein. Vormittage am Empfang einer der größten Filmfirmen Deutschlands sind immer sehr turbulent. Unglaublich viele Kuriersendungen treffen ein, und genauso viele müssen auch wieder verschickt werden. Taxen werden bestellt, Geburtstagssträuße und Geschenkkörbe müssen verteilt werden. Und irgendetwas fehlt immer: Kaffee ist aus, Toilettenpapier alle oder kein einziger Teelöffel im Haus. Oder ein Mitarbeiter tritt in Hundekot und verteilt diesen überall im dritten Stock.

Besonders angespannt sind die Freitage. Die Kino-Kollegen schwirren nervös umher, weil sie noch nicht die endgültigen Besucherzahlen der Neustarts vom Donnerstagabend vorliegen haben. Zahlen gut, Morgen gut. Zahlen schlecht, ein Schuldiger muss gesucht werden – meistens war es das Wetter. An Freitagen ist also auch oft der Chef im Haus. Ein despotischer Choleriker, der stets ein golden bedrucktes Versace-Hemd zu seinem schwarzen Anzug trägt. Dazu sein rotes Mercedes-Coupé, das fast genauso monströs ist wie sein Büro, an das eine noch monströsere Dachterrasse anschließt. Ganz schön viel »monströs« für nur einen Mann. Bisher hatte ich natürlich noch nicht die Gelegenheit, ihn näher kennenzulernen – wieso sollte er sich auch mit der Empfangsdame abgeben –, aber aus der Ferne wirkt er auf mich wie ein durch und durch unsympathischer, herrschsüchtiger, komplexbeladener Typ, der unter den Kollegen keine große Fanbase zu haben scheint. Seit ich hier bin, habe ich noch niemanden ein nettes Wort über ihn sagen hören. Seine Wutausbrüche hingegen sind legendär. Es heißt, dass er einmal sogar einen Stuhl durch sein Büro geworfen habe, wobei die Scheibe der Terrassentür zu Bruch gegangen sein soll.

Ist er im Büro, gehen alle in Deckung.

Heute aber scheint es keinen zu stören, dass Herr Mock im Haus ist. Der neue Film ist wohl gut angelaufen. Christian, der Sales Director des Kinoteams, läuft mit federndem Schritt an mir vorbei zur Küche. Wenn das vor elf Uhr passiert, war der Filmstart erfolgreich. Und heute ist es sogar erst kurz vor zehn. Nach einem kurzen Begrüßungsnicken in seine Richtung konzentriere ich mich wieder auf das Beantworten und Durchstellen der vielen Anrufe, das Schreiben und Drucken der Versandetiketten, das Verteilen der verschiedensten Goodies und das Ausfüllen der Premieren-einladungen für den Sommerblockbuster, auf den alle hier im Haus große Hoffnungen setzen. Das böse Supermonster, das im Laufe des Films gut wird, sich einer Superheldenclique anschließt und dabei hilft, die Menschheit zu retten, schaut mich aus der aufgeklappten Einladungskarte mit großen Augen fragend an: »Und was hast du bisher in deinem Leben erreicht?«

»Gar nichts«, flüstere ich entkräftet und bedrückt in Richtung Supermonster und schlage lieber schnell die Karte zu, damit das Supermonster nicht noch mehr Fragen stellt, die ich nicht beantworten will.

Gegen halb eins gebe ich die ersten Essensbestellungen bei den Lieferservices auf, wodurch sich meine Laune schlagartig hebt. Geht es ums Essen, schlägt mein Herz immer noch hoch, höher, am höchsten. Meine Molekularküchen-Phase habe ich zwar längst hinter mir gelassen, aber die Faszination, oder sollte ich besser sagen Besessenheit, für neue Rezepte, ausgefallene Zutaten, überraschende Kombinationen ist trotz oder vielleicht gerade wegen meiner Außenseiterinnen-Erfahrung während der Schulzeit geblieben und gewachsen. Ich überlege, wie ich selbst den bestellten Glasnudelsalat, die Bento Box, das Curryhuhn zubereiten würde. In meiner Fantasie stehe ich dann in der kleinen Küche meines mintfarbenen Oldtimer-Foodtrucks, im Hintergrund läuft »We Were Here« von BOY, ich würfele, hacke, rühre, schmecke ab und verkaufe über die Theke meine leckeren Suppen, Sandwiches und Salate an mittagshungrige Schreibtischhengste. Ich wiege mich im Takt der Musik, drehe mich hin und wieder um mich selbst und bin dabei total in meinem Element. Im besten Fall ruft jemand, der an meinem Hingucker-Truck vorbeigeht, freundlich zu mir rauf: »Oh, das duftet aber gut.« oder »Hast Du schon auf?« oder »Bei dem Geruch bekommt man sofort Hunger.« Und ich antworte fröhlich flötend: »Danke! Probier doch mal!« oder »In zehn Minuten,« oder »Ich mache dir gern eine Portion fertig.«

Ohne Probleme steuere ich mein etwas überdimensioniertes Gefährt durch spannende Metropolen und pittoreske Kleinstädte auf der Suche nach dem nächsten Abenteuer und dem idealen Stellplatz für mein Angebot. Im Mai und im Dezember bekoche ich auch Hochzeiten, Taufen, Verlobungen, Geburtstags-, Weihnachts- und Silvesterpartys. Aber man muss sich früh entscheiden. Denn ich bin schon für die nächsten drei Jahre ausgebucht. In den anderen zehn Monaten arbeite ich, wann ich will, und bleibe, wo es mir gefällt. Ich bin angstfrei, sage immer, was ich denke, tue nur, was ich will und nicht was ich sollte und bin absolut gut gelaunt. Sorgen habe ich keine und Bauchweh noch viel weniger. Hier gehöre ich hin. Hier bin ich richtig. Meine Schürze ist mint-weiß kariert, meine braunen Haare sind in einem Kranz um meinen Kopf herumgeflochten, und ich bin, kurz nachdem ich geöffnet habe, bereits leer gegessen, ausverkauft und hochgelobt. Ich fühle mich Friede, Freude und vor allem Eierkuchen.

»Hi Sophie«, Mike reißt mich aus meinen Tagträumen. Wie lange er wohl schon seine gebräunten, blond behaarten Unterarme direkt vor meiner Nase auf den Tresen aufgestützt hat und mich mit diesem typisch Mike-esken, unverschämten Lächeln anschaut? Ich merke, dass ich rot werde, und hasse mich dafür. Manchmal wundere ich mich fast, wie ich überhaupt jemals zu einem Freund kommen konnte. Meine Schüchternheit ist seit jeher enorm, wird aber durch offensives Selbstbewusstsein eines männlichen Gegenübers noch bis ins Unermessliche gesteigert. Das Schlimmste daran? Es nervt! Mein Gott, ich bin 29 Jahre alt und habe vorhin sogar eine alte, angebliche Schulkameradin eiskalt abblitzen lassen. Dann kann dieser Typ mir ja wohl auch nichts. Ich konzentriere mich auf meine Atmung und stelle mir vor, in meinem Kopf stünde ein Kübel mit Eiswürfeln. Heute Morgen hatte ich doch noch vorgehabt, mich der Welt zu stellen. Hier ist DIE Gelegenheit.

»Hi Mike, wie geht's? Hattest du einen schönen Urlaub?«

Situation wieder unter Kontrolle, Gesichtsfarbe wieder im hautfarbenen Bereich.

Eigentlich ist meine Frage völlig bescheuert, denn Mike hat nur supertolle Urlaube. Er verbringt sie mit immer wechselnden megahübschen Begleitungen, die mindestens als professionelles Model arbeiten, und erlebt die ausgefallensten Dinge: Letztes Jahr spontaner Trip zum Fußball-EM-Finale mit dem Privatjet seines berühmten Singer-Songwriter-Freundes, letzten Monat Segeltörn in Griechenland, letzte Woche Naked-Base-Jumping in Johannesburg. Man fragt Mike nicht nach seinen Urlauben, weil man sich nach seiner Antwort garantiert wie ein langweiliger Versager vorkommt. Aber weil mir sonst nichts Gescheites oder auch nur einigermaßen Cooles einfällt, ist das mein einzig mögliches Small-Talk-Thema an diesem Mittag.

»Ich war surfen am Gardasee. Das war super. Nächstes Wochenende machen wir das wieder. Ein Kumpel von mir hat da so ein kleines Haus direkt am See – vielleicht kommst du mit?«

OOOKAY! Was ist hier los? His Hotness fragt mich, ob ich mit ihm an den Gardasee fahren will?

»Wie bitte?«, stottere ich ungläubig. Ich bin definitiv, haha, im falschen Film.

»Na ja, du bist doch jetzt schon eine ganze Weile hier bei Triversal, Nina und Tina sind auch dabei, und es wäre doch nett, auch mal außerhalb des Büros ein bisschen abzuhängen. Surfen, grillen, chillen. Du weißt schon.«

Ich bin wie vom Donner gerührt.

»Danke, das ist lieb von dir. Ich denk drüber nach.«

»Ja, mach das. Und bis dahin, kannst du mir bitte einmal Gemüse süß-sauer und für Fred einmal Chopsuey bei Til Tan bestellen?«, sagt Mike, trommelt dabei zum Abschied mit seinen Händen rhythmisch auf den Tresen und wendet sich zum Gehen.

»Na klar. Ich sag dann Bescheid, wenn's da ist.«

Ist das wirklich gerade passiert? Anscheinend schon. Wieso finde ich das überhaupt so aufregend? Ja, es handelt sich um DEN Prince Charming der Firma, aber erstens wären Toiletten-Tina und ihre Bestie Nina auch dabei, und auch wenn ich mit meinem Körper zufrieden bin, habe ich keine Lust, mich neben zwei Mal Größe 34 am Strand zu zeigen. Mit Mytheresa als ihrem Hoflieferanten sind Tina und Nina immer makellos gestylt und haben auch noch ihre Karriere im Griff. Zweitens habe ich seit gut zwei Jahren einen Freund. Tim. Ganz bestimmt werde ich nicht mit Nina, Tina, ohne Tim, aber mit King Hot und seinen Kumpels zum Surfen, Grillen und Chillen an den Gardasee fahren …

»Na? Bist du McDreamSexy's Charme erlegen?« Claudio hat die Szene wohl beobachtet.

»Erwischt«, murmele ich und schaue beschämt auf meine pink lackierten Fingernägel.

»Mach dir keinen Kopf. Jede Frau in diesem Büro findet ihn toll. Und wenn ich ehrlich bin, finde sogar ich ihn ganz schön heiß, und das, obwohl ich nicht mal schwul bin. Ich werde dich bestimmt nicht bei Tim verraten. Es sei denn, du verweigerst mir zukünftig dein Essen.«

Claudio weiß, dass Tim ultraeifersüchtig ist und ich ihn schon einmal beim Durchsehen meiner SMS ertappt habe. Aber Claudio würde mich nie verraten, da bin ich mir sicher. Außerdem kann ich mir nicht ernsthaft vorstellen, dass er die Hand beißt, die ihn füttert. Er hat schnell festgestellt, dass meine Leidenschaft nicht dem Durchstellen von Anrufen und dem Begrüßen von Geschäftspartnern, sondern dem Kochen gilt, und stellte sich sofort als Tester all meiner Gerichte zur Verfügung. Und ich muss sagen, es ist die optimale Symbiose. Er ist ein absoluter Feinschmecker. Durch sein Geschmacksfeedback konnte ich meine Zitronen-Ziegenkäse-Carbonara um Längen verbessern. Er freut sich über jede neue Idee von mir und ist, genau wie ich, völlig euphorisch, wenn eine kleine Veränderung des Rezepts zur Verbesserung des gesamten Gerichts führt.

»Ich würde dir NIEMALS mein Essen verweigern. Du bist doch mein bester Kritiker. Heute habe ich Mango-Papayasalat und Gemüsecurry mitgebracht. Ist Isobel denn heute im Vierten?« Claudio nickt.

Die Firmenpraktikantin, die ihren Frondienst jeden Tag in einem anderen unserer fünf Stockwerke leisten muss, ist heute in unserem unterwegs. Sie kann mich also in meiner Mittagspause vertreten.

Als Isobel endlich an meinem Platz sitzt und wie immer alle falschen Knöpfe drückt, verziehen wir uns in den Postraum, und ich dekoriere die mitgebrachten Leckereien auf zwei Tellern. »Guten Appetit.«

Ich freue mich, dass es Claudio so gut schmeckt, und während er sich auf sein Curry stürzt, fällt mir unsere erste Begegnung wieder ein. An meinem ersten Tag bei Triversal stand ich nervös vor der Glastür und klingelte. Die Frau am Empfangstresen blickte nur kurz von ihrem Computer auf, als sie das Klingeln hörte. Aber anstatt mir die Tür zu öffnen, griff sie nach dem Telefonhörer und schaute stur auf ihren PC. Nach zehn Minuten versuchte ich noch einmal, ihre Aufmerksamkeit zu erlangen, indem ich zaghaft an die

Tür klopfte, wurde aber weiterhin ignoriert. Nach zwanzig Minuten kam ein Typ aus dem Aufzug spaziert und sprach mich freundlich von der Seite an: »Hi, kann ich dir helfen?«

»Das wäre total nett. Ich habe hier heute meinen ersten Tag. Und die Dame am Empfang hat mich bisher nicht reingelassen.«

»Oh. Das tut mir leid. Selima ist wirklich unmöglich, aber sie geht ja bald. Gott sei Dank! Seitdem sie schwanger ist, ist sie nicht mehr wirklich zurechnungsfähig. Letztens hat sie sogar einen Tacker nach einem Kollegen geworfen. Also, wenn ich dir einen Tipp geben darf, dann mach einfach einen großen Bogen um den Empfang, solange sie noch da ist. Wie heißt du denn überhaupt?«

»Sophie.« Ich war bleich geworden, und mein Bauch gab ein unheilvolles, aber glücklicherweise nicht zu lautes Grummeln von sich. Schon seit gestern Abend erinnerte er mich in regelmäßigen Abständen daran, dass ich einen neuen Job beginnen würde. Angst bekam ihm gar nicht gut.

»Hallo Sophie, ich heiße Matthias. Ich würde vorschlagen, dass ich dich bei Selima in die Besucherliste eintrage und dich dann einfach zu der Person bringe, die wahrscheinlich schon sehnsüchtig auf dich wartet, um dich einzuarbeiten. Wo soll's denn hingehen?«

»Ähm. Ich bin Selimas Nachfolgerin.«

»Oh! Ach so. Na dann, viel Glück. Wenn du was brauchst, meine Durchwahl ist -2231.« Matthias klopfte mir freundschaftlich auf die Schulter und ließ mich vor dem Empfang stehen.

Ich zitterte. War es hier wirklich so kalt, oder gefror mir

nur gerade das Blut in den Adern von Selimas frostiger Ausstrahlung?

Die Eiskönigin knallte den Telefonhörer auf die Gabel und erhob sich von ihrem Thron.

»Das ist doch wohl ein Witz, oder? DU sollst MICH ersetzen. Ich lach mich tot.«

Sie watschelte auf mich zu und blieb so dicht vor mir stehen, dass ihr kugelrunder Bauch meinen Bauch berührte. »Ich mag dich nicht.«

Ich hatte große Lust, direkt auf dem Absatz kehrtzumachen, meine Freundin Sasha anzurufen, mich mit ihr auf dem Rummel zu treffen, mit einer großen Portion Zuckerwatte in das Riesenrad zu steigen und so lange damit zu fahren, bis ich das Gefühl habe, dass alles, was unten auf dem Boden der Tatsachen, auf der Welt passiert, uns nichts anhaben kann.

Aber ich blieb. Schließlich brauchte ich einen Job. Und so schlimm würde es schon nicht werden. Hunde, die bellen, beißen ja bekanntlich nicht.

In Selimas Fall lag ich damit falsch.

»Du bist ja noch dümmer, als du aussiehst. Wer hätte das gedacht?!«, lachte sie spöttisch, als ich nicht gleich wusste, welche Durchwahl Simone aus der Buchhaltung hat.

Mit »Mein Gott. Das kann doch jeder Erstklässler«, kommentierte sie meinen Fehler beim Ausfüllen eines UPS-Versandetiketts. Und jede Frage von mir wurde mit einem genervten Seufzer und einem Augenaufschlag beantwortet. Ich wünschte mich weit, weit weg. Am liebsten auf meine

Dachterrasse, wo ich mich betrinken und »Oh Yeah!« von Roxy Music in Dauerschleife hören würde.

Als ich von der Toilette wiederkam, hatte sie meine Notizzettel zerrissen und war verschwunden. Da sie ihre Jacke und ihre Handtasche mitgenommen hatte, nahm ich an, dass sie nicht wiederkommen würde. Ich war völlig erledigt und setzte mich wieder auf den unbequemen Hocker, der mir zugedacht war. Meine Beine fühlten sich an wie Gummi, und ich war den Tränen mehr als nah. Das hatte ich nicht verdient. Für emotionale Sturmböen war ich noch nie richtig ausgestattet gewesen, und schon gar nicht nach dem, was einige Monate zuvor passiert war. Noch so einen Tag würde ich nicht durchstehen.

Und dann stand plötzlich ein fast zwei Meter großer, schlaksiger Typ mit riesiger 70er-Jahre-Hornbrille, einem kleinen Schnurrbart, brauner Cordhose und schottisch kariertem Hemd vor mir, schaute mich mitfühlend an und stellte mehr fest, als dass er fragte: »Sie hat dich fertiggemacht, oder?«

Mein letztes bisschen Würde brach in sich zusammen. Ich schlug die Hände vor die Augen und schluchzte haltlos: »Was habe ich ihr denn bloß getan?«

»Nichts hast du ihr getan. Sie ist einfach ein Scheusal, und niemand weiß, warum sie nicht schon längst gefeuert wurde. Ich heiße übrigens Claudio.«

Claudio führte mich in sein Büro.

»Ich werde morgen nicht wiederkommen.« Ich war mir da ganz sicher. »Weißt du, was sie zu mir gesagt hat?« Mein nächster Schluchzer wurde von lautem Naseschnäuzen begleitet. »Ich mag dich nicht!«

»Nun mal langsam ... ähm, wie heißt du noch mal?«

»Sophie. Ich heiße Sophie.«

»Also, Sophie. Selima wird bald weg sein, und dann regierst du den Empfang. Und Triversal ist eigentlich gar nicht so schlecht.«

Aus verheulten Augen schaute ich Claudio ungläubig an. Er schaffte es, mich dazu zu überreden, bis zum Feierabend durchzuhalten, und lud mich dann zu seinem Lieblings-Vietnamesen ein. Dort nahm er mir das Versprechen ab, am nächsten Tag wiederzukommen. So ging es vier Tage lang, und endlich blieb Selima einfach weg, und Claudio verkündete mir fröhlich, dass sie bis zum Mutterschutz und dem Ende der Einarbeitungszeit nächste Woche krankgeschrieben war. Puh!

»Sophie. Das Curry ist ein Gedicht!«

Claudio reißt mich aus meinen Gedanken. Ich bin froh, dass mein holpriger Start bei Triversal nun schon eine Weile hinter mir liegt.

»Du solltest wirklich lieber kochen, als hier am Empfang rumzuhängen. Ich würde jeden Weg zu deinem Foodtruck auf mich nehmen. Wäre er auch noch so weit.«

Claudio weiß, dass ich nicht gerne konkret darüber nachdenke, was ich »eigentlich« mit meinem Leben anfangen müsste, um glücklich zu sein. Stattdessen ist er mir meistens dabei behilflich, mir mein Foodtruck-Business in den schönsten Farben auszumalen und die ein oder andere Mittagspause damit zu verträumen. Die mint-weiß karierte

Schürze zu den zum Kranz geflochtenen Haaren ist auf seinem Mist gewachsen.

Heute aber hat er anscheinend eine ganz andere Idee für mich:

»Aber solange du noch keinen Foodtruck hast, könntest du dich doch für einen Job im Produktmanagement bewerben – also, hier bei Triversal. Du hast doch schließlich BWL studiert.«

Ich verdrehe die Augen. »Ach, komm schon. Du weißt doch, dass ich das nicht machen will, und außerdem ist ja sowieso keine Stelle frei!«

Darauf hat Claudio anscheinend nur gewartet: »Doch! Samuel wurde vorgestern fristlos gekündigt. Der musste seine Sachen packen und gehen.«

»Meinst du Durchwahl -4536?«

»Ja, genau. Er hat bei den Reisekosten beschissen.«

Ich bin fassungslos. Das hört sich ja fast so an, als hätte er gefeuert werden wollen. »Wie kann man nur so blöd sein?!«

»Ja, das frage ich mich auch. Egal, auf jeden Fall ist die Stelle jetzt frei – und sie wäre optimal für dich!«

»Oh Claudio«, ein ehrlicher Seufzer kommt ganz tief aus meiner Brust. »Ich will doch eigentlich gar nichts mit dieser verrückten Marketing- und Filmwelt zu tun haben. Am Empfang ist es mir manchmal schon zu aufregend, und dabei ist hier doch eigentlich nie so richtig was los.« Ich stelle mir vor, wie mein Bauch den Druck und den Stress in der Marketingabteilung verkraften würde, spüre sogleich einen Stich in der Gallengegend und muss Claudios erschreckende Idee sofort im Keim ersticken: »Bitte, fang du nicht auch noch so an wie mein Vater und Tim. Ich dachte, du wärst auf meiner Seite.«

Aber so leicht lässt sich Claudio nicht abspeisen: »Sophie! Du darfst hier nicht versauern. So gern ich dich in meiner Nähe habe. Für ein Leben als Selima-Abklatsch bist du einfach zu schade. Wenn du schon in dieser Firma arbeitest, kannst du auch einen Job machen, der deinen Fähigkeiten entspricht und sich wenigstens kohletechnisch auszahlt. Meinst du nicht?«

»Ja, eigentlich hast du recht, aber ... ach, ich weiß auch nicht.« Ich bin plötzlich total erschöpft und auch ein bisschen traurig. Claudio meint es gut. Das ist mir schon klar. Aber es führt mir nur vor Augen, wie weit ich davon entfernt bin, meinem Traumjob nachzugehen. Wieso bloß habe ich keine Ausbildung zur Köchin gemacht? Gemüse schnippeln, statt Excel-Tabellen auswerten, Sahne schlagen, statt Marketingkonzepte entwickeln oder delikate Zutaten auf einem Teller dekorieren, statt nichtsnutzige Verkaufszahlen analysieren. Genau das hätte ich tun sollen. Ich hätte auf meine Mutter hören sollen, die mir riet, meiner Intuition zu vertrauen und meinem Herzen zu folgen. Aber ich habe mich dafür entschieden, es meinem Vater recht zu machen, habe eingewilligt, den vermeintlich sicheren Weg zu wählen und BWL zu studieren, und jetzt habe ich den Salat. Nicht Fisch, nicht Fleisch. Mein Vater selbst hat nach der Schule eine Banklehre gemacht und später immer bedauert, nie studiert zu haben. Zwar hat er sich trotzdem bis in die Führungsetage hochgearbeitet, aber es ist mühsam gewesen, und das sollte seiner Tochter nicht passieren. Und na ja, was macht man, wenn man das einzige Kind ist, wenn man den Vater lieb hat, wenn man möchte, dass er glücklich ist, sich keine Sorgen macht, und wenn man nicht den Mut hat, sein eigenes Ding durchzuziehen? Dann studiert man plötzlich BWL. Ein blöder Fehler. Wirklich blöd. Wenigstens lief mir da Tim über den Weg. An der Kochschule hätte ich ihn ganz bestimmt nicht getroffen. Und mit seinen grasgrünen Augen, dem netten Lächeln, seinen den Prof immer leicht verunsichernden Fragen und seinen schlagfertigen, meist ironischen Antworten waren die Vorlesungen plötzlich nicht mehr ganz so langweilig. Er war ehrgeizig, ambitioniert und nur so durch sein Studium gerauscht. Kurz nach unserem Kennenlernen hatte er sein Diplom mit Bestnote in der Tasche und wurde vom Fleck weg als Analyst bei der Deutschen Anlagebank engagiert. Sein Gehalt war überdurchschnittlich für einen Berufsanfänger, und ich musste zugeben, dass ich es schön fand, in gute Restaurants ausgeführt und mit dem ein oder anderen Kurztrip überrascht zu werden. Aber noch viel wichtiger war, dass seine manchmal vielleicht etwas überzogene Selbstsicherheit und seine Unbeirrtheit mir das Gefühl gaben, auch etwas selbstsicherer und unbeirrter zu sein. Ich konnte mich da ranhängen, konnte mitlaufen, musste nicht eigenhändig für Zielstrebigkeit in meinem Leben sorgen. Seine reichte für uns beide, und das gefiel mir gut.

Wenn wir uns stritten, dann meistens wegen meiner mangelnden beruflichen Ambitionen und meiner Küchen-Traumtänzerei. Ansonsten hatten wir eine richtig gute Zeit miteinander. Außerdem half mir Tim dabei, mein Studium zu beenden und irgendwann – zwei Jahre nach der Regelstudienzeit – auch mein Diplom in den Händen zu halten. Sein Angebot, mir ein Praktikum in einer Filiale der Deutschen Anlagebank zu verschaffen, lehnte ich allerdings ab. Ich wäre wahrscheinlich sofort, nachdem ich mich im Kostümchen hinter einen Schalter gestellt hätte, vor Langeweile tot umgefallen. Hätte ich geahnt, wie sehr ihn meine Absage kränkte, hätte ich es mir vielleicht doch noch mal überlegt.

Ich hatte versucht, ihm zu erklären, dass ich Zeit brauchte, um herauszufinden, was ich nun tun wollte. Aber er konnte keinerlei Verständnis für mich aufbringen, konnte nicht nachvollziehen, warum ich mich erst mal nur bei einer Zeitarbeitsfirma meldete. Das trieb ihn regelmäßig zur Weißglut. Und ich kam mir vor wie eine Hochstaplerin. Mit dem Privileg ausgestattet, studieren zu können und einen Abschluss zu haben, aber mit dem unbeugsamen Unwillen, dieses Wissen auch zu gebrauchen. Das Angebot der Zeitarbeitsfirma, als Elternzeitvertretung für ein Jahr bei Triversal den Empfang zu übernehmen, kam da genau richtig. Die Firma war bedeutend genug, um fürs Erste keine weiteren beruflichen Fragen gestellt zu bekommen. Weder von meinem Vater noch von Tim. Denn eine solche Einstiegsposition bei einem Unternehmen wie Triversal bot einem ja diverse Möglichkeiten.

Meine Antwort auf alles.

Ich war erst mal aus dem Schneider. Und mein Vater war sehr zufrieden damit, seinen Freunden am Samstag im Tennis Club erzählen zu können, dass seine Tochter bei Triversal in Hamburg arbeitete. Was genau sie da machte, musste ja keiner wissen. Tim war da zwar nicht ganz so genügsam, aber aktuell hatten wir diesbezüglich Waffenstillstand vereinbart.

Claudio und ich essen schweigend unsere Teller leer. Nicht nur ich scheine total frustriert zu sein, sondern auch Claudio wirkt nun merkwürdig bedrückt. Was wollen bloß alle von mir? Ständig muss ich mich gegen gut gemeinte Rat- und Vorschläge wehren. Es wäre wirklich schön, wenn sich alle ein bisschen mehr um sich selbst statt um mich kümmern würden. Ich habe Lust, zu schmollen.

»Kennst du Lisa – aus dem fünften Stock?« Ein etwas plumper Versuch, das Thema zu wechseln, aber Claudio weiß genau, dass Klatsch und Tratsch mich meistens aufheitern.

»Die Assistentin von Martin?«, frage ich neugierig und lasse mich auf den Pausen-Klatsch ein.

»Ja, genau die. Man munkelt, sie sei nicht nur im Büro seine Assistentin, wenn Sie wissen, was ich meine.« Claudio zieht die Augenbrauen hoch und lässt seine Insider-Information wirken.

»Echt? Das ist ja was.« Er hat mich erfolgreich abgelenkt, und auch ich habe noch etwas Neues in petto, das ich jetzt gerne mit ihm teile. »Stell dir vor – Melanie ist schwanger.« Ich pausiere kurz, um meine Enthüllung wirken zu lassen, und genieße Claudios amüsiertes Gesicht.

»Das sind ja mal News!«

Und ich habe noch mehr: »Sie will nicht sagen, wer der

Vater ist. Sie macht total auf January Jones. Hast du eine Ahnung, wer es sein könnte?«

»Nee. Aber bestimmt jemand von hier, sonst würde sie es wohl kaum geheim halten wollen, oder? Krass, meinst du, in anderen Branchen geht es auch so zu?«

Gegen Triversal sieht »Gossip Girl« alt aus. Der Höhepunkt der Tratscherei wurde jedes Jahr am Tag nach der Weihnachtsfeier erreicht. Frei nach dem Motto: What happens at Triversal, stays at Triversal. In den sechs Küchen des Bürogebäudes wurde dann hinter vorgehaltener Hand ausgetauscht, wer mit wem abgestürzt war, ob die sich stets auf der Weihnachtsfeier wiederholende Amour fou zwischen dem Vice President Logistics Sven Danzig und Dani Denvers vom Customer Service in die vierte Runde gegangen war und ob die Chefin des Trade Marketing Teams wirklich in ihrem Firmenwagen im Parkhaus mit einem der Kellner geschlafen hatte. Isobel schwor, sie gesehen zu haben. Wäre ich nicht bei der letzten Weihnachtsfeier selbst Zeugin einer unterirdischen Anmache geworden, ich hätte diese verrückten Geschichten nicht geglaubt.

Bevor sich Sven Danzig wieder mit Dani Denvers vergnügte, hatte er es damals nämlich bei Birgit, einer neuen Kollegin aus dem Vertrieb, probiert. Als wir gerade am Rand der Tanzfläche standen, gesellte er sich mit zwei Gläsern Champagner zu uns und sagte mit anzüglichem Unterton in ihre Richtung: »Hey, ich denke, wir wurden uns noch gar nicht vorgestellt. Ich bin Sven. VP Logistics. Mein Motto: Always on top. Champagner?«

»Nein. Danke! Ich trinke nicht«, antwortete Birgit kühl

und total ungerührt, während ich völlig verdattert danebenstand. Hatte der Typ ihr gerade seine sexuellen Vorlieben zum Champagner serviert, oder hatte ich mir das nur eingebildet?

»Das war ein Fehler. Ein großer Fehler.« Leicht angesäuert zog er seinen Arm mit dem Getränk zurück und marschierte schnurstracks auf Dani Denvers zu, die schon an der Bar auf ihn wartete. Ganz ehrlich. Eine Führungskraft? Heutzutage?

Claudio war genauso fassungslos wie ich, als Birgit und ich ihm berichteten, was da gerade passiert war: »Echt jetzt? Das kann nicht euer Ernst sein! Da ist er wirklich zu weit gegangen! Das musst du melden! Am besten, du gehst zum Betriebsrat, Birgit!«, echauffierte sich Claudio und schüttelte den Kopf. »Manchmal schäm ich mich wirklich, ein Mann zu sein.«

»Ach, mach dir nichts draus, Claudio. Es gibt ja auch ein paar von euch, die echt okay sind.« Birgit klopfte Claudio freundschaftlich auf die Schulter, leerte ihr Glas Erdbeerbowle in einem Zug und ließ uns leichthin wissen: »Wisst ihr, die Kerrin Messelick und ich, wir sind früher zusammen im Olympiateam der deutschen Synchronschwimmerinnen gewesen. Wir kennen uns gut, hatten aber, seit ich hier bin, noch nicht die Gelegenheit, mal ein bisschen intensiver zu sprechen. Das werde ich jetzt mal nachholen.« Mit einem vielsagenden Lächeln ließ sie uns stehen und ging in Richtung Erdbeerbowle, wo Kerrin Messelick, Personalchefin und Vorstandsmitglied von Triversal, sich gerade ein Glas einschenkte.

»Hoffentlich kriegt der Danzig jetzt so richtig sein Fett weg. Vielleicht wird er ja sogar gefeuert!« Claudios ehrliches Entsetzen und Engagement machten ihn mir nur noch sympathischer. Hier war einer, der das Herz am rechten Fleck hatte, und ich war mir nach diesem Erlebnis umso sicherer, dass wir auf dem besten Wege waren, dicke Freunde zu werden.

»Ganz ehrlich. Ich glaube, die Filmbranche ist Techtelmechtel-mäßig schon ziemlich weit vorne.« Claudio legt sein Besteck auf den leer gefegten Teller und wischt sich den Mund mit einer pinken Serviette ab. Schön, dass er so viel Fingerspitzengefühl hat, diese Bewerbungsgeschichte erst mal auf sich beruhen zu lassen.

Zurück an meinem Arbeitsplatz, entdecke ich eine Mail aus der Marketingabteilung in meinem Posteingang. Absender: Tina. Vielleicht will sie sich mit mir noch einmal zur Umkleiden-Problematik von heute Morgen austauschen. Oder sie teilt mir mit, dass sie mich als ihre höchstpersönliche Kammerzofe mit an den Gardasee nehmen wird. Ich bin gespannt und lese:

»Änderungen in PowerPoint einfügen für das Meeting mit Anton Ziegler. Niesa krank.«

Netter kann man eine Mail ja kaum schreiben.

Anton Ziegler, DER Erfolgsproduzent und Regisseur, und ich darf an der Präsentation mitarbeiten. Ohhh. Ich fühle mich ja so was von geehrt. Ähm, sicher nicht! Denn es bedeutet nur, dass ich heute nicht pünktlich nach Hause gehen kann, und nächste Woche auch Überstunden machen muss. Außerdem bedeutet es, dass Tina direkten Zugriff auf– und Befehlsgewalt über mich hat, und auf diese Art von Hoheit stehe ich ganz und gar nicht. Warum muss Niesa ausgerechnet jetzt krank werden, und wieso ist sie die einzige Assistentin für das gesamte Marketing-Team?

Ich scrolle und scrolle durch Tinas Mail, und es dauert eine halbe Ewigkeit, bis ich am Ende der Liste mit den Änderungen angekommen bin. Wäre es nicht viel schneller gegangen, sie hätte diese direkt selbst in die Präsentation eingetragen, anstatt sie mir mühsam aufzulisten und zu erklären? Ich habe wirklich keine Ahnung, was in dieser Frau vorgeht. Wahrscheinlich erlaubt es der Status einer Senior Product Managerin nicht, selbst Änderungen an Präsentationen vorzunehmen. Ihre Ladyschaft hat dafür ihre Bediensteten. Aber es macht ja keinen Sinn, zu murren. Ich füge mich der Anordnung und begebe mich in den Bearbeitungsmodus.

Blink. Blink. Blink. Weitere 25 Mails mit Änderungs- und Diagrammerstellungswünschen, die ich bis Montagvormittag erledigen soll. Das wird heute ein laaaanger Abend, den ich nicht wie geplant mit Tim verbringen werde, sondern im Büro. Wenigstens kann ich ein bisschen angeben und ihm erzählen, dass ich an einer Präsentation für Anton Zieglers neuen Film mitarbeite. Dass es sich dabei nur um angewiesene Änderungen handelt, muss er ja nicht wissen.

So oder so, er wird bestimmt sauer sein. Momentan kann er es nicht so gut haben, wenn etwas nicht nach seinem Plan läuft. Er ist gerade erst zum Leiter des Analystenteams befördert worden, der jüngste in der Geschichte der

Bank, und steht damit mächtig unter Druck, den Anforderungen seiner Chefs auch zu genügen. Tim hatte sich extra den heutigen Abend freigeschaufelt, um endlich seine Beförderung mit mir zu feiern, und jetzt muss ich ihm absagen. Ich schreibe ihm später. Doch da bimmelt auch schon mein Handy mit Tims Namen im Display. Oje. Aber dann habe ich es wenigstens gleich hinter mir. »Hi!«

»Hi! Wie geht's?«

»Gut. Und dir?«

»Auch gut, aber ich muss unser Date verschieben – wir haben Kollegen aus London da, und sie haben uns noch ein Meeting reingeknallt, das bestimmt bis neun dauert!«

Mir fällt ein Stein vom Herzen. Nicht meine Schuld! Nicht meine Schuld!

»Ach, das ist doch nicht so schlimm. Sehen wir uns morgen?«

»Ich würde sagen, dass wir einfach telefonieren, okay? Ich muss jetzt los. Kuss.« Und schon hat er wieder aufgelegt. Kein Streit. Keine Erklärungsnot. Kein Drama. Er hat abgesagt.

Während dieses Zehn-Sekunden-Telefonats sind weitere zehn Mails von Tina aufgetaucht. Das kann ja heiter werden. Wenn das mal keine Schikane ist. Tina ist in Mike verknallt. Das hat Niesa mir zumindest erzählt. Und wahrscheinlich hat sie mich heute Mittag mit ihm reden sehen oder von ihm gehört, dass ich vielleicht mit an den Gardasee kommen würde. Und das hier – das ist jetzt die Strafe dafür.

Gegen sieben Uhr ebbt die Mailflut ab. Aber selbst die vielen Änderungen verbessern die langweilige Präsentation nicht im Geringsten. Und das soll DER Erfolgsproduzent schlechthin serviert bekommen?

Andererseits: Die Kurzbio dieses Films mit dem Titel »Strandherzgold« klingt wie ein Abklatsch seines Wahnsinnserfolges »Alle außer Anna«, den er vor vier Jahren ins Kino gebracht hat. Also hat Anton Ziegler vermutlich nichts dagegen, wenn man Erfolgsrezepte wieder aufwärmt.

Was wohl in einem Menschen vor sich geht, der versucht, an einen Millionenerfolg anzuknüpfen? Ach, was bin ich gesegnet, dass ich nur Anrufe durchstellen muss. Da kann man nicht viel falsch machen. Herr Ziegler tut mir fast ein bisschen leid. Aber auch nur fast. Immerhin ist er jetzt Millionär. Die romantische Komödie »Alle außer Anna« hat sämtliche Besucherzahlen-Rekorde gebrochen und ist in die deutsche Kinogeschichte eingegangen.

Bis dahin war Anton Ziegler zwar auch schon erfolgreich, aber danach standen ihm wirklich alle Türen offen. Heute ist er dick im Geschäft und einer der wichtigsten Kooperationspartner von Herrn Mock im Local-Production-Geschäft. Vertraglich ist er mit seinen nächsten drei Filmen an Triversal gebunden. Nach einem missglückten zweiten Film, einer futuristischen Thriller-Dramedy, hat er vor Kurzem das Drehbuch für die nächste romantische Komödie mit den Co-Autoren seines ersten Kassenschlagers fertiggestellt. Und alle sind so davon überzeugt, dass dieser Film an den Millionenerfolg von »Alle außer Anna« anknüpfen wird, dass es meiner Meinung nach eigentlich nur nach hinten losgehen kann. Aber was weiß ich denn schon? Mit diesem fantasielosen Marketing-Konzept werden auf jeden Fall weder Anton Ziegler noch Triversal noch der Film einen Blumentopf gewinnen. Zumindest das weiß ich.

Ob Samantha die Präsentation wohl schon gesehen hat? Als Marketing-Direktorin bei Triversal müsste sie doch eigentlich für die Originalität und Qualität des Marketings zuständig sein. Ich kann mir nicht vorstellen, dass ihr dieses uninspirierte Machwerk schon unter die Augen gekommen ist. Das kann einfach nicht sein. Oder die Führungsetage hat sich entschieden, auf Nummer sicher zu gehen, und alles genauso zu machen wie ein paar Jahre zuvor …

Was mache ich mir hier eigentlich so viele Gedanken? Nicht meine Präsentation. Nicht meine Verantwortung. Speichern. Schließen.

Ich packe meine Siebensachen zusammen und gehe die Runde. Ich muss durch alle fünf Stockwerke und schauen, ob noch jemand im Büro ist.

Im fünften Stock sitzt nur noch Mocks Assistentin über der Terminplanung für die Woche. Alle anderen sind schon längst im Feierabend und im lang ersehnten Wochenende. Ich stelle außer im Fünften alle Alarmanlagen scharf und mache mich auf den Heimweg.

»Aaaah.«

Der Abend ist lau, und das allererste Mal an diesem Tag atme ich wieder richtig aus. Als ich aus der U-Bahn-Station komme, empfangen mich ein wunderbarer Frühlingsgeruch und ein geschäftiges Summen in den üppigen lila und weißen Fliederbüschen, die meine Straße säumen. Eine kleine Biene verfliegt sich vor meiner Nase und wendet kopfüber in einem waghalsigen Flugmanöver, bis sie wieder auf dem richtigen Weg zu den duftenden Blüten ist.

Feierabend!

Der arme Tim. Er hat bestimmt noch einen langen Abend vor sich.

Als Erstes Plateausandaletten aus. Als Nächstes raus aus der für diesen Tag viel zu warmen Jeans und weg mit dem Kaffee-Shirt. Dass ich den Tag nach diesem verrückten Morgen überstanden habe, ist ein Wunder. Eine Dusche ist jetzt genau das Richtige. Während ich mich einseife, um den Tag von mir abzuwaschen, denke ich, wie gut es ist, dass Tim und ich das Thema Zusammenziehen immer wieder auf die lange Bank geschoben haben. Ein unverhofft freier Abend. Niemand, für den ich aufräumen muss, niemand, der später noch nach Hause kommt. Nur ich und meine Kräuter. Ganz allein, über den Dächern von Hamburg. Und im Gegensatz zur weitläufigen Meinung finde ich dreißig Quadratmeter ganz und gar nicht zu klein. Vor allem, wenn man noch so eine wunderbare Dachterrasse hat wie ich. Die Wohnung besteht zwar nur aus einem Zimmer plus einer kleinen Küche und einem noch kleineren Bad, dafür hat sie aber das Dachterrassenextra, um das mich alle Welt beneidet. Manchmal bin ich fast ein bisschen neidisch auf mich selbst. Ich muss jetzt sofort nach oben. Ich schlinge ein flauschiges lilafarbenes Handtuch um meinen Körper und steige auf meinen Schreibtisch, den ich Theodore getauft habe. Die uralte Klappleiter war schon bei meinem Einzug kaputt, aber der gute, alte Theodore ist dafür umso zuverlässiger. Dachluke aufgeklappt, und schon stehe ich zwischen meinen Kräuterkübeln, Hamburg zu meinen Füßen und die Biene von eben wieder vor meiner Nase.

Minze, Thymian, Liebstöckel, Majoran, wie herrlich hier alles wächst und gedeiht. Ich streife mit den Fingern durch die verschiedenen Pflanzen, entdecke einen Zitronenfalter am Rosmarin und freue mich über die Gerüche an meinen Händen. Besonders meine ersten Tomatenpflanzen, die in einem Mini-Gewächshaus stehen, haben es mir angetan. Diese kleinen gelben Blüten, an denen sich die Bienen nur zu gerne tummeln. Komisch, dass Tim sich so gar nicht dafür begeistern kann. Ich werde seinen Vorschlag, hier eine cleane Dachterrassen-Lounge einzurichten, ganz bestimmt nicht umsetzen. Für mich ist dieser wildromantische, kleine Garten einfach himmlisch. Was interessieren mich schon abgesagte Dinner-Dates, langweilige Präsentationen und verhunzte T-Shirts. Sasha hat recht, mich »kleine Kräuterhexe« zu nennen. Hier fühle ich mich zu Hause. Ich knipse mir ein paar Minzblätter ab und klettere wieder in meine Wohnung.

So ein eiskalter Hugo zum Feierabend mit selbst gemachtem Holundersirup und Minze aus dem eigenen Garten – dazu kann ich nicht Nein sagen.

In meiner Zuhause-Bleib-Wohlfühl-Uniform, schwarze Jogginghose, weiches Baumwollshirt und oversized Strickjacke, mixe ich in der Küche meinen Drink und genehmige mir nebenbei ein bodenständiges Käsebrot. Da klingelt es. Huch? Hat Tim vielleicht doch freibekommen? Jetzt habe ich mir gar nicht die Beine rasiert.

»Ja?«, frage ich in die Gegensprechanlage.

»Beweg dein Popöchen hier runter. Wir gehen aus!« Meine Freundin Sasha klingt nicht so, als würde sie einen Widerspruch dulden. Aber versuchen kann ich es ja mal:

»Oh Gott, nein. Ich bin quasi Bett-bereit. Ich hatte einen furchtbaren Tag und warte die ganze Zeit nur darauf, mir gleich die Decke über den Kopf zu ziehen und endlich zu schlafen.«

»Komm schon, Du bist neunundzwanzig, nicht hundertfünfzig! Nur ein paar Drinks im ›Whispers‹, und dann darf das Omilein wieder nach Hause, okay?!«, knarzt es durch die Gegensprechanlage.

Wieso kann ich dieser Frau eigentlich nichts abschlagen?

»Aber vorher kommst du rauf, und wir trinken noch einen Hugo.« Bevor sie widersprechen kann, drücke ich den Buzzer. Und eine Minute später steht meine bildhübsche Freundin vor mir.

Jedes Mal, wenn wir uns sehen, bin ich wieder geblendet von ihrer Ausstrahlung und ihrem Aussehen. Und dann hat sie auch noch den besten Style, weiß genau, wie sie ihre Figur mit den neuesten Trendteilen am besten betont, trägt immer die richtige Frisur zum passenden Make-up und sieht andauernd so aus, als wäre sie dem aktuell hipsten Modemagazin entstiegen. Wie macht sie das bloß? Und dabei ist sie auch noch total natürlich, immer zur Stelle, wenn bei Freunden oder Fremden irgendein Schuh drückt, und doch so selbstbewusst, sich vom Leben zu nehmen, was sie möchte. Während ich mich wie die Zuschauerin fühle, die darauf wartet, dass ihr Leben endlich beginnt. Gegen Sasha bin ich eine gritzegraue, sehr desorientierte Maus mit Reizdarmsyndrom.

»Freitagabend. Neun Uhr. Und Sophie trägt Pyjama und Strickjacke.« Sie linst an mir vorbei in die Küche und grinst: »Wenigstens hast du Hugo!«

Zwei Minuten später hat auch sie einen Drink in der Hand und fischt für mich eine dschungelgrüne Culotte und ein kupferfarbenes Pailletten-Oberteil aus dem Schrank.

»Deine Haare musst du dazu unbedingt offen lassen.«

Ich bin einverstanden. Meine Haare sind in der Wärme schnell getrocknet und fallen mir locker über die Schultern. Der Blick in den Spiegel überrascht mich. Das Outfit betont meine schlanke Taille und kaschiert auf lässige Weise meine Problemzonen. Sasha hat wirklich ein gutes Auge.

»Diese zwei Teile hätte ich niemals miteinander kombiniert. Aber du hast recht. Steht mir gut. Ich werde aber nicht wieder bis in die Puppen mit dir um die Häuser ziehen. Ein, zwei Drinks im ›Whispers‹ und gut is.«

Sasha lacht mich aus: »Wir werden sehen. Tomas und Sandrine werden auch kommen.«

Oh-oh. Meistens bleibe ich keinem guten Vorsatz treu, wenn ich mit dieser lustigen Clique unterwegs bin.

Als wir ins knallvolle »Whispers« kommen, stehen die zwei schon an der Bar und winken uns überschwänglich zu.

Kochtopf-Jockey, Soßen-Sopherl, Braten-Braut, Kartoffel-Presse, Buletten-Backe, Spinat-Hexe, Erbsen-Einhirn, Putenbrust aka Sophie Petersen hätte nicht gedacht, dass sie jemals auch nur eine einzige richtig beste Freundin haben würde, ganz zu schweigen davon, zu einer Clique zu gehören. Aber manche Dinge werden eben doch besser, wenn man älter wird. Und auch, wenn ich mich manchmal so fühle, als würde ich in morastigem Schlamm stecken, meine Beine nicht befreien können und keinen Zentimeter in meinem Leben vorwärtskommen, so beruhigt mich doch immer die Erkenntnis, dass sich Realitäten auch ändern können. Manchmal sogar von ganz allein. Vielleicht durch eine zufällige Begegnung wie die meine mit Sasha, als wir uns vor ein paar Jahren beim Yoga nebeneinander durch die Sonnengrüße geatmet und geschwitzt haben, unsere Sympathie füreinander bei der gegenseitigen Kopfstand-Hilfestellung besiegelten und aus der Yoga-Bekanntschaft eine alle Lebenslagen umfassende Freundschaft wurde. Endlich, mit Anfang zwanzig, konnte ich erfahren, wie es sich anfühlt, eine BFF zu haben, die nicht meine Mutter ist, der ich von meiner Schulzeit erzählen konnte, ohne Angst haben zu müssen, dass sie mich wegen meiner Unbeliebtheit uncool finden würde, die meine Macken akzeptierte, meine Leidenschaften liebte, die ich mitten in der Nacht anrufen konnte, um ihr wegen irgendetwas die Ohren voll zu heulen, der ich hundertprozentig vertraute und die Menschen wie Tomas und Sandrine in mein Leben brachte, die ich ohne sie sicher nie kennengelernt hätte.

»Wie schön, dich wiederzusehen, Sophie! Es ist schon viel zu lange her!« Tomas umarmt mich herzlich, während Sandrine lautstark zustimmt. Von einer Sekunde auf die andere bin ich ganz unbeschwert, fast schon ausgelassen und vor allem sehr erleichtert, dass dieser doofe Tag auf diese Art und mit diesen Menschen um mich herum endet, und ich nicht allein in meiner Wohnung sitze und über eine schlechte Marketing-Präsentation und mein komisches Leben im Allgemeinen herumgrübele.

»Warst du mit den Kräutern zufrieden, die ich dir letzten Samstag mitgegeben habe?«, erkundigt sich Tomas bei mir. Er betreibt seit Jahren einen entzückenden kleinen Blumenladen im Schanzenviertel und liebt mich rein platonisch, weil ich ihn bei der Personalabteilung von Triversal empfohlen habe. Seit seinem ersten Probestrauß kann er sich vor Aufträgen kaum noch retten. Für jeden Strauß ein Kraut, das hat er mir damals versprochen. Und alle paar Samstage kann ich mir neue Kräutertöpfe und Saatgut bei ihm abholen.

»Ja, alles gute Qualität wie immer. Nur das Basilikum war etwas bitter«, necke ich Tomas, während ich von Sandrine mit Küsschen rechts, Küsschen links, wie es in ihrer französischen Heimat üblich ist, begrüßt werde, wobei mich einige ihrer dunklen Locken an der Nase kitzeln.

»Bonsoir, Sandrine«, und in Richtung des bestürzten Tomas lache ich: »Keine Sorge. Ich mache nur Spaß. Alles war ganz wunderbar. Vielen Dank!«

»Wie geht es dir?«, fragt Sandrine, die in einem bilingualen Kindergarten als Erzieherin arbeitet, und ich frage mich, wie immer, wenn ich sie sehe, warum sie diesen Funken Traurigkeit in ihren Augen trägt, den man nur bemerkt, wenn man jemandem ein bisschen zu lang in die Augen schaut und von sich selber weiß, wie sich tiefe Traurigkeit innen drin anfühlt. Irgendwann wird sie es mir vielleicht erzählen. Bis dahin begnüge ich mich damit, den ausschweifenden Beschreibungen ihrer ständig wechselnden leidenschaftlichen und stets dramatisch endenden Liebesbeziehungen zu folgen, die oft ganze Abende lang unsere Unterhaltungen füllen. Sie erzählt so unterhaltsam und bildhaft, dass es mir immer vorkommt, als wäre ich live dabei gewesen.

»Mir geht es gut, obwohl ich diese idiotische Marketing-Präsentation für den neuen Ziegler-Film bearbeiten muss«, erinnere ich mich an die von ihr gestellte Frage und rolle genervt mit den Augen.

»Ist das der, der ›Alle außer Anna‹ gemacht hat? Den Film fand ich echt toll«, mischt sich Tomas ein.

»Ja, genau. Der ist es.«

»Ich find den ja heiß«, lässt uns Sasha wissen und winkt in Richtung Bar, um uns einen Drink zu besorgen.

»Mir wäre seine Ex viel lieber«, meint Sandrine, und Tomas nickt zustimmend.

»Der geht aufs Haus, Mädels!«, unterbricht uns Otto, der Barkeeper, und reicht Sasha und mir einen Vodka Tonic mit viel Eis über den schwarz lackierten Tresen.

»Danke, Otto!«

Er schaut mir direkt in die Augen, und ich werde natürlich wieder mal rot.

»Keine Ursache!«, antwortet er, den Blick unverwandt auf mich gerichtet.

Und noch ein bisschen röter.

Kaum hat er sich umgedreht, zwinkert Sasha mir zu. »Siehst du. Er steht auf dich. Aber so was von.«

Sasha ist sich schon seit drei »Whispers«-Besuchen sicher, dass ich nur einmal mit den Wimpern hätte klimpern müssen, um mich zu einem Date mit Otto zu verabreden. Aber bisher hatte ich das immer für Quatsch gehalten. Der Typ soll auf mich stehen?? Ich bin dem doch viel zu langweilig. Heute allerdings bin ich mir auf einmal nicht mehr so sicher.

»Bist du eigentlich immer noch mit Tim zusammen?«

Ich war so in Gedanken, dass ich gar nicht bemerkt habe, dass Otto plötzlich direkt vor mir steht. Wie war er denn jetzt so schnell um die Bar herum gelaufen? Oder war er etwa zwischen den Industrial-Design-Leuchten drüberweggesprungen? Zutrauen würde ich es ihm.

»Ja, wieso?«

»Du weißt ja, wo du mich findest, falls du keine Banker-Storys mehr hören kannst!«

Okay. Das ist jetzt so eindeutig, dass auch ich glaube, dass er mich vielleicht ganz gut findet. Außerdem hat das gerade wirklich JEDER gehört.

»Ähm …« Und bevor ich noch etwas Vernünftiges sagen kann, fügt Otto hinzu: »Ich mein ja nur. Weil er auch hier ist, aber eben nicht mit dir.«

»Hä?« Mein Gehirn reagiert extrem langsam, aber mein Gesicht scheint Bände zu sprechen und verrät wohl, dass ich keinen Plan habe, wovon er da gerade spricht.

»Da hinten steht er. An der Bar, mit der blonden Frau.« Er zeigt in die hintere Ecke des Raumes.

Sasha, Sandrine, Tomas und ich drehen uns um und schauen seinem Zeigefinger hinterher. Wenn ich mir keine

Smokey Eyes geschminkt hätte, würde ich mir jetzt ungläubig die Augen reiben, um die Fata Morgana zu vertreiben.

Da steht Tim. Leibhaftig und lebendig. Der Tim, der doch eigentlich gerade in einem anstrengenden Meeting anstatt mit mir in einem schicken Restaurant sitzt. Genau dieser Tim steht hier an der Bar MEINER Stammkneipe mit einer blonden, gut aussehenden Frau, die sich köstlich zu amüsieren scheint, ihren Kopf beim Lachen nach hinten wirft und dabei ihre Hand auf Tims Brust legt. Überrumpelt und sprachlos fällt mir nichts Besseres ein, als erst einmal meinen Drink zu exen. Otto ist seine detektivische Meisterleistung jetzt doch etwas unangenehm, und er verschwindet ohne ein weiteres Wort, sein Tablett über den Köpfen der Gäste balancierend, in der Menge.

Während mir alle möglichen Erklärungsversuche für diese Situation durch den Kopf rasen, lehnt sich die Frau, die einige Jahre älter als Tim zu sein scheint, vertrauensvoll zu ihm und flüstert ihm etwas ins Ohr. Dann wirft sie wieder ihren Kopf nach hinten, schüttelt ihre Haare und lacht. Ich glaube, ich muss mich übergeben.

»Jetzt trinken wir noch einen, und dann überlegen wir, wie wir weiter vorgehen, ja?« Sasha umfasst fest meine Schultern und schüttelt mich.

»Das ist wohl die beste Idee«, fasele ich vor mich hin und versuche, einen klaren Kopf zu kriegen.

»Meinst du, er schläft mit ihr?« Sasha ist schon einen Schritt weiter.

»Nein, das glaub ich nicht«, gebe ich barsch zurück, »so blöd, seine Geliebte mit in meine Stammkneipe zu schleppen, wird er dann hoffentlich doch nicht sein. Für diese ganze Geschichte gibt es bestimmt eine ganz harmlose Erklärung.«

Tomas reicht mir aufmunternd nickend den zweiten Vodka Tonic.

»Am besten, ich gehe einfach nach Hause und konfrontiere ihn morgen damit, wenn ich mich etwas gefangen habe.«

Generell hasse ich es, mich zu streiten, aber mit Tim zu streiten, ist ein Albtraum. Er hat auf alles eine Antwort, verdreht mir die Worte im Mund und gibt nie zu, im Unrecht zu sein. Einen Streit in der Öffentlichkeit überstehe ich nicht. Vor allem nicht heute. Aber Sasha durchkreuzt meinen, wie ich zugeben muss, etwas hasenfüßigen Plan: »Auf gar keinen Fall gehst du jetzt nach Hause und lässt die Möglichkeit verstreichen, ihn in flagranti zu erwischen. Ich kenne dich. Nachher wirst du ihn noch ungeschoren davonkommen lassen. Nein, meine Liebe. Du gehst da jetzt hin. Und wir mit dir!« Ein Blick in die Runde vermittelt mir, dass meine Meinung nicht wirklich gefragt ist. Tim wird gestellt. Hier und jetzt. Da sind sich alle einig und schieben mich, nachdem ich meinen zweiten Drink in wenigen Schlucken ausgetrunken habe, durch die Menge.

»Hallo Tim! Wie geht's? Hattest du ein erfolgreiches ...?« Im Ernst? Jetzt traue ich mich einmal, eine Szene zu machen und bekomme SCHLUCKAUF?? Das kann doch jetzt echt nicht wahr sein.

Aber glücklicherweise habe ich ja meine menschliche Mauer hinter mir, aus der Sasha jetzt ausbricht, an meine

Seite springt und mir verbal aushilft: »Meeting! Hattest du ein erfolgreiches Meeting, Tim?«

»Sophie, Sasha. Was macht ihr denn hier?« Diese überrascht erschreckte Frage befeuert meine schlimmsten Befürchtungen, mein Bauch krampft sich zusammen, und ich bebe vor Zorn. Lauter als beabsichtigt fauche ich: »Das ›Whispers‹ ist seit jeher MEINE Stammkneipe, und ich denke, es ist angebrachter, dass ICH DICH frage, was DU hier machst.«

Tim wird rot, und seine Begleitung, die aus der Nähe betrachtet so aussieht, als könnte sie seine Mutter sein, guckt verständnislos zwischen uns hin und her.

»Sophie, may I introduce you to Heather. She is a dear colleague from our headquarter in London. Heather, this is Sophie, my girlfriend«, Tim hat sich innerhalb einer Sekunde wieder gefangen und ist ganz der Alte. Charmant wie immer. Und ich schüttele im nächsten Moment der irritierten Heather die Hand. Meine Freunde tun das nicht, und Heather dreht sich beleidigt zur Bar.

»Na, toll. Ihr wisst ja gar nicht, was ihr hier anrichtet!« Tim ist außer sich und schnauzt ohne Umschweife drauflos. »Mach hier jetzt bloß keine Szene, Sophie!«

»Okay.« Mir reicht's. Jetzt werde ich auch noch angemotzt?! Ohne ein weiteres Wort lasse ich ihn stehen und drängele mich durch die Menge Richtung Ausgang. Die anderen folgen mir auf dem Fuße und tuscheln aufgeregt hinter meinem Rücken.

Draußen angekommen, verschafft sich Sasha Erleichterung: »Und das lässt du ihm durchgehen?« Sie scheint noch wütender als Tim und ich zusammen, aber das liegt wahrscheinlich daran, dass sie ihn einfach nicht leiden kann. Für sie ist er von Anfang an nur ein eitler, rechthaberischer, geldgeiler Egozentriker-Kapitalist gewesen, und sie hat nur darauf gewartet, dass er sich etwas zuschulden kommen lässt, um ihn in tausend Stücke zu zerreißen. Seine guten Seiten hat sie zwar auch schon einmal kennengelernt, aber bei ihr wiegen die schlechten viel schwerer. Irgendwann hat sie mir einmal gesagt, dass er nur mit einem von ihm selbst zusammengebastelten Bild von mir zusammen ist und nicht mit der wahren Sophie. Ich erinnere mich noch genau an ihre Worte, die mich heute nicht weniger verletzen als damals. Aber je mehr sie ihn niedermacht, desto stärker ist mein Bedürfnis, ihn zu verteidigen. Stillschweigend haben wir uns auf einen Waffenstillstand geeinigt, der aber nach den Geschehnissen des heutigen Abends mit sofortiger Wirkung außer Kraft gesetzt ist.

»Ich kann nicht glauben, wie der dich da gerade abgefertigt hat, und du standest da wie ein kleines unartiges Mädchen. Sophie, der Typ geht gar nicht!« Sasha macht ihrem Ärger gehörig Luft.

»Bitte, lass es gut sein! Das war echt peinlich, und ich möchte diesen Vorfall so schnell wie möglich vergessen. Ich werde bestimmt noch einmal in Ruhe mit ihm darüber reden!«, winde ich mich und hoffe, dass sie es dabei bewenden lässt.

Aber sie lässt nicht locker: »Das reicht mir nicht! Egal, wie gut er sich damals um dich gekümmert hat! Der darf dich nicht so behandeln! Ich kratze ihm einfach in deinem

Namen die Augen aus, okay?!«, ereifert sie sich mit einem durch die Luft schneidenden, erhobenen Zeigefinger hinter jedem Ausrufezeichen. Die anderen beiden sind Sashas Meinung. Sandrine nickt so heftig, dass ihr die Locken nur so um die Ohren fliegen. Und während die drei sich weiter über Tims Verhalten aufregen, versuche ich, das »damals« schnell wieder zu verdrängen, das Sasha so ganz nebenbei wieder in die Gegenwart geholt hat.

»Lass gut sein, Sasha. Ich weiß, dass er total doof war, aber ich mag jetzt nicht weiter darüber nachdenken. Machen wir einfach das Beste aus diesem Abend.« Ich will diese Begegnung am liebsten sofort vergessen und bin dankbar, als Sasha sich besinnt, mich in ihre Arme nimmt, mich fest drückt und sagt: »Also gut. Machen wir das Beste draus.«

Oh, mein Gott. Mein Schädel dröhnt, als hätte er die letzten zwei Stunden zwischen den Becken verbracht, die im Radetzky-Marsch gespielt werden. Ich halte meinen Kopf mit beiden Händen fest, während ich versuche, mich langsam aufzusetzen. Habe ich wirklich mit Tomas auf dem Tresen vom »Schornsteinfeger« zu »Coco Jambo« getanzt? Bitte nicht! Und habe ich wirklich kurz danach alle Moscow Mules, die ich zuvor so sorgsam in der »Katze« zu mir genommen hatte vor dem »Schornsteinfeger« auf den Gehsteig erbrochen? Bitte, bitte nicht!! Wer hat mich nach Hause gebracht? Liegt hier etwa noch jemand im Bett? Bitte, bitte, bitte nicht!!! Langsam drehe ich mich zur Seite. Nein. Da liegt niemand. Glück gehabt.

Wieso ist hier kein Wasser? Und warum habe ich mich so schlimm betrunken? Ach ja, Tim und Heather im »Whispers«. Machen wir das Beste draus. Und das soll das Beste gewesen sein?

Oh-oh. Aufstehen ist keine gute Idee. Mir ist total schwindelig. Ich setze mich wieder aufs Bett und halte einen Moment inne. Ich brauche Wasser. Ich habe einen Riesendurst. Langsam gleite ich vom Bett auf den Fußboden. Okay. Das geht. Als ich auf allen vieren versuche, mich fortzubewegen, wird mir gleich wieder schlecht. Ich drehe mich um und bewege mich vorwärts wie ein Krebs. So geht es. In der Küche angekommen, ziehe ich mich mit letzter Kraft am Griff der Kühlschranktür hoch und komme zum Stehen. Alles dreht sich, aber ein Glas Wasser kann ich mir gerade noch so einlaufen lassen. Ich trinke gierig und spüre, wie das Wasser sich seinen Weg durch die Speiseröhre in meinen Bauch bahnt. Ein komisches Gefühl. Und so kalt ist das Wasser. Benommen torkele ich wieder zurück ins Bett und ziehe mir die Decke über den Kopf.

Nach weiteren drei Stunden Dämmerschlaf erwache ich erneut. Wann hatte ich das letzte Mal einen so schlimmen Kater? Keine Ahnung. Noch nie? Aber Kaffee könnte jetzt doch eine Option sein. Das ist wenigstens ein gutes Zeichen. Wie auf Eierschalen bewege ich mich durch die Wohnung, weil ich das Gefühl habe, dass mich jeder Schritt sofort aus dem Gleichgewicht bringen könnte. Nach einem weiteren Glas Wasser mit zwei Kopfschmerztabletten und einem großen Milchkaffee setze ich mich wieder in mein Bett und schaue aus dem großen Fenster in den mit Efeu berankten Innenhof. Heute wird es warm werden. Den ursprünglichen Plan, mit Tim einen Ausflug zu machen, kann ich wohl knicken. Wäre ich doch bloß zu Hause geblieben. Dann hätte ich Tim nicht mit dieser Frau gesehen, hätte mich nicht so mies gefühlt, hätte mich nicht so schrecklich betrunken und würde mich jetzt nicht auch noch mit ihm streiten müssen. Hinterher ist man immer schlauer. Oder eben auch nicht.

Die Tabletten, das Wasser und der Kaffee wirken. Der nächste Schritt in der Katerkur kann eingeleitet werden.

Ich verfluche mich, als ich unter der eiskalten Dusche stehe und meine Kopfhaut anfängt zu prickeln. Aber es wirkt. Die dumpfe Torkeligkeit ist wie weggeblasen, als ich das Wasser abstelle.

Ich kann ja auch alleine etwas unternehmen. Dafür brauche ich keinen Tim. Dieser Gedanke macht mir gute Laune. Ich schlüpfe in meinen gold-lilafarbenen, mit exotischen Tieren bestickten Morgenmantel mit den Kimono-Ärmeln, den ich mir aus Indien mitgebracht habe und der meine Laune sowieso immer pusht. Indien. Das war eine tolle Reise. Da muss ich unbedingt wieder hin. Die schillernden Gewänder. Und die Gewürze. Das Türklingeln erschreckt mich.

»Ja bitte?!«

»Ich bin's.« Tims Stimme ertönt verzerrt aus der Gegensprechanlage. »Lässt du mich bitte rein?«

Ich bin sehr versucht, einfach Nein zu sagen. Stattdessen drücke ich den Buzzer. Hoffentlich will er das Ganze nicht, so wie sonst immer, ausdiskutieren. Dafür ist mein Zustand noch nicht genügend katererholt.

Als es klopft, öffne ich die Tür und sehe nur unzählige, langstielige rote Rosen. Langsam lässt Tim den Strauß sinken und schaut mich gut gelaunt an: »Sophie, mein Schatz. Bist du bereit für unseren Ausflug?«

Ich starre verdattert auf die Rosen und versuche, mein immer noch alkoholisiertes überrumpeltes Gehirn dazu zu bewegen zu verstehen, was hier gerade vor sich geht.

»Ist das deine Art, dich bei mir für gestern Abend zu entschuldigen?«, frage ich, während meine Finger an meine pochenden Schläfen wandern.

»Ich weiß zwar nicht so recht, was ich falsch gemacht habe, aber wenn es dir dann besser geht – meinetwegen. Und nur noch mal fürs Protokoll: Eifersüchtig brauchst du auf Heather ja nun wirklich nicht zu sein. Du hast sie ja gesehen. Da ist nichts gelaufen. Sie ist eine wichtige Kollegin aus London, und ich wollte mich mit ihr gut stellen. Mir war nicht klar, dass das ein Verbrechen ist.«

Eine richtige Entschuldigung hört sich anders an, aber damit tut er sich ja von jeher schwer. Immerhin hat er Blumen mitgebracht. Vor meinem inneren Auge wälzt er sich mit Heather noch ein wenig in seinem Bett herum, aber ich schaffe es, das Auge gewaltsam zu schließen, und fokussiere meinen Blick auf die Rosen.

»Machen wir nun einen Ausflug oder nicht?« Geduld gehörte noch nie zu Tims Stärken. Ich seufze und beschließe, dass das Leben zu kurz ist, um sich zu streiten, und das Wetter zu schön, um nicht gemeinsam den Tag zu verbringen, und nicke, obwohl mich Sasha dafür durch den Fleischwolf drehen wird: »Okay!«

Tim drückt mich stürmisch an sich und vergisst dabei,

dass die Rosen Dornen haben, die sich schmerzhaft durch den Kimono in meinen Rücken bohren.

Mein leises »Au« überhört er und fängt sofort an, Pläne zu schmieden: »Wollen wir an die Ostsee oder an die Elbe? Sollen wir ein Picknick einpacken, oder möchtest du lieber irgendwo einkehren? Ich lade dich natürlich ein.«

Diese sonnige, leichte Art habe ich immer schon an ihm geliebt. Voller Tatendrang und spontaner Ideen. Mit seinem Enthusiasmus und seiner Begeisterung konnte er mich schon immer anstecken.

»Entscheide du.« Ich weiß, dass ich ihn damit noch ein bisschen glücklicher mache.

Bevor es losgeht, muss ich aber erst einmal etwas essen. Ich mache uns beiden ein Kräuter-Käse-Rührei und fühle mich danach noch ein Stückchen mehr wie ich selbst.

Es ist einer dieser Tage, die man nicht erwartet. Die einen überraschen und die man nie wieder loslassen möchte. In Tims Cabrio brausen wir Richtung Ostsee. Mein Kater hat sich verkrochen und ist kaum noch zu spüren.

Am Meer angekommen, ist es trotz des sommerlichen Wetters wohltuend leer. Wir spazieren Hand in Hand am Strand entlang, legen uns in den warmen Sand, knutschen und lassen uns vom Geräusch der Wellen in einen leichten Schlaf einlullen. Ich erwache davon, dass Tim meinen Kopf streichelt und mich versonnen anschaut. Er sagt: »Weißt du, Sophie. Ich liebe dich wirklich sehr.«

Zärtlich streicht er mir eine Haarsträhne aus dem Gesicht und küsst mich so sanft und lange, wie ich es liebe.

Wir reden und lachen, und ich bin erleichtert, denn ich habe keine Lust, über gestern Abend nachzudenken oder zu sprechen. Nur das Jetzt zählt, und dieses Jetzt gefällt mir gut. Es ist fast wieder so wie damals, als wir frisch verliebt waren.

»Wie sieht es jetzt eigentlich auf deiner Dachterrasse aus? Gedeihen deine Tomaten gut?«, fragt er interessiert.

Er hat mir also doch zugehört, als ich Anfang des Jahres davon gesprochen habe, Tomaten anzubauen.

Als die Luft merklich abkühlt, brechen wir auf und fahren zurück nach Hamburg. Tim hat bei unserem Lieblingsitaliener einen Tisch reserviert. Bei Rotwein für ihn, Wasser für mich, Spaghetti mit Scampi und Kerzenschein schauen wir uns tief in die Augen, und plötzlich bin ich kurz davor, Tim von der offenen Position im Marketing bei Triversal zu erzählen und ihn zu fragen, ob er mit mir zusammen eine Bewerbung für die Stelle formulieren würde. Das würde ihm sicher richtig gut gefallen. Gerade als ich mich räuspere und loslegen will, ergreift er meine Hände und sagt: »Also, Sophie. Wegen gestern Abend. Heather und ich – wir sind wirklich nur Business Partner. Und ich hatte dir nicht Bescheid gesagt, weil ich nicht dachte, dass es nötig ist. Es war ja nicht geplant, dass wir noch ausgehen.«

»Mach dir keinen Kopf. Ich verstehe das. Ich war einfach nur überrascht«, antworte ich und weiß schon gar nicht mehr, worüber ich eben noch mit ihm sprechen wollte.

»Gut.« Erleichtert streicht er mit seinen Daumen über meine Handrücken. »Gut, dass wir das geklärt haben. Magst du noch einen Nachtisch?«

Und als ich nicke, mich zu ihm über den Tisch beuge

und in sein Ohr flüstere: »Aber nicht hier«, bedeutet er dem Kellner, uns die Rechnung zu bringen.

Wir fahren zurück zu mir. Schon im Treppenhaus küssen wir uns leidenschaftlich und zerren gegenseitig an unseren Jacken herum. In der Wohnung lassen wir uns auf mein Bett fallen, in dem ich am Morgen noch verkatert dem Tag ins Auge geblickt habe. Unser Tempo verändert sich. Er lässt sich Zeit, zieht mich in Zeitlupe aus, und seine Augen wandern ohne Unterlass über meinen Körper, so als wollte er sich jedes Detail genau einprägen.

Der Geruch von Kaffee und frischen Brötchen steigt mir in die Nase. Tim hat einen kleinen Zettel auf seinem Kopfkissen hinterlassen: »Sorry, aber ich muss heute doch noch einiges für die Arbeit machen. Es war echt schön gestern! Ich wünsch dir einen tollen Sonntag. Kuss.« Unterschrieben hat er mit einem Herzen.

Im Gegensatz zu fast allen Nächten seit einem knappen Jahr habe ich sehr gut geschlafen. Keine Träume, kein Aufwachen, kein Herumgewälze. Zehn Stunden erholsamer Schlaf.

In der Küche steht ein Thermobecher mit Kaffee neben einem Teller mit einem mit Himbeermarmelade bestrichenen Brötchen. Wie süß von ihm! Wenn ich ein Smartphone hätte, würde ich Sasha jetzt ein Foto davon schicken. Welcher Mann macht schon so was? Meine Ex-Freunde auf jeden Fall nicht, wobei ich ja auch noch nie eine so lange Beziehung wie diese mit irgendwem hatte. Und dass Tim nicht darüber nachgedacht hat, warum die sechs Gläser Himbeermarmelade seit einem Jahr unangebrochen in meiner Küche stehen und ich keines davon jemals selbst geöffnet hätte, weil sie unbedingt weiterhin und für immer da stehen müssen, kann ich ihm nicht verdenken.

Die Himbeermarmelade ist noch vom letzten Sommer. Meine Mutter und ich waren losgezogen, haben stundenlang Himbeeren gepflückt und anschließend einen riesigen Topf Marmelade zubereitet. Der Tag ist unglaublich schön gewesen. Ich habe mir eins von ihren langen, geblümten Hippie-Kleidern geliehen. Und so standen wir nebeneinander wie Schwestern an ihren alten weißen Ford Taunus gelehnt und machten kichernd ein Polaroid-Foto nach dem anderen von uns. Ich sehe meine Mutter gegen die Sonne, wie sie sich ihre klebrigen rosaroten Finger ableckt, wie sie mich anlacht, wie sie sich im Himbeerfeld dreht, mir zuruft, jetzt und auch sonst nicht immer so ernst zu sein, und mich damit aufzieht, dass ich wohl mehr nach meinem Vater komme als nach ihr. Wie sie sich unvermittelt auf den Boden setzt, sagt: »Warte kurz. Das muss ich festhalten«, ein paar Stifte und einen Block aus dem überdimensionierten Beutel zieht, den sie immer bei sich hat, und anfängt, einen Schmetterling zu zeichnen, der sich auf einem Himbeerblatt niedergelassen hat. Wie wir uns in den Armen halten und uns über unsere Ernte freuen. Wie sie mir, in meiner Wohnung, hier in der Küche, über die Schulter schaut, als ich die blubbernde Himbeerflüssigkeit durchrühre, und mir ins Ohr raunt: »Was wir zusammen begonnen haben, bringen wir auch zusammen zu Ende.« Obwohl ich ihr gesagt habe, dass sie sich jetzt ein bisschen ausruhen kann. Aber anstatt auf mich zu hören, hat sie mich nur liebevoll auf die Stirn geküsst und mich an sich gedrückt. Unwillkürlich fasse ich mir an die Stirn, wo sie vor fast einem Jahr den Kuss platziert hat.

Und dann stirbt sie einfach ein paar Tage später an einem Blutgerinnsel in ihrem Kopf. Und alles, was mir von ihr bleibt, sind ihre Bohemian-inspirierte Kleidung, der Teil ihrer fantasievollen Illustrationen, der nicht von meinem Vater sorgsam gerahmt an den Wänden meines Elternhauses hängt, sondern unordentlich in ihren mit Farben bekleckstten Mappen darauf wartet, von mir angeschaut zu werden, ein bisschen Schmuck, ihr Taunus, ein Sparbuch, unzählige Erinnerungen, die immer noch mehr schmerzen als guttun, ihr Lachen in meinem Ohr, das furchtbarerweise immer leiser wird, je mehr Zeit vergeht, und ein paar Gläser Himbeermarmelade. Ich vermisse sie. Ich vermisse sie schrecklich.

Meine Schultern fallen beim Ausatmen in sich zusammen, eine Träne rollt über meine Wange, und ich esse das Brötchen auf, so schnell ich kann.

Mit dem Thermobecher in der Hand klettere ich auf Theodore und steige in mein Gartenparadies. Hier finde ich meine Mutter immer wieder, wenn ich Angst habe, sie verloren zu haben. Sie ist dann bei mir, und es tut ein bisschen weniger weh, dass sie es in Wirklichkeit nicht ist.

In der Nacht hat es geregnet, und die Düfte, die jetzt aus den Kräutern emporsteigen, benebeln meine Sinne und lenken mich ab. Ich stecke überall meine Nase hinein, setze mich auf meinen Unkraut-Schemel und genieße den Kaffee. Was Sasha wohl heute treibt?

»Komm doch mit!« Sasha hat natürlich etwas ganz Unwiderstehliches vor und kann ein plus Eins mitbringen. »Lass dich überraschen«, singt sie mit holländischem Akzent, Rudi Carrell imitierend, ins Telefon, nachdem ich sie gefragt habe, wohin sie mich mitnehmen will, und fügt hinzu: »Aber zieh was Gutes an, ja? Nicht spießig. Eher so hippiemäßig. Vielleicht eines von den Kleidern deiner Mut…« Sie unterbricht sich. Ich höre sie nur noch atmen, während sich mein Herz zusammenzieht. »Tut mir leid, ich wollte nicht …«, betreten versucht sie zu retten, was zu retten ist.

»Mach dir keinen Kopf!«, versuche ich, so unbekümmert wie möglich zu klingen. »Also, um beides nicht. Ich hol dich dann nachher ab. Bis dann.« Ich lege schnell auf, bevor wir weiter nach Worten suchen müssten, die die Situation für sie weniger unangenehm und für mich weniger traurig machen und die es sowieso nicht gibt.

Sie weiß zwar nicht, dass ich mich eben schon zu den Geistern der Vergangenheit begeben habe, aber sie weiß, dass meine Mutter mein Anker, meine Freundin, meine Beschützerin, mein Licht war. Sie weiß, dass ich nach ihrem Tod tagelang nur auf meinem Bett gelegen und Joe Henry in Dauerschleife gehört habe. Sie weiß, dass mir dabei die Tränen in die Ohren gelaufen sind und dass ich es nicht für möglich gehalten habe, je wieder aufzustehen und auch nur mit irgendetwas weiterzumachen. Sie weiß, dass ich aufgehört habe, mich zu waschen, zu essen, zu kochen, zu lachen, und dass es einige Wochen und viel vorsichtiger Überredungskunst von Tim und ihr gebraucht hat, bis ich wieder in einen regelmäßigen Tagesablauf finden konnte. Sie überzeugten mich, unter die Dusche zu gehen, ein Honigbrot zu essen, einen Zitronenkuchen zu backen, erzählten mir einen dummen Witz nach dem anderen und überredeten mich, mich wieder bei der Zeitarbeitsfirma zu melden, die mir einen Job als Urlaubsvertretung im Neukundenmanagement eines Fitnessstudios vermittelte.

Wenn ich mich recht entsinne, waren die beiden, Tim und Sasha, sich da das einzige Mal einig, haben da das einzige Mal an einem Strang gezogen, sich sogar abgesprochen, wer wann auf mich aufpasst, mit mir etwas unternimmt oder mich versorgt. Zwar sind sie dadurch nicht zu Freunden geworden, aber Sasha hat gesehen, wie er damals zu mir war, und sie hat zugegeben, dass Tims Fürsorge sie verblüfft hatte. Er kaufte für mich ein, saß an meinem Bett, kümmerte sich um die Formalitäten der Beerdigung, als mein Vater und ich nichts mehr fertigbrachten, und war da, wenn ich nachts aus einem Albtraum hochschreckte und in seinen Armen schluchzte, weil ich erkannte, dass es gar kein Albtraum war, sondern die traurige Wirklichkeit.

Es dauerte lange, bis ich wieder einigermaßen funktionierte und mehr Licht sah als Dunkelheit.

Ob es daran lag, dass es so überraschend kam, sie noch so jung und voller Leben war? Oder daran, dass sie die meiste Zeit meines Lebens die Einzige war, von der ich mich voll und ganz verstanden gefühlt habe? Meine Seelenverwandte? Ich weiß es nicht. Ich weiß nur, dass »Die Zeit heilt alle Wunden« einfach nicht stimmen kann. Denn der Schlag in die Magengrube ist auch jetzt noch fast genauso heftig wie vor einem Jahr, immer wenn ich spontan zum Telefon greife, um ihr zu erzählen, dass mir das Vanille-Soufflé gelungen ist, um sie zu fragen, ob sie mit mir einen Kaffee trinken gehen will, oder um zu erfahren, welches neue Projekt sie an Land gezogen hat, und ich dann realisiere, dass ich sie nie mehr auf diesem Weg erreichen kann. Dass Sterben zum Leben dazugehört, ist mir schon klar, aber dass das auch in meinem Umfeld stattfindet, damit war und bin ich nicht einverstanden.

Der alte Ford Taunus ist ein Sommerauto, und ich beschließe, dass heute Sommer genug ist, um ihn auszufahren. Ich denke wieder an die 15.000 €, die sie mir neben dem Oldtimer und ihrer Garderobe hinterlassen hat, und die auf einem Sparbuch darauf warten, ausgegeben zu werden. Mein Vater sagte mir, dass sie das Geld für mich und meine Träume gespart hat. Aber der Traum, der das mühsam gesparte Geld meiner Mutter verdient, muss erst noch geboren werden. Für ein Catering-Business inklusive mintfarbenem Foodtruck ist es einfach viel zu wenig, und einen zusätzlichen Kredit würde ich ganz bestimmt nicht aufnehmen. Natürlich hat Claudio das vorgeschlagen, aber ich habe ihm gleich mehrere Vögel gezeigt. Ich? Miss No-Risk-More-Fun? Einen Kredit? Für mein eigenes Geschäft? Er musste wahnsinnig sein. Das konnte doch nur scheitern. Mein Vater und Tim waren auf jeden Fall dieser Meinung, und da ich so etwas ja noch nie gemacht, sondern bisher nur geträumt habe, lasse ich es auch lieber dabei bewenden. Beim Träumen kann nicht viel schiefgehen. Irgendwann wird mir schon etwas Sinnvolles einfallen, was mit dem

Geld zu tun ist. Bis dahin rieten mir die beiden Banker, es einfach erst einmal zu sparen.

Ich lasse mich in einem bunt gemusterten Sommerkleid in den roten Ledersitz plumpsen, der dabei diesen typischen freundlich-ächzenden Ton von sich gibt, federe ein bisschen nach, knalle die Tür hinter mir zu, gebe Gas und versuche, alles Traurige hinter mir zurückzulassen. Erster Stopp: Sashas Wohnung in der Roonstraße.

»Hey Süße. Wie schön, dass du mitkommst!«, ruft sie freudestrahlend, während sie sich auf den Beifahrersitz schwingt, mir einen Kuss auf die Wange drückt und mich wieder einmal mit ihrem Wahnsinns-Look aus den Socken haut. Heute hat sie sich für eine lilafarbene, lange Tunika mit einem fast bauchnabeltiefen schmalen Ausschnitt entschieden, die ich ihr sofort vom Leib klauen will, obwohl ich genau weiß, dass ich darin wie ein Gespenst auf Ausgang aussehen würde.

Wir cruisen gemeinsam Richtung Blankenese.

»Hier jetzt rechts, und am Ende der Straße müsste es dann sein. Sag mal, wie ist es eigentlich mit Tim gelaufen? Hast du ihm noch ordentlich den Marsch geblasen?«

»Mmh.« Ich will ihr lieber nicht erzählen, wie der gestrige Tag verlaufen ist. Ich fürchte, sie würde sich nicht besonders für mich freuen.

»Du hast ihm also nicht den Marsch geblasen?« Sogar von der Seite spüre ich Sashas enttäuschten Blick.

»Wo muss ich jetzt lang? Da hinten?« Ich versuche abzulenken, und Sasha ist so nett und quält mich nicht weiter. Vielleicht ist ihr ja nach unserem Telefonat heute Morgen auch wieder eingefallen, dass mein Freund auch ein paar gute Seiten hat.

»Wie lautet das Codewort?« Ein Mann im Anzug steht vor einem verschnörkelten Eisentor, hinter dem sich ein romantisch verwunschener Garten entfaltet, und schaut uns an, als wären wir Spione und äußerst wichtige Protagonisten einer geheimnisvollen Verschwörung.

»Ist das Ihr Ernst?«, gluckse ich und schaue zu Sasha, die aber genauso ernst dreinschaut wie der Mann am Tor. Beide ignorieren mich völlig.

»Hasenfuß. Das Codewort ist Hasenfuß.«

»Das ist korrekt. Sie dürfen eintreten.« Der Mann tritt zur Seite, und das Tor öffnet sich wie von Geisterhand. Sasha kramt in ihrer Handtasche nach ihrem Portemonnaie und zückt fünfzig Euro, die sie dem Türsteher im Vorübergehen in die Hand drückt.

»Was ist das hier noch mal für eine Veranstaltung?«, frage ich meine Freundin leicht beunruhigt.

»Ach, du bist selber so ein alter Hasenfuß. Das ist einfach nur Gregors Humor. Er liebt Spionage-Filme. Vor allem die alten.«

Ein schlanker Typ im weißen Anzug kommt freudig auf Sasha zugelaufen.

»Chérie, das ist ja ganz wunderbar, dass du hier bist. Du siehst bezaubernd aus. Und wer ist deine liebreizende Freundin?«, während er Sasha galant einen Handkuss gibt, sagt sie: »Gregor, das ist meine liebe Freundin Sophie. Sie arbeitet bei Triversal. Sophie, das ist mein lieber Freund

Gregor. Er ist das Mastermind hinter diesen grandiosen Veranstaltungen.«

»Danke für die Blumen, liebe Sasha. Ich freu mich immer, dich zu sehen. Und enchanté, meine liebe Sophie. Es ist toll, dich kennenzulernen. Sashas Freunde sind auch meine Freunde.« Er ergreift meine Hand und haucht auch mir einen Kuss auf den Handrücken. Sein Schnurrbart kitzelt mich ein wenig. Wer gibt denn heutzutage noch Handküsse?

»Ich freue mich, dich kennenzulernen, Gregor.«

»Herzlich willkommen ihr beiden.« Neben Gregor ist ein Kellner aufgetaucht, der einen neongrünen Anzug mit kurzen Hosen und ein Tablett mit zwei Bellinis trägt. Gregor reicht jeder von uns ein Glas, und wir stoßen an.

»Vielen Dank für die Einladung, lieber Gregor. Chinchin.«

Als Gregor sich den nächsten Gästen zuwendet, die erfolgreich mit dem Codewort den angsteinflößenden Türsteher bestochen haben, flüstere ich Sasha zu: »Wer ist denn dieser Gregor überhaupt? Ich meine, wo kommt er her? Wieso macht er solche Events? Woher kennst du ihn?« Irgendwie ist mir das Ganze ein bisschen unheimlich. Fast zu großartig, um wahr zu sein vielleicht.

»Ach. Muss man das immer alles wissen? Lass es uns doch einfach genießen, solange es währt.« Sasha weiß genau, dass mich solche Antworten in den Wahnsinn treiben, aber genau wie sie mich vorhin gelassen hat, lasse ich sie jetzt auch.

Wir streifen durch den Garten, der zu einer riesigen verfallenen Villa gehört, und nippen an unseren Bellinis. Überall tummeln sich kleine Grüppchen, die genau wie wir in diesem Nicht-von-dieser-Welt-Ambiente auf dem Grundstück lustwandeln. Irgendwann muss es in diesem Garten einmal sehr ordentlich zugegangen sein, aber seit einiger Zeit scheinen sich die Pflanzen ihr Reich zurückerobert zu haben. Die Kronen der zwanzig Ahornbäume, die den Weg vom Tor zum Haus säumen, sind wohl früher in Form geschnitten worden, jetzt biegen sich die Zweige frei in alle Richtungen. Der Lavendel hat sich aus seinem Beet befreit und bevölkert jede kleine Ritze zwischen den alten, schweren Granitplatten, die unregelmäßig auf dem Boden liegen. Die Rosen ranken üppig an den Backsteinen des Hauses empor, und einige blühen schon prächtig in Rosa, Rot, Apricot, Pink und Weiß. Auf einer Bank vor einer weißen Kletterrose sitzt ein Paar Arm in Arm und schaut zur Terrasse, wo bunte Lampions in den alten Linden baumeln, unter denen die opulent gedeckte Tafel steht.

Mir verschlägt es fast den Atem. Ein fliederfarbenes Tischtuch bedeckt den meterlangen Tisch, der mit Blumen, Geschirr und Kerzen dekoriert ist. Das hätte meiner Mutter gefallen. Wahrscheinlich hätte sie sofort ihre Stifte gezückt und die Szenerie auf einer Serviette festgehalten.

»Ich war noch nie an einem so besonderen Ort. Wie wird man zu so etwas Tollem überhaupt eingeladen?« Ich kann mich an dieser erlesenen Üppigkeit gar nicht sattsehen.

»Ich glaube, die richtige Antwort kann da nur ›Glück‹ sein. Na ja, oder ›Karma‹. Es ist wirklich schön hier. Gregor schafft es jedes Mal, sich noch zu übertreffen. Letztes Mal fand das Dinner in einem alten Herrenhaus statt – etwas außerhalb von Hamburg. Das war vielleicht ein Akt, das erst einmal zu finden. Aber es lohnt sich jedes Mal. Und es sind auch immer echt supernette und spannende Leute da. Als Single trifft man eigentlich immer jemanden, mit dem man sich zumindest sehr gut unterhalten kann. Und manchmal ist auch der ein oder andere Hottie dabei. Wo wir gerade beim Thema wären …« Sasha deutet hinter mich, und ich drehe mich, um ihrem Blick zu folgen.

»Oh. Hi. Mike. Was machst du denn hier?«

»Wieso? Sollte ich lieber nicht hier sein?« Mike schaut mich amüsiert an. Er macht sich über mich lustig, und die Hitze steigt mir ins Gesicht. Toll! Tiefkühltruhe. Eiswürfel. Schneegestöber. Skifahren.

»Ähm, mmh, ich bin einfach nur überrascht, dich hier zu sehen.« Jetzt stottere ich also schon, aber wenigstens werde ich nicht rot.

»Nicht, dass ich mich hier vor dir rechtfertigen müsste«, jetzt grinst er übers ganze Gesicht, »aber Gregor kenne ich schon seit Jahren. Wir sind uns beim Wrack-Tauchen in Kroatien begegnet und seither befreundet. Und wer ist deine Begleitung?« Er deutet mit dem Kopf auf Sasha. Aber bevor ich etwas erwidern kann, ergreift Sasha selbst das Wort:

»Du bist also Mike.« Sie mustert ihn anerkennend lächelnd von oben bis unten, was ihm überhaupt nicht unangenehm zu sein scheint. Mir dafür umso mehr. Muss sie das immer machen?

Sasha hat mich mit ihrem typisch offensiven Flirtmodus

ganz aus der Bahn geworfen. Ich räuspere mich und sage: »Entschuldige bitte. Sasha, das ist Mike, ein Kollege bei Triversal, der öfter mal an den Gardasee fährt. Mike, das ist Sasha, meine beste Freundin, die als Heilpraktikerin tätig ist und außerdem hin und wieder ehrenamtlich auf einem Gnadenhof aushilft.«

Mike und Sasha sehen sich in die Augen, und die Funken fliegen. In Zeitlupe schütteln sie sich die Hände und hören gar nicht mehr damit auf. Wieso stört mich das?

Mike lächelt Sasha offen an, und sie lächelt ohne Umschweife oder Ausweichen direkt zurück.

»Interessant. Heilpraktikerin. Wie schön, dich endlich kennenzulernen.« Ich habe ihm doch noch nie von ihr erzählt.

»Ja, ich find es auch schön, dich endlich kennenzulernen. Sophie hat nicht zu viel versprochen«, antwortet Sasha doch tatsächlich. Kann es noch peinlicher werden?

So richtig gut halte ich das nicht aus: »Ich hol uns mal was zu trinken«, entschuldige ich mich, aber die beiden sind bereits so ins Gespräch vertieft, dass sie mich gar nicht mehr wahrnehmen. Ich laufe alleine in Richtung Bar, stolpere über einen Stein, als ich mich noch einmal ungläubig zu ihnen umdrehe, und fühle mich sehr fehl am Platz und allein. Anstatt den beiden einen zweiten Bellini zu bringen, setze ich mich mit meinem auf eine Bank, die etwas abseits unter einem Rosenbogen steht. Von hier aus sehe ich Mike und Sasha, die am anderen Ende des Gartens stehen und sich mit frischen Getränken zuprosten. Wo auch immer sie die jetzt herbekommen haben. Manche Menschen wandeln einfach ständig auf der Sonnenseite des Lebens, oder? In dem Moment, da mir dieser Gedanke durch den Kopf geht, legt Mike seine Hand auf Sashas Rücken. Ein heißer unguter Stich fährt mir ins Herz, und mein Bauch grummelt laut auf. Ich bin eifersüchtig und neidisch. Das ist ja furchtbar! Und warum überhaupt? Die beiden sind doch wie füreinander gemacht. Und ich habe erst gestern einen wunderbaren Tag mit Tim verbracht. Was will ich denn noch?

»Hey, was machst du denn für ein griesgrämiges Gesicht?« Sasha stupst mich in die Seite. Ich habe sie gar nicht kommen sehen.

»Ach, nichts. Ich habe nur an die Arbeit gedacht.«

»Das lass mal lieber bleiben. Wir haben einen schönen Platz an der Tafel ergattert. Mike hält die Stühle frei. Er ist ja echt ziemlich toll. Kommst du?« Sie strahlt.

»Du stehst auf ihn, nicht wahr? Natürlich stehst du auf ihn. Wer steht nicht auf Mike?!« Den Kommentar kann ich mir einfach nicht verkneifen.

Sasha schaut mich erstaunt an: »Was ist denn hier los? Bist du etwa in ihn verknallt?«

»Äh. Natürlich nicht! Aber ich find's schon krass, was da gerade zwischen euch abging.« Ich merke selbst, dass ich mich anhöre wie eine eifersüchtige Ehefrau, aber ich kann mir irgendwie nicht helfen.

Sasha runzelt prompt die Stirn: »Ich weiß nicht, was du meinst. Wir finden uns nett, sind beide Single, und das könnte ein schönerer Abend werden, als ich dachte. Also, was hast du?«

Sie hat recht, ich weiß es ja. »Ich hab nichts. Sorry. Mir

war nur die Arbeitslaus über die Leber gelaufen. Komm, wir holen uns noch einen Cocktail, und dann gehen wir zu Mike.«

Das Abendessen ist himmlisch. Ich hätte es mir nicht besser ausdenken können. Vier Gänge voller Herrlichkeiten. Spargelschaum mit Avocadosahne und kleinen karamellisierten Nüssen, eine kalte Melonentomatensuppe mit Sojasesamöl, dann in knusprigem Erdnuss-Teig gebackener Dorsch auf Gemüsepfanne und als Nachtisch Schokoladenmousse.

Die Turtelei zwischen Sasha und Mike stört mich schon nach der Vorspeise nicht mehr, und als die beiden nach dem Nachtisch noch ein bisschen enger zusammenrücken, lasse ich sie alleine und liege um halb zehn satt und wohlig im Bett.

Der Wecker ist erbarmungslos. Ich kann nicht glauben, dass es schon wieder Morgen ist. Meine Hand schwebt über der Schlummerfunktionstaste. Drück drauf. Nur zehn Minuten. Nein! Dann verschlafe ich wieder, und Claudio kann nicht ewig für mich den Kopf hinhalten.

An diesem Montagmorgen schaffe ich es, adrett und pünktlich an der Rezeption aufzutauchen. Zu einer schwarzen schlichten Stoffhose habe ich ein weißes Blüschen mit rosa Punkten kombiniert, und meine Haare habe ich zu einem straffen Pferdeschwanz zusammengebunden. Kaum Make-up, dafür aber glitzernde flache Schuhe – der Trumpf dieses Outfits. Ich habe es sogar geschafft, auf dem Weg zur Arbeit zu meinem Lieblingsbäcker zu fahren, um Croissants für Claudio und mich zu besorgen. Und da kommt er auch schon angelaufen. Mit einem dicken Grinsen im Gesicht und zwei Coffee-to-go vom »Elbgold« in der Hand öffnet er mit dem Fuß die Tür, nachdem ich sie per Knopfdruck entriegelt habe. Hinter ihm offenbart sich der Grund für das Grinsen. Mike kommt gleich hinter ihm herein, und er sieht ... na ja ... zerknirscht aus. Dieser Gesichtsausdruck bei Mike ist mir neu. Hat das vielleicht etwas mit Sasha zu tun? Ah. Da kneift mein Herz wieder, und mein Bauch macht sich bereit, vielleicht gleich ein kleines Grummeln von sich zu geben. Daran muss ich arbeiten. Um Mikes verstörendem Gesichtsausdruck aus dem Weg zu gehen, greife ich erst einmal nach dem Thermobecher, den Claudio mir über den Tresen reicht.

»Mit Karamell«, sagt er stolz.

»Danke, das ist sehr lieb von dir, Claudio«, und in Richtung Mike sage ich: »Ist Sasha gut nach Hause gekommen?« Wieder dieser zickige Unterton. Meine Güte, dagegen MUSS ich etwas unternehmen.

»Ja, ist sie. Und Sophie? Danke tausend Mal, dass du uns vorgestellt hast. Sasha ist unglaublich toll. Ich bin ganz hin und weg. Wir haben uns noch bis in die Nacht unterhalten. Sie ist klug und witzig. Ich wollte sie gar nicht gehen lassen, also habe ich sie nach Hause gebracht ...«

Here we go – ich will es gar nicht wissen.

»Und dann habe ich ihr an der Tür vier Mal Tschüss gesagt, mich wie ein Vollidiot aufgeführt und bin gegangen. Und als ich fast zu Hause war, habe ich gemerkt, dass ich jetzt zwar weiß, wo sie wohnt, aber nicht ihre Telefonnummer habe, und jetzt weiß ich nicht, was ich tun soll. Soll ich einfach wieder bei ihr auftauchen, oder gibst du mir ihre Telefonnummer? Meinst du, sie will mich wiedersehen?« Nervös, liebeskrank, verwirrt. Eine ganz neue Seite an Mike wird mir hier gerade offenbart. Er scheint sich echt in Sasha verguckt zu haben.

»Ähm. Ja. Also, ich habe noch gar nicht mit ihr gesprochen. Sie arbeitet heute nicht. Sie wird jetzt sicherlich erst einmal schlafen wollen, aber du machst bestimmt das Richtige.«

Aus dem Augenwinkel sehe ich, wie Claudio, sich ins Fäustchen lachend, in seinem Büro verschwindet.

»J-ja«, STAMMELT!! Mike, »wir werden sehen, was der Tag noch so bringt.« Und auch er dreht sich um und geht mit hängendem Kopf in sein Büro.

Ich nippe an meinem Kaffee und verbrenne mir die Zunge. »Autsch.« Das geschieht mir recht. Eifersüchteleien sind hier wirklich absolut fehl am Platz. Ich presse meine Lippen zusammen und greife nach meinem Handy. Ein bisschen neugierig bin ich ja schon. »Hey Süße, wie geht's dir, und wie war's mit Mike? Kuss, S.« Senden.

Glücklicherweise ist es heute ziemlich ruhig. Niemand scheint Geburtstag zu haben, und viele Mitarbeiter sind im Urlaub. Ich verschiebe meine To-dos auf später und träume mich noch einmal zu dem herrlichen Tag mit Tim und dem überraschenden Nachmittag und Abend gestern. Fast schmecke ich den knusprigen Dorsch wieder auf meiner immer noch leicht verbrannten Zunge.

Bing. Bing. Bing. Meine Träumerei wird jäh von Tinas Mail-Bombardement unterbrochen. Tina und die Präsentation! Fast habe ich vergessen, dass es sie gibt. Hier noch ein Komma, da noch einen Absatz – Entschuldigung, aber dafür eine Mail zu schicken dauert wirklich ungefähr drei Mal so lange, wie es selbst zu ändern. Wahrscheinlich sitzt sie freudestrahlend in ihrem Büro und schlägt ekstatisch die meterhohen Hacken ihrer Louboutins zusammen, während sie mich mit diesen idiotischen Nachrichten belästigt.

Zum Mittagessen gehe ich in der City ein bisschen bummeln und schaue mich in einem neuen Interior-Laden um. Als ich mich gerade nicht zwischen zwei Packungen Servietten entscheiden kann, biept mein Telefon. SMS von Sasha: »Hey du, mir geht es gut. Ich bin grad erst aufgewacht, sorry, dass ich mich jetzt erst melde, aber es war echt spät gestern. Mike ist toll, aber er hat nicht mal versucht, mich zu küssen ... Ich lag ziemlich lang wach und hab mich gefragt, ob ich mich so getäuscht haben kann. Also, dass er eigentlich gar kein Interesse hat. Was denkst du?«

Endlich kann mein Herz mit Sasha mitfühlen. Die neidische Eifersucht hat sich verdrückt, und da, wo sie sich eingenistet hatte, schwebt jetzt die vage, wunderbare, beschmetterlingte Erinnerung daran, wie es ist, verliebt und sich der Gefühle des anderen noch nicht sicher zu sein. Natürlich fühlt er sich zu ihr hingezogen. Ich würde sogar sagen, dass er bis über beide Ohren in sie verknallt ist. Aber das schreibe ich ihr jetzt lieber noch nicht. So gut kenne ich Mike ja schließlich auch nicht.

»Süße, ich glaube, du kannst dir eher was drauf einbilden, dass er NICHTS versucht hat. Das würde ich als gutes Zeichen werten.«

»Echt?«

»Echt!«

»Und jetzt?«

»Keine Ahnung ...«

»Wollen wir uns heute Abend sehen?«

»OK.«

»OK. Freu. Kuss.«

Der Nachmittag vergeht so schnell wie der Vormittag, und ich habe keine Zeit, darüber nachzudenken, warum sich mein Freund so gar nicht bei mir meldet. Während ich Tinas Mails abarbeite, klingelt hin und wieder das Telefon, und der ein oder andere Bote bringt ein Poster-Proof oder eine DVD-Beispiel-Verpackung für die Kreativ-Abteilung vorbei. Als ich in einer Mail-Pause vom Computer hochblicke und zur Tür schaue, steht dort ein riesiger Karton. Ich habe niemanden klingeln hören. Komisch. Hoffentlich ist das keine Paketbombe. Mein Bauch gibt ein unglückliches Gurgeln von sich.

»Claudio. Kommst du mal bitte?« Sicher ist sicher.

Zusammen begutachten wir den Karton. »Für Herrn Mock. Happy 64th Birthday«, liest Claudio laut vor.

»Auf dem Absender steht Gladiator Films«, stelle ich fest. »Was meinst du, ist das gefährlich?«

»Keine Ahnung. Die Firma gibt es jedenfalls. Vielleicht hat er ja wirklich heute Geburtstag und Gladiator Films hat einfach bessere Quellen als wir.«

Niemand weiß, wann Mock Geburtstag hat, und über sein Alter wird nur hinter vorgehaltener Hand spekuliert. Manche wünschen sich schon seit Jahren, dass er endlich in Rente geht. Aber anscheinend hat der Mann noch nicht genug vom Filmgeschäft.

»Wollen wir mal hineinschauen?«, frage ich Claudio gespannt.

Zu meiner Freude ist er einverstanden.

In dem mannshohen Karton steht eine fünfstöckige Buttercreme-Sahnetorte mit Marzipanrosen und blauen Schleifchen.

»Das kann keiner ernst gemeint haben«, beschließt Claudio, und ich stimme ihm zu.

Ein kurzer Anruf bei Mocks Sekretärin, und die Torte wird per Rundmail für den allgemeinen Verzehr freigegeben. Claudio und ich werden auf dem Weg aus dem Konferenzraum, in dem wir das Torten-Unikum aufgebahrt haben, fast umgerannt. Gibt es etwas umsonst, sind sie sofort alle da. Bevor die Torte aber verspeist ist, sorgt sie noch weiter für Unruhe, denn auch auf der Torte wird auf den 64. Geburtstag und einen baldigen Ruhestand von Herrn Mock hingewiesen. Und das Gerücht, dass Herr Mock noch dieses Jahr in Rente geht, ist schnell in jeder Etage angekommen.

Tim meldet sich weiter nicht. War der Samstag doch gar nicht so schön, wie ich es empfunden habe? Und Mike meldet sich auch nicht. Steht er vielleicht doch gar nicht auf Sasha? Komisch. Vielleicht sollte ich meine Wahrnehmung öfter mal auf den Prüfstand stellen.

All das und vielleicht sogar die immer noch im Raum stehende zu besetzende Stelle im Marketing werde ich gleich mit Sasha besprechen und danach, wie immer, klarer sehen.

Ein Blick auf die Uhr sagt mir, dass ich gleich Feierabend habe und mich auf den Nachhauseweg machen kann. Doch bevor ich das Büro verlasse, räume ich noch meine Teetasse und den Kuchenteller in die Geschirrspülmaschine, während mir durch den Kopf geht, dass einige der besten Eigenschaften meiner Freundin darin bestehen, dass sie Verwirrung entwirrt und immer versucht, mich zu verstehen und mir den für mich passenden Ratschlag zu geben. Auch wenn sie selbst eigentlich anderer Meinung ist.

Nachdem ich auch die dreckigen Tassen und Teller meiner Kolleginnen und Kollegen weggeräumt habe, fahre ich den Computer runter, kontrolliere alle fünf Stockwerke, aktiviere die Alarmanlagen und stelle das Telefon auf den Anrufbeantworter um.

Oben in meinem kleinen Elfenbeinturm angekommen, muss ich beim Aufschließen meiner Wohnung noch einmal schmunzelnd an die Torte denken. Die allgemeine Annahme war, dass Gladiator Films Herrn Mock mit der Torte hatte ärgern wollen.

Es klingelt.

»Hey, du bist aber pünktlich. Ich bin gerade erst nach Hause gekommen. Komm rauf!«, rufe ich fröhlich in die Gegensprechanlage, drücke den Buzzer und lehne die Tür an.

Heute gibt es Chips und Bier. Das Festtagsessen von gestern muss noch ein bisschen vorhalten. Ich arrangiere alles auf einem Tablett, damit wir gleich auf die Dachterrasse gehen können.

Da klopft es.

Seit wann klopft Sasha?

»Hereeeein! Du brauchst doch nicht …«, quietsche ich übertrieben aus der Küche in den Flur.

»Hallo!«, unterbricht mich eine männliche Stimme, und ich lasse vor Schreck fast das Tablett fallen. Mein Bauch, der kein Fan von Überraschungen ist, meldet sich lautstark zu Wort. »Gröum!«

»Mike. Was machst du denn hier, und woher kennst du meine Adresse?« Das Gröum kann er unmöglich überhört haben, aber das ist mir jetzt auch egal. Er steht schließlich uneingeladen mitten in meiner Wohnung. Kleine mentale Erinnerungsnotiz: Unbedingt durch die Gegensprechanlage fragen, wer an der Tür ist, BEVOR ich auf den Buzzer drücke.

»Nun ja, ich wollte dich nicht bei der Arbeit stören, und irgendwie. Ach, ich weiß auch nicht. Ich war bei Sasha, und sie war nicht da. Oder hat die Tür nicht geöffnet. Und in meiner Not habe ich Claudio angerufen, der meinte, du würdest sie heute Abend treffen. Und da dachte ich, na ja, wenn ich dann hier wäre, würde ich sie auf jeden Fall wiedersehen. Ein spontaner Einfall! Und ich bin der Meinung: Spontan ist immer am besten. Weißt du?«

»Nun ja, dann. Herzlich willkommen in meinem Reich.« Bin ich in eine schlechte Soap-Opera hineingeraten?

»Weißt du was, Mike?! Du gehst jetzt einfach aufs Dach. Und wenn Sasha da ist, schick ich sie hoch, okay?!«

»Okay.« Der stets so braun gebrannte Mike sieht heute Abend aus wie ein bleiches Schreckgespenst, das beschämt mit den Fußsohlen scharrt und zu Boden schaut.

Meine Freundin ist anscheinend Superwoman, die jeden Schürzenjäger in ein verdattertes, liebeskrankes Murmeltier verwandelt. Ich hingegen schaffe es nicht einmal, dass sich mein Murmeltier bei mir meldet ... Mmh ...

»Hier geht's lang.«

Und während Mike auf Theodore steigt, kann ich nichts dafür, wahrnehmen zu müssen, was für einen unsagbar knackigen Po dieser Typ doch hat. Selbst schuld, Tim. Wenn du dich nicht meldest ...

SMS an Claudio: »Spinnst du?«

»Wieso? E Amore!«

»Amore hin. Amore her. Da helfen dir auch deine italienischen Wurzeln nichts. Privatsphäre ist hier das Zauberwort!!«

»Verknaahaallt!«

Dafür habe ich jetzt keine Zeit. Wieder klingelt es. »Wer ist da?« Wenigstens habe ich heute Abend etwas dazugelernt.

»Huhu«, flötet Sasha durch die Gegensprechanlage.

»Selber huhu.«

Oben angekommen, ist sie nicht einmal ein bisschen außer Atem und sieht in einem türkis-goldenen Minikleid natürlich umwerfend aus. »Na?! Wie war dein Tag, Schatz? Ich hab dir Blumen mitgebracht. Gefallen sie dir?« Sasha streckt mir einen bunten Blumenstrauß ins Gesicht.

»Gehen wir aufs Dach?!«

»Ja, geh du schon mal vor, ich komm gleich nach. Ich mach noch ein paar Häppchen!«

Sasha guckt mich fragend an.

»Wir hatten doch gesagt, Dosenbier und Chips?«

»Ach, du kennst mich doch.«

Fast schon elegant steigt sie auf Theodore, und ich muss sagen, Sasha hat die schönsten, ebenmäßigsten, braun gebrannten Beine, die ich je bei einer echten Frau gesehen habe. Eine Sekunde später ist sie auf dem Dach verschwunden. Ich lausche mit einem Ohr nach oben und höre, wie sie erstaunt Mikes Namen sagt und ihn fragt, was er denn hier zu suchen habe. Seine Antwort kann ich nicht verstehen. Aber das Murmeln nimmt schnell ein Ende, und dann ist es still. Sehr lange.

An die Arbeitsfläche der Küche gelehnt, nehme ich einen langen Schluck von meinem Bier und starre ins Leere. Und die Leere wandert in meinen Kopf. Kein Gedanke verfügbar. Ein angenehmes Gefühl.

»Hallo.« Sasha steht mit glühendem Gesicht vor mir. Sie sieht wie jemand aus, der gerade glücklich geküsst wurde. Mike klettert durch die Luke hinterher und springt von Theodore auf den Holzfußboden.

»Ich denke, wir gehen jetzt. Ich hoffe, du bist mir nicht böse?!«

»Natürlich bin ich nicht böse. Geht ruhig.« Und ich bin erleichtert, dass ich wirklich nicht böse bin, sondern mich für die beiden freue.

Als das Liebespaar meine Wohnung verlassen hat, krame ich nach meinem Telefon. Eigentlich müsste Tim schon zu Hause sein. So viel Romantik und Glücklichsein kann ich unmöglich alleine aushalten. Mailbox. Dann eben nicht.

Den restlichen Abend zupfe ich Unkraut zwischen meinen Kräutern, bevor ich um zehn völlig erschöpft ins Bett falle. Diese ewige Müdigkeit. Vielleicht sollte ich mal meine Eisenwerte checken lassen.

Fast schlafe ich, da biept mein Handy. »Im Büro ist es gerade total stressig, aber vielleicht kann ich dich Donnerstag zum Essen einladen? Du suchst das Restaurant aus. Schlaf gut. Ich liebe dich.« Na, geht doch. Aber eine Antwort bekommt er jetzt nicht, denke ich gerade noch, bevor mich der Schlaf übermannt.

Bis zur letzten Sekunde vertreibt sich Tina ihre und meine Zeit damit, Änderungsanweisungen durch die Gegend zu schicken. Aber nach der Mittagspause ist es endlich so weit. Das Meeting, in dem Anton Ziegler die langweiligsten Marketing-Vorschläge in der Geschichte des Films vorgestellt bekommt, wird heute Nachmittag stattfinden. Und damit bin ich endlich ERLÖÖÖÖST von dieser sadistischen Korinthenkackerin.

Andererseits: keine Chancen bei Mike und so viel Druck im Job. In ihrer Haut möchte ich wirklich nicht stecken.

Kann es sein, dass ich gerade so etwas wie Mitleid für Tina empfinde? Ja, sie tut mir wirklich leid! Schon allein die Vorstellung, mit dem jähzornigen Mock, der strengen Samantha und dem zugedröhnten Anton in einem Raum zu sein, lässt meinen Bauch laut aufheulen. »Ist ja gut! Du musst da ja nicht hin!«, beschwichtige ich ihn.

Die Geschichten über die Promis, die mit Triversal zusammenarbeiten, werden zuverlässigst per Flurfunk bis ins letzte Büro getragen. Penelope Hemstead ist dafür bekannt, nur in Hotels zu übernachten, die von einem Schamanen gereinigt wurden. Kirk Mennings darf man nicht vor 13 Uhr ansprechen und dann auch nur auf Suaheli. Und Manderley Krause nimmt nur Speisen zu sich, die jemand vorher auf Gift getestet hat. Dagegen ist Anton Zieglers Tick, nur an Meetings teilzunehmen, wenn eisgekühlter Weißwein in ausreichender Menge vorhanden ist, ja fast harmlos. Ein anderes Gerücht besagt, dass er unter seinem Pullover stets einen flachen Brustbeutel mit Koks bei sich trägt. Aber mit Tinas Machwerk im Hinterkopf kann ich ihm weder das eine noch das andere Laster wirklich verdenken.

Jetzt mache ich mir doch tatsächlich Gedanken um Antons Koksbeutel und Sorgen um Tina. Das kann ja wohl nicht wahr sein. Zumindest Samantha hat doch wohl hoffentlich einen Blick auf ihre Präsentation geworfen. Wobei, wenn sie das getan hätte, würde ich in diesem Moment bestimmt ein anderes finales Dokument in den dritten Stock schicken. Na ja. Eigentlich kann es mir doch wirklich wurscht sein. Ich bekomme zwar ein festes Gehalt, aber das ist nicht groß genug, als dass ich mir darüber Sorgen machen sollte, was auf der Chefetage abgeht. Trotzdem zupfe ich nervös am Saum meines schwarzen Egg-shape-Kleids herum, das ich für mein Date mit Tim ausgewählt habe. Schluss damit! Ich bin ja nicht dabei. Senden.

Ich möchte mich jetzt lieber darauf konzentrieren, dass ich heute Abend von meinem Freund zu einem schönen Essen eingeladen werde.

Mein Telefon klingelt.

»Hey Sasha. Wie geht's dir? Wie läuft's mit Mike?« Was für eine Frage. Natürlich läuft es extrem gut mit Mike. Er hat mir die letzten Tage jeden Morgen Caramel Macchiato und köstliche Croissants quasi zu Füßen gelegt, um sich bei mir für die Dachterrassenaktion zu entschuldigen und sich gleichzeitig zu bedanken. Ich muss zugeben, er benimmt sich wirklich sehr süß. Ich drehe mich im Bürostuhl um 180 Grad, lehne mich weit zurück und schaue aus der riesigen Fensterfront in den heute ziemlich grauen Himmel.

»Gut, aber ich bin furchtbar nervös«, antwortet Sasha verhalten.

Du funkelnde, sprudelnde, selbstbewusste Sasha – nervös?

»Wieso denn?« Jetzt bin ich aber wirklich neugierig.

»Ich denke, wir werden es heut Abend tun, und – tut mir leid, aber ich muss dich das jetzt einfach fragen: Weißt du zufällig, auf was Mike sextechnisch steht?«

Das ist doch jetzt nicht ihr Ernst. »Was?«

»Na ja, du sitzt doch bei Triversal direkt an der Quelle und hörst bestimmt allerlei Klatsch und Tratsch. Vielleicht waren da ja auch mal ein paar nützliche Infos dabei?« Sasha lässt nicht locker.

»Ja klar! Ich hab gehört, er trägt gern mit Pailletten besetzte Strapse zum rosa Spitzenkorsett und steht drauf, wenn man ihm den Hintern versohlt.«

»Waaas!?«

»Sasha. Ich sitze hier am Empfang einer Filmfirma, an dem alle zwei Sekunden jemand vorbeiläuft. Selbst wenn ich etwas über Mikes Vorlieben im Bett wüsste, könnte ich jetzt ganz bestimmt nicht mit dir darüber sprechen.«

In meinem Rücken räuspert sich jemand.

»Ich muss auflegen.«

Langsam lasse ich mein Telefon vom Ohr sinken, drehe mich um und hoffe, dass es nicht der ist, von dem ich glaube, dass er es ist. Doch leider habe ich kein Glück. Ich schaue direkt in Herrn Mocks kalte Augen.

»Ich würde es sehr begrüßen, wenn Sie während Ihrer Arbeitszeit nicht privat telefonieren würden«, lässt er mich knallhart wissen. Und ohne mir auch nur die Möglichkeit zu geben, mich zu entschuldigen, verschwindet er genauso schnell ins Nichts, wie er aufgetaucht ist.

Peinlich, peinlich, peinlich! Mein Bauch sieht das genauso und gibt ein quietschiges »Wiiiehk« von sich. Zur Beruhigung schreibe ich Sasha erst einmal eine SMS. Sie wird mir nicht glauben, was da gerade passiert ist, und indem ich die Worte in meinen alten Nokia 6310-Backstein eingebe, wird es schon weniger schlimm. Ja, fast schon lustig.

Das Firmentelefon klingelt und unterbricht meine Simserei. Seit wann greift Ihre Hoheit Tina denn zum Hörer, um mich anzurufen?

»Ja?«

»Ist da Sophie?«

»Ja.« Wer denn sonst?!

»Ich werde jetzt noch einmal in die Stadt gehen, aber ich bin rechtzeitig zum Meeting wieder da. Du weißt ja sicher, dass das Meeting auf 17 Uhr verschoben wurde, weil du ja eindeckst.« Könnte man »von oben herab« messen, hätte Tina gerade den Weltrekord aufgestellt.

»Nein, das weiß ich nicht. Und ich glaube nicht, dass das zu meinen Auf…« Das »-gaben gehört« kann ich mir sparen. Sie hat bereits aufgelegt. Ging das nicht auch in nett? Das Mitleid von vorhin kann ich mir getrost für jemand anderen aufsparen. Wie kann man nur so ätzend sein? Die Leibeigenschaft ist also noch nicht vorbei. Na, dann stelle ich eben einen Pott mit dünnem Kaffee und diese bescheuerten, trockenen Brösel-Kekse auf den Meeting-Tisch, wenn Frau Hochwohlgeboren zu sehr mit Haarstyling, Make-up, Mani, Pedi beschäftigt ist.

Ich knurre vor Wut.

»Wie bitte?« Wieder ist Herr Mock wie aus dem Nichts aufgetaucht und sieht mich stirnrunzelnd an.

»Nichts, nichts. Ich habe mich nur geräuspert.« Ich raschele geschäftig mit ein paar Papieren herum, um zu erreichen, dass er mich in Ruhe lässt, aber so einfach wird man den Mock nicht los.

»Aaaa-HA. Sie wissen ja, dass Sie an der Rezeption die Aufgabe haben, unsere Gäste zu begrüßen. Nicht mit Papiergeraschel, nicht mit Räuspern, sondern mit einem Lächeln. Freundlichem Lächeln. Also, wenn ich bitten darf, immer schön freundlich lächeln. Wollen Sie es gleich einmal probieren?!« Die Härte seiner Stimme passt zu seinen kalten Augen, die mich durchbohren.

Soll ich jetzt lächeln? Ich fühle mich wie ein Reh, das in Schockstarre vor dem Aufblendlicht auf der Straße verharrt und ganz sicher des Todes ist.

»Uuuuuund? Können Sie lächeln, Frau …?«

»Petersen.«

»Frau Petersen. Bitte lächeln Sie, damit ich weiß, dass Sie hier am Empfang bei uns richtig sind.«

Ich kämpfe gegen die Schwerkraft, ziehe mit aller Kraft meine Mundwinkel nach oben und bringe einen Gesichtsausdruck zustande, der bei einer Wachsfigur vielleicht als Lächeln durchgegangen wäre.

»Na, das ist doch schon viel besser.« Anscheinend zufrieden, dreht er sich um und geht.

Meine Mundwinkel fallen augenblicklich fünf Zentimeter tief in Richtung Hölle, wo dieser Mann ganz sicher irgendwann einmal landen wird.

»Noch was.«

Oh Gott, was denn noch?? Mundwinkel wieder nach oben. Er dreht sich um und sagt:

»Zwischen vier und fünf kommt Anton Ziegler. Frau Petersen, Ihnen ist doch hoffentlich klar, dass dieser Mann ein Willkommens-Lächeln verdient hat, nicht wahr? Er sichert Ihren Arbeitsplatz mit seinem Werk.«

Ich nicke, er geht in den Fahrstuhl, dreht sich wieder zu mir und lässt mich nicht aus den Augen, bis die Fahrstuhltüren ihn verschlucken.

Nur langsam kommt meine Würde wieder unter dem Schreibtisch hervorgekrochen und schleicht sich zurück in meinen Körper. Das hätte ich mir nicht gefallen lassen sollen. Ich hätte diesem alten Stinktier den Mittelfinger zeigen sollen. Eigentlich sollte heute doch ein guter Tag werden. Die Zusammenarbeit mit Tina kommt zu einem Ende, Tim und ich werden einen romantischen Abend bei unserem Lieblingsitaliener verbringen und danach höchstwahrscheinlich ganz wundervollen Sex haben. Genau wie Sasha und Mike. Herr Mock passte da jetzt so gar nicht in mein Programm.

Im nächsten Leben räche ich mich an ihm! Mock, das sag ich Ihnen! Man sieht sich immer zwei Mal!

Die nächsten Stunden sind ungewöhnlich ruhig, und die Kollegen huschen nur so am Empfang vorbei. Entweder haben alle Angst vor Anton Zieglers Besuch und ziehen deshalb die Köpfe ein, oder der Chef ist in jedes einzelne Büro eingefallen und hat jeden Mitarbeiter und jede Mitarbeiterin dazu gezwungen, einen bestimmten Gesichtsausdruck für ihn zu üben. Ich habe immer noch an dem Erlebnis mit Herrn Mock zu knabbern. Wieso ist mir nichts Schlagfertiges eingefallen. So etwas wie »Haben Sie schon einmal was von SmileShaming gehört?« oder »Gespräche von Mitarbeitern zu belauschen ist arbeitsrechtlich verboten«. Aber nein, ich habe einfach nur das gemacht, was er von mir verlangt hat. Vielleicht hätte er mich lieber gleich feuern sollen.

Wie hypnotisiert schaue ich auf die Uhr an der Wand neben dem Tresen, aber die Zeiger scheinen sich nicht zu bewegen. Um vier Uhr dreißig und drei Sekunden klingelt das Telefon. Ich bin so darin versunken, mir zu überlegen, was ich Mock alles Geistesgegenwärtiges um die Ohren hätte knallen können, dass ich ungeschickt nach dem Hörer greife, der mir prompt aus der Hand fällt und laut auf den Tisch knallt. Aus der Muschel heulschreit ein keifiger Sopran meinen Namen, und ich habe ein bisschen Angst davor, mir den Hörer ans Ohr zu halten.

»Hallo?!«

»Soooooooopppphie???«, kreischt es mir hysterisch entgegen.

»Ähm. Ja. Das bin ich.«

»Willst du mich verarschen?«, schreit die Stimme jetzt wie kurz vor einem Tobsuchtsanfall, und bevor ich mir weitere Beleidigungen anhöre, bleibe ich erst einmal still. Ich habe keinen blassen Schimmer, wer mich da meint, anschreien zu müssen.

»Fuck. Fuck. Fuck. FUCK! Ich muss ins Krankenhaus! Ich hatte einen Unfall! Hörst du? Oder bist du auch noch taub?«, in hellem, anscheinend verzweifelten Aufruhr schimpft die Person am anderen Ende auf mich ein.

Ich habe immer noch keine Ahnung, wer da am Apparat ist.

Und es geht weiter: »Hallo? Sophie! Verdammte Scheiße. Ich kann die Präsentation nicht halten. Ich hab ein krasses Schleudertrauma, und mein Arm ist gebrochen.«

Es dämmert.

»Sag sofort Samantha Bescheid. Sag ihr, dass alle Daten auf dem Server im Filmordner liegen. Jemand anderes muss die Präsentation halten. Oh GOTT!!!! Ich glaub, ich muss kotzen! Ich lege jetzt auf. Hast du mich überhaupt verstanden? Hallo???«

»Ja, Tina. Ich habe alles verstanden. Ich sage Samantha Bescheid. Gute Besserung.«

Aber sie hat bereits aufgelegt.

Mit einem unguten, aber glücklicherweise nicht bauchrelevanten, denn es geht ja nicht um mich direkt, Gefühl wähle ich Samanthas Durchwahl. Ihre Assistentin Ilka geht ran: »Hey Sophie. Wir haben uns ja lang nicht mehr gehört! Wie geht's dir? Ist Ziegler schon da? Soll ich Samantha Bescheid sagen? Wollen wir bald mal wieder zusammen was unternehmen? Ach Mensch, Sophie, du, ich würde mich echt freuen, wenn wir mal wieder zusammen mittagessen gehen. Weißt du, bei mir ist so viel passiert in letzter Zeit, und na ja, bei dir bestimmt auch. Ich habe mich von meinem Freund getrennt. Eine ganz üble Geschichte. Er hat meine Lieblingsjeans in einem Papierkorb verbrannt und dabei fast die ganze Wohnung abgefackelt. Und dann musste ich da raus, wegen des Brandgeruchs und des Rußes. Das war vielleicht was. Aber zu meiner Schwester konnte ich nicht, weil, na ja, du weißt ja, wie sie ist. Ach Mensch, Sophie. Es gibt viel zu erzählen, aber irgendwie sehen wir uns nie. Wie kommt das eigentlich?«

Ilka redet immer ziemlich viel, aber heute ist sie ja ein regelrechter Wasserfall.

»Ilka, stopp mal kurz! Ich habe einen Notfall!«, unterbreche ich sie unwirsch.

»Ach ja?! Das hört sich ja spannend an. Ein Notfall? Dann schieß mal los.«

»Tina hatte einen Autounfall und ist auf dem Weg ins Krankenhaus – Armbruch und Schleudertrauma und Kotzen. Auf jeden Fall kann sie die Präsentation nicht halten.«

»Oh Gott. NEIN!! Das darf doch nicht wahr sein? Wo war die blöde Kuh denn! Ist sie noch schnell zum Botox-Doc gepilgert, um sich für Anton fein zu machen? Oder eher für Mike? Oh Mann, die haben sowieso schon alle so Muffe vor dem Besuch von Ziegler. Und jetzt das noch.« Ilka ist völlig außer sich.

Das sollten sie auch haben, denn die Präsentation von Tina, mit oder ohne sie, ist totaler Bullshit.

»Ja?!«

Ilka hat mich kurzerhand durchgestellt und sich, so erwartungsfroh, wie sich dieses »Ja« anhört, dazu entschlossen, mir die undankbare Aufgabe zu überlassen, Samantha die unglaubliche Nachricht zu überbringen.

Mein Schlucken ist so laut und hart, dass ich das Gefühl habe, es hallt im Telefon: »Hier ist Sophie.«

»Ja, ich weiß. Und?«, antwortet Samantha bestimmt. Mit ihrer kupferroten Mähne, den katzenhaften Augen und der Power einer Löwin sitzt sie jetzt sicher gerade in einem ihrer maßgeschneiderten Hosenanzüge an ihrem Schreibtisch und ist bereit, alles aus dem Weg zu räumen, was ihr und ihren Lebenszielen, die Erfolg und noch mehr Erfolg heißen, in die Quere kommt. Sie ist tough, aber sie ist auch freundlich und gerecht. Und obwohl mir ihr Ton in diesem Moment nicht besonders gut gefällt, muss ich zugeben, dass ich sie ansonsten ziemlich toll finde.

Aber jetzt muss ich mich zusammenreißen und der Löwin die unaussprechlichen Neuigkeiten überbringen: »Ja ... ähm. Also, es ist so. Tina hat mich gerade angerufen. Sie kann die Präsentation nicht halten. Sie hatte einen Autounfall und ist auf dem Weg ins Krankenhaus.« So, nun ist es raus.

»Was? Du scherzt, oder?!«

»Leider nein. Ich soll dir sagen, dass die Präsentation auf dem Server im Filmordner liegt. Sie ist aktuell.«

»Ich glaub es nicht!« Ein knallendes Geräusch kommt aus dem Telefonhörer, bevor das Tuten in der Leitung bestätigt, dass Samantha den Hörer entweder auf die Gabel geknallt oder gleich das ganze Telefon durch ihr Büro gepfeffert hat.

Es ist jetzt vier Uhr dreiunddreißig und drei Sekunden. Exakt drei Minuten sind also vergangen, seit ich das letzte Mal auf die Uhr geschaut habe. So viel kann in so kurzer Zeit passieren.

Mein Telefon klingelt erneut. Dieses Mal erscheint Samanthas Name im Display. Das ist kein gutes Zeichen.

»Du musst die Präsentation halten!« Samantha kommt schnell zum Punkt. Mein Bauch verschränkt die Arme: »Nein, das kannst du nicht!« »Absolut, richtig! Meine Rede!!«, gebe ich ihm recht. Aber anstatt ihr zu widersprechen, sage ich gar nichts.

»Sophie?!« Samantha packt mich durch die Leitung am Schlafittchen, was mich ein schwächliches »Ja?« in ihr Ohr hauchen lässt.

»Also, ja oder nein? Beziehungsweise ja oder ja! Du kennst die Präsentation doch in- und auswendig. Stefan, der andere halbwegs präsentable Product Manager, ist im Urlaub. Nina hat einen Termin in München. Linus ist krank. Ich selbst kann es nicht machen, das wäre einfach nur peinlich. Ich habe dich heut Morgen gesehen. Du bist genau richtig dafür angezogen. Du kannst und musst es machen.

Vielleicht ist es ja auch eine gute Chance für dich. Ich habe sowieso immer schon gedacht, dass du mehr draufhast als den Empfang. Also ich nehme an, das heißt, du machst es. Okay?!«

»--!«, meine Eingeweide verstecken sich hintereinander und verdrehen sich dabei immer weiter.

»Sag Bettina aus der Buchhaltung, sie soll sich an den Empfang setzen. Ilka deckt den Meetingraum ein, die Technik ist schon aufgebaut. Du kannst die Präsentation noch einmal mit mir durchgehen. Sieh zu, dass du in den fünften Stock kommst.« Sie bellt ihre Anweisungen ins Telefon, wartet meine Antwort gar nicht erst ab und legt auf. Ich sitze mit dem Hörer in der Hand da und starre auf den Bildschirm meines Computers.

Ich bleibe einfach hier sitzen und mache gar nichts. Als Claudio um die Ecke biegt, versuche ich so zu tun, als ob gar nichts wäre, aber er sieht sofort, dass alles nicht stimmt.

»Sophie. Du siehst aus, als wäre dir gerade der Teufel höchstpersönlich begegnet. Ist was passiert?«

In aufgeregtem Stakkato erzähle ich ihm die letzten vier Minuten. Aber statt Entsetzen breitet sich auf seinem Gesicht große Freude aus. Triumphierend kommt er hinter meinen Empfangstresen gelaufen und dreht sich mit einem Fingerschnippen einmal im Kreis, als würde er eine magische Beschwörung vollziehen.

»Mensch, Sophie. Das ist ja besser als jede Bewerbung. Jetzt kannst du denen endlich zeigen, was in dir steckt.«

»Oh nein, nein, nein. Das hast du ganz falsch verstanden! Das ist bestimmt nicht der richtige Zeitpunkt. Und außerdem ist die Präsentation von Tina einfach nur ätzend. Langweilig und beliebig. Damit kann ich bestimmt nicht zeigen, was in mir steckt. Das Gegenteil ist der Fall. Oh Gott, ist das alles grauenhaft. Und ich bin unglaublich aufgeregt. Das wird alles andere als gut gehen.«

Herrn Mock etwas beweisen zu müssen ist das Letzte, was ich nach der Mundwinkeldressur von heute Vormittag brauche.

»Meine süße Sophie. Du wirst sie umhauen. Ganz sicher. Zieh dein Gloss nach, lass dein Haar herunter und los geht's. Ich sage Bettina Bescheid.« Er zieht meinen Drehstuhl vom Tisch weg und fügt noch total positiv und enthusiastisch »Hopp! Hopp!« hinzu und tut so, als würden wir uns jetzt zusammen auf den Weg zu einem entspannten Kinoabend machen. Aber ich fühle mich elend.

»Oh Gott, Claudio. Ich will das nicht!«

»Das wird schon, das wird schon. Anton Ziegler ist doch auch nur ein Mensch. Nun mach schon!« Und so richtig bleibt mir ja auch nichts anderes übrig. Also trage ich Gloss auf, lasse mein Haar herunter und gehe los. Kurz fällt mir ein, dass ich Tim noch Bescheid sagen muss, dass ich es nicht zu unserem Abendessen schaffen werde, aber da meldet sich mein Bauch, und ich renne sicherheitshalber noch einmal schnell zur Toilette. Angst und Stress zusammen bekommen ihm noch viel weniger gut.

Oben angekommen, gehe ich so langsam wie möglich den engen, langen Gang entlang. Der grau-öde Teppich riecht immer noch wie neu nach Plastik, obwohl die Firma schon vor drei Jahren in dieses Gebäude eingezogen ist. Alle

Türen in dem Gang sind verschlossen, außer der, die mich am Ende des Flurs erwartet. Durch den Türspalt scheint mir ein grelles Licht entgegen. Samantha redet aufgeregt auf Ilka ein, und so langsam ich mich auch fortbewege, irgendwann komme ich bei den beiden an. Ilka huscht sofort aus unserem Blickfeld, und Samantha mustert mich von oben bis unten.

»Gut schaust du aus. Jetzt musst du nur noch dafür sorgen, dass der Inhalt gut rüberkommt.« Sie lächelt, aber ich bin mir sicher, dass sie in diesem Moment gerade nur pokerfaced. Wenn das hier schiefläuft, sind wir beide einen Kopf kürzer.

»Ich habe beschlossen, Mock nicht Bescheid zu sagen. Ich habe keine Lust, dass er uns alle im Vorhinein mit einem Wutanfall noch verrückter macht«, lässt sie mich nebenbei wissen.

Das kann keine gute Idee sein. Wenn ich mir bei einer Sache sicher bin, dann bei der, dass Herr Mock bestimmt kein Fan von Überraschungen ist.

»Gut. Dann wollen wir mal.«

Folie für Folie gehen wir die Präsentation durch. Besser wird sie dadurch auch nicht mehr. Aber Samantha scheint mit meiner Performance zufrieden zu sein.

»Wird schon schiefgehen, Sophie. Bei dieser Produktion ist sowieso der Wurm drin. Hast du das Timing gesehen? Der Film ist noch nicht mal zur Hälfte abgedreht und soll im Herbst schon ins Kino kommen. Ehrlich gesagt weiß ich nicht, wie Anton das schaffen will. Aber wenn er sich etwas, wie zum Beispiel das ideale Datum für seinen Filmstart, in den Kopf gesetzt hat, dann können ihn keine zehn Pferde davon abbringen. Er ist wirklich extrem stur.« Samantha schüttelt den Kopf, und ich bin zu aufgeregt, um unterscheiden zu können, ob sie von seiner Sturheit genervt ist oder ihn dafür bewundert.

Das Telefon im Meetingraum klingelt, und sie hebt ab: »Ja? Ich hole ihn.«

»Er ist da. Du wartest hier.« Und zu Ilka sagt sie: »Sag Mock, Christian und Cameron vom digitalen Vertrieb Bescheid. Sie sollen hochkommen.« Während Ilka schon zum Telefon greift, versuche ich, mein Wasserglas zum Mund zu führen. Aber ich zittere so stark, dass ich fast alles verschütte, und stattdessen versuche ich, den rauen, körnigen Kloß in meinem Hals mit Spucke herunterzuschlucken. Christian und Cameron kommen kurz nacheinander in den Raum, würdigen mich keines Blickes und setzen sich. Sie unterhalten sich angeregt über den Blockbuster-Start eines anderen Studios vom Wochenende. Vor der Tür ertönen jetzt die Stimmen von Herrn Mock und Samantha. Aus einem Impuls heraus springe ich auf, und mein Stuhl schnellt zurück. Cameron und Christian schauen mich verdutzt an. Aber jetzt gibt es kein Entrinnen mehr. Oder könnte ich nicht doch noch entkommen, indem ich die drei bei meiner Flucht einfach wie ein Football-Spieler tackele und überrenne? Mit meinen zittrigen Beinen wohl eher nicht. Ich stehe mit dem Rücken an der Wand beziehungsweise mit einem Bein in der Kündigung. Einfach nur lächeln, Frau Petersen, das kann doch nicht so schwer sein. Was für ein Idiot. Aber damit sollte ich mich vielleicht in diesem Moment nicht aufhalten.

Die beiden haben Anton Ziegler zusammen in Empfang genommen und treten nun ein.

»Was macht denn ...?«, beginnt Herr Mock sich bereits in dem Augenblick aufzuregen, in dem er mich zu Gesicht bekommt. Aber Samantha unterbricht ihn nonchalant.

»Toni. Das ist Sophie.« Alle im Raum sind mucksmäuschenstill, während Anton Ziegler höchstpersönlich einen Schritt auf mich zumacht und mir seine Hand entgegenstreckt.

Lieber Bauch, ich verstehe dich ja, aber bitte, bitte, bitte mach jetzt kein Geräusch!

»Hallo Sophie. Ich bin Toni, schön, dich kennenzulernen.«

Er grinst mich unverwandt und mit sehr weißen Zähnen an. Er scheint keine Fahne zu haben. Auch ein verräterischer Brustbeutel ist nirgends zu entdecken. Er wirkt in echt viel sympathischer als auf den Fotos, die regelmäßig in der Presse abgedruckt sind. Und ich muss jetzt was sagen, sonst sagt der Bauch was.

»Es freut mich auch, dich kennenzulernen«, gebe ich leicht irritiert von mir, und der Bauch hält glücklicherweise die Klappe.

Samantha ergreift wieder das Wort und stellt sich dem rotgesichtigen Mock: »Sophie wird heute die Marketing-Präsentation übernehmen, weil Tina, die eigentlich den Film betreut – du kennst sie ja, Toni –, einen Autounfall hatte.«

Ungläubiges Stöhnen entfährt Cameron und Christian.

»Es ist nichts Schlimmes passiert, aber sie ist eben jetzt im Krankenhaus. Und Sophie hat mit an der Präsentation gearbeitet. Sie ist also voll drin im Thema.« Samantha verzieht keine Miene.

»Na dann mal los, Sophie. Ich bin ja immer für eine Überraschung zu haben.« Toni setzt sich direkt gegenüber von mir an den großen runden Meeting-Tisch, zückt sein Handy und lehnt sich zurück. Erstaunlich, wie selbstsicher dieser Typ ist. Er verhält sich so, als gehöre ihm die Welt. Davon könnte ich mir mal eine Scheibe abschneiden. Dann hätte ich weder den Bauchstress, noch hätte ich BWL studiert und schon gar nicht würde ich hier vor einem der größten deutschen Filmschaffenden stehen und mich lächerlich machen, sondern köchelte ganz in Ruhe in meinem Foodtruck vor mich hin. Vielleicht eine Nudelsuppe mit Miso, Garnelen, Sprossen, Reisnudeln und ganz viel Koriander. Apropos Essen.

»Was ist eigentlich mit dem Wein?«, rufe ich unkontrolliert in die Gegend.

Alle Augen sind auf mich gerichtet, und Cameron entfährt ein überraschtes Kichern, während sie mich mitleidig ansieht. Das hätte ich nicht sagen sollen.

»Also wirklich. Frau Petersen. Ich weiß beim besten Willen nicht, was ...« Herr Mock läuft wieder glutrot an und ist gerade dabei, sich in Rage zu reden, als Toni von seinem Handy hochschaut, sich belustigt mit der Zunge über die Lippen fährt und ihn unterbricht: »Ja, Günther. Was ist eigentlich mit meinem Wein?«

Herr Mock bedeutet Cameron, sich darum zu kümmern, die nun nicht mehr mitleidig, sondern etwas dümmlich aus der Wäsche guckt und sich in Gang setzt.

Wenn ich es hinbekomme, Herrn Mock, der Samantha gerade mit seinen Blicken tötet, während meines Vortrags nicht anzuschauen, kann ich es vielleicht schaffen, diese Situation so gut wie möglich hinter mich zu bringen. Eins, zwei, drei, vier – tief ein- und ausatmen. Mein Magen ist nicht wirklich einverstanden und gluckert in Richtung Solarplexus.

Wie auf Autopilot geschaltet, sehe ich mich den Computer bedienen. Die erste Folie wird auf die Leinwand projiziert. Ich höre mich sprechen und finde es seltsam, welche Worte aus meinem Mund kommen, und zwar so, als hätte ich nie von etwas anderem geredet: Marktüberblick, Positionierung, Konkurrenztitel, Marktforschungsergebnisse, Zielgruppendefinition, geplantes Einspielergebnis, SWAT-Analyse, Finanz- und Marketingziele ... Cameron kommt herein, gießt Toni ein Glas Sauvignon Blanc ein und setzt sich wieder hin.

Hin und wieder blicke ich von Toni, der mir lässig zuprostet, zu Samantha, die mir aufmunternd zunickt und sich dann zu Mock beugt und ihm etwas ins Ohr flüstert. Toni widmet sich wieder seinem Smartphone, würdigt mich keines weiteren Blickes und scheint mir auch nicht zuzuhören. Danke vielmals. So ist es viel leichter für mich.

Beim Herzstück der Präsentation, den konkreten Marketingmaßnahmen, fange ich an zu stottern. Samantha blickt mich alarmiert an. Von ihren Lippen lese ich: »Was ist los?« Ich zucke unmerklich mit den Schultern, räuspere mich und bringe stockend hervor:

»Wir planen Kooperationen mit Dating-Websites, Partner Menüs mit Fast-Food-Ketten …«

Toni blickt kurz auf, stöhnt gelangweilt und schlägt die Augen gen Himmel.

Er hasst es, genau wie ich. Aber der feste Knoten, der sich in den letzten zwanzig Minuten in meinem Bauch zusammengedreht hat, wird dadurch seltsamerweise etwas weicher. Plötzlich macht es für mich überhaupt keinen Sinn mehr, das hier auch nur noch eine weitere Sekunde länger durchzuziehen. Die Angst vor dem Ungewissen weicht einer irgendwie beruhigenden Gewissheit. Denn ich weiß auf einmal: Ich bleibe mir jetzt treu, werde dafür gefeuert, und dann habe ich es endlich hinter mir. Und auch wenn der Sprung ins kalte Wasser eigentlich so gar nicht meine Art ist, führt in diesem Moment einfach kein Weg daran vorbei.

»Entschuldigung?«

Toni ist wieder komplett in sein Telefon vertieft, aber Mocks, Samanthas, Camerons und Christians Aufmerksamkeit kann ich mir gewiss sein. Herr Mock rutscht unruhig auf seinem Stuhl hin und her. In wenigen Sekunden wird er die Fassung verlieren, und ich muss zugeben, allein das ist es wert. Ich räuspere mich.

»Toni. Entschuldigung.« Dieses Mal schaut er nicht mehr ganz so nett, aber zumindest guckt er mich an, und ich fühle mich nicht mehr wie eine leere Hülle, die auf Kommando lächelt oder bekloppte Vorträge hält, sondern wieder wie ich selbst, und so fahre ich fort:

»Das ist nicht meine Präsentation. Also, ich meine, ich habe diese Präsentation nicht gemacht!«

Totale Stille im Meetingraum, und Toni scheint plötzlich nicht mehr genervt zu sein, sondern interessiert-amüsiert. Fordert er mich mit seinem Grinsen heraus?

»Ich hätte das ganz anders gemacht und finde diese Marketing-Ideen ehrlich gesagt extrem langweilig und beliebig, und ich halte überhaupt nichts von Kooperationen mit Fast-Food-Ketten, wenn es darum geht, eine romantische Liebeskomödie zu bewerben.«

Meine Worte vibrieren in der Luft des Meetingraums hin und her, während mein Bauchknoten sich weiter entwirrt und ich endlich einen Schluck Wasser trinken kann, weil ich merke, dass auch mein Zittern aufgehört hat. Im Gegensatz zu mir sind die anderen Meetingteilnehmer alles andere als entspannt.

Samantha schüttelt enttäuscht den Kopf, Christian und Cameron schauen verdutzt von Herrn Mock zu Samantha und dann zu Toni, und ich kann förmlich sehen, wie Herr Mock die Worte zusammensammelt, die er mir gleich entgegenschreien wird. Und schon geht es los: »Was fällt Ihnen ein! Sehen Sie zu, dass Sie verschwinden! Sie sind die längste Zeit hier Empfangsmädchen gewesen! Das ist ja wohl die Höhe! Was erdreisten Sie sich überhaupt! Samantha, ich weiß zwar nicht, warum dieses Mädchen hier diese wichtige Präsentation hält, aber das werden wir später erörtern. Frau Sowieso, Sie sind fristlos entlassen. Verschwinden Sie! SOFORT!«

Ich – ein Mädchen? Ich weiß nicht so recht. Aber Entlassen und verschwinden? Kein Problem. Nichts lieber als das. Sehr gern.

Aber meine Beine bewegen sich nicht.

Toni nimmt einen großen Schluck aus seinem Glas, setzt es genüsslich ab und seufzt tief.

»Los, worauf warten Sie noch?!«, bellt Mock mich an.

Kopf an Beine – bitte setzt euch in Bewegung. Endlich rühren sie sich und machen ein paar Schritte in Richtung Tür.

»Frau Sowieso bleibt!«, kommt es laut und entschieden aus Tonis Richtung.

Langsam drehe ich mich wieder zurück.

ANTON ZIEGLER ergreift Partei – für MICH? Warum, wieso, weshalb???

»Sophie Sowieso. Ich bin genau deiner Meinung! Das ist die ödeste Marketing-Präsentation, die ich seit Langem gesehen habe. Beziehungsweise möchte ich euch fragen, Sam, Günther, ist das nicht dieselbe Präsentation wie bei ›Alle außer Anna‹?? Hat den nicht auch Tina betreut? Damals hatten wir Glück, der Film lief ja quasi von alleine. Wie dem auch sei. Ich stimme Frau Sowieso zu. Dieses Marketing ist scheiße. Ich will ein neues Marketing. Und wenn ihr euch schon dafür entscheidet, dass eine Frau Sowieso vom Empfang eine solche Präsentation hält, dann will ich jetzt auch hören, was diese Frau Sowieso zu sagen hat.«

»Aber, Toni!« Mock und Samantha sind jetzt einer Meinung.

»Don't Aber me! Entweder es läuft so, oder ich mach was, das für euch und eure Firma richtig ätzend ist. Dann klage ich mich nämlich aus unserem Vertrag raus. Ende –

Basta – Bahnhof!« Toni macht nicht den Eindruck, als würde er weiteren Widerspruch dulden.

Mein Bauch gibt ein gurgelndes Grollen von sich, und alle schauen mich an. »Sorry. Ich … äh … «

Ja, was soll man dazu sagen.

»Na schön«, presst Mock zwischen zusammengebissenen Zähnen hervor. »Dann wollen wir mal hoffen, dass Frau Sowieso uns mit ein paar zündenden Ideen überzeugen kann. Am besten pronto.« Es fällt ihm körperlich schwer, seinen Zorn im Zaum zu halten. Das kann ich sehen. Seine Explosion stoppen zu müssen, muss extrem anstrengend für ihn sein, während ich mich in der wunderbaren Lage befinde, immer ruhiger zu werden. Jetzt weiß ich genau, was zu tun ist.

Als ich Tinas Präsentation bearbeitete, waren mir unzählige tolle Marketing-Ideen eingefallen. Und all diese großen und kleinen Einfälle purzeln jetzt nur so aus mir heraus. Toni schaut nicht wieder auf sein Handy. Er hört aufmerksam zu, macht sich Notizen, lacht, und ich finde, dass er überhaupt nicht so ist, wie die Gerüchte ihn gezeichnet haben. Wir verstehen uns blendend. Die Chemie stimmt. Wir spielen uns die Bälle zu, und am Ende habe ich sogar das gute Gefühl, wirklich zu wissen, wie der Film vermarktet werden muss, um an Tonis ersten großen Erfolg anzuknüpfen. Ich kann ihm dabei helfen, und das ist irgendwie und ganz überraschenderweise ein schönes Gefühl.

»Das ist es fürs Erste.« Damit schließe ich meinen kleinen Vortrag und vermeide es, in die Runde zu schauen, um mir die zornigen Blicke meiner Vorgesetzten zu ersparen.

»Sophie. Das hat mir gut gefallen. Deine Ideen und deine Präsentation waren wirklich mal was ganz anderes. Du bist ehrlich, lustig, kreativ und lebendig. Das wird dem Film guttun. Und dir ja vielleicht auch? Denn für deinen Job als Empfangsdame hast du jetzt keine Zeit mehr. Du bist ab sofort für das Marketing meines Films zuständig. Samantha und Günther machen dir bestimmt ein großzügiges Angebot. Da bin ich mir sicher.« Mit vielsagendem Blick nickt er den beiden zu.

»So, und jetzt gehen wir was essen und feiern diese wunderbaren, unvorhergesehenen neuen Möglichkeiten in der Vermarktung unseres großartigen Films. Ich freue mich! Sophie, wir hören uns!«

Das ist jetzt wirklich gaaaaanz anders gelaufen, als ich gedacht hatte. Beförderung statt Rauswurf? Wirklich?

Ja! Wirklich! Aber was mir im Moment irgendwie viel wichtiger ist: Ich darf jetzt gehen. Endlich! Ich hebe die Hand zu einem schüchternen Abschiedsgruß und schlüpfe aus der Tür. Vielleicht kann ich ja jetzt sogar davonkommen, ohne noch einmal mit Mock oder Samantha sprechen zu müssen.

Aber nein, das wäre ja wirklich zu viel verlangt gewesen. Eine eiskalte Hand schließt sich um meinen Unterarm, als ich mich in Richtung Fahrstuhl in Bewegung setzen will. Ist das nicht Körperverletzung?

»Zukünftig verbitte ich mir solche Alleingänge. Das war wirklich unmöglich von Ihnen! Wenigstens haben wir jetzt einen glücklichen Produzenten und Regisseur. Aber nehmen Sie sich in Acht. So etwas lasse ich Ihnen nicht noch einmal durchgehen.«

Dumme Fragen müssen manchmal sicherheitshalber gestellt werden: »Ich bin also nicht gefeuert?«

»Sie haben ihn doch gehört! Er will Sie als Product Managerin. Ich habe keine andere Wahl.«

»Das heißt, Sie befördern mich, sagen mir nicht mehr, wann ich zu lächeln habe, und ich kann jetzt gehen?« Ein kleines, freches Grinsen kann ich mir nicht verkneifen.

»Ja«, kommt es ihm widerwillig über die Lippen.

Und auch, wenn ich jetzt vielleicht doch noch gefeuert werde, kann ich einfach nicht anders: »Sie sehen, es ist gar nicht so schwer, mich zum Lächeln zu bringen.«

Er zieht grimmig die Augenbrauen zusammen und knirscht mit dem Kiefer. »Vergessen Sie ja nicht, wen Sie hier vor sich haben. Und suchen Sie gefälligst einen Ersatz für den Empfang. Solange Sie keinen haben, machen Sie die beiden Jobs parallel. Das kann ja für eine Überfliegerin wie Sie mit so vielen tollen Ideen kein Problem sein, oder?!«

Tim! Ich habe Tim ganz vergessen. »Oje.«

»Wie bitte?«

»Entschuldigung. Ich habe an etwas anderes gedacht.« Was hatte er mir gerade gesagt? Nachfragen ist jetzt aber auch blöd. Mmh. »Ja, natürlich. Also, natürlich kein Problem, Herr Mock. Auf Wiedersehen. Ich muss jetzt wirklich los.«

Ich lasse ihn stehen und eile aus dem Gebäude. Auf der Straße fällt mir auf, dass ich Tasche und Jacke ja noch oben am Empfang liegen habe. So durch den Wind war ich schon lange nicht mehr. Was war da gerade passiert? Und WER war da gerade passiert? War das wirklich ich? Habe ich Herrn Mock tatsächlich frech angegrinst?

Anscheinend habe ich auch Superkräfte. Genau wie das Monster aus dem Triversal Sommerblockbuster ...

Oben angekommen, greife ich nach meinem Telefon. Siebzehn!!! verpasste Anrufe von Tim und acht SMS, die erst spaßig, dann geladen, besorgt und schließlich frustriert klingen. Wie spät, um Himmels willen, ist es denn? Ein Blick auf das riesige Ziffernblatt sagt mir, dass Tim jetzt schon seit eineinhalb Stunden auf mich wartet. Wirklich absolut oje-time. Wie kann ich ihm schnell und plausibel erklären, was heute Nachmittag passiert ist? Anton Ziegler. Gefeuert. Befördert. Marketing. Gute Chemie. Nein, das lieber nicht. Sonst ist er auch noch eifersüchtig. Nach so einem Tag will ich mich nicht auch noch rechtfertigen müssen. Aber in diesem Fall führt ja wirklich kein Weg daran vorbei. Wir sind schließlich zu einem romantischen Abendessen verabredet gewesen, und einer der beiden Teilnehmer, nämlich ich, ist einfach nicht aufgetaucht. Wahrscheinlich wird er mir noch nicht einmal glauben.

»Ganz ehrlich, du hast Nerven! Schön, dass du es auch mal für nötig hältst, dich mit mir in Verbindung zu setzen.« Im Hintergrund laute Musik. Er ist betrunken, und obwohl ich weiß, dass es keinen Sinn macht, versuche ich, ihm zu erklären, was heute vorgefallen ist.

»Ja, es tut mir sehr, sehr leid. Mir ist heute die unglaublichste Geschichte passiert. Ich ... «

»Unglaubliche Geschichte, was?! Das ist mir, ehrlich gesagt, gerade so was von scheißegal! Außerdem kann ich dich eh kaum hören. Nachdem ich eineinhalb Stunden auf dich in deinem bescheuerten Romantik-Italo-Restaurant gewartet und ungefähr hundert Mal versucht habe, dich zu erreichen, bin ich schließlich ins ›Pacha‹ zum After-Work und lass mich jetzt volllaufen.«

Von dem mich durchs Studium bringenden, humorvollen, zugewandten, rücksichts- und verständnisvollen, mich umsorgenden und tröstenden Tim ist hier Leitung rauf, Leitung runter leider nichts zu hören.

»Siebzehn Mal«, erwidere ich ganz trocken, wundere mich über mich selbst, dass ich nicht verletzter, nicht geschockter darüber bin, dass er mir nicht einmal die Chance gibt, sich meine Version der Geschichte anzuhören, und wundere mich noch ein bisschen mehr, dass ich ihm so locker die Stirn biete.

»Was?«, zischt es sauer in mein Ohr.

»Du hast nur siebzehn Mal versucht, mich zu erreichen. Nicht hundert Mal.«

Heute ist wohl mein Maul-aufreiß-Tag, der damit endet, dass ich wütend auflege, ohne eine Antwort abzuwarten.

Zweiter Teil

»Hi Newbie, kann ich dir helfen?«

Ich brauche eine ganze Weile, bis ich zwischen den zahllosen Wohnmobilen von Cast und Crew, dem Kostümtruck, den Zelten für Haare- und Make-up-Styling und den unzähligen Menschen, die überall geschäftig herumwuseln, erkennen kann, wer mich da anspricht. Meine Augen hatten sich bisher nur auf den sandigen Untergrund konzentriert, der sich mit aller Macht dagegen wehrt, mich und meinen Rollkoffer vorankommen zu lassen. Im Schweiße meines Angesichts, vornübergebeugt wie ein Strandläufer beim Muschelnsuchen, weil der Koffer zu schwer und der Sand zu weich ist. Mit hochrotem Kopf, weil es der wohl heißeste Nachmittag seit Anbeginn der Zeit ist und ich einen Wollpullover zu Jeans und Ugg Boots trage, weil alle mich vor einer dänischen, unglaublich kühlen, durch Mark und Bein gehenden Seebrise gewarnt haben, von der hier aber so ganz und gar nichts zu spüren ist.

Die Ansprache verschafft mir eine Verschnaufpause, in der ich merke, wie mir der Schweiß die Wirbelsäule herunterläuft, und ich frage mich, warum ich mich bei der Outfitwahl nicht gleich für Moonboots und Daunenjacke entschieden habe. Vielleicht bin ich ja auch schon ein paarmal im Kreis gelaufen. Ich habe, ehrlich gesagt, keinen blassen Schimmer, wo ich Toni finden soll. Ich blicke in Richtung Stimme und sehe einen großen Typen in zerrissener Jeans und weißem Shirt mit schräg aufgesetztem Cap und Sonnenbrille an dem pinken Cateringbus lehnen, auf dem in großen grauen Lettern *Peter's* steht. Das Gefährt sieht aus wie ein Doppeldecker-Bus aus London. Nur halt in Pink. Oben sind die Fenster mit grauen Vorhängen verhängt. Und unten hat der Besitzer einfach eine Küche installiert. Mit allem Drum und Dran. Dieser Peter lebt meinen Traum. Ich würde unter vielen Umständen sofort mit ihm tauschen.

Wahrscheinlich habe ich den Bus gerade ein bisschen zu lange mit glasigem Blick angestarrt – der erste Eindruck ist einfach nicht meine Stärke –, denn er sagt: »Ich will dir ja nicht zu nahe treten, aber du siehst so aus, als könntest du einen Iced Latte vertragen!« Der Typ lacht mich offen an, und ich erinnere mich an die gängigen, sozialen Umgangsformen, die meine Eltern mir beigebracht haben.

»Sorry. Ich war gerade ganz woanders. Da hast du absolut recht, ein Eiskaffee ist die perfekte Maßnahme. Wieso ist es hier bloß so heiß? Meine Freunde meinten, in Dänemark würde immer eine kühle Brise wehen, und ich müsste mich warm anziehen.« Ich lasse den Koffergriff los, schoppe meine Ärmel nach oben und wurschtele meine verschwitzten Haare in einen unordentlichen Dutt.

»Am besten, du ziehst als Erstes mal deine Winterstiefel und deinen Pulli aus und setzt dich hin. Ich mache dir schnell den Kaffee«, sagt er und deutet mit dem Daumen zur Seite, wo ein paar Tische und Bänke aus Treibholz herumstehen. Dann schwingt er sich gut gelaunt in seine mobile Küche, nimmt die Milch aus einem grauen Vintage-Kühlschrank und holt unter dem Tresen ein Glas hervor. Ich folge seinem Rat, mache es mir auf einer der Bänke im Schatten bequem, reiße meine heißen Füße aus den Uggs und stecke sie in den Sand, der unter der sonnenwarmen Oberfläche angenehm kühl ist.

»Dann bist du also Peter? Und der hier«, ich zeige auf sein Cateringmobil, »gehört dir, richtig?«

»Japp, genau richtig erkannt«, antwortet er fröhlich, während er ein paar Eiswürfel in das Glas klirren lässt.

»Der Bus ist echt der Wahnsinn! Wohnst du oben drin? Hast du den etwa aus London?«, frage ich begeistert drauflos. Peter lebt wirklich meinen Traum!

»Ja und ja. Ein lustiger Zufall. Ein Freund von einem Freund, der wusste, dass ich mich mit mobilem Catering selbstständig machen wollte, hat mir von einer Bus-Auktion in London erzählt und mich gefragt, ob das nicht das optimale Gefährt für mein Geschäft sein könnte. Ich fand die Idee ganz hervorragend, und so bin ich kurzerhand One-Way nach London geflogen und hab mir dieses Schmuckstück ersteigert. Wenn man so will, für einen Appel und ein Ei.« Schmunzelnd tempert er den Kaffee, ich höre das vertraute Surren einer guten Siebträgermaschine und ein wunderbarer Geruch breitet sich bis zu meinem Sitzplatz aus.

»Hier.« Nur wenige Augenblicke später reicht mir Peter meinen Iced Latte.

»Oh. Lecker. Toll!« Genüsslich lasse ich mir den herrlichen und erfrischenden Geschmack auf der Zunge zergehen.

»Du weißt jetzt also, wie ich heiße und dass ich einen Bus ersteigert habe, in dem ich oben wohne und unten koche. Und wer bist du?« Peter schwingt ein Bein über die Bank und setzt sich zu mir.

»Ich bin Sophie, arbeite im Marketing von Triversal und betreue Tonis Film. Er meinte, ich solle herkommen, um den Spirit des Films aufzunehmen und ihn in die Kampagne zu übersetzen«, antworte ich zwischen zwei Schlucken Kaffee.

»Aha, aber den Job machst du noch nicht so lange, oder? Ich will dich nicht beleidigen. Du wirkst einfach nicht wie ein Mensch, der beruflich in der Filmindustrie zu Hause ist, und schon gar nicht wie der Stereotyp Marketingfrau. Du weißt schon. High Heels, Dutt, rote Lippen, schwarzes Brillengestell, strenger Blick und forsches Auftreten.«

Jetzt hatte Peter auf jeden Fall meine Sympathie sicher. Denn genau so, plus eingegipstem Arm war Tina nach ihrer Rückkehr aus dem Krankenhaus zu mir ins Büro gestöckelt.

»Wie konntest du nur? Du Miststück! Das war mein Film. Du wirst schon sehen, was du davon hast«, schrie sie, während ich nur denken konnte, dass Wut sie wirklich sehr hässlich machte. Mit zusammengekniffenen Augen und zu einem bösen Schlitz verzogenem Mund starrte sie mich an und wartete, dass ich etwas erwiderte. Aber was hätte ich sagen sollen? Und so fegte sie einen Stapel Blätter und ein paar Bücher von der Kante meines Tisches, rauschte aus meinem Büro, knallte die Tür so heftig zu, dass die Wände wackelten, und rief draußen auf dem Flur noch einmal so laut »Miststück!«, dass ich sie noch durch die zugeknallte Tür hören konnte.

Meine versehentliche Beförderung zur Product Managerin war da schon einige Tage her. Bereits am Tag nach der Präsentation im Fünften konnte ich in mein eigenes Büro im dritten Stock ziehen. Claudio hatte über meiner Bürotür eine bunte Girlande mit der Aufschrift »Alles Gute« befestigt, und mitten im Raum baumelte eine Piñata in Form eines blau-lilafarbenen Einhorns von der Decke, die ebenfalls auf seinem Mist gewachsen war. Er meinte, das bringe Glück. Außerdem hatte er einen Wasserkocher hingestellt, weil er wusste, dass ich ohne Kamillentee keinen Nachmittag überstehen konnte, und auf meinem Schreibtisch waren mehrere Packungen Oreos verteilt, die er um einen wunderbaren, bunten Rosen-Kamillen-Willkommens-Strauß aus Tomas' Laden drapiert hatte.

Noch einen Tag später wurde über eine Zeitarbeitsfirma eine junge Frau für meinen Job am Empfang vorgestellt. Sie machte einen so guten Eindruck, dass sich die Personalabteilung sofort für sie entschied, und ich sie direkt einarbeiten konnte. Keine von Mock angekündigte Doppelschichten für mich. Yay!

Nicht so Yay! war das Willkommen im Marketing-Team.

Tina hatte dafür gesorgt, dass mehr als die Hälfte der Marketing-Kollegen mich bei jeder Gelegenheit argwöhnisch beäugten. Was sie denen wohl über mich erzählt hatte? Wenn ich in die Küche kam, hörten manche auf zu reden. Wenn ich einen Meetingraum betrat, hörten manche auf zu lachen, andere verließen sogar das Zimmer. Wenn ich an den Kopierer wollte, nahmen manche verstohlen ihre Unterlagen an sich und suchten schnell das Weite. Kurzer Check der Achselhöhle. Kein Deoversagen, und dann fiel es mir wie Schuppen von den Augen. Dieses Raum-Verlassen, Gespräch-Verstummen, Lach-Stoppen, Argwöhnisch-Beäugen hatte rein gar nichts mit meinem Körpergeruch zu tun. Mir war klar, dass ich das einfach aussitzen musste, aber das Miteinander mit meinen Kolleginnen und Kollegen hatte ich mir bei meinem ersten richtigen Job definitiv anders vorgestellt. Ich versuchte, mich auf meine Arbeit zu konzentrieren. Wenigstens schien meine neue Chefin Samantha mit mir zufrieden zu sein.

»Ich hatte auch immer mit viel Gegenwind zu kämpfen. So ist das, wenn man ein bisschen anders ist als alle anderen und kreative Ideen hat, die nicht dem Mainstream entsprechen«, sagte sie mir eines Morgens nach einem Marketing-Meeting, in welchem Tina nur wenige Meter von mir entfernt gesessen hatte und die Stimmung zum Schneiden gewesen war. Damit wollte sie mich wohl trösten, mir klarmachen, dass ich mich doch darüber freuen sollte, mit meiner, in diesem Fall zugegebenermaßen sehr unkonventionellen, Art zu meinem neuen Job gekommen zu sein. Für sie war es total normal, dass mich meine Kollegen und Kolleginnen deshalb schnitten. Keine große Sache. Ich seufzte traurig. Ein bisschen anders als alle anderen? Hatte ich nicht sein wollen! Ich fühlte mich schnurstracks in meine Schulzeit zurückkatapultiert und war so überhaupt nicht dazu aufgelegt, mich erneut in einem minenfeldartigen Umfeld zu bewegen, in dem ich wieder ständig das Gefühl hatte, etwas falsch zu machen, mich auf rohen Eiern zu bewegen und nicht zu genügen. Ich hatte mich doch gerade so schön in meinem unscheinbaren Alltag eingerichtet. Und was die kreativen Ideen abseits des Mainstreams anging? Nicht wahnsinnig schwierig, wenn das, was ursprünglich vorlag, das Niveau von »Marketing für Kindergartenkinder« bei Weitem unterschritt. Am liebsten hätte ich eine Karte mit der Aufschrift »Absichtslos befördert« an das gesamte Marketing-Team verschickt. Jetzt waren Leute auf mich sauer, die ich gar nicht als Kollegen hatte haben wollen, weil mir ein Job auf komischste Weise zugeflogen war, den ich noch viel weniger hatte haben wollen. Seltsame Welt. Wenigstens ließ mich der Bauch in Ruhe. Er schien zu wissen, was zu tun war, und ich war ihm dankbar, dass er mir die Scham ersparte und nicht während Meetings oder Zwiegesprächen mit Samantha seine gluckernde Meinung kundtat.

Der kurzfristige Trip zum Set nach Dänemark, der mit der Abschlussparty der Dreharbeiten gekrönt werden sollte, kam mir gerade recht. Ich war froh, der feindseligen Büroatmosphäre zu entfliehen. Toni hatte mich gebeten, bei den Dreharbeiten zum Team zu stoßen, um in den Pausen und nach Drehschluss mit ihm das noch ofenwarme Material durchzugehen, die Kinotrailer und TV-Spots zu schneiden, das Pressebilder-Shooting zu begleiten und an diversen anderen Marketingideen zu feilen. Nebenbei arbeitete er auch schon am Rohschnitt des Films. Für die Postproduktion war ja so gut wie keine Zeit, da der Film schon im Herbst in die Kinos kommen sollte. Toni brauchte anscheinend überhaupt keinen Schlaf, was vielleicht auch die Koksgerüchte erklärte.

Die Location, an der gedreht werden sollte, sah im Internet ganz hervorragend aus. Ein zwölf Kilometer langer, unberührter Strand mit einer malerischen Dünenlandschaft ganz im Norden Dänemarks. Einige wichtige Szenen spielen hier und in einem kleinen verwunschenen Häuschen im Hinterland. Wenn das Wetter mit diesen ohne Wollpulli sehr herrlichen 26 Grad und strahlendem Sonnenschein schon die ganze Zeit so gewesen war, hätte es für die Filmcrew nicht besser laufen können. Fast so, als wäre es für die Arbeiten am Film bestellt worden. Ein vollkommener Sommer am Meer.

»Und?« Peter holt mich aus meinen Gedanken zurück.

»Nein, den Job mache ich noch nicht wirklich lange. Eigentlich träume ich von …«

»Da bist du ja endlich, Sophie! Schön, dass du hier bist.« Toni joggt lässig auf Peter und mich zu und nimmt mich zur Begrüßung in den Arm.

»Wie ich sehe, hast du unser wichtigstes Teammitglied schon kennengelernt. Peter ist immer dabei und macht die besten Waffeln, die besten Fischbrötchen, die besten Burger. Ach, was rede ich denn. Er ist einfach der Allerbeste. Sophie, geht es dir gut? So toll, dass du kommen konntest.

Ich stell dir später alle vor, jetzt muss ich schnell wieder zum Set.« Und bevor ich auch nur ein Wort erwidern kann, hat sich Toni einen Muffin aus dem Bus geklaut und ist schon wieder verschwunden.

»Wo wolltest du denn vorhin eigentlich hin?«, fragt mich Peter, als ich den letzten Schluck Kaffee ausgetrunken habe.

»Ich wollte Toni finden, ihm Hallo sagen, was ich ja jetzt getan beziehungsweise nicht getan habe, und danach wollte ich zu meiner Unterkunft laufen. Ich wohne circa zehn Minuten von hier entfernt.«

Peter deutet hinter mich: »Soll ich dich fahren? Ich wollte eh gerade Pause machen.«

Meinen Koffer spannt er auf den kleinen Gepäckträger seines pink-grauen Motorrollers, und ich steige hinter ihm auf das Gefährt, halte mich an ihm fest, als er anfährt, und erinnere mich an meine letzte Reise nach Thailand, bei der ich mit meinem riesigen Rucksack ständig auf irgendeinem Tuk Tuk unterwegs war.

»Da wären wir.« Ich nehme meinen Helm ab und reiche ihn Peter. Zum Abschied schütteln wir uns ganz förmlich die Hände, was nach so einer Rollerfahrt irgendwie lustig ist, und Peter sagt:

»Dann bist du also ab morgen auch regelmäßig am Set. Es ist schön, dich kennenzulernen, Marketing. Bis morgen.«

Mein kleines Ferienhäuschen ist viel gemütlicher, als ich erhofft habe. Durch zwei große Fenster kann ich aus meinem Bett auf Dünen und Strandgras schauen und höre sogar das Meer rauschen. Eigentlich hatte ich ja vor, nur kurz auszupacken und wieder zum Set zu laufen, aber das Bett sieht so gemütlich aus ... Nur kurz mal ausruhen ...

Die Matratze ist dreimal so komfortabel wie meine eigene und die Decke ganz flauschig, vortrefflich zum Einkuscheln, was in der Kühle des Zimmers total guttut. Ob ich hier wohl jemals wieder aufstehe? Heute muss ich ja eigentlich nirgendwo mehr hin. Toni habe ich ja schon getroffen, und er erwartet mich erst morgen wieder ... Also ist Liegenbleiben wirklich eine Option.

Als ich so aus dem Fenster schaue und mit den Augen einer Möwe folge, die gemächlich durch den hellblauen Nachmittagshimmel segelt, sehe ich wieder Peters Bus vor mir. So ein irres Teil. Und wie komisch, jemandem zu begegnen, der so lebt, wie ich es mich niemals trauen würde. Wie es wohl wäre, mit ihm zu tauschen ... Ich könnte überall hinfahren. Der Duft meiner Gerichte würde mir schon vorauseilen. Die Menschen an der Straße würden mir winken und mir hinterherlaufen in der Hoffnung, dass ich bald anhalten würde. Ich würde meinen Bus in kleinen malerischen Fischerörtchen direkt am Strand parken, meine frisch gebackenen Brioches aus dem Ofen holen, sie mit selbst gemachter Marmelade bestreichen, mir die Hände an meiner mint-weiß karierten Schürze abwischen und die Teilchen mit ganz viel Liebe über den Tresen reichen, auf dem immer frische, bunte Blumen stünden. Die Menschen würden sich freundlich um die erste Marmeladenbrioche balgen, aber ich würde sie beruhigen, denn es wäre immer genug für alle da. Am Ende wäre meine Kasse randvoll mit Geldscheinen gefüllt, die vor sich hin knistern, während ich sie zähle.

Aber das wäre nicht das Wichtigste. Das Wichtigste wäre die Freude, die ich dabei empfinden würde, jeden Tag etwas in die Welt zu bringen, was andere Menschen glücklich macht. So wie die Zeichnungen meiner Mutter, die den Betrachtern immer einen weichen, fröhlichen Ausdruck ins Gesicht zaubern konnten.

»Hier bin ich genau richtig, Sophie. Mach dir mal keine Sorgen um mich. Hier steche ich zumindest ein bisschen aus der Menge hervor. Als Künstlerin in New York, Rio oder Tokio wäre ich nur eine von vielen und niemand würde mich und meine Kunst auch nur bemerken. Und außerdem hätte ich dann weder deinen Vater noch dich«, hatte sie mir einmal auf die Frage geantwortet, ob sie hier in diesem Haus, an diesem Ort, in diesem Leben voll und ganz glücklich wäre, und ließ mit ihrem Lächeln keinen Zweifel daran, dass sie auch fühlte, was sie sagte. Früher hatte ich immer ein wenig Angst, dass sie eigentlich doch lieber mit einem Bonvivant in weißen Jeans und engem Hemd à la Alain Delon ihre Nachmittage am Pool einer Villa an der Côte d'Azur verträumt hätte, statt mit meinem eher etwas zu angepassten Vater die Wände ihres Kleinstadthauses zu tapezieren. Ich kann mich nicht daran erinnern, mich irgendwann mal nicht darüber gewundert zu haben, warum meine Eltern sich überhaupt so sehr zu lieben schienen. Meine Mutter, ein freiheitsliebender Hippie, eine begabte Illustratorin, eine exotische Frau. Mein Vater, ein zahlenbegeisterter Büromensch, ein engagierter Banker, ein eher normaler Mann. Ein ungleiches Paar in einer Kleinstadt auf dem Land.

Sie war doch so kreativ, so begabt. Sie hätte doch so viel

mehr erreichen können. Das hatte ich gedacht und muss jetzt, da mir dieser Gedanke wieder einfällt, doch über mich lachen. War das nicht genau der Satz, der mich immer so auf die Palme brachte, wenn er auf mich gemünzt war? Und wieso hatte ich meinen Vater immer so kleingedacht, ihn nicht an ihrer Seite gesehen?

Zu ihm hatte ich seit jeher ein distanzierteres Verhältnis, was ich darauf schob, dass er sehr viel arbeitete, sich in seiner Freizeit für gemeinnützige Vereine engagierte und einfach nie viel zu Hause war. Und wenn er da war, saßen wir uns immer etwas schüchtern gegenüber, wussten nicht so richtig, wo wir anfangen und aufhören sollten und waren beide stets erleichtert, wenn meine Mutter zu uns stieß.

Jetzt im Nachhinein sehe ich: Auch wenn er und ich uns vielleicht nicht viel zu sagen hatten, so passten er und sie doch perfekt zusammen. Sie hat ihn mit ihrer Fantasie beflügelt, ihn aus seinem viel zu vorhersehbaren Leben gelockt, und er hat sie mit seiner nüchternen Art zurück auf die Erde geholt und sie damit ein Stück weltlicher gemacht. Vielleicht hat sie ja recht gehabt, und er und ich waren uns doch ähnlicher, als ich immer gedacht habe. »Lieber den Spatz in der Hand als die Taube auf dem Dach.« Das würden wir beide sofort unterschreiben. Und auch wenn das vielleicht die langweiligere Lebensvariante war, so haben wir beide ja möglicherweise meiner Mutter auf unsere Art und Weise die Struktur, den Rahmen gegeben, in dem sie sich dann ganz frei entfalten und bewegen konnte. Wir waren gut füreinander, und mein Vater und meine Mutter waren herzzerreißend glücklich miteinander gewesen. So glücklich, dass es mir fast Angst macht, vielleicht auch selbst so sehr zu lieben, weil ich sehe, wie am Boden zerstört ihr Tod meinen Vater zurückgelassen hat.

Jeder strebt ja nach dem Glück, aber doch auf so unterschiedliche Weise und mit so unterschiedlichem Erfolg. Meine Eltern hatten es ineinander gefunden. Und meine Mutter hat es sowieso schon immer verstanden, glücklich zu sein. In ihrer kreativen Arbeit, in ihrer bodenständigen Liebe, durch ihre nerdige Tochter, in ihrem einfachen Heim und vor allem in ihrer Dankbarkeit für die kleinen Dinge. Das wird mir jetzt, nach ihrem Tod, immer klarer.

Auch ich hatte es schon oft direkt vor meiner Nase, das Glück. In Form einer Kleinigkeit, eines Erlebnisses oder einer Begegnung, deren wahren Wert ich aber erst erkennen konnte, als die Kleinigkeit bereits verloren, das Erlebnis vorbei oder die Begegnung nie zu wiederholen war. Das ist meiner Mutter, soweit ich mich zurückerinnern kann, nie passiert. Sie hat wirklich jeden Moment gelebt und genossen und immer das akzeptiert, was gerade war. Hingabe nennt man das wohl. Wie mein Vater das wohl sieht? Vielleicht ist es an der Zeit, das und noch mehr über ihn herauszufinden und außerdem ein bisschen aufmerksamer zu werden für das Glück.

Meine Gedanken wandern zu Tim, zu unserer letzten Unterhaltung vor meiner Abreise nach Dänemark und daran, dass ich danach leider nicht besonders glücklich war.

Er hatte sich wegen des verpassten Dates am Tag der Marketing-Präsentation dann doch überraschend schnell wieder eingekriegt. Wir verabredeten uns bei ihm, damit ich ihm die Geschichte noch einmal ganz in Ruhe und ausführlich erzählen konnte. Ich freute mich auf unser Treffen, wollte mit ihm zusammen das Ganze noch einmal durchleben, es irre, total drüber und völlig verrückt finden und mit ihm meine Beförderung feiern. Bisher wusste er nur, dass ich plötzlich Product Managerin war. Im Treppenhaus zog er mich an sich. Sein Pullover war weich, er roch gut und vertraut. Und nach seinem telefonischen Ausraster, für den er sich sogar kurz entschuldigte, war ich beruhigt, dass es wieder normal war zwischen uns.

Bei einem Tee und meinen Ausführungen wechselte Tims Gesichtsausdruck von interessiert zu überrascht.

»Das ist nicht dein Ernst, oder?«, fragte er ungläubig.

»Doch, genau so ist es passiert! Verrückt, oder?«, antwortete ich erleichtert, dass ich ihm endlich alles berichten konnte, und er das Ganze genauso überwältigend zu finden schien wie ich.

»DER Anton Ziegler?«

»Ja, DER Anton Ziegler«, entgegnete ich lachend.

»Und du sollst jetzt einfach mal so seinen neuen Film vermarkten?«

Begeisterung und Freude hören sich irgendwie anders an.

»Ähm, ja, genau. So sieht es aus«, erwiderte ich leicht defensiv.

»Sophie, mein Schatz. Nicht sauer sein. Ich freu mich ja für dich. Ich mach mir nur auch ein bisschen Sorgen um dich. Nicht dass du dir da die Finger verbrennst.« Er legte mir die Hand auf die Schulter. »Du hast so was noch nie gemacht. Du bist kein Marketing-Pro, der mal schnell eine Strategie zur Vermarktung eines so wichtigen Filmes entwirft.«

Hatte er recht? War das Ganze eine Nummer zu groß für mich? Ich war verwirrt und auch ein bisschen verletzt, was er sofort bemerkte.

»Sophie, Schatz. Vergiss, was ich gesagt habe. Du wirst das Kind schon schaukeln. Und wenn du mal nicht weiterweißt, hab ich vielleicht auch noch die eine oder andere Idee.« Er gab sich große Mühe, überzeugt zu klingen, aber seine Stimme und sein Gesichtsausdruck konnten seine Zweifel nicht überspielen.

Und obwohl ich mich dagegen wehrte, nistete sich dieser Zweifel sofort ganz gemütlich in mein überfordertes Inneres ein und machte sich dort breit. Gleichzeitig wunderte ich mich: Hatte er nicht immer gewollt, dass ich eine herausfordernde Position annehme, meine Karriere in Gang bringe, mich beruflich in die Poleposition bringe? Aber ich sagte nichts mehr. Ich war erschöpft. Tim überredete mich, bei »Schimmys« eine Currywurst essen zu gehen. Ich durfte bezahlen, um meine Beförderung zu feiern, wie er meinte. Und nach einem halbstündigen Monolog über seine Arbeit, verabschiedete ich mich, um früh ins Bett gehen zu können.

Auf dem Weg nach Hause fragte ich mich, warum sich mein Freund nicht für mich freute. Mir wollte keine Antwort einfallen, aber das unterschwellig unangenehme Gefühl, das seine Reaktion ausgelöst hatte, das war bis heute geblieben.

Wenigstens haben sich Sasha, Claudio und mein Vater

wie die Verrückten für mich gefreut. Mein Vater hat so laut am Telefon gejohlt, dass mir fast der Hörer aus der Hand gefallen ist. Vermutlich ist er dabei sogar auf und ab gesprungen, denn danach fügte er seinem Freudenschrei atemlos hinzu: »Mein Schätzchen. Ich bin so stolz auf dich. Wenn wir uns das nächste Mal sehen, stoßen wir auf dich an!« Ihn habe ich mit diesen Neuigkeiten sehr glücklich gemacht. Dessen kann ich mir sicher sein. Und das ist ein schönes Gefühl. Ich sollte ihn wirklich bald mal wieder besuchen. Es gibt ja schließlich nur noch uns zwei.

Der Himmel vor meinem Fenster färbt sich schon pastellig. Bald wird wohl die Sonne untergehen, und ich denke, wie komisch es ist, dass es einem so viel bedeutet, dass Eltern stolz auf einen sind. Was meine Mutter wohl zu meinem neuen Job gesagt hätte? Wahrscheinlich hätte sie mich vorsichtig gefragt, ob ich eigentlich immer noch von dem mintfarbenen Foodtruck träume. Aber sie wäre sicherlich auch sehr stolz auf mich gewesen.

Ich wünschte, sie könnte sich jetzt zu mir ans Bett setzen, meine Hand halten und alle dummen Unsicherheiten und Gedanken mit einem einzigen Blick zerstreuen. Ein Blick, der mir sagt: Du schaffst das. Alles wird gut. Während mir langsam die Augen zufallen und sie meine Hand nicht loslässt.

»'tschuldigung. Darf ich mal. Hey Peter, was ist denn mit meinem Muffin?« Eine junge Frau zwängt sich an mir vorbei und drängelt sich ganz selbstverständlich zur Spitze der Warteschlange vor. So früh am Morgen, noch ohne einen Kaffee intus, kann ich das noch schwerer ertragen als sonst. Und gerade als ich meinen Mund aufreißen will, um mich lautstark zu beschweren, weil ich vergessen habe, dass am Set eines Films ja ziemlich wahrscheinlich andere Regeln gelten, wendet sich Peter an die unverschämte Person.

»Hier hast du deinen Muffin, liebe Viviane, und noch einen Kaffee dazu. OBWOHL du noch gar nicht dran warst. Aber du hast es bestimmt eilig, nicht wahr?« Peters Laune scheint unverderbbar zu sein, und ich bin froh, dass ich nicht zu Wort gekommen bin, denn Viviane ist die Hauptdarstellerin von Tonis Film. Nur habe ich sie auf den ersten Blick, in meinem noch unkoffeinierten, umnebelten Morgendämmer und so ganz ohne Make-up nicht erkannt.

»Du hast es erfasst. Wir drehen gleich.«

»Bevor du wieder ans Set eilst, möchte ich dir noch jemanden vorstellen. Das ist Sophie, sie ist für das Marketing des Films zuständig.« Peter nickt in meine Richtung, und Viviane schenkt mir ein herzliches Lächeln.

»Wie schön, dich kennenzulernen. Stimmt es, dass du am Empfang von Triversal gearbeitet hast, und Toni dich durch Zufall und vom Fleck weg engagiert hat, weil so viel mehr in dir steckt? Das ist ja eine Megageschichte. Hammer! Vielleicht wird deine Story ja irgendwann verfilmt, und ich spiele dich dann.« Während sie fröhlich und sehr wach auf mich einplappert, bin ich etwas durcheinander. Die Hauptdarstellerin eines der wahrscheinlich erfolgreichsten deutschen Filme der nächsten Jahre weiß, wer ich bin?

»Ich denke schon.« Meine Bauchdecke bewegt sich nach vorne, und dahinter blubbert es bedrohlich. Lieber Bauch, ich weiß, du magst es nicht, wenn ich seltsame Gespräche führe, bevor du deinen Kaffee hattest, aber das hier ist die eine zu akzeptierende, keinerlei Angst einflößende Ausnahmesituation. Filmset, Schauspieler, Dänemark, mein neuer Job. Also, bitte. Contenance. Glücklicherweise verstummt der Bauch sofort.

Viviane legt ihren Kopf schief und sagt: »Was ist denn das für eine lustige Antwort. Stimmt es, oder stimmt es nicht?«

»Sorry, ja, das stimmt.« Vorsatz fürs neue Jahr: Nichtantworten abgewöhnen.

»Na also. Dann ist es bei dir ja fast genauso gut gelaufen wie bei mir. Komm, ich erzähl's dir auf dem Weg zum Set.

Peter, machst du für Sophie auch eine Ausnahme und schmeißt uns noch einen Kaffee und einen Muffin rüber?« Die restliche Schlange vor dem pinken Bus stöhnt auf, aber Peter lässt wieder gekonnt seinen Charme spielen: »Leute, Leute. Ich beeil mich. Schaut, schon fertig. So, der Nächste bitte.«

Ich ergreife Kaffee und Muffin, und Viviane hakt sich bei mir unter und zieht mich in Richtung Strand. »Ich habe in Berlin Kunstgeschichte und Italienisch studiert. Julia, die rechte Hand von Toni, hat mich auf einer Ausstellungseröffnung in Berlin gesehen, und hatte sofort dieses Bauchgefühl, das sie immer hat, wenn etwas richtig gut wird. Und das hat sie dann so interpretiert, dass ich der Star von Tonis neuem Film sein würde. Dabei habe ich doch vorher nur ein bisschen Schultheater gespielt. Ist das nicht unglaublich?« Viviane bleibt unvermittelt stehen und schüttelt den Kopf. Sie ist wohl immer noch völlig perplex, dass sie heute in Dänemark in einem Anton-Ziegler-Film mitspielt.

»Ja, wirklich unglaublich. Ich denke, ich kann gut nachvollziehen, wie du dich fühlst. Ich finde es auch immer noch total seltsam, dass ich plötzlich Product Managerin für euren Film bin«, antworte ich ihr ganz ehrlich.

Viviane nickt und beißt ein Riesenstück von ihrem Muffin ab. Ihre positive Ausstrahlung ist ansteckend. Es fällt mir richtig schwer, meinen Blick von ihr abzuwenden. Ihre ganze Aura schwingt vor Fröhlichkeit, sie scheint so leicht wie eine Feder. Und ich fühle mich richtiggehend hingezogen zu dieser Leichtigkeit, so wie ich mich zu Sashas Sorglosigkeit und Freiheit hingezogen fühle. Meinetwegen kann

Viviane sich ab jetzt immer in Warteschlangen an mir vorbeidrängeln.

Die sanften sandfarbenen Dünenhügel mit ihrem mattgrünen Strandgras mit den goldenen Puscheln, auf die wir zusteuern und hinter denen das Meer auf uns wartet, wirken fast schon unwirklich vor dem strahlend blauen, wolkenlosen Himmel. Hätte mir vor drei Wochen jemand erzählt, dass ich bald mit einem zukünftigen Filmstar eine Düne in Dänemark erklimme, hätte ich diese Person für vollkommen verrückt erklärt.

»Schön, nicht?« Viviane bleibt abrupt stehen, als wir oben angekommen sind, und nimmt einen Schluck aus ihrem Kaffeebecher, und ich tue es ihr gleich.

»Ja.« Vor uns erstreckt sich der Ozean, so weit das Auge reicht, und mein Ausatmen ist ein lang gestreckter, lauter Seufzer. Wie macht das Meer das bloß, dass ich in seiner Nähe immer gleich Frieden verspüre, und mein Bauch nicht nur die Klappe hält, sondern sich sogar ruhig anfühlt.

Aber bevor ich mich auf diesen Frieden so richtig einlassen kann, wandert mein Blick vom Horizont zum Fuße der Düne, wo geschäftiges Treiben herrscht. Eine Kamera wird positioniert, ein Tonmann läuft mit einem riesigen Samsonartigen Mikrofon auf und ab, Lichtreflektoren werden mal hierhin, mal dahin getragen, Toni sitzt auf einem Regiestuhl mit seinem Namen drauf, schaut auf einen kleinen Monitor und ruft Anweisungen durch die Gegend, die Visagistin wartet vor einem großen Spiegel, und ich komme mir vor, als wäre ich gerade selbst in einem Film.

»Sieht so aus, als würden alle nur noch auf dich warten«, sage ich zu Viviane.

»Ja, komm, wir gehen runter.« Viviane zieht mich mit sich die Düne herunter.

»Ach, wie schön, dass ihr euch schon kennengelernt habt. Sophie. Du machst das so super. Du bist immer überall voll dabei, und ich muss dafür gar nichts tun. Das war bei Tina wirklich anders. Sie war immer so, wie soll ich sagen, zurückhaltend und verstockt. Hast du gut geschlafen?«

Tina? Zurückhaltend und verstockt? Wie bitte? »Missssststück« höre ich sie zischen und schüttele meinen Kopf, bevor ich mich an Tonis Frage erinnere.

»Ich meine, ja. Sorry.« Ich habe wirklich gut geschlafen. Das Bett war bequem, der Ausblick beruhigend und es fühlt sich so an, als hätte meine Mutter sich tatsächlich ein bisschen zu mir gesetzt, mir Gesellschaft geleistet und die ungemütlichen Gedanken, die sich viel zu oft auch in meine Träume stehlen, von mir ferngehalten. Bei dieser Vorstellung muss ich lächeln.

»Hauptsache, du bist gut gelaunt. Dann mach es dir mal gemütlich. Da hinten steht dein Stuhl.« Toni zeigt auf einen Regiestuhl, der etwas abseits platziert wurde, und ich kann nicht glauben, dass da auf der Rückenlehne mein Name steht. »Das ist ja total cool«, jubele ich, mein Bauch kribbelt lustig, und alle um Toni herum lachen.

»Na dann ist mir die Überraschung ja geglückt. Viviane – bist du bereit? Heute ist ein wichtiger Tag für dich und uns. Ich hoffe, du wirst dich wohlfühlen.« Toni knackt mit seinen

Handknöcheln und wendet sich wieder seinem kleinen Monitor zu.

Julia, Tonis Assistentin, reicht mir den Drehplan. Heute dreht Viviane also mit Dennis, einem weiteren Hauptdarsteller des Films, eine Liebesszene. Inklusive Sex. Unter einer Wolldecke am Strand. Allein das Durchlesen treibt mir schon die Schamesröte ins Gesicht. Dabei soll ich jetzt stundenlang zuschauen, bis ich am Nachmittag endlich weiter an den TV-Spots und den Trailern arbeiten kann? Lieber Bauch, sei bitte so gut und bleib ruhig. Nicht dass du die Nacktszenen der beiden versaust und dann müssen die das noch einmal wiederholen. War ja klar, dass in den Tagen, die ich hier bin, fast NUR Liebesszenen gedreht werden.

»Denkst du, ich schaff das? Also, das mit Dennis?« Viviane fuchtelt aufgeregt mit den Armen herum.

Da fragt sie ja jetzt genau die Richtige. Ich würde das absolut nicht schaffen. Aber erstens muss ich ihr das ja nicht erzählen und zweitens geht es ja um sie, nicht um mich.

»Warum denn nicht? Ihr beide seid äußerst attraktiv. Und Toni wird es bestimmt sehr geschmackvoll und romantisch aussehen lassen. Du wirst schon sehen. Das wird super. Oder stimmt die Chemie zwischen Dennis und dir nicht?« So richtig kann ich Viviane nicht beruhigen. Die Besorgnis steht ihr ins Gesicht geschrieben.

»Doch, schon. Aber er hat so was schon so oft gemacht. Und ich bin ein echter Rookie auf dem Gebiet.« Sie beißt sich nervös auf dem Daumen herum.

Glücklicherweise bin ich ja Expertin, wenn es um das

Zweifelzerstreuen bei anderen geht. Nur bei mir selbst hapert es damit ein bisschen.

»Erstens kann ich mir das von dir so gar nicht vorstellen«, stelle ich grinsend fest und entlocke auch Viviane damit ein Lächeln. »Und zweitens ist das doch super. Dann kann er dir zeigen, wie man so eine Szene gut hinbekommt. Mach dir keine Sorgen. Du wirst es bestimmt toll machen.« Dass mein Bauch schon bei dem Gedanken daran, ich könnte an Vivianes Stelle sein, einen heftigen Trommelwirbel startet, verschweige ich ihr lieber.

»Was auch immer es zu schaukeln gibt, du wirst es tun.« Dieser abschließende Kommentar sprengt Vivianes bedrücktes Gesicht und schenkt ihr einen Lachkrampf.

»Oh Gott, hör auf!«, japst sie. »Ernst bleiben kann ich mir jetzt abschminken. Na, vielen Dank.«

»Aber das hier ist doch schließlich eine Rom-Com. Und Com steht für Comedy. Also, lass deinen Gefühlen freien Lauf.«

Wir beide kommen gar nicht mehr aus dem Kichern und Glucksen heraus und albern so lange herum, bis uns ein hagerer, rothaariger Typ mit Pferdeschwanz, geknöpftem Wüstentarnhemd, beigen Cargo-Shorts und abgewetzten, aber sehr sorgfältig geschnürten schwarzen Armeestiefeln unterbricht: »Ihr seid ja scheun am Gaggern, ihr twee beeden. Moin, ik bin Rrrunner Steve un ik bin hier de Deern für aaallns.« Er gibt mir die Hand.

»Hallo, ich bin Sophie. Ich mach das Marketing für den Film«, antworte ich, überrascht und gleichzeitig erfreut, mal wieder ein paar eingestreute Worte Plattdeutsch zu hören. Ich bin wirklich schon lange nicht mehr in meiner alten Heimat zu Besuch gewesen …

»Allns kloar, Sophie. Denn man to! Viviane, du schallst mol mitkom'. Du bis' gleich drrran.«

Viviane zwinkert mir zum Abschied zu und hakt sich beschwingt bei Runner Steve unter. Ich schaue den beiden hinterher und freue mich schon darauf, Runner Steves norddeutschen Slang in den nächsten Tagen noch öfter zu hören. Vor allem sein gerolltes R und das spitze S erinnern mich an die schönen Stunden, die ich als Jugendliche in Frau Düsens Haushaltswarenladen verbracht habe. Privat sprach Frau Düsen nur Plattdeutsch, aber in ihrem Laden kauderwelschte sie sich durch so manches Verkaufsgespräch mit einem Hochdeutsch-Platt-Mix, der dem von Runner Steve sehr nahekommt. Die dadurch geweckten Erinnerungen an unerschwingliche Hochleistungsmixer und sehnsüchtig betrachtete Dampfgarer lassen mich versonnen vor mich hin schmunzeln.

Nachdem ich den Nachmittag damit verbracht habe, passende Highlights aus dem Filmmaterial für Trailer und TV-Spots zusammenzustellen, laufe ich gegen Abend wieder zum Set. Dort wartet Viviane schon mit roten Wangen und vor Freude glänzenden Augen auf mich.

»Danke noch mal, Sophie!«

»Wofür denn?«, frage ich erstaunt. Sie hat ihren Job wirklich grandios gemacht. Toni hat mir am Vormittag ein paar der Aufnahmen auf seinem kleinen Screen gezeigt, und ich hatte sofort das Gefühl, dass diese zarte Verbindung zwischen Dennis und Viviane, die in der Geschichte des Films zu einer großen Liebe heranwächst, echt ist. Zwar ging es in der Szene auch um Sex, aber das zierliche Pflänzchen Liebe stand gefühlvoll inszeniert und dargestellt im Vordergrund. Die beiden schufen da etwas wirklich Magisches, und ich durfte live dabei sein.

»Na ja, dafür, dass du mir die Angst vor der Szene genommen hast. Nach unserem Quatsch war es einfach nur lustig, und ich konnte Dennis ganz entspannt begegnen. Du hast es für mich einfach gemacht. Kommst du noch mit ins ›Koloss‹?«

Gerührt, dass sie mich an ihrem Erfolg teilhaben lässt, nicke ich, obwohl ich gar nicht weiß, was das »Koloss« ist.

Unweit der Filmlocation direkt am Strand steht ein mit Graffiti besprühter Bunker aus dem zweiten Weltkrieg.

»Stavros, ein sehr netter Grieche, hat den ›Koloss‹ zu einem Bar-Bistro umfunktioniert, das zum place to be von Cast & Crew geworden ist. Mit Blick aufs Meer gibt es hier drinnen und draußen ausgefallene Drinks und dänisch-griechische Leckereien. Du wirst es lieben. Ganz bestimmt!«, erzählt Viviane begeistert von der Location, die so beeindruckend ist, dass es mich nicht wundern würde, wenn sie auch noch im Film auftauchte.

Viviane ist nach ihrem erfolgreichen Drehtag so aufgedreht, dass sie wie ein Flummi neben mir auf und ab hüpft, als wir uns draußen zwischen Tischen und Stühlen nach einem Plätzchen umschauen. Und noch bevor wir einen Platz gefunden haben, kommt uns auch schon ein sympathischer

Typ in Shorts und Shirt entgegen, der Viviane mit Fist Bump und »Jassu«, begrüßt, mir zuwinkt und so entspannt aussieht, als hätte er noch nie auch nur von Stress gehört.

»Wisst ihr schon, was ihr trinken wollt?«, fragt er in Richtung Viviane, während ich noch überlege, was unter dänisch-griechischen Leckereien zu verstehen ist.

»Ja, klar! Und außerdem sind wir ganz schrecklich ausgehungert. Nicht wahr, Sophie?« Ohne auf meine Antwort zu warten, fährt sie fort: »Bitte zwei Ouzotinis für meine Freundin und mich ... – das ist übrigens Sophie. Sophie, das ist Stavros – ... den eingelegten Brathering mit Feta, die Bifteki-Bällchen auf Roter Bete und die kleinen Soutzoukakia-Hotdogs mit Dill-Tsatsiki. Wir sitzen gleich da hinten.« Viviane zeigt auf einen gemütlichen Platz ganz dicht am Bunker.

»Zwei Ouzotinis für die hübschesten Ladys am Bunker – coming right up!« Stavros tippt mit dem Stift auf den Block, auf dem er sich unsere Bestellung notiert hat, steckt den Stift lässig hinters Ohr und verschwindet im Inneren des Bunkers.

Viviane hakt sich wieder bei mir unter und zieht mich mit sich.

»Das war doch okay, dass ich für dich mitbestellt habe, oder?«

Eigentlich hasse ich es, wenn jemand für mich mitbestellt. Vor allem, wenn ich noch nicht mal einen Blick in die Karte geworfen habe. Tim tut das auch manchmal, wenn er ganz besonders feierlich und zuvorkommend sein will.

Bei Viviane macht es mir aber komischerweise überhaupt nichts aus, ich finde alles einfach nur schön und bin so was von hungrig und gespannt auf Stavros' kulinarische Kreationen, dass ich es kaum noch aushalten kann.

Viviane hat uns einen schönen Platz im Windschatten des Bunkers ausgesucht. Die Abendluft ist kühl geworden. Wir wickeln uns in mehrere, flauschige Decken ein und genießen den Ausblick. Die Sonne sinkt jetzt immer rascher, und als unsere Drinks kommen, berührt der große orangene Ball schon fast das Wasser. Mir ist gar nicht aufgefallen, wie spät es schon ist.

»Jámas! Auf mein erstes Sex-Tape und eine neue Freundschaft.« Viviane hebt das Glas.

»Hattet ihr wirklich ...«, ich senke die Stimme, » ... echten Sex??« Das hätte ich ja nun nicht gedacht.

Viviane prustet los und verschluckt sich an ihrem Ouzotini, der überraschend lecker ist und runter geht wie bestes griechisches Olivenöl.

»Natürlich nicht, Sophie. Du bist hier nicht die Einzige, die Witze machen darf.«

Während des aufregenden Tages habe ich nicht nur die Zeit vergessen, sondern auch das Essen. Und als jetzt Stavros eine Köstlichkeit nach der anderen serviert und uns einen guten Appetit wünscht, knurrt mein Bauch ungeduldig. Und es sieht so aus, als hätte Viviane genau das Richtige für uns bestellt. Unglaublich liebevoll sind die Gerichte auf den Tellern platziert und angerichtet. Hier noch ein Gewürzgürkchen, da noch eine Joghurtsoße und Kräuter noch und nöcher. Das ist jetzt aber wirklich mal eine neue Dimension von Fusion Food, und ich bin richtiggehend verzaubert von den Möglichkeiten, die sich mir für meine eigene Cuisine erschließen. Wieso habe ich diese Kombinationen noch nie in Betracht gezogen? Man sollte sich einfach viel öfter mal abseits der ausgetretenen Pfade bewegen.

Als ich den ersten Bissen des göttlichen Soutzoukakia-Hotdogs verschlucke, bläht sich mein Bauch beleidigt auf. Habe ich eben noch gehofft, dass er mir den stundenlangen Nahrungsentzug verzeiht, liefert er mir nun den Beweis, dass das auf keinen Fall passieren wird. Aber das ist mir jetzt so was von egal, denn ich habe zu tun. Dieses Essen! Ein Gedicht! Brathering mit Feta – wie kommt man auf so etwas! Und dann ist es natürlich ein würziger, weicher Feta, der einfach so auf der Zunge zergeht und der perfekt zu dem herzhaften, leicht süßlichen Geschmack des Bratherings passt. Ich muss mich zusammenreißen, nicht vor lauter Gaumenfreude aus der Haut zu fahren.

»Viviane! Das ist so lecker! Ich kann mich gar nicht mit dir unterhalten, weil ich das ...«, ich nehme einen weiteren Bissen von den Bifteki-Bällchen, weil ich mich einfach nicht zurückhalten kann, und stöhne auf, völlig vergessend, was ich gerade sagen wollte, » ... oahhh. So lecker! Sorry, ich koche selber für mein Leben gern. Weißt du? Und das hier, das hier ist gerade die totale Offenbarung für mich.« Glücklich schmatze ich weiter vor mich hin.

»Du scheinst dich ja wirklich sehr für Essen zu begeistern, liebe Sophie. Vielleicht solltest du einfach ein Restaurant aufmachen, wenn du es so liebst«, sagt sie lachend und nimmt noch einen Schluck Ouzotini, während ich weder nicke noch den Kopf schüttele, sondern einfach noch ein bisschen eingelegte Rote Bete in meinen Mund stopfe.

Als ich meinen Blick das nächste Mal von den sich schnell leerenden Tellern löse, ist die Sonne bereits im Wasser verschwunden. Der Himmel glüht rosa, pink und violett, und das Meer spiegelt die faszinierende Farbpalette. Ich bin ein bisschen traurig, dass ich das Schauspiel, das mich immer wieder in seinen Bann zieht, heute Abend nicht genug gewürdigt habe. Aber morgen ist ja auch noch ein Sonnenuntergang.

Der Drehplan hatte mich schon vorgewarnt. Heute fängt die Crew extra früh an, um den ambitionierten Zeitplan und den Abschluss der Dreharbeiten in wenigen Tagen auch wirklich umsetzen zu können. Aber wie früh fünf Uhr morgens wirklich ist, weiß man erst wieder, wenn man um diese Uhrzeit aufstehen muss. Wenigstens ist Sommer, und es ist schon hell. Ich spare mir die Dusche für den Abend auf, greife mir meinen Thermobecher, in den Peter mir gleich eine doppelte Portion Lebenselixier gießen wird, und mache mich auf den Weg zum Set.

Heute wird in einem malerischen, weiß angemalten und reetgedeckten Häuschen mit schwarzen Fensterläden gedreht, das inmitten einer endlosen bunten Blumenwiese steht. Ein gemähter Weg führt durch die Blumenpracht hindurch auf die hellblaue Haustür zu.

Um das Haus herum stehen kleine und große Kübel mit üppigen Pflanzen und dazwischen wartet eine einladende

Bank aus grauem Holz darauf, dass sich jemand auf ihr ausruht. Runner Steve ist wohl auch nicht so der Frühaufsteher und hat nur ein schmallippiges »Moin« für mich übrig, während er geschäftig von A nach B wuselt. Ich kann ihn gerade noch fragen, ob ich mich kurz auf die Bank setzen darf.

»Ja, ja, mok dat, mien Deern, sett di man doal«, höre ich noch, als er im Haus verschwindet.

Meine Güte, sitzt es sich hier gut. So eine Bank möchte ich auch gern haben. Und so ein Haus wäre auch nicht schlecht.

Mensch, Sophie. Immer haben wollen. Ist es jetzt der Oldtimer-Foodtruck oder das Haus? Du musst dich mal entscheiden!

Muss ich das? Muss ich mich wirklich entscheiden? Das hier ist doch gerade nur eine Vorstellung, ein Traum. Wer sagt, dass ich mich zwischen zwei Träumen entscheiden muss?

Ich. Ich sage das.

Anscheinend ist neben dem Zweifel noch ein Miesepeter in mein Herz eingezogen und will mir jetzt auch noch meine Träume verderben. Ich nehme einen großen Schluck Kaffee und versuche, mich zu konzentrieren. Es ist zwar nicht mein Haus, aber trotzdem kann ich es jetzt genießen.

Ich schließe die Augen, atme die brisige und von den Wiesenblumen gesüßte Luft ein und stelle mir vor, wie es wäre jeden Morgen hier zu sitzen. Mit meinem Gesicht fange ich dabei die ersten angenehm wärmenden Sonnenstrahlen ein und komme sehr schnell zu dem Schluss, dass das ziemlich fantastisch wäre.

Irgendwann bin ich so neugierig, dass ich diesen fabelhaften Platz verlasse und ins Haus hineingehe, wo schon die ganze Filmcrew versammelt zu sein scheint. Trotz des Durcheinanders erschließt sich mir, wie großzügig und hell dieses Haus ist. Im Wohnzimmer wurde die Zwischendecke entfernt, sodass man bis zum Giebel schauen kann. Ein ins Dach eingelassenes Oberlicht lässt die weiche Morgensonne hinein und beleuchtet den gemütlichen Raum mit hellen Möbeln, drei Sesseln aus warmem Holz, einem Sofa, dessen Kissen für diese frühen Morgenstunden äußerst verführerisch aussehen, und einem Kamin. Treibhölzer in verschiedensten Formen, Größen und Farben sind in genau der richtigen Menge an genau den richtigen Stellen dekoriert worden. In einer einzeln stehenden Baumwurzel erkenne ich einen Elefantenkopf, ein kleiner Ast an der Wand erinnert an einen filigranen Vogel. Auch einige der Regale und Schränke scheinen aus Treibholz zu sein. Wohnzimmer und Küche sind durch einen Tresen verbunden. Die Küche ist modern und altmodisch zugleich. Alles sieht so aus, als wäre es immer schon so gewesen, aber doch irgendwie nicht.

Gern würde ich mir noch die anderen Räume anschauen, aber dafür bleibt jetzt keine Zeit mehr. Dennis und Viviane haben gleich ihre nächste gemeinsame Szene, und ich entscheide mich dafür, lieber draußen zu warten.

Als ich aus der Haustür hinaustrete, fühlt es sich so seltsam vertraut an, als hätte ich nie etwas anderes getan, als aus dieser Haustür hinauszutreten. Hallo Traumhaus. Der Bauch stimmt mir mit einem grunzenden Schnalzgeräusch zu. Und mein inneres Auge fantasiert einfach noch meinen

Foodtruck dazu, der nun gleich neben dem Haus parkt. Das hier ist noch besser als Peters Catering-Wohnmobil. In diesem Haus könnte ich vorbereiten, meine Utensilien ordnen, alles instand halten, würde mir neue Rezepte ausdenken, würde mich wohlfühlen, mich ausruhen, Kräuter ziehen, Bienen züchten und nach einem langen Ausritt am Strand mein Pferd Poncho striegeln und füttern. Ach, jetzt habe ich sogar schon ein Pferd. Was soll's? Es ist ein TAGTRAUM! Da kann man sich ja wohl auch mal ein Pferd gönnen!

Ob Tim wohl auch so von diesem Haus begeistert wäre? Wahrscheinlich nicht. Wahrscheinlich wäre dieses Haus genau wie mein neuer Job für ihn etwas, das nicht zu mir passt, das in seiner Realität niemals einen Platz einnehmen könnte. Ein lauter Seufzer entweicht mir, und Runner Steve, der gerade wieder vorbeiwuselt, bleibt stehen: »Watt is'n los?«

Eine gute Frage!

Ein Freund, mit dem ich gerade nicht auf Wolke sieben sitze.

Ein Job, der ziemlich anspruchsvoll ist.

Ein Filmset-Besuch, der noch mehr Aufregung in mein Leben bringt.

Und ein Bauch, der mir den ganzen Wirbel ziemlich übel nimmt.

Aber das dem armen Runner Steve jetzt zu erklären, würde ein bisschen zu weit führen.

»Ach nichts. Keine Ahnung. Ich finde das Grundstück und das Haus so schön, und ich wünschte, ich könnte es mir kaufen beziehungsweise würde gern den Besitzer fragen, ob ich nicht einfach hier einziehen kann.«

»Dat ist doch 'ne ganz wunderbare Idee. Dat findet der bestimmt super. Frrrag ihn doch. He sit da drrrüben mit Sibylle.«

Runner Steve zeigt auf ein Pärchen, das etwas abseits auf zwei Regie-Stühlen sitzt, die Köpfe zusammensteckt und sich prima zu verstehen scheint. Sibylle, laut Viviane zugleich unfreundlichster Mensch der Welt und auch hochgeschätzter Location-Scout, wirkt in Gegenwart dieses Fremden plötzlich wie die Nettigkeit in Person. Die Verwandlung überrascht mich und lässt mich staunen. Ich kann ihr Gesicht aus dieser Entfernung nicht sehen, aber ihre Körpersprache spricht Bände. Immer wieder fasst sie dem Fremden vertraut an den Oberarm, und beide lachen so fröhlich, als würden sie das süßeste und beschwingteste Geheimnis der Welt miteinander teilen.

Heute Morgen am Cateringwagen war ich einer ganz anderen Sibylle begegnet. Genau wie Viviane am Tag zuvor, drängelte sie sich an mir vorbei. Aber anders als Viviane stellte sich bei ihr nicht heraus, dass sie eine der Hauptdarstellerinnen des Films war, der hier gerade gedreht wurde. Sie war einfach nur eine sehr ungeduldige, zickige Person mit einem schlampigen Dutt, aufgespritzten Lippen, einer großen Sonnenbrille auf der Nase, obwohl noch gar keine Sonne schien, und einer arroganten Rockstar-Attitüde, die sich viel zu wichtig nahm.

»Mein Gott, Peter. Echt? Keine Hafermilch? Lebst du hinterm Mond? Alles ist so Oatmilk momentan! Na ja, egal.

Ach, und das Mittagessen vorgestern. Das fand ich irgendwie nicht so. Das war so pampig und fettig.«

Dieses Mal blieb Peter der Charme im Hals stecken, und obwohl ich gar nicht wusste, was es vorgestern zum Mittagessen gegeben hatte, ergriff ich tollkühn das Wort: »Also, ich fand's lecker.«

Peter lächelte mich dankbar an, und ein paar Leute in der Schlange nickten und murmelten »typisch Sibylle«, »blöde Kuh« und »immer das Gleiche«.

Von meiner Einmischung natürlich alles andere als angetan, musterte Sibylle mich abschätzig von oben bis unten, sagte trocken: »Kein Wunder. Bei dir macht ja ein fettiges Mittagessen mehr oder weniger auch keinen Unterschied mehr«, zündete sich eine Zigarette an, drehte sich auf ihrem Absatz um und ließ mich sprachlos in der Warteschlange zurück. Die anderen klopften mir aufmunternd auf die Schulter und murmelten wieder »typisch Sibylle«, »blöde Kuh« und »immer das Gleiche«. Und Peter reichte mir wortlos ein riesiges Stück Käsekuchen zu meinem bereits bestellten Kaffee und dem Muffin. Ich fühlte mich wie von einer Dampflok überrollt und ärgerte mich schwarz, weil ich ernsthaft darüber nachdachte, ob ich Peter das Stück Käsekuchen vielleicht doch lieber zurückgeben sollte. So etwas Gemeines hatte tatsächlich noch nie jemand zu mir gesagt. Sie hatte es geschafft, sogar Selimas »Ich mag dich nicht« in den Schatten zu stellen.

Was macht ein Typ, der so ein phänomenales Haus besitzt, mit einer so unphänomenalen Frau? Und wieso vermietet so jemand sein Haus für einen Filmdreh. Haus und

Hof sehen nicht danach aus, als hätte er es nötig, damit sein Konto aufzubessern. Wenn ich doch nur mal einen Blick auf sein Gesicht werfen könnte.

Schräg hinter dem Hausbesitzer und Sibylle stehen ein paar Statisten, zu denen ich mich dazugeselle. Vielleicht kann ich von hier aus besser sehen oder sogar etwas hören? Neugierig bin ich ja schon, wem ein solches Haus gehört ...

Kurz befürchte ich, dass Sibylle mich erkennt, aber sie bemerkt mich überhaupt nicht. Ihre ganze Aufmerksamkeit gilt dem Mann mit dem schönsten Haus der Welt, und so wie sie sich gebärdet, kann ich nur davon ausgehen, dass sie total scharf auf ihn ist. Sie streckt ihre Brüste weit nach vorne, wobei sie sich ständig mit der Zunge über die Lippen fährt und an ihrem Haar herumnestelt, das sie jetzt offen trägt. Schulterlang, glänzend-glatt, dabei cool-strähnig, aber trotzdem voluminös. Auch ihr Outfit ist ziemlich gut. Blümchenkleid mit Biker-Boots. Und ihre Stimme hat nichts mit dem schrotigen Rauchersound zu tun, mit dem sie mich heute Morgen um drei Köpfe kürzer gemacht hat. Nein, sie hört sich ganz lieblich an, während sie ohne Punkt und Komma auf den Typen, der mir hoffentlich bald sein Haus schenken wird, einredet. Er hat dunkle Haare, trägt einen Vollbart und sieht mit seinen dunkelblauen Jeans, dem schwarzen Shirt und dem zerschlissenen Holzfällerhemd schon fast ein bisschen verwahrlost aus. Mehr kann ich auf meinem Pirschgang nicht erkennen.

Die Statisten begrüßen mich zwar mit einem netten »Hallo«, unterhalten sich aber weiter sehr angeregt über Kussszenen, die Filmgeschichte schrieben, und tauschen sich intensivst darüber aus, welche davon gelungen waren und welche nicht. Am liebsten würde ich mich einmischen, aber ich bin viel zu sehr damit beschäftigt, endlich eine bessere Sicht auf Sibylle und Mr Traumhaus zu bekommen und vielleicht sogar wirklich ein paar Worte von ihrer Unterhaltung zu verstehen. Doch die Statisten werden immer lauter.

»Nein, die doch nicht! Das war doch gar nichts im Vergleich zu Demi Moore und Patrick Swayze«, ereifert sich eine überraschend junge Frau, von der ich nicht gedacht hätte, dass sie in Zeiten von Netflix und Amazon Prime den Film *Ghost* kennt.

»Wie hieß der Film noch gleich?«, fragt eine andere.

»*Ghost*«, antwortet die Erste prompt.

»Wenn du schon mit den ollen Kamellen anfängst, dann ist mein Favorit natürlich der Kuss von Rhett Butler und Scarlett O'Hara in *Vom Winde verweht*«, sagt die Zweite, und die Erste stimmt kopfnickend zu, als der Dritte sich einmischt und sagt: »Ihr versteht wirklich gar nichts von Filmen. Ich sage nur Leo und Kate in *Titanic*.«

Ich rolle mit den Augen und mir entfährt ein: »Echt jetzt? *Titanic*?«, was das zugegebenermaßen eigentlich ganz unterhaltsame Hin und Her kurz unterbricht, sodass ich endlich ein bisschen was von dem für mich viel wichtigeren Dialog aufschnappen kann:

»Vielen Dank noch mal, dass du das möglich gemacht hast. Ich weiß, für dich ist es eine große Sache, deine Privatsphäre ein Stück aufzugeben. Aber na ja, ich denke, es wird echt ein schöner Film. Und überhaupt, es ist toll, dass wir auch mal wieder …«

Aber anstatt Sibylle weiter folgen zu können, werde ich ärgerlicherweise wieder in das mittlerweile ziemlich lautstarke Statisten-Gespräch hineingezogen, das sich zu einem Streit unerwarteten Ausmaßes entwickelt hat, in dem die eine: »Überhaupt nicht! Da liegst du völlig falsch!«, schreit, die Zweite aufgebracht mit dem Fuß aufstampft und der Dritte erbost und mit sich überschlagender Stimme erwidert: »Das kann ja wohl jeder für sich entscheiden!«

Kann man nicht einmal mehr in Ruhe jemanden belauschen? Schluss mit dem Quatsch!

»Was ist denn bloß los mit euch?«, schimpfe ich drauflos. »Habt ihr vergessen, dass es noch andere Menschen auf der Welt gibt, die sich nicht für euer Kussszenen-Palaver interessieren?«, echauffiere ich mich weiter, vergesse dabei, dass ich es ja war, die sich zu dem Statisten-Grüppchen dazugesellt hat, und beende meine Intervention mit »Warum regt ihr euch überhaupt so auf? Geht's eigentlich noch?!«.

Das »noch« schrillt noch ein bisschen in der Luft herum, und ich frage mich, warum ich plötzlich so hysterisch geworden bin. Sibylle und der Traumhausbesitzer schauen kurz zu uns rüber, aber ich bin so geistesgegenwärtig, hinter dem dritten Statisten in Deckung zu gehen.

Die Streithähne sind derweil verstummt und schauen mich bedröppelt an.

Oje. »'tschuldigung! Da bin ich wohl ein bisschen laut geworden.« Ich ziehe meine Mundwinkel und die Schultern entschuldigend nach oben und trete den Rückzug an. Mit gesenktem Blick entferne ich mich rasch von den Statisten, rempele dabei Runner Steve an, der einen riesigen Blumenstrauß vor sich herträgt und nur gerade eben so sein Gleichgewicht halten kann, stolpere gegen die Tonassistentin, die mit einem Tablett voller Eiskaffee beladen glücklicherweise keine Sekunde lang strauchelt und weiter Richtung Filmset läuft, und falle schließlich über ein zentimeterdickes Stromkabel genau vor die Füße von Sibylle. Mit dieser Slapsticknummer kann ich direkt im Zirkus auftreten.

»Kann ich dir helfen?« Eiskalt. Da ist sie wieder, die Sibylle von heute Morgen.

»Nein danke und entschuldige bitte die Störung.« Mein Gesicht ist heißrot angelaufen. Um nichts in der Welt werde ich die beiden jetzt anschauen. Ich rappele mich auf und suche schnellstmöglich das Weite, ohne weiteren Wirbel zu verursachen.

Im Schatten von Peters Wagen erhole ich mich erst einmal von meiner Showeinlage und erlaube mir nach Muffin und Käsekuchen auch noch einen Eiskaffee mit einer Extraportion Sahne.

»Was ist denn mit dir los, Marketing? Du siehst ja aus, als sei dir der Leibhaftige begegnet.« Peter setzt sich zu mir, während ich eifrig an der Sahne herumlöffele.

»Ja, fast.« Sibylle kommt mir wirklich schon fast ein bisschen teuflisch vor. Ihr Mundwerk ist es auf jeden Fall.

»Letztens wurden wir unterbrochen, als du mir von deiner eigentlichen Bestimmung erzählen wolltest. Vielleicht hast du ja jetzt Lust, mir davon zu berichten. Das muntert dich bestimmt ein bisschen auf!« Er hat recht. Sofort bessert sich meine Laune von null auf hundert, und mein Foodtruck steht nun direkt neben Peters.

»Na siehste. So gefällst du mir schon besser. Also, was bringt dein Herz zum Singen, Marketing?«

»Auch wenn es jetzt ein bisschen so klingt, als würde ich deinen Traum abpausen, gehe ich das Risiko ein und erzähle dir, dass ich, seit ich denken kann, davon träume, einen mintfarbenen Foodtruck, am liebsten einen Oldtimer, zu besitzen. Ich wollte immer Köchin werden, weißt du? Stattdessen habe ich BWL studiert, weil mein Vater das gerne wollte, und jetzt bin ich hier.«

»So was Ähnliches habe ich mir schon gedacht, so sehnsüchtig, wie du meinen Bus angeschaut und mich über das Catering-Geschäft ausgefragt hast. Das passt auch viel besser zu dir.«

»Meinst du das ernst?« Jemand, der meinen Traum lebt, denkt, dass dieser Traum auch zu mir passen würde?! Was für ein schönes Gefühl.

»Na klar, meine ich das ernst. Du kannst doch kochen, oder?«

»Natürlich kann ich kochen.« Jetzt werde ich ein bisschen übermütig.

»Worauf wartest du denn dann noch? Kauf dir ’nen Bus, und los geht’s!«

Eigentlich hat Peter ja recht. Aber das Geld, die Vorschriften, das Gesundheitsamt, und gelernte Köchin bin ich ja auch nicht.

»So einfach ist das jetzt ja auch nicht. Das Geld, die Vorschriften, das Gesundheitsamt, und ich bin auch keine gelernte Köchin«, gebe ich zu bedenken.

»Jetzt muss ich dir mal wirklich ganz entschieden widersprechen. Wo ein Wille ist, ist auch ein Weg. Und für ein Catering-Unternehmen brauchst du keinen Schein, auf dem steht, dass du eine Ausbildung zur Köchin absolviert hast. Du musst es einfach nur machen.« Bei den letzten Worten beugt er sich über den Tisch, umfasst meine Schultern und rüttelt eindringlich an mir herum.

Einfach machen. Das hat meine Mutter auch immer gesagt. Und mein Vater hat sich immer dagegen gewehrt. Er sagte Sachen wie: Im Leben bekommst du nichts geschenkt. Das Leben ist hart. Man sollte immer genau wissen, was man tut.

Einfach machen. Er hat recht. Ich fühle es. Ganz tief drinnen fühle ich, dass es letzten Endes doch so simpel ist. Aber …

»Da bist du ja!« Toni kommt auf uns zu und beendet jäh meine Grübelei.

Peter sagt noch: »Denk mal drüber nach, Marketing.« Bevor er wieder in seinem Bus verschwindet.

Toni blickt ihm fragend hinterher: »Was meint er? Und ist dein neuer Spitzname jetzt Marketing?«

Toni soll auf gar keinen Fall denken, dass ich die Arbeit an seinem Film nicht ernst nehme und lieber woanders wäre, deshalb zucke ich nur mit den Schultern und antworte: »Egal. Wir haben nur so vor uns hin geblödelt.«

»Gut. Dann kann ich dir ja erzählen, dass wir eine der wichtigsten Szenen im Kasten haben. Viviane macht ihren Job wirklich super. Findest du nicht auch?!« Er ist ganz euphorisch und seine Freude über die gelungene Arbeit steckt mich an.

»Ja, ich finde, sie ist echt toll. Ein richtiges Naturtalent«, stimme ich ihm zu.

»Genau wie du.« Er lächelt mich an, und ich merke wieder einmal, wie schlecht ich doch ein Kompliment annehmen kann. Mir ist es richtiggehend unangenehm.

»Ach. Quatsch. Das ist doch nicht vergleichbar. Ich ... Egal ... Das Haus gibt wirklich tolle Bilder her. Meinst du, wir können einige Stills und auch ein bisschen Bewegtbild aus der Szene für die Pressearbeit und Social Media nutzen? Wenn es dir nichts ausmacht, wäre es toll, wenn ich nachher gleich das Material durchgehen könnte.«

»Ja klar, dafür bist du ja hier. Und Sophie. Ich meinte das eben ganz ernst. Du machst deine Sache hier richtig gut. Die beiden Kino-Trailer, die du gestern mit dem Cutter geschnitten hast, gehen genau in die Richtung, die ich mir vorstelle. Jetzt nur noch den Feinschliff, und wir haben's! Ich bin sehr froh, dass alles genau so gekommen ist und du auch hier in Dänemark bist. Freust du dich denn auch schon aufs Abschlussfest? Und hast du schon gehört, dass ich es ins ›Koloss‹ verlegt habe?«

Nein, das habe ich noch nicht gehört.

»Peter wird mit Stavros das Essen besprechen und ihm beim Vorbereiten helfen. Und das einzige Problem, was wir jetzt noch haben, ist, dass wir noch nicht wissen, wer in den nächsten zwei Tagen das Catering betreut. Peter kann schließlich nicht beides machen.«

»Ich weiß jemanden, Toni.« Peter ist blitzschnell mit einer Rhabarbersaftschorle für Toni aufgetaucht und wartet gespannt auf seine Reaktion.

»Oh, wie schön. Wen denn?«, fragt Toni auch gleich neugierig.

Und in Zeitlupe hebt Peter seinen Zeigefinger und deutet auf mich.

»Sophie. Sophie kann das machen.«

Ich bin mindestens genauso verblüfft wie Toni und erhebe sofort Einspruch: »Wie kommst du denn auf die Idee. Das ist doch viel zu groß für mich. Ich ...«

»Du kannst das, und das weißt du. Ich trau dir das jedenfalls zu. So begeistert und voller Leidenschaft, wie du vorhin über das Kochen gesprochen hast, kann da gar nichts schiefgehen. Und falls doch, ich bin ja nicht aus der Welt«, antwortet Peter auf mein Gezeter.

»Also, wenn wir dir das zumuten können und du das machen würdest ..., das wäre natürlich ganz wunderbar. Wenn Peter sagt, dass du das schaffst, dann schaffst du das auch. Aber Sophie, sag ehrlich. Du sollst dich ja auch wohlfühlen.«

Der Bauch bleibt still. Ist das jetzt ein gutes Zeichen? Hey Bauch! Aufwachen!! Wenn man dich mal wirklich braucht, bist du im Urlaub, oder was?! Soll ich das machen? Wo bleibt mein Zeichen? Aber von meiner sonst so mitteilungsfreudigen Mitte kommt nichts. Nicht mal ein kleines, leises Gurgeln.

»Okaaaay«, sage ich vorsichtig und würde jetzt echt gern mal wissen, aus welchen weiteren Komfortzonen ich in den nächsten Tagen noch so herausgeschubst werde.

»Ich weiß, ich weiß, das ist ja wirklich ganz schön viel verlangt, und dafür bist du ja nun wirklich nicht hierhergekommen, aber das wäre so eine Riesenhilfe, und das Abschlussfest würde dadurch noch viel toller und überhaupt.« Schuldbewusster Dackel-Bettelblick vom berühmten Erfolgsproduzenten Schrägstrich Regisseur. Macht er Witze?

»Okay, ich bin dabei. Also, ich mache es«, traue ich mich etwas zögerlich.

Peter sagt leise: »Yes!«

Und Toni freut sich: »Echt, Sophie? Bist du echt dabei? Danke! Du hast einen Stein bei mir im Brett!«

Das ist ja auch nicht gerade das Schlechteste.

»Gut, dann haben wir ja alles besprochen. Ich muss los. Ich will mir die Takes von heute Morgen noch einmal anschauen. Ich suche dir dabei gleich das Material für die Presse und Social Media raus. Oh, da hinten kommt Viviane. Tschau. Bis später.« Toni ist schon aufgesprungen und trabt zurück zu seinem Wohnwagen.

Viviane kommt ganz außer Atem bei mir an. Sie drückt mich und holt sich erst einmal eine Limo. Dann setzt sie sich zu mir.

»Ich lass euch beiden mal allein.« Peter hüpft wieder in seinen Bus.

»Und wie war's?«, frage ich Viviane neugierig.

»Toll. Und gar nicht mehr so schwer wie gestern. Dennis und ich haben uns ziemlich gut verstanden, wenn du weißt, was ich meine. Ich denke, es wird auf dem Bildschirm echt heiß aussehen. Denn, Sophie …«, sie beugt sich verschwörerisch zu mir rüber und flüstert: »Es war auch in echt ziemlich heiß. Und er ist äußerst gut ausgestattet. Wirklich alles an der richtigen Stelle in der richtigen Größe. Am liebsten hätte ich immer weitergemacht. Ich fürchte, ich steh total auf ihn. Er hat so was gutaussehend Animalisches. Was mach ich denn jetzt?! Wie geht man vor, wenn man seinen Schauspiel-Kollegen heiß findet, aber kein Klischee sein will? Meinst du, es gibt dazu ein YouTube-Tutorial?« Viviane fuchtelt wieder wild mit den Armen vor meinem Gesicht hin und her, was bei ihr anscheinend ein Zeichen für unbedingte Aufregung ist. Da hat es jemanden erwihhhiiischt.

»Da muss ich leider passen. Keine Schauspiel-Kollegen-Sexszenen-Flirt-Erfahrung vorhanden. Sorry! Ich würde jetzt einfach mal sagen, go with the flow.«

»Du bist keine besonders große Hilfe. Wirklich jetzt. Was soll ich machen?«

Irgendwie tut sie mir ein bisschen leid, die liebe Viviane. Im Leben von normalen Menschen ist dieser Liebeskram ja schon ziemlich kompliziert, aber bei Schauspielern? Da sollte man sich wahrscheinlich genau überlegen, mit wem man etwas anfängt. Bei berühmten Leuten wird ja jede Beziehungskiste immer wieder hervorgekramt, und das könnte langfristig ziemlich unangenehm sein.

»Ich glaube, das Beste ist, abzuwarten und zu schauen, was als Nächstes passiert. Ihr kennt euch doch noch gar nicht richtig. Lern ihn doch erst einmal ein bisschen besser kennen. Auch wenn du dich total doll zu ihm hingezogen fühlst und am liebsten gleich auch im echten Leben mit ihm ins Bett gehen würdest, würde ich an deiner Stelle noch damit warten. Er erlebt so was bestimmt ständig, und du kennst dich noch nicht so gut in dem Business aus und überhaupt. Vielleicht sind deine Gefühle gar nicht echt, sondern von der besonderen Stimmung und dem Moment, den ihr da mit der Crew in dem schnuckeligen Häuschen kreiert habt, auf dich übergeschwappt. Warte wirklich erst einmal ein bisschen ab.«

Woher diese ganzen Weisheiten jetzt plötzlich aus mir herausgepurzelt kommen – keine Ahnung. Für jemanden, der sich überhaupt nicht in solchen Dingen auskennt, habe ich gerade fast schon tutorial-esque Anwandlungen. Wie auch immer. Meine Ratschläge haben anscheinend eine beruhigende Wirkung auf Viviane.

»Oh Gott, ja, du hast recht. Ich werde jetzt wieder einen kühlen Kopf bekommen und mich beruhigen. Darf ich dich behalten, wenn wir hier fertig sind?« Sie greift nach meinen Händen und blickt mich herzerweichend an.

»Und ich dich?« Dann müssen wir lachen. Was ist eigentlich mit meiner anderen Freundin? Ich muss ihr unbedingt schreiben.

»Wie war denn dein Vormittag, während ich Sex gespielt habe?«

»Bei mir war es gleichzeitig total normal und total aufregend. Zunächst habe ich drei Statisten beschimpft. Dann bin ich sozusagen auf Sibylles Schoß gestolpert und schließlich hat mich Toni gefragt, ob ich die nächsten zwei Tage Peters Cateringwagen managen kann. Er hat sich dazu entschlossen, das Abschlussfest vom Gemeindezentrum ins ›Koloss‹ zu verlegen, und Peter muss Stavros helfen, denn allein kann der unsere ganze Crew nicht verköstigen.«

Als ich jetzt ausspreche, was ich die nächsten zwei Tage machen werde, wird mir ganz leicht ums Herz. Der Bauch war wohl wirklich absichtlich so ruhig. Und ich denke an meine Mutter und Peter. Einfach machen. Mein fröhlicher Gesichtsausdruck lässt wohl keinen Zweifel daran, dass ich ziemlich happy mit dieser neuen Situation bin, trotzdem fragt Viviane erstaunt: »Du sollst das Catering übernehmen? Und das ist okay für dich?«

»Ja, warum denn nicht? Das wollte ich immer schon machen. Also kochen, meine ich. Ich wollte eigentlich Köchin werden und irgendwann mein eigenes Catering-Unternehmen haben. Aber die Vorstellung, dass seine Tochter nur eine Ausbildung zur Köchin macht, und das mit einem Abitur, hat meinen Vater unglaublich traurig gemacht. Und deshalb habe ich BWL studiert und war selbst einige Jahre lang sehr traurig. So war das.«

»Ach so, das wusste ich ja noch gar nicht. Na dann, Hals und Kochlöffel-Bruch – oder was sagt man da?«

Keine Ahnung, was man in einer solchen Situation sagt. Generell müsste man für die verrückten Dinge, die in meinem Leben in letzter Zeit so passieren, allerlei neue Sprüche erfinden.

»Du, ich denke, ich komm dann aber heute nicht mit ins ›Koloss‹. Ich bin gleich mit dem Cutter am Schnittplatz verabredet, danach erklärt mir Peter seinen Bus und morgen muss ich sehr früh aufstehen.« Bei dem Gedanken daran, wann genau ich morgen früh aufstehen muss, fange ich jetzt schon an zu gähnen.

»Na klar. Wir sehen uns dann morgen nach meiner Szene mit den Kamelen, die plötzlich am Strand auftauchen. Du erinnerst dich? Das wird nach heute bestimmt ein Kinderspiel.«

Wir umarmen und verabschieden uns, und bevor ich zum Cutter gehe, zücke ich mein Handy und schreibe: »Hey Sasha, wie geht es dir? Und wo bist du? Ich denke an dich und vermiss dich sehr! Hab dich lieb!« Senden.

Tim und ich haben uns seit dem Abend, der an der Bratwurstbude endete, noch nicht wiedergesehen. Ich hatte ihn nur kurz angerufen, um ihm zu sagen, dass ich nach Dänemark fahre, und er ließ mich wissen, dass er gerade an einem weiteren, neuen Projekt arbeite, das ihn noch stärker beanspruchen würde und dass er sich deshalb nicht so oft melden würde. Er wünschte mir viel Spaß, und ich merkte, dass er in Gedanken eigentlich schon wieder ganz woanders war.

Ich schüttele mich, um dieses ungute Gefühl loszuwerden, das ich in letzter Zeit habe, wenn ich an ihn denke, und gehe weiter in Richtung Schnittplatz-Wagen, wo der Cutter schon auf mich wartet.

Gegen Abend bin ich zufrieden mit dem, was ich heute geschafft habe und gespannt darauf, ob auch Toni die finale Version der Trailer und TV-Spots gelungen findet. Ich begebe mich zu Peter in den Bus, wo er mir mit viel Geduld erklärt, was ich die nächsten zwei Tage zu tun habe. Er beendet seinen Vortrag mit: »Das klappt schon«, und bevor er mich in meinen Feierabend entlässt, drückt er mir noch eine Portion Bratnudeln von heute Mittag in die eine und eine Flasche Rotwein in die andere Hand.

Als ich schon fast bei meinem Ferienhaus angekommen bin, klingelt mein Telefon. Eine 001-Vorwahl?! Ist das nicht

Amerika? »Hallo?« Außer einem lauten Knistern höre ich erst nur Atemgeräusche, dann ein lautes Lachen. »Hallloooo?« Ich versuche es etwas lauter.

»Sophie!!!! Hörst du mich?«, rauscht es durchs Telefon.

»Sasha?! Wo bist du denn? Etwa in Amerika??«

Pause. Knistern.

»Yes. Indeed! Und weißt du auch, wo da und mit wem?«, singsangt Sasha gut gelaunt auf der anderen Seite der Welt. Noch mehr zappeln lassen geht wohl nicht.

»Jetzt spuck's schon aus«, antworte ich ungeduldig.

»Du wirst es nicht glauben und mich für komplett verrückt erklären.« Ein Kichern von Sasha spannt mich nur noch mehr auf die Folter. Ich kann kaum eins und eins zusammenzählen, da sagt sie auch schon: »Mike und ich sind in Las Vegas! Und wir haben geheiratet. Ich kann es selbst kaum fassen. Ich bin jetzt verheiratet! Oh, mein Gott, Sophie. Ich bin so glücklich!«

Wie viele Tage sind vergangen, seit ich die beiden einander vorgestellt habe – ungefähr fünf?! Ich kreische ins Telefon: »Waaaaaaaaaasssss?? Im Ernst? Das ist ja unglaublich!! Wann hat er dich gefragt? Wo habt ihr geheiratet? Wart ihr verkleidet? Wann kommst du wieder? Seid ihr in echt verheiratet? Oh, mein Gott, oh, mein Gott, oh, mein Gott, Sasha! Das ist so krass!«

Diese Neuigkeiten hauen mich um. Meine Zweijahresbeziehung läuft gerade nicht besonders rund, und meine beste Freundin heiratet ihre neueste Eroberung nach knapp einem Monat.

»Wir waren uns einfach von Anfang an sicher, dass das

mit uns etwas Besonderes ist und vielleicht für immer, was so viel mehr ist, als ich über jede Beziehung sagen konnte, die ich bis jetzt geführt habe. Und das sind schon einige. Und Mike meinte, er hat noch nie eine Beziehung führen wollen, aber mit mir will er es, und dann kann er mich auch gleich heiraten. Und dann hat er Nägel mit Köpfen gemacht und stand vor zwei Tagen vor meiner Praxis, in der einen Hand ein Poster von einer kitschigen Kapelle und einem lustigen Priester mit riesigen Zähnen, in der anderen eine Reisetasche mit einem megawahnsinnsschicken Brautkleid und zwei Tickets nach Vegas. Und da habe ich Ja gesagt. Wer hätte da nicht Ja gesagt? Sophieeeeeee! Ich bin so aufgeregt, immer noch! Ich hab schon die ganze Zeit einen Krampf in meinem Hals.« Das passiert Sasha immer, wenn sie aufgeregt ist.

»Oh Mann, Sasha. Das ist eine Geschichte für die Enkelkinder! Unglaublich!! Ich freu mich für euch und werde jetzt erst einmal auf euer Wohl ein dickes fettes Glas Rotwein trinken. Meine Güte!«

»Sei mir nicht böse, aber mein Guthaben ist gleich aufgebraucht. Ich will noch meine Eltern anrufen, und wir müssen auch schon bald wieder zum Flughafen. Mike hatte nämlich noch eine Überraschung für mich.«

Was denn noch?

»Er hat bei meinem Chef für mich Urlaub eingereicht! Er hat an alles gedacht – und jetzt fliegen wir weiter, und zwaaaaaaar nach Barbados in unseren Honeymoon! Wir sehen uns bald auf deiner Dachterrasse, okay?! Ach ja, ich hoffe, dir geht es gut?«

Wuuuuhhhhshhhhh. Einmal mitten in einen Tornado geraten, einige Runden durchgewirbelt und seitwärts von selbigem ausgespuckt.

»Ja, mir geht's prima. Geh und flieg nach Barbados und sei ganz schlimmdoll glücklich und hab ganz viel Sex. Ich bin in Gedanken bei euch. Also, nicht beim Sex. Ach, du weißt schon, was ich meine ...«

»Ja, weiß ich. Danke! Und Ciao!!«

Seit wann sagt Sascha »Ciao«? Egal.

»Ciao.«

Tuten in der Leitung.

Mittlerweile bin ich bei meinem Ferienhäuschen angekommen und muss mich erst einmal setzen und mich sammeln. Das gibt es doch gar nicht. Sasha ist verheiratet. Mike ist verheiratet. Das sind schon zwei extreme Neuigkeiten, aber Sasha und Mike sind miteinander verheiratet. Das ist einfach zu extrem.

Ich bin ein bisschen beleidigt, dass Sasha keine Zeit hatte, sich meine Wahnsinns-Neuigkeiten anzuhören, aber eigentlich weiß ich, dass ich dazu überhaupt kein kleinstes Recht habe. Meine Lust auf ganz viel Rotwein besiegt den vom Las-Vegas-Hochzeits-Tornado durchgeschüttelten inneren Schweinehund, und ich kann aufstehen, mir einen Korkenzieher und ein Glas holen und auf die Terrasse gehen, wo ich mich sofort wieder völlig erschöpft hinsetzen muss.

Nach dem ersten Glas habe ich die Situation etwas besser im Griff und kann mich ehrlich für meine Freundin freuen. Wie aufregend, dass sich zwei Menschen dazu entscheiden, in ihrem Leben die Handbremse zu lösen. Einfach machen. Aha. Soso. Mir fällt ein, dass ich ja morgen früh um halb fünf aufstehen muss, um meine Kollegen von der Film-Crew zu bewirten, und bin plötzlich total euphorisch. Ob ich das wohl kann? Wie sich das wohl anfühlt? Und ohne weiter darüber nachzudenken, greife ich zum Telefon.

»Hey Tim, stör ich dich gerade?« So gern möchte ich meine Begeisterung mit ihm teilen und denke in meinem Überschwang, dass ich es mir ja vielleicht doch nur eingebildet habe, dass es gerade komisch zwischen uns ist.

»Nein, gar nicht. Wie geht es dir? Wie kommt ihr beim Dreh voran? Hast du schon irgendjemand Berühmtes kennengelernt?«

Habe ich ihm nicht schon zweimal erzählt, dass in dem Film außer Dennis nur neue Gesichter mitspielen? Egal, davon lasse ich mich jetzt nicht weiter irritieren. Ich ignoriere seine Frage.

»Es sind zwei unglaublich tolle Dinge passiert. Beide unerratbar.« Dramatische Pause meinerseits.

»Jaaaa? Und willst du sie mir trotzdem verraten?«

Auch den leicht genervten Unterton beschließe ich, zu ignorieren. Wenigstens habe ich jetzt seine volle Aufmerksamkeit. Das verräterische Klicken, das schon einige unserer letzten Telefonate begleitete und das bedeutet, dass er nebenbei die Börsenkurse im Internet checkt, hat aufgehört.

»Mike und Sasha haben geheiratet. In Las Vegas. Er hat sie sozusagen damit überrascht. Und ich schmeiße die nächsten beiden Tage das Catering für die Film-Crew, weil unser eigentlicher Caterer, Peter, das Abschlussfest mit

Stavros von der Bunkerbar organisiert. Ist das nicht der Wahnsinn?!« Während ich diese Neuigkeiten erzähle, merke ich immer mehr, wie sehr ich mich schon auf meine Aufgaben der nächsten beiden Tage freue. Und ich will unbedingt, dass er jetzt sagt: »Wow! Das ist ja mal eine coole Idee von Mike. Die muss ich mir merken – Augenzwinker.« Und dann: »Das ist ja der Wahnsinn. Jetzt kannst du deinen Foodtruck-Traum einfach so mal ausprobieren.«

Aber aus meinem Telefon kommt keinerlei Reaktion. Ich versuche es mit einem: »Hallo?«

»Ja, ich bin noch dran. Ich war nur gerade etwas überrascht. Du machst das Catering?«

Sich für mich freuen klingt definitiv anders. Hoffentlich habe ich mich vorhin bei Sasha nicht genauso angehört. Trotz eines leichten Unbehagens, dass ich meiner Freundin vorhin vielleicht nicht die angemessene Jippie-haftigkeit habe zuteilwerden lassen, plappere ich tapfer weiter: »Ja, genau. Das Abschlussfest soll jetzt in unserer Stammkneipe stattfinden. Ich hab dir doch vom ›Koloss‹ erzählt, oder? Na ja, auf jeden Fall, da soll das Fest stattfinden, und damit das geht, muss Peter, der ja eigentlich das Catering am Set macht, Stavros, dem Besitzer vom ›Koloss‹, helfen. Und Toni hat mich gefragt, ob ich währenddessen das Catering machen kann, die Trailer sind ja schon fast fertig, das Pressebilder-Shooting lief quasi von allein, und auch sonst sind wir gut im Zeitplan. Und als Peter mich vorgeschlagen hat, da hat Toni sofort zugestimmt.«

Mein Magen drückt gegen meine Galle und gluckert

laut. Wieso genau stammele ich denn jetzt eigentlich Erklärungen daher?

»Wie dem auch sei. Ich mache das Catering, und ich freue mich total darauf, weil ich so etwas immer schon machen wollte, und jetzt kann ich endlich mal ausprobieren, wie das ist.« Trotzig beschließe ich, positiv zu bleiben.

Wieder warte ich zu lange auf Tims Antwort.

»Aha. Na, wenn du meinst?« Ein Gefühl wie klebriges Harz legt sich um meine Freude. Mein Bauch bläht sich weiter auf und drückt nun auch auf die Blase. Ich fange an, auf meinem Stuhl hin und her zu rutschen. Das Gespräch geht genau da weiter, wo unser letztes aufgehört hat. Ich bin gereizt und antworte spitz: »Ja, meine ich. Hast du was dagegen?«

»Wieso soll ich was dagegen haben? Wenn du dich freust, freu ich mich auch.« Dieser neue Tim-Ton bringt mich gleich wieder auf hundertachtzig, was von dem nun wieder aufgenommenen Klicken im Hintergrund noch verstärkt wird. Wie kann man gleichzeitig so unbeteiligt und so vernichtend sein. Eigentlich sollte mich seine Reaktion traurig machen, aber nicht nur die Blase, sondern auch die Galle werden von dem aufgeblähten Bauch so in die Ecke gedrängt, dass statt Traurigkeit ein irrsinniger Ärger in mir aufsteigt. Ruckartig springe ich auf, mein Stuhl fällt scheppernd um und mein Zorn peitscht durch die Leitung: »Willst du mich eigentlich verarschen? Ich weiß genau, dass dir irgendwas nicht passt! Dann sag es gefälligst auch und tu nicht so dämlich!!!« Das war jetzt ganz schön laut und schon bereue ich meinen Ausbruch, weil ich ganz bestimmt keinen

Streit hatte haben wollen. Was ich eigentlich wollte, war zwei schöne Neuigkeiten mit meinem Freund zu teilen.

Tim holt tief Luft, und ich bin mir sicher, dass er jetzt gleich einen Ton anstimmt, den ich noch mehr verabscheue als den unbeteiligt-vernichtenden.

»Also, erstens finde ich, dass du dich in deiner Ausdrucksweise etwas mäßigen könntest.«

Erziehend-von-oben-herab. Damit treibt er mich noch weiter zur Weißglut.

»Und zweitens, sehr gern! Wenn du das wirklich willst! Aber sag nachher ja nicht, ich hätte dich damit verletzt. Du wolltest die Wahrheit. Also hier ist sie: Du kommst als Produktmanagerin von Triversal ans Set. Du bist dafür verantwortlich, dass der Film so vermarktet wird, dass er im Kino krachermäßig läuft. Und jetzt wirst du vom Produzenten zum Kochtopf-Jockey degradiert?«

Seine Worte hallen in meinem Kopf. Hatte ich ihm irgendwann mal erzählt, dass ich in der Schule so genannt wurde? Ich hoffe nicht. Ich fühle mich taub. Die Euphorie von eben? Fast komplett verflogen. Nur ein klitzekleiner Funken ist noch da. Und den will ich mir unbedingt erhalten. Geistesgegenwärtig ändere ich meine Strategie.

»Ja, vielleicht hast du recht. Vielleicht war es doch nicht so schlau, zuzustimmen.« Ich tue so, als gelte meine Betrübtheit meiner vermeintlich schlechten Entscheidung und nicht seiner unangebrachten Reaktion.

Ist das hier noch derselbe lustige Tim, den ich vor zwei Jahren in der Uni kennengelernt habe? Der Tim, der mir Rosen und ein Plüsch-Eichhörnchen auf dem Dom geschossen hat? Der, mit dem ich tolle Gespräche gehabt und schöne Pläne für die Zukunft geschmiedet habe? Der, der letztes Jahr ein paar Wochen lang meine Hand nicht mehr losgelassen hat?

Ich fürchte nicht. Und zum Weiterstreiten mit dieser Tim-Version fehlt mir jeglicher Elan. Ich will nur noch möglichst schnell aus dem Gespräch entwischen und zum Strand laufen. Zustimmung anstelle von Gegenargumenten ist dafür die beste Strategie.

Damit hat Tim nicht gerechnet: »Da bin ich jetzt aber erleichtert, dass du das auch so siehst.«

Auch wenn ich ihn durch die Leitung so gut hören kann, als säße er direkt neben mir, kommt es mir so vor, als wäre er am anderen Ende der Welt, emotional unerreichbar, Lichtjahre entfernt.

»Das ist doch auch echt irgendwie voll daneben, dass der Ziegler dich das überhaupt fragt! Oder denkst du, er ist mit deiner Arbeit nicht happy? Ach, und wenn schon. Mach dir keinen Kopf, Sophie. Das wird schon werden. Ich freu mich auf jeden Fall, dass wir einer Meinung sind.« Er hört sich sehr zufrieden an, und ich frage mich, seit wann er Gefallen daran gefunden hat, mich kleinzumachen.

»Mmmh«, antworte ich geistesabwesend. Wieso sollte Toni nicht mit meiner Arbeit zufrieden sein? Hat er das, was er heute gesagt hat, vielleicht doch nicht ernst gemeint? Etwas bedröppelt setze ich mich auf einen der stehen gebliebenen Stühle, während mein Bauch weiter gegen Galle und Blase drückt und ein komisches Quietsch-Geräusch von sich gibt.

»Ach, und das mit Sasha und Mike. Ja, das ist krass, aber meinst du echt, dass das lange halten wird? Die haben sich doch erst vor drei Tagen kennengelernt, oder? Na ja, wir wünschen ihnen mal das Allerbeste ...« Im Hintergrund vernehme ich erneut das hektische Klicken.

»Ja. Das tun wir. Du, ich muss jetzt auch mal los. Ich hab mich noch mit Viviane verabredet, wir wollen noch eine wichtige Szene von ihr durchgehen.« Ich lege schon fast auf.

»Okay. Ich wünsch euch einen schönen Abend und viel Erfolg«, flötet ein jetzt recht fröhlicher Tim ins Telefon. Seine Laune hat sich während unseres Telefonats anscheinend merklich verbessert, während meine in einen hundert Meter tiefen Brunnenschacht gefallen ist und nun dabei ist, zu ertrinken.

»Mmh. Danke«, erwidere ich schnell.

Als ich das Telefon schon vom Ohr genommen habe und seinen Namen auf dem Display sehe, der mir in diesem Moment so gar nichts bedeutet, höre ich ihn noch sagen: »Ich liebe dich.«

Wirklich?

»Ja. Gute Nacht.« Und ich lege auf.

Unser »Wir« hat irgendwo auf unserem Weg einen Sprung bekommen, und feine Risse breiten sich von diesem Sprung in alle Richtungen aus.

Bei dieser Erkenntnis fröstelt es mich, und ich will die Konsequenz aus dieser Feststellung auf keinen Fall weiter beleuchten. So viel hat sich verändert im letzten Jahr. Ich muss mich doch wenigstens auf diese Konstante in meinem Leben verlassen können.

Der Bauch weist mich mit einem leisen Quietschen darauf hin, dass ihm meine Gedanken nicht gefallen, dass ich mich, wenn irgend möglich, jetzt langsam mal entspannen soll, und dass ich ja in diesem Moment gerade keine lebensverändernde Entscheidung treffen muss. Ja, Bauch, recht hast du. Geht klar. Wir gehen ja schon. Und der Rotwein kommt mit.

Oben auf den Dünen reicht schon der Ausblick auf das unendliche Wasser und die Wellen, um mich zu beruhigen. Ein klitzekleiner Funken Euphorie ist immer noch da und lässt sich von diesem friedvollen und gleichzeitig überwältigenden Anblick wieder entflammen.

Der Strand ist um diese Uhrzeit wie leer gefegt. Wahrscheinlich gehen die meisten Leute vor dem Abendbrot nach Hause. Total verrückt, denn das ist doch die schönste Zeit am Strand. Aber mir soll es recht sein.

Hin und wieder bleibe ich stehen, grabe meine Zehen in den noch warmen Sand, schaue aufs Meer hinaus in eine schon leicht orangefarbene, bald untergehende Sonne und nehme einen Schluck aus meiner Flasche. Der Alkohol betäubt die von Tim gestreuten Zweifel. Mein Herz und mein Bauch werden langsam wieder warm, und ich denke an Sasha und Mike. Sie werden bestimmt zusammenbleiben und fünf Kinder bekommen. Warum auch nicht? Die Geschichten mit der geringsten Aussicht auf Erfolg sind doch meistens die besten. »Auf euch!«, brülle ich in Richtung Horizont und stoße mit der Sonne auf die beiden an.

Hinter der nächsten Biegung werde ich mich ein bisschen niederlassen und den Sonnenuntergang genießen. Doch als ich meinen Weg dahin fortsetzen will, sehe ich, dass sich irgendetwas am Strand rasend schnell auf mich zubewegt. Es muss ein Hund sein. Es ist ein Hund. Ein ziemlich großer sogar. Mein Herz fängt an, in demselben Rhythmus zu schlagen, in dem der Hund sich fortbewegt. Meinem ersten Reflex, die Beine in die Hand zu nehmen und wegzurennen, widerstehe ich. Gegen den Hund habe ich sowieso keine Chance, und außerdem sind meine Knie ziemlich weich. So fühlt man sich wohl, wenn man vor Schreck erstarrt. Sollte ich Autorität ausstrahlen? Mich ganz groß machen? Ihm direkt in die Augen schauen? Oder von allem das komplette Gegenteil?

Wieso kann ich mir solche Sachen NIE merken? Ich weiß, dass Angelina und Brad bei den Dreharbeiten zu *Mr. & Mrs. Smith* zusammengekommen sind und dass Meghan Markle ihren Prinz Harry in Givenchy geheiratet hat, aber ich weiß weder, wie ich mich in der Natur bei einem Gewitter verhalten muss, noch, was bei einem Hundeangriff zu tun ist. Und schon ist er bei mir, bellt wie verrückt und springt um mich herum. Er wedelt mit dem Schwanz. Gutes Zeichen oder schlechtes Zeichen? Ich meine, gut. Aber mein Gehirn funktioniert gerade überhaupt nicht, und das Einzige, was mir einfällt, ist, dass Heidi Klum vier Kinder hat. Meine Güte, Hund! Jetzt hör doch auf zu bellen. Mit erstickter Stimme bringe ich »Aus. Nicht bellen. Ich bin doch dein Freund« hervor. Wenigstens der Bauch scheint bei Sinnen zu sein. Er gibt ein tiefes Knurren von sich. Der Hund schaut mich überrascht an, setzt sich aufmerksam vor mich hin und stellt neugierig den Kopf schräg. Bist du auch endlich mal zu was nütze ... Noch einmal knurrt der Bauch. Der Hund wackelt verdutzt mit dem Kopf. Dann stellt er sich auf die Hinterbeine und fängt wieder an, zu bellen.

Er bellt und bellt und bellt. Meine Ohren tun weh, der Bauch wird gnadenlos übertönt, und ich wünschte, Bauch und Hund würden endlich mit ihrem Knurr-Bell-Konzert aufhören. Ich bin völlig paralysiert.

»Yukon! Yukon! Hey. Heyyyy.« Dann ein langer Pfiff. Ich drehe mich in Richtung der Biegung und sehe, wie ein Mann angelaufen kommt. Die Bestie, die endlich aufhört zu bellen, heißt also Yukon. Anstatt aber zu seinem Herrchen zu rennen, setzt sich Yukon wieder hin und schaut mich mit großen glänzenden Augen an, in denen ich mein winziges Spiegelbild erkennen kann.

»Komm, Yukon.« Aber der Hund kommt nicht. Erst als der Hundebesitzer nur noch fünf Meter von Yukon und mir entfernt ist, springt er auf und tobt um sein Herrchen herum, als hätte er es Jahre nicht gesehen. Ich erkenne den bärtigen Traumhausbesitzer vom Set und werde nervös.

»Was machen Sie denn hier?«, entfährt es mir brüsk.

»Entschuldigung? Das hier ist ein freies Land. Ich glaube nicht, dass ich erklären muss, warum ich mit meinem Hund am Strand spazieren gehe«, antwortet der Typ amüsiert mit einer angenehmen, tiefen Stimme.

»Wie bitte? Ach so. Ja, nein. Ähm – ich meinte was anderes.« Sophie, was faselst du da. Ich rolle innerlich die Augen.

»Nun, was meinten Sie denn?«

Zum ersten Mal schauen wir uns direkt in die Augen,

und in meinem Bauch kommt ein flirrender Sonnenstrahl an. Ich schnappe nach Luft, bringe kein Wort hervor und starre ihn an. Mit offenem Mund, wie mir auffällt. Ich klappe den Mund geräuschvoll zu.

Er senkt leicht verlegen den Blick und räuspert sich: »Mir tut es auf jeden Fall leid, dass Yukon Sie erschreckt hat. Ich weiß auch nicht, was in sie gefahren ist. Sie läuft eigentlich nie weg.«

Unsere Blicke wandern zu einem nun völlig erschöpften Hund, der mit einer unglaublich langen, heraushängenden Zunge zu Füßen seines Herrchens liegt. Plötzlich bin ich Yukon sehr dankbar, dass sie da ist und ich sie anstarren kann und nicht mehr in diese magisch blauen Augen schauen muss. Ich werde rot. Toll! Aber wenigstens ist mein Mund jetzt zu. Ich schaue weiter starr auf Yukon und sage: »Vielleicht ist sie ja nicht damit einverstanden, dass ICH hier am Strand entlang spaziere …?!« Ich versuche mein unpassendes »Was machen Sie denn hier?« wieder geradezubiegen und traue mich, in seine Richtung zu schielen. Mit seinen verwaschenen Jeans und dem rot-schwarz karierten Hemd sieht er so aus, als wäre er direkt aus einem Walden-Artikel an den Strand gesprungen.

Er lächelt mich an. Entschuldigung akzeptiert.

»Na ja, da wir nun geklärt haben, dass das hier ein Jedermannstrand ist, möchte ich Sie fragen, ob Sie Yukon und mir das Vergnügen erweisen, mit uns ein paar Miesmuscheln zu essen. Sozusagen als Schreck-Entschuldigung. Ich habe schon alles vorbereitet, und es reicht bestimmt auch für zwei.« Er zeigt einladend in die Richtung, aus der Yukon gekommen ist.

»Wurden Sie versetzt?« Oh. Mein. Gott. Ist das wirklich das Einzige, was mir dazu einfällt?

Aber er lächelt nur. Genauso nett wie eben, nur dieses Mal mit einem Blitzen in den Augen.

»Nein, ich bin generell eher ein Einzelgänger.«

»Bitte entschuldigen Sie, dass ich das gefragt habe. Das geht mich überhaupt nichts an. Wir kennen uns ja gar nicht. Aber einem Mann, der für sich allein Muscheln am Strand vorbereitet, dem begegnet man nicht so oft. Also, ich. Ich meine, *ich* begegne solch einem Mann nicht so oft.« Ich flirte. Ich bin betrunken und flirte.

»Also? Darf ich Sie auf ein paar Muscheln einladen? Den Wein haben Sie sich ja schon selbst mitgebracht.« Sein eben noch charmantes Lächeln hat jetzt etwas Herausforderndes, was mir noch ein bisschen besser gefällt.

Ich halte die Flasche gegen die Sonne, was mir sofort peinlich ist, weil sie nur noch zu einem Drittel voll ist, und ich hoffe, dass weder meine Zähne verfärbt sind noch meine Lippen einen Rotweinrand haben. Bei dem Gedanken an die Miesmuscheln seufzt der Bauch laut auf. Ich habe ihn wieder vernachlässigt. Peters Bratnudeln habe ich unangetastet auf meinem Terrassentisch zurückgelassen.

Yukon bellt kurz in Richtung Bauch und schaut mich skeptisch mit schräg gelegtem Kopf an. Hoffentlich hat ihr Herrchen den Bauch nicht gehört.

»Ja, gern«, lautet meine Antwort, und ich bin ein bisschen überrascht von meinem Mut, dieser Einladung zu folgen.

Yukon stürmt voraus. Hinter der nächsten Düne erwarten mich eine blau-weiß karierte Decke, ein Rucksack und ein Feuer mit einem an einem Dreibein baumelnden Kessel darüber. Yukon hat sich neben den Rucksack gesetzt und blickt munter zum Kessel, aus dem nicht nur dem Hund ein betörender Duft in die Nase steigt.

Wie im Film, geht es mir durch den Kopf, und ich denke an das Set von Tonis »Strandherzgold« und an das wunderschöne Haus dieses interessanten Unbekannten, der mir jetzt gegenübersteht.

»Wow! Damit hab ich nicht gerechnet«, rufe ich überrascht aus.

»Womit hast du – wir können uns duzen, oder? – denn gerechnet?!«, fragt er lächelnd.

Ja, womit hatte ich eigentlich gerechnet? Als ich mir überlegte, noch ein kleines Stückchen weiter am Strand entlang zu gehen, um zu entdecken, was hinter der leichten Biegung zu sehen ist, hatte ich mit noch mehr Strand gerechnet. Aber bestimmt nicht mit einem bärtigen, blauäugigen Traumhausbesitzer, einem braun-schwarz-weiß gescheckten Schlittenhund und einem Abendessen wie aus einem Kitschroman.

»Mit gar nichts. Ich weiß auch nicht, warum ich das gesagt hab. In letzter Zeit hat das Leben beschlossen, mich äußerst oft zu überraschen. Ich habe mich einfach noch nicht daran gewöhnt und weiß noch nicht so recht, wie ich das finden soll«, versuche ich ihm zu erklären.

»Das musst du mir jetzt aber etwas näher erläutern.« Und nachdem er mir einen Platz auf seiner Decke angeboten und den restlichen Wein in zwei leicht verbeulte Emaillebecher geschenkt hat, erzähle ich ihm von meinen letzten Wochen und finde meine Geschichte selbst ziemlich erstaunlich. Ebenfalls ziemlich erstaunlich finde ich, dass ich die drei in meinem Leben nicht ganz unerheblichen Buchstaben T, I und M mit keinem einzigen Ton erwähne. Wobei ... Ich lüge ja nicht. Und Mr Traumhaus hat mich bis jetzt nicht danach gefragt, ob ich einen Freund habe. Ich beschließe, die drei Buchstaben wenigstens so lange unerwähnt zu lassen.

»Und wie geht es dir mit dieser neuen Situation?«, fragt er, nachdem ich meinen Monolog beendet habe.

»Das hat mich bisher noch niemand gefragt«, stelle ich verwundert fest. »Noch nicht einmal ich selbst. Ja, wie geht es mir eigentlich mit dieser neuen Situation?« Ich schaue hinauf in den Himmel, betrachte das helle Blau, das sich mittlerweile mit dem Orangerot des Sonnenuntergangs vermischt, und seufze.

»Ganz ehrlich?«

»Ja, ganz ehrlich«, antwortet er bestimmt.

»Ganz ehrlich geht es mir einerseits mies, weil der Job überhaupt nicht das ist, was ich will. Und wenn ich das denke, geht es mir gleich noch mieser, weil ich sofort ein schlechtes Gewissen habe. ›A million girls would kill for this job!‹. Wenn du weißt, was ich meine?!«

Dass das mehr als rhetorische Frage gemeint war, scheint er nicht so zu verstehen, denn er antwortet vergnügt: »*Der Teufel trägt Prada*, richtig?«

»Du kennst *Der Teufel trägt Prada?*«, frage ich ungläubig. »Ein weiterer Eingang auf meinem Überraschungskonto. Du siehst, es hagelt in meinem Leben gerade nur so Überraschungen. Und ich kann dir sagen, so ein Überraschungshagel ist nicht immer nur angenehm.« Ich habe mich richtig in Überraschungs-Rage geredet und muss jetzt lachen.

»Sorry, ich wollte dich nicht aus dem Konzept bringen. Aber die Vorlage war einfach zu gut, um dich – nun ja – zu überraschen. Und jetzt muss ich dir wohl auch gleich etwas beichten.« Leicht beschämt schaut er mich an und wird mir jetzt bestimmt erzählen, dass er *Der Teufel trägt Prada* vor ein paar Tagen mit seiner heißen, blond gelockten, braun gebrannten Modelfreundin aus Australien angeschaut hat.

»Na, dann schieß mal los«, sage ich und lege mir schon mein »Ja, ich auch. Er heißt Tim. Aber es ist trotzdem nett, dich kennenzulernen.« parat.

»Ich bin erstens ein großer Filmfan und zweitens ein hoffnungsloser Romantiker, was dazu führt, dass ich total auf Romantic Comedys abfahre. Ich kenne sie wirklich ALLE! Aber ich wollte dich nicht unterbrechen. Du warst bei deinem schlechten Gewissen stehen geblieben.«

Vor lauter Erleichterung, dass er mir gerade nichts von seinem unwiderstehlichen, langbeinigen, feingliedrigen Victoria's-Secret-Engel erzählt hat, bin ich so beschwingt, dass ich meinen eigenen Beziehungsstatus weiterhin völlig ignoriere und herausfordernd auf ihn einplappere: »Du? Ein hoffnungsloser Romantiker? Das kann ich mir nicht vorstellen! Ich dachte immer, hoffnungslose Romantiker würden eher an einem einsamen Strand picknicken und dabei den

Sonnenuntergang genießen! Ich bin Expertin, wenn es um hoffnungslose Romantiker geht und studiere ihre Verhaltensweisen schon seit Jaaaahren. Ich weiß nicht so recht, ob du dich wirklich für dieses Prädikat qualifizierst!« Huch. So unverfroren übermütig kenne ich mich gar nicht, und ich beiße mir vor Schreck von innen auf die Wangen.

Mit einem Stock stochert er im Feuer unter dem Kessel, sagt »Du bist lustig«, und blickt mich unvermittelt an. Und der Blick ist so intensiv und direkt und zugleich so sanft, dass ich mich in ihm verliere und mir erst Sekunden später wieder einfällt, dass die Zeit ja nicht stehen bleibt, nur weil man einem Fremden in die Augen schaut. Ich blinzele und schaue hastig zur Seite.

»Ich weiß noch nicht mal, wie du heißt«, sage ich mit einem komischen Kratzen im Hals.

»Ich heiße Nick. Und du?«

»Ich bin Sophie.«

»Hi Sophie. Yukon kennst du ja schon.«

Yukon, die sich neben dem Rucksack zu einem kleinen Knäuel zusammengerollt hat, das ganz und gar nicht mehr gefährlich aussieht, öffnet, als sie ihren Namen hört, die Augen und hebt ihren Kopf. »Alles okay. Leg dich ruhig wieder hin«, und bei seinen beruhigenden Worten legt sie ihren Kopf sofort wieder in den Sand und schnarcht weiter friedlich vor sich hin.

Glücklicherweise fällt mir wieder ein, worüber wir vor meinem Romantiker-Experten-Exkurs gesprochen haben, und ich räuspere mich, um mich wieder auf ein sichereres Gesprächsterrain zu begeben: »Also, was ich sagen wollte …

für gaaaanz viele Menschen wäre mein Job ja der totale Traum, aber für mich ist er eben nur ein Zufallsjob. Eigentlich habe ich nämlich nur als Empfangsdame bei Triversal gearbeitet, um mich vor einer ernsthaften, verantwortungsvollen Herausforderung zu drücken und nebenbei entspannt weiter davon träumen zu können, mit einem mintfarbenen Foodtruck als Köchin mein Geld zu verdienen.« Ich halte kurz inne, ein bisschen erschrocken, ein bisschen überrascht darüber, wie leicht es mir fällt, in Nicks Gegenwart diese für mich nicht besonders schmeichelhaften Wahrheiten zum ersten Mal auch laut auszusprechen. Und anstatt mich zu verurteilen, zu bewerten, zu hinterfragen, nickt er mir nur aufmunternd zu, und ich fahre dankbar fort: »Gleichzeitig finde ich das Ganze aber auch total aufregend, neu, herausfordernd und motivierend, was mir gute Laune und noch bessere Ideen macht. Ich lerne interessante Leute kennen, darf hier in Dänemark sein, kann meine Ideen umsetzen, fühle mich gebraucht und sinnvoll.«

Die Worte klingen in mir nach, als Nick nicht direkt antwortet, sondern erst einmal zwei Teller aus seinem Rucksack zieht und sie nacheinander mittels einer antik aussehenden, angelaufenen Kelle mit Muscheln befüllt. Und in der Stille merke ich, dass das, was ich da gerade gesagt habe, wirklich stimmt.

»Das hört sich so an, als wäre im Moment alles ziemlich in Ordnung«, sagt Nick.

Mein Verstand rotiert. Alles in Ordnung? Nein, das kann nicht sein. Oder doch?

»Also, Sophie, hast du Lust auf ein paar Muscheln?«, als

das Wort Muscheln seinen Mund verlässt, stöhnt der Bauch auf. »Rargh.« Noch ein bisschen lauter und auch der letzte Mensch in der Mongolei hätte verstanden, dass ich Hunger habe. Ich umfasse peinlich berührt meinen Bauch und versuche, ihn zum Schweigen zu bringen. Aber er lässt sich nicht beruhigen. Das nächste »Raaaaargh« ist definitiv mongolei-verständlich. Ich weiß genau, dass das noch längst nicht die ganze Strafe für die Vernachlässigung gewesen ist. Später wird der Bauch mich mit diesem zäh-ziehenden Schmerz geißeln, der sich so anfühlt, als hätte ich zwanzig Kaugummis verschluckt und ein paar Zwerge würden damit in meinem Inneren Gummitwist spielen.

»Gern, wenn du dann auch noch genügend für dich selbst übrig hast?!«, bringe ich der Höflichkeit halber hervor.

»Mach dir mal keine Sorgen um mich. Du scheinst ja wirklich schon sehr lange nichts mehr gegessen zu haben«, lacht Nick.

Die Muscheln sind köstlich, und ich vertilge einen riesigen Berg davon, während Nick mir unaufgeregt eine gute, lustige, spannende, zum Nachdenken anregende Frage nach der anderen stellt: »Ohne was kannst du nicht leben?«, »Wann hast du die Leidenschaft zum Kochen entdeckt?«, »Was ist das erste Gericht, das du in deinem Foodtruck zubereiten würdest?«, »Woher kommt deine große Faszination für Kräuter?«, »Was ist eine deiner besten Kindheitserinnerungen?«, »Wen würdest du gerne mal bekochen und welche Platte würde während des Essens laufen?«, »Was war dein aufregendstes Abenteuer?« Und beim Beantworten seiner Fragen ertappe ich mich dabei, wie ich mich selbst frage, wann Tim eigentlich aufgehört hat, sich so für mich zu interessieren.

Die Antworten fließen nur so aus mir heraus. So als hätte ich schon lang nicht mehr so gern geantwortet, so als könnte ich das erste Mal ungefiltert alles sagen, so als wären meine Worte nicht zu entbehren, auch wenn sie nicht wirklich wichtig sind, aber eben doch, weil es meine sind.

»Ohne richtig guten Kaffee, ohne meine Messer, ohne meine Geschmacksnerven«, lache ich. »Oder darf es nur eine Sache sein? Dann natürlich die Geschmacksnerven. Sonst wäre ich beim Kochen ja aufgeschmissen.«

»Tatsächlich bin ich in der Schule zum Kochen gekommen, und zwar durch Zufall. Eine AG zu wählen war Pflicht, aber ich habe meine Entscheidung bis zur letzten Minute aufgeschoben. Und dann war nur noch in der Koch-AG was frei. Also bin ich in die Koch-AG, und da ich nicht besonders beliebt war und meine Freizeit nicht mit meinen Klassenkameraden verbringen konnte, habe ich mich ganz und gar ins Kochen gestürzt und für meine Mitschüler hat sich ein ganzes Potpourri an interessanten neuen Spitznamen erschlossen. So hatten beide Parteien was davon«, werde ich am Ende etwas leiser und bin froh, dass er schnell die nächste Frage stellt.

»Als Erstes würde ich auf jeden Fall Kartoffelbrei und Fischstäbchen in meinem Foodtruck anbieten. Also beides selbst gemacht natürlich. Das war lange Zeit mein Lieblingsgericht. Früher als ich klein war und mit Windpocken im

Bett lag, hat meine Mutter mir eine ganze Woche lang nur dieses eine Gericht serviert und mich damit aufgemuntert. Als Nächstes würde ich dann Brioche backen, danach koche ich Kürbissuppe mit Rosmarincroutons, dann Fusilli mit vegetarischer, tagelang geschmorter Bolognese. Dann Linsen-Forellen-Salat, dann einen Gemüseeintopf, dann mache ich Sandwiches mit selbst gebackenem Brot und diversen Aufstrichen, dann …«, zähle ich fröhlich gestikulierend auf und unterbreche mich selber mit: »Sorry. Du hattest ja nur nach dem ersten Gericht gefragt.« Ich muss über mich selbst schmunzeln, wie sehr ich bei diesem Thema begeistert in Fahrt geraten kann, wenn mich keiner bremst, und freue mich, als er sagt, dass er mir noch stundenlang beim Gerichteaufzählen zuhören könnte.

»Die Liebe zu Kräutern wurde mir von Claudette, einer alten Freundin meiner Mutter, quasi in die Wiege gelegt. Sie hatte schon immer Kräuter in ihrem Garten. Und so klein ich auch war, bei jedem Besuch ist sie mit mir immer als Erstes zu ihrem Beet gegangen, hat hier ein Blättchen, da eine Blüte, dort eine Nadel abgezupft, daran gerieben und mir das Stück Pflanze oder gleich ihre ganze Hand unter die Nase gehalten und ›Riech mal, Phie-chen‹ gesagt, und ich roch. Während der Koch AG realisierte ich dann, dass dieser Geruch ja auch Geschmack bedeuten kann und integrierte so immer mehr Kräuter in meine Rezepte. Ich sag dir, meine Estragon-Nage macht süchtig«, erkläre ich und erinnere mich an Claudettes weiße, kräftige Hände und an Claudette selbst und nehme mir vor, auch sie bald zu besuchen, was ich seit der Beerdigung vermieden habe.

Auf die Frage nach meiner besten Kindheitserinnerung antworte ich: »Wie ich mit meiner Mutter Himbeeren sammeln war«, verrate ihm aber nicht, dass das erst letztes Jahr war und welcher emotionale Erdrutsch mich kurz danach erfasst hat. Gerade ist sie zum Greifen nah, und doch kann ich sie nicht greifen. Aber zum ersten Mal bin ich nicht ganz und gar erschüttert und zerbrochen bei dem Gedanken an unser letztes Zusammensein, sondern fühle mehr Wärme als Kälte, während ich dieses Erlebnis mit Nick teile und auch schon über seine nächste Frage nachdenke.

»Wen ich gern bekochen würde? Mmh. Die Obamas! Barack und Michelle haben in ihrem Leben schon sehr gut gegessen und können wirklich beurteilen, ob mein Gulasch mit Spätzle eine Eins verdient. Außerdem sind die bestimmt nett«, erläutere ich meine Entscheidung und fahre fort mit: »Und natürlich müsste eine Platte von Paolo Conte dabei laufen, und ich würde mich auch trauen, sie etwas zu fragen. Willst du wissen, was?«, spanne ich ihn kurz auf die Folter und verrate ihm auf sein aufmunterndes Nicken hin: »Was macht die Menschen aus, und was sollte ich unbedingt wissen?«

»Und was war bis jetzt dein aufregendstes Abenteuer?«, frage ich ihn, nachdem ich ihm die Geschichte von meiner Indien-Reise erzählt habe, bei der ich vor ein paar Jahren ohne Plan und Reiseroute, was für mich total untypisch ist, einfach nach Neu-Delhi geflogen bin.

Mein Bauch hat sein krähenhaftes Ge-rarghe mit jeder Muschel ein bisschen leiser gedreht, und als ich das letzte

Stück Baguette in die Weißwein-Soße tunke, ist er endgültig verstummt.

»Mmh. Eigentlich sehe ich jeden Tag als aufregendes Abenteuer. So bleibe ich offen, und es können sich große und kleine Abenteuer ganz spontan ergeben.« Er lächelt mich vielsagend an, und ich hoffe, dass es mittlerweile schon so dämmrig ist, dass er nicht sieht, wie ich erröte.

»Aber wenn ich etwas Konkretes benennen müsste, dann würde ich sagen: der Hauskauf. Ich verkaufe ja selbst gebaute Möbel und Objekte aus Treibholz. Warst du in meinem Haus, als dort gedreht wurde?«

Ich nicke und denke an den Elefantenkopf, das Holzvöglein an der Wand und die einladende Bank vor seinem Zuhause.

»Dann hast du vielleicht ein paar von den Sachen gesehen? Egal. Also bei einer meiner Strandgut-Suchen hat es mich hierher verschlagen, und da stand das Haus plötzlich vor mir. Mitten in dieser wilden Wiese. Völlig heruntergekommen. Und da war es um mich geschehen.« Die Begeisterung von damals steht ihm noch heute ins Gesicht geschrieben.

»Hattest du denn geplant, ein Haus zu kaufen? Also, warst du auf der Suche nach einem Haus?«, frage ich gespannt. Diese Geschichte hört sich fast so an, als hätte er sie erfunden.

»Nicht wirklich. Damals habe ich noch auf meinem Boot gelebt, und ich hatte nicht vor, das zu ändern.«

»Du hast auch noch ein Boot??«

Selbstständig als Möbelbauer mit Hund plus Haus UND

Boot. Jetzt fehlt nur noch das Kind, und ich habe einen wirklich erwachsenen Menschen vor mir. Er *muss* einfach eine betörende, Marathon laufende, Physik-Nobelpreisträger-Freundin haben. Oder irgendetwas stimmt nicht mit ihm. Sibylle. Die hatte ich ganz vergessen. Vielleicht ist sie seine Freundin? Nein, sonst würde sie sich bei ihm ja nicht so ins Zeug legen müssen. Mmh. Soll ich ihn fragen? Aber dann fragt er mich vielleicht auch. Und dann reicht weglassen nicht mehr. Dann muss ich antworten. Ja, habe ich. Und dann ist alles nicht mehr so, wie es jetzt gerade ist. Der Bauch zwickt mich in die Seite. »Autsch.« Ist ja gut. Ist ja gut.

»Sophie? Alles in Ordnung?« Nick schaut mich besorgt an.

»Ja, sorry. Mein Magen. Was hast du gesagt?«

»Gar nichts weiter. Ich hatte damit zu tun, deinen lustigen Grimassen zu folgen. Darf ich fragen, worüber genau du nachgedacht hast?« Nick nimmt den Kessel vom Dreibein und legt ein paar Holzscheite auf die Glut, die sich sofort wieder zu einem gemütlichen Feuer entzünden.

»Ach. Dies und das. Wie es wohl ist, immer auf einem Boot zu leben. Wo du deine Möbel gebaut hast, und und und ...« Gott sei Dank fällt mir manchmal auch was Sinnvolles ein.

Nick antwortet nicht. Irgendwie haben wir beide wohl das Gefühl, dass jetzt ein Moment zum Schweigen gekommen ist. Yukon hat sich aufgerichtet, den herabschauenden Hund gemimt, sich eine kleine Kuhle dichter am Feuer gegraben und sich wieder kugelig zusammengerollt. Auch ich rücke ein wenig dichter ans Feuer heran und traue mich, meine Hand auf Yukons flauschiges Fell zu legen und sie vorsichtig zu streicheln, was sie mit einem wohligen Schmatzen begrüßt.

Nick legt mir behutsam eine Decke um die Schultern und setzt sich neben mich. Wir schauen ins Feuer, das goldrot vor sich hin lodert, und strecken fast zeitgleich unsere Hände aus, um sie an den Flammen zu wärmen.

Die wohlige Wärme entspannt mich. Erstaunlicherweise kein Zwergen-Gummitwist zu spüren. Alle Fragen zu Beziehungsstatus und Vaterschaften unwichtig. Ich schaue in den Himmel, an dem die ersten Sterne aufblitzen, und höre die gleichmäßige Brandung des Meeres. Ich fühle mich wohl. So richtig wohl. So wohl, wie wenn ich allein auf meiner Dachterrasse sitze und den Kräuterduft einatme, wie wenn ich ohne Wecker weiß, wann mein Hefezopf gut ist, wie unter dem Birnenbaum bei Claudette im Garten, wenn wir gemeinsam schweigen, so wohl wie mit meiner Mutter beim Himbeeren sammeln und wie wenn ich einfach ganz und gar bei mir bin.

In dem Moment, als ich merke, dass Nick nicht mehr neben mir sitzt, knallt es in meinem Rücken, und ich zucke zusammen, während Yukon nur kurz ihren Kopf hebt und gähnt. Eine Gefahr scheint von dem Knall nicht auszugehen, und Yukon hat recht …

»Magst du auch ein Glas?«, fragt Nick, und bevor ich mir erklären kann, woher und warum er an einem Wochentag am Strand eine Flasche eisgekühlten Champagner parat hat, halte ich mein Glas schon in der Hand. Was bleibt mir denn auch anderes übrig. Feuer, Strand, Champagner – dazu kann man nicht Nein sagen, oder? Meine Mutter, für die Champagner das beste Getränk der Welt war, würde das auf jeden Fall nicht tun. Sie würde sagen: »Für Champagner ist es nie zu früh.«, fünfe so was von gerade sein lassen und einfach nur genießen.

Die Zwergenarmee, die sich doch eigentlich zum Gummitwist in meinem Bauch verabredet hatte, formiert sich jetzt in meinem Kopf. Per Megafon skandiert sie munter: »ACHTUNG! ACHTUNG! YOU ARE APPROACHING ROMANTIC TERRITORY!! DANGERZONE!«, und schwenkt dabei ein paar Plakate mit der Aufschrift: »TIM! DU HAST EINEN FREUND! DU MUSST MORGEN UM HALB FÜNF AUFSTEHEN! GUMMITWIST RULES!« Ich beschließe, sie mit Nichtachtung zu strafen, während Nick das Feuer schürt.

Ich will auch mal wissen, wie es ist, fünfe gerade sein zu lassen, und just als ich das denke, sagt Nick: »Für Champagner ist es nie zu früh«, lässt sich wieder neben mir nieder und prostet mir zu.

Hat er meine Gedanken gelesen? Mit einer leichten Gänsehaut gebe ich ein schüchternes »Cheers!« zurück, während ich noch überlege, wie er das gemeint hat.

Das Feuer, die Decke, die Muscheln, der Sternenhimmel, das Meer, der Hund, der Mann und der Champagner, der alles noch ein wenig weicher zeichnet, und ich frage mich, ob mein Leben jemals schon so verrückt und so perfekt war.

»*He's my destiny! He's my destiny! He's my destiny!*« Was ist das nur für ein schreckliches Geräusch? Im Halbdunkel taste ich um mich herum. Unter der Bettdecke blinkt irgendetwas. Mein Handy. Wo bin ich? Wieso schreit Jennifer Rush den Refrain ihres 80er-Hits aus meinem Telefon? Und wieso finde ich meine Nachttischlampe nicht?

Völlig verschlafen richte ich mich auf, hämmere auf die Schlummertaste und schaue auf die Uhr. Mein Handy zeigt vier Uhr dreißig an, und mit dem Licht des Telefondisplays kommt auch langsam meine Orientierung zurück. Ich bin in einem dänischen Ferienhäuschen, ich heiße Sophie, soll heute eine ganze Filmcrew bekochen und habe – AU! – tierische Kopfschmerzen. Warum? Ach ja, weil ich mit einem Fremden bis vor ein paar Stunden am Strand gesessen und Champagner getrunken habe.

Ich lasse mich wieder in die weichen Kissen sinken. So ein Bett ist doch was Feines. Nur noch fünf Minuten und ein paar Erinnerungen. Das Picknick am Strand, die köstlichen Muscheln, meine Hand in Yukons Fell, die aufmerksamen Fragen, die gute Unterhaltung, die Wärme des Feuers in meinem Gesicht, der prickelnde Champagner auf meiner Zunge, das wohlige Gefühl in meinem Bauch. Seine tiefe Stimme, seine Augen, sein Geruch. Am besten erinnere ich mich an seinen Geruch. Und Mann, der war gut! Er hat mich nach Hause gebracht und zum Abschied umarmten wir uns. Die Umarmung fühlte sich zu schön an und dauerte zu lange. Hätte ich doch nur seine Jacke behalten, die er mir auf dem Rückweg zu meinem Haus über die Schultern gelegt hat, dann hätte ich seinen Geruch jetzt noch einmal riechen können. Haben wir uns geküsst? Ja, das haben wir. Und es war der beste Kuss. Oh, wie schön war dieser Kuss. Seine weichen Lippen auf meinen, sein leicht kratziger Bart an meiner Wange. Was für ein Kuss. Nur noch ein paar Minuten. »*He's my destiny! He's my destiny! He's my destiny!*« Warum immer, wenn es am schönsten ist? Und warum habe ich Tim erlaubt, mir diesen geloopten Refrain als Weckton zu programmieren? War das irgendwann mal witzig? Und ach ja, Tim.

Habe ich wirklich gestern Nacht den Champagnermann geküsst? Nein. Das habe ich gerade nur geträumt. Aber ich hatte ihn küssen wollen. Und das ist schon schlimm genug! Was ist bloß los mit mir?? Erst mal Kaffee. Die schwierigen Fragen hebe ich mir für später auf. Funktionieren ist jetzt angesagt und meinen Job machen. Meinen neuen Job.

Die Kopfschmerzen verschwinden nach einem dreifachen Espresso Macchiato und dem kurzen Spaziergang im

Morgenlicht zu Peters Cateringbus, in dem ich mich gleich so gut und wie selbstverständlich zurechtfinde, dass es mir ein bisschen unheimlich vorkommt. Ich backe Ingwer-Zitronen- und Spinat-Ziegenkäse-Muffins, fülle fertig gekochten Kaffee in Thermoskannen, schichte mit Schinken, Käse, Salami, Gurke und Frischkäse belegte Sandwiches zu Türmen auf, koche Eier, richte Joghurt mit geschnippeltem Obst an, und als um 7:00 Uhr die ersten Leute an meiner Theke stehen, bin ich fix und fertig. Aber auch sehr glücklich.

Die Schlange scheint gar kein Ende zu haben. Mir ist bisher nicht klar gewesen, wie viele Menschen an Tonis Film mitarbeiten. Um 8:30 Uhr ist der große Ansturm vorbei, und ich hege den Verdacht, dass einige meiner Nachbarn aus den umliegenden Ferienhäusern spitzgekriegt haben, dass man umsonst verköstigt wird, wenn man sich unters Filmvolk mischt.

Meine akute Wackeligkeit auf den Beinen schreibe ich dem Schlafmangel und dem Rotwein-Champagner-Mix zu, und das Einzige, was mich davon wirklich befreien kann, ist eine riesige Portion Pommes mit Ketchup und Mayo. 8:30 Uhr ist in meiner heutigen Zeitrechnung ja schon Mittagessenszeit.

Peter hat alle Zutaten für mein Fett-Fest da. Aber als ich mich gerade mit dem monströsen Berg Pommes an einem kleinen Tisch hinter dem Bus niedergelassen habe, schnauzt vor dem Wagen eine Frau herum. Schweren Herzen lasse ich die Pommes stehen.

»Ist das hier ein Selbstbedienungsladen, oder was?!«, schimpft die Person weiter.

»Ich komm ja schon. Ich komm ja schon«, rufe ich, während ich hastig die Treppen ins Innere des Wagens hinaufstolpere.

Als ich hinter der Theke angekommen bin, wünsche ich mir gleich, ich hätte heute Morgen doch noch ein paar Minuten länger in mein Make-up, meine Haare und mein Outfit investiert. Vor mir steht eine wie aus dem Ei gepellte Sibylle. In einem bodenlangen gelb-schwarz gestreiften Sommerkleid, das jede andere Frau zu einer pummeligen Biene degradiert hätte, sieht sie natürlich umwerfend aus und schaut mich spöttisch an: »Da hast du ja in kurzer Zeit hier richtig Karriere gemacht. Warst du nicht mal für das Marketing des Films zuständig?«

Ihren Kommentar ignoriere ich geflissentlich und versuche es so freundlich es gerade geht mit: »Was kann ich für dich tun?«

»Ich weiß nicht. Kannst du denn überhaupt irgendetwas richtig gut?«, ätzt sie zuckersüß zurück.

Ja, deine Haare noch glänzender machen, indem ich dir Fritteusenfett über den Kopf gieße.

»Ich könnte dir einen Kaffee anbieten und dir dazu ein belegtes Brötchen machen.« Ich bin dankbar für den Restalkohol, der meinen Groll betäubt und mich geschmeidig macht.

Süffisantes Lächeln von Sibylle. »Das ist doch schon mal was! Vollkorn und mit Halbfettkäse ohne Butter – Kaffee mit Hafermilch, aber das weißt du ja schon.«

Ohne ein weiteres Wort setzt sie sich an einen der Tische und scrollt sich wahrscheinlich durch die Instagram-Posts ihrer bestimmt wahnwitzig interessanten, international bekannten Influencer-Freunde.

Als ich ihr langweiliges Brötchen und ihren noch langweiligeren Kaffee neben ihr abstelle, schaut sie nicht hoch. Und ich bin ihr für diese weitere Unhöflichkeit fast schon dankbar. Wenig später dampft sie ab, und ich kann mich endlich meinen Pommes widmen.

»Hey Sophie!«

So wie ich bei Tonis Worten aus der Haut fahre, habe ich ihn wohl nicht kommen sehen. Das heißt, ich muss kurz, gegen die Hecksäule des Busses gelehnt, eingenickt sein.

»Bei dir alles in Ordnung?«

»Ja, alles super«, versichere ich ihm. Dass ich in Gedanken meinen Freund betrogen und die Location-Scoutin frittiert habe, verschweige ich ihm lieber. Dafür grummelt mein Bauch so laut, dass Toni noch beunruhigter schaut als zuvor.

»Ist wirklich alles okay, Sophie?« Er runzelt die Stirn.

»Ja«, versichere ich ihm. »Ich habe nur gerade eine riesige Portion Pommes mit Ketchup und Mayo gegessen. Und damit war der hier wohl nicht ganz einverstanden.« Ich zeige auf meinen Bauch und komme mir dabei völlig bescheuert vor. Bist du jetzt zufrieden, Bauch? Nun weiß auch Anton Ziegler, dass es dich gibt.

»Na, wenn du meinst. Ansonsten scheinst du hier ja alles im Griff zu haben. Die Partylocation wird auch langsam, und nachher gibt es noch eine Überraschung. Ich geh dann mal wieder zum Dreh. Was hast du denn eigentlich zum Mittagessen geplant?«, während er nach dem Essen fragt, hat er sich schon wieder in Bewegung gesetzt.

Ich rufe ihm »Chili con und sin Carne« hinterher und bekomme Daumen hoch von Toni. Wenn das mal nichts ist.

Todmüde gefühlte hundert Kilogramm Zwiebeln für ein Chili con/sin Carne zu schnippeln, habe ich mir genau so schlimm vorgestellt, wie es ist. Meine Augen kommen aus dem Tränen überhaupt nicht mehr raus, meine Arme sind nach der Hälfte der Zwiebeln schon lahm, und ich habe das Gefühl, dass die ganze Welt nach Zwiebel riecht – inklusive mir. Bevor ich weiter schnippel, gönne ich mir mit der Zubereitung des Hacks, das ich immer separat anbrate, eine kleine Tränenpause. Dann geht es weiter mit der Zwiebelei.

Als ich mich zum Tresen drehe, wo ich die Kleenexbox deponiert habe, ertönt vor dem Wagen ein etwas heiseres »Hi«. Ich versuche den Schleier aus meinen Augen wegzublinzeln, um zu verifizieren, dass ich mich bei der Stimmerkennung nicht geirrt habe. Aber ich kann einfach nichts sehen.

»Warte. Also. Hi. Und warte. Ach, sorry. Meine Güte, die Zwiebeln. Ich …« Ich schnäuze mir geräuschvoll die Nase und wische mir mit dem Handrücken an den Augen herum.

»Hi.«

Er ist es, und er lächelt mich an.

»Ich dachte, du könntest ein paar Vitamine gebrauchen. Karotten-Apfelsaft mit ein bisschen Ingwer. Sozusagen als Entschuldigung, weil ich dich gestern so lange am Strand festgehalten habe.« Er reicht mir einen großen Becher über den Tresen.

Ist der süß! Jetzt entschuldigt er sich noch bei mir, dass ich einen wunderbaren Abend hatte?

»SOPHIE!«, rufen die Gummitwist-Zwerge, »JETZT ist der Zeitpunkt, ihm zu sagen, dass du einen Freund hast! TU ES! TU ES JETZT!«

Aber ich grinse nur blöd. Ich stehe da und grinse Nick-mit-den-blauesten-blauen-Augen blöde an.

»Willst du nun den Saft oder nicht?«, immer noch hält er den Becher über den Tresen.

Oh Gott. Habe ich nichts zu dem Saft gesagt? Und wieso habe ich ihn nicht entgegengenommen? »Na klar.« Ich reiße ihm den Becher so ungeschickt aus der Hand, dass ein bisschen was von dem Saft überschwappt. »Unbedingt. Her damit. Haha.« Und in fünf Schlucken trinke ich den kompletten Becher leer. Nick schaut mich ungläubig an und lacht: »Kriegst du hier nichts zu trinken?«

»Wie? Ach so. Doch, aber … na ja, der Saft ist wirklich richtig lecker gewesen. Also, danke! Danke für den Saft und danke für den schönen Abend gestern.« Jetzt bin ich verlegen. Verlegen, weil ich den Saft, den er gemacht hat, in einem Satz ausgetrunken habe, ohne ihn wirklich zu genießen, weil ich will, dass wieder gestern Abend ist und weil ich schließlich immer noch einen Freund habe, auch wenn ich mit dem gerade überhaupt nicht glücklich bin.

»Ja, das …«

Nick wird abrupt von Herrn Mock unterbrochen, der wie aus dem Nichts vor meiner Theke auftaucht. Wie macht er das bloß immer? Aber bevor ich mich bei ihm danach erkundigen kann, fliegen mir schon seine genervten Fragen um die Ohren.

»Was machen Sie denn hier? Und wie sehen Sie überhaupt aus?«

Was meint er denn damit? Leicht verunsichert versuche ich, das gesellschaftliche Kommunikationsniveau an meinem Cateringwagen wieder etwas anzuheben. »Ähm. Herr Mock, das ist Nick, der eine der schönsten Locations für den Film zur Verfügung gestellt hat. Nick, das ist Herr Mock, der Chef von Triversal.« Ich versuche es auf die höfliche Tour, aber Herr Mock vernichtet mich mit Blicken und nickt nur kurz in Richtung Nick.

»Sophie. Wir sehen uns später.«

Und schon ist der Traumhausmann verschwunden, und ich stehe einem ungehaltenen Herrn Mock alleine gegenüber. Ich kann es Nick nicht verdenken. Bei dieser Stimmung wäre ich auch lieber in mein schnuckeliges Fensterladenhaus abgehauen.

Vielleicht, wenn ich mich ganz klein mache und aus dem Wagen schleiche, hat Mock vergessen, dass es mich gibt, und ich kann mich einfach zusammen mit Nick zu seinem Haus verdrücken. Eine super Idee.

Sehnsüchtig schaue ich ihm hinterher, wie er zwischen den Wohnwagen der Crew verschwindet, und mein Blick bleibt an einem kleinen Spiegel hängen, der an der Innenwand des Cateringwagens befestigt ist. Hinter dem Zwiebelnebel, der immer noch meine Augen verschleiert, sehe ich mich mit Mascara-verschmierten Augen, verwuschelten

Haaren und konfettiartigen roten Tomatenspritzern auf meiner grünen Bluse. Okay. Herr Mock mag sein, wie er will, aber an seiner Stelle hätte ich mich auch nach meinem Aussehen gefragt. Und Nick ... hat mich trotzdem verschmitzt angelächelt ...

Ich wische hektisch in meinem Gesicht herum, streiche mir Bluse und Haare glatt und fühle mich der Situation so ganz und gar nicht gewachsen.

»Nun ...?« Herr Mock trommelt verstörend laut mit den Fingern seiner rechten Hand auf meinen Tresen.

»Ich, ähm, nun ja.« Warum sollte ich noch mal den Cateringwagen schmeißen? Ein müdes, ängstlich paralysiertes Gehirn funktioniert einfach nicht gut.

»Also, das Abschlussfest soll im ›Koloss‹ stattfinden. Das ist eine Kneipe am Strand. Peter, der eigentlich das Catering macht, muss Stavros, dem Inhaber vom ›Koloss‹, helfen. Und da hat Toni mich gefragt, ob ich einspringen kann. Hier im Cateringwagen. Weil Peter und ich uns so gut verstehen, und weil ich kochen kann.«

Während meiner Erklärung ist auch Samantha eingetroffen, die mich nun genauso verständnislos anstarrt wie Herr Mock. Herr Mock räuspert sich, und ich erwarte das nächste unangenehme Donnerwetter.

»Also, Sophie, Sie sind nicht zum Kochen ...«

»Hallo Günther, hi Samantha. Ich hatte noch gar nicht mit euch gerechnet. Sophie, machst du uns allen mal einen Kaffee bitte – so wie heute Morgen?!«

»Sehr gern«, frohlocke ich in Richtung Toni, der gerade zur rechten Zeit um die Ecke biegt und über dessen Erscheinen ich mich noch nie so gefreut habe wie in diesem Moment.

»Ist es nicht toll von Sophie, dass sie heute und morgen das Catering schmeißt?« Er ist unglaublich gut gelaunt und strahlt uns alle drei an.

Herr Mock räuspert sich erneut: »Ja, ähm, ganz toll. Aber dir ist schon klar, dass sie sich um das Werbematerial für deinen Film kümmern soll, oder? Und wenn sie da nicht dran ist, dann braucht sie eigentlich gar nicht hier zu sein.« Er schaut Samantha an, die nicht so recht zu wissen scheint, was sie von der ganzen Situation halten soll. Ich vertiefe mich ins Milchschäumen und verstecke mich hinter dem geräuschvollen Summen der Espressomaschine. Als niemand etwas sagt, drehe ich mich vorsichtig Richtung Theke und sehe, wie Toni betrübt den Kopf schüttelt: »Ach, Günther. Ich dachte, du hättest verstanden, warum Sophie hier sein muss. So oder so. Natürlich hat sie mit mir Trailer geschnitten, weitere Marketingideen besprochen und die Social-Media-Kampagne auf Vordermann gebracht. Aber sie ist eben auch hier, um den generellen Spirit am Set einzuatmen und ein noch besseres Gefühl für den Film zu bekommen. Sie ist schon längst Teil meiner Filmfamilie, und in dieser Familie hilft man sich aus, springt ein, macht Dinge, die auf den ersten Blick nicht zum eigenen Aufgabenbereich gehören, damit das Endprodukt richtig, richtig gut wird. Wie auch immer. Es ist super, dass sie das macht. Und weil sie das macht, werden wir morgen Abend ein geniales Abschlussfest haben, das auch euch supergut gefallen wird. Da bin ich mir sicher. Und ich habe mir sogar noch eine schöne Überraschung dafür ausgedacht. Aber mehr dazu später. Es ist auf jeden Fall schön, euch hier zu haben. Heute Abend sprechen wir dann ausführlicher. Und Sophie – tausend Dank und weiter so. Ich muss jetzt los. Wir drehen jetzt die Szene am Meer, wo Viviane und Dennis sich streiten. Kommt doch nachher mal vorbei. Dann könnt ihr sehen, wie toll die Chemie zwischen den beiden ist. Und das Wetter spielt auch mit. Ist das nicht ein genialer Tag?!« Toni schubbert erst Samantha und dann Mock über die Oberarme, und ich komme wenigstens ein bisschen auf meine Kosten, denn die beiden sehen aus wie zwei Viertklässler, die gerade gesagt bekommen haben, wie enttäuscht ihr Lieblingslehrer von ihnen ist, weil sie nicht verstanden haben, dass man sich auf dem Schulhof nicht prügeln soll.

Ich reiche Toni seinen Kaffee und ohne eine Antwort von Samantha und Mock abzuwarten, dreht er sich um und joggt zum Strand. Mock und Samantha wissen nicht so recht, was sie von der Ansprache halten sollen. Aber was bleibt ihnen anderes übrig, als Tonis Willen zu akzeptieren? Nichts.

»Nun ja, Sophie. Dann wollen wir mal sehen, ob Ihr Kaffee denn auch schmeckt«, wendet sich Mock wieder mir zu und versucht, sich nicht anmerken zu lassen, wie sehr es ihm zuwider ist, keine Kontrolle über die Dinge zu haben.

Als Samantha und Mock endlich zum Dreh am Strand gehen, ist es schon fast Mittagszeit. Wahrscheinlich kommen die beiden da an, wenn das letzte »Cut« vor der Pause in die Kamera gebrüllt wird. Und ich habe recht. Wenig später sind wieder alle am Wagen und halten ihre Nasen in Richtung meiner Töpfe.

»Dat rrriecht ja wie ’n rrrichtich goden Chili, stimmt dat, Sophie? Leggäär!«, ruft Runner Steve, der heute eine Tausendtaschen-Weste in Camouflage und einen Lederhut trägt.

»Ja, richtig. Ich hoffe, es schmeckt auch so«, rufe ich über die Theke zurück.

Und genauso scheint es zu sein, denn die Schlange wird und wird nicht kürzer. Als mein Chili bis auf die letzte Portion aufgegessen ist, kann ich das erste Mal verschnaufen und mir fällt ein, dass der Traumhausbesitzer mir gerade irgendetwas sagen wollte, als Mock uns unterbrach. Was das wohl war?

Bevor ich mich dem Saubermachen und Aufräumen der Mittagsüberbleibsel widme, setze ich mich kurz neben dem Bus auf einen Stuhl und checke mein Handy. Zwei neue Nachrichten. Sasha, die mir schreibt, dass sie eine Wahnsinnszeit auf Barbados hat und endlich surfen lernt. Und Tim, der mir, etwas kleinlaut, einen schönen Tag und viel Erfolg beim Catering wünscht. Von meinem schlechten Gewissen, weil ich ihn erst angeschrien und dann mit einem anderen traumgeknutscht habe, ist weit und breit nichts zu sehen. Halllooooo, Gewiiiiissen?! Aber anstatt mir einen Vorwurf nach dem anderen zu machen, regt es sich so gar nicht, was ich erschreckend und erholsam zugleich finde. Wieso glaube ich überhaupt, ein schlechtes Gewissen haben zu müssen? Es ist doch schließlich gar nichts passiert. Nur ein nettes Muschelessen unter Freunden. Was mache ich mir darüber noch Gedanken? Es gibt Wichtigeres zu tun: Abwasch, Kuchen backen und schließlich gilt es, noch ein Abendbrot für eine Filmcrew vorzubereiten. Keine Ahnung, wie das in der kurzen Zeit zu schaffen ist. Mehr Spirit-Einatmung geht gar nicht.

»Hey Sophie.« Eben hat sich noch die Stress-Spirale in meinem Kopf gedreht, jetzt hält sie an. Ich schließe kurz die Augen und lasse seine Stimme in mir nachhallen. Erst dann drehe ich mich um. »Hey.« Da steht er wieder vor mir.

»Ich wollte dich vorhin was fragen, aber da wurden wir von einem ziemlich unhöflichen Mann unterbrochen. Ist das wirklich dein Chef?« Er rauft sich seine dichten, dunklen Haare.

»Ja, ist er wirklich. Er will nicht, dass ich ... Ach, egal. Was wolltest du mich denn fragen?« Wen interessiert's, was Mock will oder nicht, wenn Mr Strand-Champagner vor mir steht.

»Ja, also, ich wollte dich fragen, ob ich dich heute zum Abendessen einladen kann. Bei mir zu Hause.« Schüchternes Lächeln und Haare raufen stehen ihm noch besser, als nur Haare raufen. Mir wird heiß, und ich weiß, dass ich jetzt das Gegenteil von dem antworten werde, was ich sollte.

»Ja, gern«, kommt es mir erstaunlich leicht über die Lippen.

»Gut, wann bist du denn hier fertig?«

Er wirkt ein wenig erleichtert.

»So gegen halb acht. Heute Abend kommt eine Reinigungskraft, die auch den Abwasch macht.«

»Du weißt ja, wo ich wohne. Ich rechne dann gegen halb neun mit dir?«

»Okay.« Darauf kann ich ja jetzt auch nicht antworten: Momentchen mal, ich habe einen Freund. Das wäre ja nun wirklich mehr als seltsam. So, als würde ich unterstellen, dass er mich attraktiv findet. Das ist bestimmt nur als freundliche Einladung gemeint, weil er ja weiß, dass ich hier eigentlich nur Viviane kenne und weil wir uns gestern so gut unterhalten haben.

Heute Abend werde ich es ihm erzählen. Ganz bestimmt. Heute Abend.

»Gut. Ich freu mich. Dann bis später.«

»Ja, bis später.«

Er dreht sich um und geht.

»Tim.«

Ups. Jetzt ist es mir also doch rausgerutscht.

»Wie bitte? Hast du noch was gesagt?«

Anscheinend schon, und zwar laut ... »Ja. Schön. Ich habe gesagt, schön.«

»Ja, finde ich auch.« Er lächelt, dreht sich wieder um und geht weiter.

Tim! Tim!! Tim!!! Jetzt ist das schlechte Gewissen aus seinem Winterschlaf erwacht und brüllt mit den Gummitwist-Zwergen um die Wette. Das ist jetzt eine richtige Verabredung an einem magischen Ort mit einem äußerst gut aussehenden, extrem netten, sehr erwachsenen Mann, der offensichtliches Interesse an mir hat und dem ich bisher verschwiegen habe, dass ich schon liiert bin. Nein. Der kann eigentlich kein Interesse an mir haben. Der ist doch zu gut, um wahr zu sein. Oder hat er vielleicht einen Haken? Wenn er zu gut ist, um wahr zu sein, dann ist er zu gut, um wahr zu sein. Und das heißt, er hat definitiv einen Haken. Dann ist ja alles in Ordnung. Dann kann ich mich ja völlig beruhigt heute Abend mit ihm treffen, denn einer mit 'nem Haken kann mir ja nicht gefährlich werden. Super. Jahaaa. Sehr super sogar. Dann bin ich ja jetzt aus dem Schneider. Was für ein Glück!

Ich bin ein schlechter, schlechter Mensch, der nicht mit offenen Karten, sondern mit dem Feuer spielt. Das ist nicht richtig. Aber warum fühlt es sich dann so gut an?

Die schwierigen Fragen hebe ich mir für später auf. Moment, habe ich das heute nicht schon einmal gedacht?

Zu Kaffee und Kuchen hat sich die ganze Crew um den Cateringwagen versammelt, und Toni hat etwas zu verkünden. Er stellt sich auf einen der Biertische und hat gleich die volle Aufmerksamkeit. Wie sich das wohl anfühlt, wenn man so ein Mensch ist?

»Liebes Team. Ich möchte euch allen für unsere super Zusammenarbeit danken. Wir sind schon so weit gekommen. Ihr wisst ja, das Timing für diesen Film ist mehr als knapp. Während wir hier drehen, arbeite ich parallel schon am Schnitt, weil wir wegen des baldigen Kinostarts kaum Zeit für die Postproduction haben. Vor ein paar Monaten hat Günther hier«, Toni zeigt auf Herrn Mock, der etwas abseits steht, »zu mir gesagt, dass die Planung Wahnsinn sei, nicht zu schaffen, unmöglich! Richtig, Günther?« Toni lacht, und Mock schüttelt etwas ärgerlich den Kopf. »Aber dank euch sind wir mit unseren Dreharbeiten genau im Plan, haben fast alle Szenen im Kasten und können das Abschlussfest morgen Abend also mit gutem Gewissen angehen. Danke, ihr alle seid der Hammer!«

Allgemeines Gelächter und sich gegenseitig auf die Schultergeklopfe.

»Dennis und Viviane – euch möchte ich noch mal für eure tolle Performance heute danken. Die Szene war wirklich nicht einfach. Und ihr habt sie super umgesetzt. Außerdem möchte ich Nick danken, dass er uns sein Traumhaus zur Verfügung gestellt hat, Sibylle, dass sie Nick dazu überredet hat und nicht zuletzt möchte ich Sophie danken, dass sie sich dazu bereit erklärt hat, ihren Marketing-Auftrag vorübergehend an den Nagel zu hängen, uns zu verköstigen und so ein tolles Fest möglich zu machen. Super Streuselkuchen übrigens, Sophie.« Toni zeigt auf mich und klatscht Beifall.

Alle Augen sind nun auf mich gerichtet, die Leute klatschen ebenfalls und nicken zustimmend. Ich grinse fröhlich in die Runde, bis ich an Sibylles eiskaltem Blick hängen bleibe.

Toni erhebt erneut seine Stimme: »So, und nun habe ich noch eine Überraschung für euch. Ich habe einen Haufen Kostüme herbestellt, denn ich habe beschlossen, dass unser Abschlussfest ein Motto haben soll. Und zwar: Tausendundeine Nacht. Julia macht die Organisation dafür im Garderobenwagen. Wer zwischendurch nichts zu tun hat, kann zu ihr gehen – aber bitte nicht alle auf einmal – und sich ein Outfit aussuchen. Ich hoffe, ihr habt Freude daran und weiter so! Viel Spaß!!« Toni hüpft locker vom Tisch, greift sich ein Stück Streuselkuchen und joggt gleich wieder von dannen, während die Crew noch ein bisschen weiter applaudiert. Alle sind plötzlich ganz aufgeregt, und die ganze Crew summt wie ein Bienenstock im Hochsommer. Natürlich rennen die ersten schon zu Julias Lkw.

Aus Pflichtbewusstsein bleibe ich im Cateringwagen zurück und fürchte, dass für mich am Abend nur noch ein Elefantenkostüm übrig bleibt. Bevor ich weiter über die Kostümfrage nachdenken kann, kommt Dennis zu mir an den Wagen.

»Na Sophie, du heißt doch Sophie, oder? Wie geht's dir in deinem neuen Job? Spaß beiseite, ich weiß, dass das nur aushilfsweise ist. Du schaust mich an, als hättest du noch nie einen Schauspieler gesehen. Hast du ja vielleicht auch nicht, oder? Na egal. Was ich dich eigentlich fragen wollte: Weißt du, wo Viviane ist? Sie ist doch deine Freundin, nicht wahr? Du weißt ja, wir hatten heute diese intensive Szene, und ich habe das Gefühl, das ganze Drama hat sie nachhaltig mitgenommen. Und jetzt wollte ich, na ja, eine Art Nachbesprechung mit ihr machen ...« Seine Stimme rutscht ins Anzügliche, und er zwinkert mir zu.

Ich setze mein größtmögliches Fake-Grinsen auf und schaue ihn dabei fragend an: »Nein.«

»Was nein?«, fragt er erstaunt.

»Nein, ich weiß nicht, was du meinst und nein, ich weiß nicht, wo sie ist. Und jetzt entschuldige mich bitte, ich muss das Abendessen vorbereiten.« Der Typ gefällt mir gar nicht.

»Uhhh! Bist du die strenge Sophie? Fräulein Sophie Rottenmeier?« Dennis hat offensichtlich großen Spaß daran, sich über mich lustig zu machen und dabei sein schauspielerisches Talent unter Beweis zu stellen. Wie ein Offizier schlägt er die Hacken zusammen und schaut über den Rand einer imaginären Brille, während er mich weiter aufzieht: »Steht dir bestimmt gut, so ein Lederoutfit mit Peitsche. Schade, dass das nicht zum Motto für morgen Abend passt. Okay, Fräulein Rottenmeier, dann sei mal schön streng und sexy beim Abendessen vorbereiten! Bis dann.« Und wieder schlägt er die Hacken zusammen, bevor er salutiert, sich umdreht und mit durchgestreckten Beinen davonmarschiert.

Runner Steve hat sich während Dennis' Showeinlage einen Kaffee geholt, schüttelt nach dessen Abgang nur mitleidig den Kopf und murmelt: »Glööv mi mal, Sophie. Inne höchsten Bäume sleit de Blitz toerst«, und bringt mich damit zum Lachen.

Den restlichen Nachmittag verbringe ich damit, hingebungsvoll jede Menge kleiner Butterbrotboxen mit Salat und Gemüsemuffins zu befüllen und bei dieser Tätigkeit eine so angenehme Zufriedenheit zu fühlen, dass ich ganz vergesse, Vergangenheit und Zukunft im Allgemeinen und Tim und Nick im Speziellen zu begrübeln. Was für ein schönes Gefühl, die Gedanken vorbeiziehen zu lassen, ganz im Moment zu sein und mich nicht zu sorgen. So wie immer, wenn ich etwas zubereite, meine Kräuter gieße oder so nah am Meer sitze, dass seine Schönheit und Kraft mich völlig vereinnahmen. Mir fällt auf, wie sehr ich dieses Gefühl, das mich heil und ganz macht, das mich zu mir selbst bringt, in der letzten Zeit vermisst habe.

Nachdem auch die letzte Box bis zum Rand gefüllt ist, ich sie mit einem besonders gründlichen Klicken schließe und befriedigt zu den anderen unzähligen grauen und pinken Boxen stelle, schlüpfe ich aus dem Cateringwagen. Auch ich will mir jetzt ein Kostüm für das morgige Abschlussfest aussuchen.

Wie heiß es drinnen war! Ich bin verschwitzt und dankbar für das angenehme Lüftchen, das mir nun entgegenweht. Ein weiterer Tag in Dänemark, der wieder nicht so enden wird wie erwartet. Und obwohl mein schlechtes Gewissen und meine Vernunft nach dem Schließen der letzten Abendbrotbox wieder unangenehm und in Schwaden um mich herumwabern, sind sie beide doch noch etwas schwächer als meine Vorfreude auf heute Abend, auf Nick, auf unser Da… – ähm unser Treffen.

Ich schlendere zum Lkw und sehe Julia auf der Ladefläche sitzen und mit den Beinen baumeln. Hinter ihr, im Inneren des Lkw, pendeln nur noch leere Bügel an verlassenen Kleiderstangen hin und her. Ich wusste es.

»Oh, schon alles weg?«, frage ich dennoch mit einem kleinen Hoffnungsschimmer, obwohl ich die Antwort ja schon kenne. Schade, aber andererseits muss ich dann wenigstens keinen Narren oder Tanzbären geben. Julia lächelt mich lieb an und sagt: »Na ja, fast alles. Toni und ich haben dir ein extra Kostüm bestellt. Uns war klar, dass du zu verantwortungsbewusst bist, um deinen Arbeitsplatz zu verlassen und dich mit den anderen um ein Outfit zu schlagen.

Außerdem weiß Toni es wirklich sehr zu schätzen, dass du für Peter eingesprungen bist und hier gleich zwei Jobs machst. Dafür will er sich gebührend revanchieren.«

»Und darf ich auch erfahren, was das für ein Kostüm ist?« Jetzt bin ich doch ein wenig verunsichert und hoffe, dass ich beim Fest nicht als Schellenkranz schlagender Schimpanse auftreten muss.

»Das wirst du schon noch sehen. Es kommt erst morgen hier an, und Tamara wird dich passend zum Kostüm schminken. Plane also bitte genügend Zeit ein, ja? Mach mal nicht so ein Gesicht. Du brauchst keine Angst zu haben. Es wird dir sicher gefallen. So, und nun entschuldige mich. Ich muss noch ein bisschen Papierkram machen und mit Stavros und Peter für morgen Abend ein paar Dinge durchgehen.« Sie springt von der Ladefläche und wie auf Kommando fährt selbige hoch.

Wie ein begossener Pudel stehe ich da und frage mich, was Julia und Toni sich wohl für mich ausgedacht haben. Ich als Dromedar, als Palme oder vielleicht sogar als Playboy Bunny wie bei *Bridget Jones*? Ich hoffe, es wird nicht zu bald morgen.

Zurück am Cateringwagen, räume ich die abgetropften Backbleche weg, stelle die Abendbrot-Boxen bereit und warte auf den Ansturm und die Putzhilfe.

Alles läuft reibungslos, und als ich schließlich zu meinem kleinen Häuschen gehen kann, kommt es mir seltsam vor, dass ich in diesem chaotischen Alltag gelandet bin, der plötzlich so geregelt vonstatten geht, und dass ich heute

Abend noch etwas vorhabe, das ich eigentlich lieber lassen sollte, weil es mich wahrscheinlich in das nächste Chaos stürzt. Ich habe mir schon längst die Finger verbrannt und bin mir sicher: Bald ist es mit der reibungslosen Geregeltheit vorbei. Ich bin doch sonst nicht so. So intuitiv, so gefühlsbetont, so herzgesteuert, so ... so wie meine Mutter. Ich seufze laut meine Trauer heraus.

Wie schön wäre es, wenn sie jetzt einfach unangemeldet vor meiner Tür stünde, weil sie sich spontan dazu entschlossen hätte, mich hier zu besuchen und mich bei ihrem Eintreffen mit den Worten begrüßen würde: »Das Leben ist zu kurz, um immer nur das zu tun, was man sollte!« Sie wäre hier und es wäre schön und warm, und alles wäre wieder ein Stückchen normaler. Vielleicht würde ich ihr sogar vom Champagnermann erzählen. Ganz bestimmt würde ich ihr von ihm erzählen.

Wem kann ich alles geben, was ich habe, damit ich sie noch einmal in meinen Armen halten darf? Niemandem. Und diese Antwort ist so hohl und traurig wie meine leeren Arme. Es ist, wie es ist. Damit muss ich mich abfinden. Sie ist nicht hier, und immer, wenn ich das denke, ist sie es doch ein klein wenig.

In meinem Ferienhaus angekommen, lege ich mich aufs Bett. Ich höre mein Herz klopfen. Ziemlich laut sogar. Gleich werde ich ihn sehen. Und sofort klopft mein Herz noch ein bisschen lauter.

Einem siebten Sinn folgend, habe ich ein schmeichelndes blau-schwarzes, schräg gestreiftes Sommerkleid mit

Schmetterlingsärmeln eingepackt. Dazu meine Flip-Flops. Nicht zu overdressed, aber trotzdem schick. Ja, das werde ich anziehen. Und meine Haare lasse ich offen.

Die Vorfreude breitet sich immer weiter in mir aus, derweil sich das schlechte Gewissen in den Ecken herumdrückt.

Der Weg zu seinem Haus kommt mir lang und kurz zugleich vor. Etwas hält mich am Rückenausschnitt des Kleides zurück, und gleichzeitig zieht mich eine andere Kraft wie ein Magnet nach vorn. Ich muss wieder an Peters Bus vorbei, aber die meisten Leute sind schon weg. Von Weitem kann ich die Reinigungskraft im Cateringwagen sehen. Fast will ich zu ihr gehen und mich mit ihr über meinen Tag unterhalten. Ihr erzählen, dass ich eigentlich Köchin sein will und es auf einmal auch bin, dass meine beste Freundin, ohne dass ich dabei war, geheiratet hat und jetzt auf Barbados surfen lernt, dass ich noch nicht weiß, was ich auf der Kostümparty werde anziehen müssen, dass meine Mutter mich besucht, obwohl sie vor einem Jahr gestorben ist, dass ich einen Freund habe und jetzt den Abend mit einem anderen Mann verbringe und dass ich mich seltsam fühle, weil plötzlich viel zu viel auf einmal passiert.

Als ich an der Wiese angekommen bin, auf der sein Haus steht, kommt Yukon schon angerannt. Und ich habe keine Zeit mehr, mir zu überlegen, ob es noch ein Zurück gibt oder nicht. Sie freut sich, bellt, japst, springt an mir hoch, reißt in Hüfthöhe ein kleines Loch in mein Kleid und schmeißt sich auf den Boden, um mir ihren Bauch zum Begrüßungsstreicheln zu präsentieren. Ich kann ihr nicht böse sein und knie mich zu ihr. Nach einigen Minuten springt sie auf, und wir gehen zusammen weiter zum Haus. Die blau-weiß karierte Decke von gestern liegt schon im Gras. Ich sehe einen kleinen, niedrigen Treibholztisch, den bestimmt Nick gebaut hat. Darauf verschiedene Käsesorten, ein grasgrüner saftiger Salat und krustiges Brot. Außerdem auf zwei Tellern in hübsche Servietten eingewickeltes Besteck, Kerzen und dazwischen liegen Blumen. BLUMEN!! Wahrscheinlich hat er die auch noch selbst gepflückt.

Yukon hat sich in der Zwischenzeit vor die Tür gesetzt und zweimal gebellt. Die Tür geht auf, und Nick kommt raus.

»Hi. Schön, dass du da bist. Magst du was trinken? Champagner?« Seine Augen blitzen.

»Ja, gern!« Wenn dieser Abend schon mit Champagner anfängt, dann kann er ja nur noch besser werden als der gestrige. Und der Haken? Bauch! Wo ist der Haken??? Aber ich fühle keinen Druck, kein Kneifen und der Bauch gibt keinen Mucks von sich.

»Oh, war das etwa Yukon?« Nick zeigt auf das Loch in meinem Kleid.

»Ja, aber das ist nicht so schlimm! Wirklich nicht. Ist eh ein alter Fetzen.« Ich hatte mir das Kleid vor der Abfahrt nach Dänemark gerade neu gekauft.

»Das tut mir echt leid! Ich zahl dir auf jeden Fall das Kleid! Sag mir einfach, was es gekostet hat.«

Ich winke ab, aber er besteht so lange darauf, bis ich einwillige.

»Also, jetzt noch einmal von vorn. Herzlich willkommen. Schön, dass du da bist.« Er reicht mir ein Glas und küsst mich auf die Wange. Ich spüre seinen Bart an meiner Haut und seine Hand so ganz eben an meinem Rücken, bekomme eine Gänsehaut und nehme einen viel zu großen Schluck Champagner, an dem ich mich prompt verschlucke.

»Wollen wir uns setzen?«, fragt er, nachdem er mein Husten behutsam weggeklopft hat und deutet auf den Tisch.

Und da sitzen wir. Wieder auf der blau-weiß karierten Decke, wieder in paradiesischer Umgebung, wieder nur wir zwei und der Hund. Die erste Befangenheit ist verflogen, die Unterhaltung schließt nahtlos an die von gestern Abend an. So als wäre kein Tag dazwischen gewesen. So als wären wir einfach auf der Decke vom Strand vor sein Haus geflogen und hätten nie aufgehört, uns voneinander zu erzählen. Oder besser, als hätte er nicht aufgehört, mich über mich auszufragen. Aber dieses Mal will auch ich so einiges wissen: Ob er die schönen Möbel in seinem Haus wirklich alle selbst baut, ob es ihn glücklich macht und was ihn sonst noch glücklich macht, ob er auch so gern reist, wo er aufgewachsen ist, ob er noch Geschwister hat, wie sie sich verstehen, was für ihn die drei wichtigsten Dinge im Leben sind, was er für Musik hört, ob er auch kein WhatsApp, kein Instagram, kein Facebook, kein Snapchat, kein Twitter hat, und wie es ihm damit geht, warum er alleine in diesem Haus wohnt und was seine Freunde gesagt haben, als er es gekauft hat, was er mal werden möchte, wenn er groß ist und was sein Lieblingsgericht ist.

Er fragt zurück, und schon bald sitzen wir mit belegtem Krustenbrot in der einen und einem Glas Champagner in der anderen Hand in den Puzzlestücken unserer Leben, unserer Vorlieben, unserer Erlebnisse.

Wir entdecken, dass wir beide schlichtes Design und außergewöhnliche Strukturen mögen. Wir erzählen uns, dass wir am glücklichsten sind, wenn wir Möbel bauen oder für geliebte Menschen kochen. Wir versuchen Parallelen zwischen seinem Aufwachsen am Atlantik in Südfrankreich und meinem an der Nordsee in Dithmarschen zu finden und lachen darüber, dass seine eigentlich eher flippige Schwester Anwältin geworden ist, und er nicht verstehen kann, wie es dazu kommen konnte. Wir sind überrascht, dass wir bei den drei wichtigsten Dingen im Leben beide Freiheit, Gesundheit und Liebe nennen. Wir necken einander, weil wir nicht begreifen können, wie man Motörhead oder Beyoncé gut finden kann. Wir regen uns über Leute auf, die ständig auf ihr Handy schauen, bestätigen uns, dass es die richtige Entscheidung ist, Social Media und allen App-Diensten zu entsagen, und stellen uns sehnsüchtig vor, wie es wäre, noch in der Prä-Handy-Ära zu leben. Er erzählt mir, dass sein Vater ein cholerischer Tyrann war, der die Familie früh verlassen hat, und dass er glaubt, dass er deshalb am liebsten die meiste Zeit allein verbringt. Ich merke, wie gern ich ihm von meiner Mutter berichten würde, lasse es aber lieber, weil ich Angst habe, dann ganz schrecklich weinen zu müssen, und schildere ihm stattdessen die völlig verrückte Hochzeitsgeschichte von Sasha und Mike, die er mit einem fröhlichen »Masel tov!« kommentiert. Er berichtet von vielen und lieben Freunden, die ihn nach der ersten Skepsis nun oft und gerne in seinem Strandhaus besuchen, und dass er nichts anderes werden will, wenn er groß ist, als das, was er schon ist, was mich dazu veranlasst, ihn noch detaillierter in meine Foodtruck-Fantasien einzuweihen. Ich lasse mich, unter dem Einfluss des Champagners, sogar dazu hinreißen, ihm den Tagtraum zu beschreiben, den ich letztens vor und mit seinem Haus hatte.

Und obwohl ich ihm auch davon scherzend, leicht und locker berichte, ändert sich die scherzend, leichte und lockere Atmosphäre zwischen uns. Und er sagt ganz ernst und ganz direkt: »Das hört sich schön an«, während er mich im Schein der Kerzen und im Licht der Sterne und des Mondes anblickt. Mir wird ein bisschen mulmig, und ich wechsele schnell das Thema, indem ich über meinen Kräutergarten und die Bienen darin plappere und ihm mein sensationelles Bolognese-Rezept offenbare, weil Spaghetti Bolognese eines seiner Lieblingsgerichte ist.

Ich bin erleichtert, dass sich die Situation wieder etwas ent-elektrifiziert hat, frage munter weiter, will wissen, ob er eher das tut, was er sollte oder eher das, was er will und bewundere ihn für seine Antwort: »Ich tue nie das, was ich sollte, sondern immer das, was ich will«, was aus seinem Mund wie eine sehr einfache, unumstößliche Anleitung zum Glücklichsein klingt.

Das muss man erst einmal von sich sagen können. Ich halte für einen Moment inne mit der Fragerei, lehne mich auf der Decke zurück auf meine Ellbogen und schaue in den Sternenhimmel. Nur noch das Zirpen der Grillen, das Schnarchen von Yukon und das sanfte Rauschen der Wellen in der Ferne sind zu hören.

»Und du? Tust du immer das, was du solltest?«, fragt er nach einer längeren Pause in die Nacht hinein. Und genauso schnell, wie sich die Stimmung vorhin von elektrisch auf scherzend, leicht und locker umgestellt hat, genauso schnell ist sie wieder fast unerträglich dicht und aufgeladen. Er schaut mich an. Ich schaue ihn an. Plötzlich bin ich auf meinen Knien, direkt vor ihm und mein Gesicht ist so nah an seinem, dass sein Atem meine Haut streift.

Ich kann gerade noch »ich glaube nicht« flüstern, bevor er mich sanft an sich zieht, die ganze Welt um mich herum verschwindet, und ich mich in unserem Kuss verliere. In mir fließt Gold, und meine Sinne sind gleichzeitig aus- und doch eingeschaltet. Ich rieche ihn und das Meer, ich höre sein Atmen und das leise Rascheln der Brise im Dünengras, ich spüre seine Hände auf meinem Rücken und in meinem Haar, die erfrischende Kühle auf meiner Haut und gleichzeitig ein aufgeregtes, warmes Kribbeln in meinem Bauch. Nur noch ein bisschen länger. Nur noch ein paar Sekunden.

Doch langsam lösen sich unsere Lippen voneinander, und benommen öffne ich meine Augen, um wieder in seine zu schauen. Nick lächelt mich liebevoll an. Aber da meldet sich mein Verstand, schwingt den Vorschlaghammer und zertrümmert diesen vollkommenen Moment in tausend Stücke. Übrig bleiben drei Buchstaben: T-I-M!

Ist mir egal. Geht weg ihr blöden Buchstaben. Ich will ihn wieder küssen und nie mehr damit aufhören. Aber der Vorschlaghammerverstand wütet, und ich komme nicht dagegen an. Das schlechte Gewissen lässt mich mich räuspern, zwingt meinen Körper, sich von Nick weg zu lehnen und meine Stimme zu sagen: »Es ist schon spät. Ich sollte jetzt gehen.«

»Natürlich. Kein Problem. Soll ich dich nach Hause bringen?« Nick sieht etwas verwirrt aus, und Yukon hat sich aufgesetzt und schaut zwischen uns hin und her. Ich kann es den beiden nicht verdenken. Ich wäre an ihrer Stelle auch vor den Kopf gestoßen.

»Nein, lass nur. Ich – ähm …«, stammele ich vor mich hin. Ich will nicht, dass der Abend endet. Will wenigstens noch ein bisschen bei ihm sein. Wir müssen uns ja nicht küssen. Aber wie kann ich ihn NICHT küssen, wenn ich in seiner Nähe bin?!

»Ja, ich … Es wäre sehr schön, wenn du mich zu meinem Haus bringen könntest. Danke.« Ich kann ja schließlich nicht allein in der Nacht durch halb Dänemark irren.

Nick springt auf und hilft mir auf die Beine.

»Warte nur kurz. Ich hab noch etwas für dich«, fällt ihm ein, während er schon zum Haus sprintet. Wenig später kommt er mit seiner Strickjacke und einer kleinen Box in der Hand zurück. Und jetzt ist es an mir, irritiert zu sein, weil er mir tatsächlich in den letzten dreißig Sekunden furchtbar gefehlt hat.

Er ergreift meine Hand und drückt mir ein kleines, in kornblumenblaues Geschenkpapier eingewickeltes Päckchen in die Hand.

»Hier, ich habe noch ein kleines Geschenk für dich. Du kannst es ja zu Hause aufmachen. Und die Jacke ist für den Weg. Es ist wirklich schon spät und ganz schön frisch geworden, und die Heizung in meinem R4 ist kaputt«, lächelt er verlegen und legt mir die kuschelweiche Jacke, die ich gestern schon mit nach Hause hatte nehmen wollen, um die Schultern.

Ich bin froh, dass er wieder einigermaßen lässig und cool wirkt und sich nach meinem unerwarteten Rückzug wieder gefangen zu haben scheint.

»Danke. Für alles«, sage ich leise und küsse ihn auf die Wange, während ich krampfhaft versuche, meine Knie zu stabilisieren.

Schweigend steige ich in seinen verbeulten schwarzen R4 ein, der dort steht, wo ich vor ein paar Tagen meinen Foodtruck hinfantasiert habe. Yukon springt über den Fahrersitz auf die Ladefläche, die den kompletten hinteren Teil des Wagens einnimmt, legt sich so hin, dass ihr Kopf neben meinem auftaucht und stupst mich aufmunternd mit ihrer nassen, kalten Nase in den Hals. Aber auch sie kann mir nicht helfen.

Nick steigt ein, startet den Motor, und während der Fahrt hängen wir beide unseren Gedanken nach. Innerlich sind meine alles andere als maulfaul und fahren kreischend Achterbahn. »Was hast du dir dabei gedacht, du Idiotin? Was ist nur in letzter Zeit mit dir los? Wieso bringst du dich denn bloß immer in solche Situationen? Nick wird dich nie wieder küssen wollen und hat keinen blassen Schimmer, warum du jetzt plötzlich auf hard to get machst.«

Ich schaue vorsichtig und aus dem Augenwinkel nach links und natürlich blickt er in genau dem Moment vorsichtig und aus dem Augenwinkel nach rechts und unsere Blicke treffen sich kurz, bevor er wieder auf die Straße schaut. Wieder durchfährt mich ein Blitz und mir wird heiß und kalt zugleich.

Denk bloß nicht, du könntest ihm jetzt noch die Wahrheit sagen. Du bist eine Betrügerin. Betrügerin, Betrügerin. Passend zu dem Wirrwarr in meinem Kopf haben sich schlechtes Gewissen, Schuld, Scham und auch noch Angst in meinem Bauch versammelt und drücken wie wild in mir herum. Ich lege meinen rechten Arm schützend um meinen Bauch, um zu verhindern, dass es noch schlimmer wird. Aber der viele Käse, der Champagner, die Aufregung und alles andere gefallen ihm gar nicht gut, und er tut mir weh. Ich ächze.

»Geht es dir nicht gut?«, fragt Nick besorgt.

»Ja. Also nein. Mein Bauch. Ich habe eine etwas unglückliche Beziehung zu meinem Bauch«, stottere ich vor mich hin. Und bevor ich mich stoppen kann, sage ich: »Apropos Beziehung ...«, aber das Hupen des R4s übertönt diese letzten beiden Worte, als ein kleiner Fuchs die Fahrbahn kreuzt, und Nick gerade noch rechtzeitig auf Hupe und Bremse zugleich drückt.

»Puh. Da hat der Kleine aber noch mal Glück gehabt. Was hattest du eben gesagt?«

Aber all mein Mut und mein Drang zur Wahrheit haben mich da schon wieder verlassen, und ich murmele nur: »Nichts. Nichts Wichtiges«, als wir auch schon vor meiner Haustür zum Stehen kommen.

Zu spät, Sophie. Zu spät. Jetzt ist es wirklich zu spät. Nein. Ich muss es ihm sagen. Aber wie?

»Danke fürs Heimbringen.« Zögerlich öffne ich die Beifahrertür. »Wir sehen uns morgen auf dem Abschlussfest, nehme ich an?«

Bis dahin werde ich mir eine Lösung für jede meiner multiplen Persönlichkeiten ausgedacht haben – ganz bestimmt. Und mit einem nicht mehr ganz so schlechten Gefühl schließe ich die Beifahrertür und beuge mich zum Fenster hinunter, um das letzte Mal an diesem Abend in seine blauen Augen zu sehen.

»Gern. Weißt du, Sophie. Ich ...«, aber er wird unvermittelt von einer Stimme in meinem Rücken unterbrochen: »Das ist ja nett, dass du auch mal nach Hause kommst!« Und obwohl sich mein Gehirn wohl in der letzten Zeit zum ziemlichen Spezialisten in Sachen Schnellreaktion entwickelt hat, braucht es doch ein paar Sekunden, bis ich realisiere, dass diese Stimme Tims Stimme ist.

»Jetzt wird alles gut werden!«, sagt mein total verblendetes Superhirn, während mein Bauch ein grölendes »Gruoahm« von sich gibt und den Ausgang des Abends damit viel realistischer einschätzt.

»Sophie, kennst du den?«, fragt Nick perplex. Und bevor mir überhaupt irgendetwas anderes einfällt, als nur dümmlich zu nicken, sagt Tim auch schon: »Natürlich kennt sie den. Denn der hier ...«, dabei zeigt er selbstbewusst mit beiden Daumen auf seine Brust, »der hier ist ihr Freund.« Ohne den verdatterten Nick weiter zu beachten, tritt Tim zu mir heran, zieht mich an sich und drückt seine Lippen so heftig auf meine, dass unsere Zähne aneinanderschlagen und mein Kiefer schmerzt.

Vor meinem inneren Auge sehe ich, wie Nick sich traurig

durch die Haare fährt, wie er sich ungläubig in seinen Bart greift, wie er die Handbremse löst und ohne ein weiteres Wort losfährt. Und schon höre ich den Motor seines R4s aufheulen, als er Gas gibt und davonbraust.

Ich muss hier raus. Raus aus dieser Situation, raus aus meiner Haut, und vor allem muss ich auf die Toilette. Und zwar sofort.

Ich drücke Tim von mir weg, bringe zwischen zusammengepressten Zähnen »du entschuldigst mich« hervor, renne wie von der Tarantel gestochen auf das Haus zu, nestele den Schlüssel aus meiner Handtasche, stoße hektisch die Tür auf und flüchte auf die Toilette.

Während ich alles, was ich heute zu mir genommen habe, wieder gehen lasse und sich mein Magen langsam wieder entspannt, versuche ich einen klaren Gedanken zu fassen.

»Der mit der Schrottkarre war der Typ vom Catering, richtig? Nicht besonders höflich, sich nicht mal bei mir vorzustellen. Aber egal. Ich warte hier übrigens schon seit Stunden auf dich! Und auf dem Handy konnte ich dich auch nicht erreichen. Ich habe mir Sorgen um dich gemacht!« Tim trommelt mit den Fingerkuppen an die Badezimmertür. Anscheinend hat er Nick für Peter gehalten und sich dazu entschlossen, ihn wegen seiner »Schrottkarre« nicht als Bedrohung wahrzunehmen. Schon seltsam, dass er immer auf der falschen Fährte ist, wenn es darum geht, welche Art von Mann mir gefährlich werden könnte. Und was macht er überhaupt hier? Offensichtlich geht er davon aus, dass bei uns alles so in Ordnung ist, dass er sich ganz selbstbewusst als mein Freund vorstellen kann. Aber warum sollte er auch nicht davon ausgehen? Ich habe ihm nach meinem Wutanfall bei unserem letzten Telefonat recht gegeben, eingelenkt und ihm nicht offenbart, dass für mich zwischen uns gerade gar nichts in Ordnung ist. Der Sprung und die Risse in unserer Beziehung sind mein Empfinden, meine Wahrnehmung. Meine Annahme, dass auch er spürt, dass es zwischen uns schon längst nicht mehr so ist, wie es eigentlich sein sollte, ist offensichtlich falsch.

Als ich nicht gleich antworte, fragt er weiter: »Kommst du da auch irgendwann mal wieder raus, damit ich dich ordentlich begrüßen kann? Ohne Publikum?«

Ich will da nicht raus, weiß nicht, was ich denken oder sagen soll.

Anstatt auf seine Frage zu antworten, rufe ich: »Kannst du mir bitte noch etwas Privatsphäre gönnen? Du weißt ja, ich habe …«

»Jaja, ich weiß schon, Durchfall. Du hast Durchfall! Du musst das nicht immer wieder betonen. Weißt du, das ist nämlich ganz schön unattraktiv!«, schnauzt es plötzlich genervt durch die Tür.

Wann genau hat sich Tim eigentlich in diesen ständig so unsensiblen Anti-Typen verwandelt? Oder war er vielleicht doch immer schon so, und Sasha hat von Anfang an recht gehabt?

Ich begebe mich zum Waschbecken, wo ich mir die Hände mit eiskaltem Wasser wasche und dabei in mein bleiches Spiegelbild starre. Was willst du, Sophie? Entscheide dich. Entscheide dich jetzt.

Ich habe keinen blassen Schimmer, wie das hier weitergehen soll. Aber ich kann mich ja nicht ewig hier verstecken. Und so öffne ich die Tür und entscheide mich für die einzige Frage, die ich wirklich gern von ihm beantwortet hätte: »Warum bist du hier, Tim?«

»Jetzt brauche ich schon eine Rechtfertigung, um dich zu überraschen? Das wird ja immer besser. Erst kommst du mit einem Wildfremden nach Hause, dann schließt du dich stundenlang im Bad ein und jetzt soll ICH mich erklären?« Er plustert sich auf, wird bei den letzten Worten lauter und lauter und schüttelt aufgebracht den Kopf.

Damit hat er nicht ganz unrecht. Ich bin diejenige, die Mist gebaut hat, und nicht er. Ich muss ihm die Wahrheit sagen. Und zwar jetzt.

»Der Typ, der mich nach Hause gebracht hat, ist ...«, aber Tim unterbricht mich: »Jaja, das brauchst du mir nicht zu erklären. Ich weiß ja, dass das der Typ vom Catering ist. Ist ja klar, dass DER sich kein richtiges Auto leisten kann. Nur gut, dass dir in der Schrottkarre nichts passiert ist.«

Ich hasse diesen Unterton, wieder so von oben herab, und bin gleichzeitig über alle Maßen erleichtert, dass ich ihm jetzt doch nicht erzählen muss, dass ich eine Betrügerin bin.

Reiner Tisch?

Definitiv überbewertet.

Und heute Abend ist definitiv nicht der richtige Zeitpunkt dafür. Also nicke ich lieber und frage etwas kleinlaut, aber ohne mit der Wimper zu zucken: »Du wolltest mich überraschen?«

»Ja, ich hatte Sehnsucht nach dir – und mir tut es leid, dass ich am Telefon so blöd war. Ich wollte dich sehen und mich bei dir entschuldigen. Und da habe ich mir spontan den Nachmittag freigenommen und mich auf den Weg zu dir gemacht. Morgen früh um sechs muss ich schon wieder los.« Jetzt klingt er auf einmal wieder ganz liebevoll. Mein Freund hat zwei Gesichter. Vielleicht ist er an Schizophrenie erkrankt, und bisher hat es nur noch keiner gemerkt?

Der alte Tim – nicht aggressiv, nicht gönnerhaft, nicht zweifelnd, nicht wertend, nicht von oben herab – ist zurück. Und dann auch noch mit einer ehrlichen Entschuldigung im Gepäck. Ich bin sprachlos und komme mir schäbig vor, weil er diese ganze Mühe auf sich genommen hat, um mich zu sehen und sich bei mir zu entschuldigen, während ich mit einem Typen, den ich ungefähr seit zwei Minuten kenne, auf einer karierten Decke rumgeknutscht habe.

»Die Überraschung ist dir gelungen«, murmele ich und schlinge Nicks Jacke, die ich eigentlich nicht mehr anhaben sollte, die sich aber einfach zu gut und zu sehr nach ihm anfühlt, enger um mich.

»Was tut man nicht alles für seine Liebste. Apropos: hier.« Er drückt mir ein mit Douglas-Geschenkpapier verpacktes Päckchen in die Hand. »Mach auf.«

Ich öffne das Papier.

»Wow.«

Ein Parfum. Ich trage eigentlich nie Parfum.

»Wow.«

»Fällt dir auch noch was anderes ein als ›Wow‹? Ist bei dir

alles in Ordnung?? Bist du high? Hast du vielleicht mit dem Bulettenbrater einen geraucht?«

»Nein, sorry. Es tut mir echt leid. Ich … Ich bin total durch den Wind.« Nicht gelogen. »Ich hatte einen sehr, sehr, sehr langen Tag im Cateringwagen, und morgen geht es gleich genauso weiter. Und du bist hier. Das ist alles ganz schön überwältigend und eben ›Wow‹. Also, auf jeden Fall ist es schön, dich zu sehen. Ich finde es sehr nett von dir, dass du extra hierhergekommen bist. Und danke für das tolle Geschenk. Ich bin einfach nur unglaublich müde. Vielleicht können wir uns aufs Sofa setzen?« Meine Glieder, mein Kopf, mein ganzer Körper kommt mir plötzlich wackersteinschwer vor.

»Hört sich ja fast so an, als wärst du nicht besonders begeistert, mich zu sehen, aber kann ich ja auch nicht erwarten, bei so einer spontanen Überraschung und wenn jemand so viel um die Ohren hat wie du.«

Jetzt habe ich aus einem sich entschuldigenden, Geschenke schenkenden, nur leicht genervten Überraschungs-Tim wieder einen übellaunigen Beleidigt-Tim gemacht.

»Wie gesagt, es tut mir leid. Ich bin einfach superfertig und mit den Gedanken ganz woanders.«

»Wo denn?«

»Ich weiß auch nicht, beim Catering, bei meiner Partyverkleidung, die ich noch nicht kenne, bei meinem Job. Kannst du das nicht verstehen?« Alles gelogen. Ich bin in Gedanken, seit er passiert ist, nur bei dem Kuss. »Lass uns jetzt kein Fass aufmachen, okay? Es ist schön, dich zu sehen. Komm, wir sitzen noch ein bisschen zusammen, du erzählst mir von deinem neuen Projekt, und dann gehen wir schlafen. Einverstanden? Und vielen Dank für das Parfum!«

Morgen ist auch noch ein Tag. Morgen werde ich über alles in Ruhe nachdenken, Lösungen finden, Entscheidungen treffen, Dinge in Ordnung bringen.

Tim lässt sich darauf ein. Er ist wahrscheinlich auch zu müde, um noch weiter zu diskutieren. Und als ich mich zu ihm aufs Sofa setze, ist es kurz wie früher. Ein bekanntes Gesicht, gemeinsame Vergangenheit, ein Stückchen verlässliche Gewissheit im Guten wie im Schlechten ziehen in mein Ferienhaus in Dänemark ein und erinnern mich kurz daran, was für ein »Wir« wir mal gewesen sind.

Nur der Bauch weiß es anscheinend besser. Er ist nicht einverstanden damit, wie sich der Abend entwickelt und zerrt und zieht weiter unaufhörlich an mir herum. Vielleicht muss ich Nicks Jacke loswerden? Und während ich die Jacke ausziehe, und es mir auf dem Sofa so bequem wie möglich mache, wird mir bewusst, dass ich den ganzen Nick schon losgeworden bin, auch wenn ich es noch nicht geschafft habe, ihn aus meinem Kopf zu verbannen.

»*He's my destiny! He's my destiny! He's my destiny!*« Wie am Morgen zuvor reißt mich der Handywecker brutal aus dem Schlaf. Ich muss unbedingt einen anderen Alarmton einstellen! Schnell stelle ich den Wecker aus, damit Tim noch weiterschlafen kann.

Wenigstens weiß ich heute sofort, wo ich bin, was ich zu tun habe und schrecklicherweise auch, was gestern Abend alles passiert ist. Bitte nicht! Aber es ist eben passiert. Und wer sich so eine Suppe einbrockt, der muss sie auch auslöffeln.

Was für ein verkorkster Abend, denke ich bei einem tiefschwarzen, extrem starken Kaffee, während ich in der Terrassentür stehe und auf die Dünen blicke. Nick und ich. Der wunderbare Abend, der allerschönste Kuss. Tim vor meiner Tür. Das furchtbare Geräusch unserer Zähne aufeinander. Dass er nicht gemerkt hat, dass etwas zwischen Nick und mir ist. Das Parfum … Weiß er nach all der Zeit wirklich nicht, dass ich nie Parfum trage?

Mir fällt ein, wie mir auf dem Sofa bald die Augenlider schwer wurden, wie ich seinem Gutenachtkuss irgendwie ausgewichen bin, wie wir im Bett wortlos nebeneinanderlagen, wie ich in die Dunkelheit starrte mit einer schwindelerregenden Angst davor, tatsächlich in Betracht zu ziehen, dass es kein Zurück zu unseren Anfängen mehr gibt, dass in unserer Geschichte keine leere Seite mehr beschrieben wird. Aber unfähig zu handeln, emotional total überfordert. Eine weitere absurde Situation in meinem momentan noch absurderen Leben.

Sasha würde mir natürlich raten, Tim sofort in die Wüste zu schicken … Wie es ihr wohl geht? Und obwohl ich es generell schön finde, dass ich eher nach einem Buch greife, um zu lesen, als zu meinem Telefon, um Instagram zu checken, muss ich zugeben, dass ich jetzt wünschte, ich hätte nicht aus Prinzip das alte 6310 und könnte mir ihr Profil anschauen, um zu erfahren, was sie so treibt. Ich vermisse sie. Wenn mich nicht alles täuscht, hat Barbados doch eine ziemlich satte Zeitverschiebung gegen den Uhrzeigersinn. Und schon habe ich mein Handy aus der Handtasche gefischt und Sashas Nummer gewählt.

»The person you have called is temporarily not available.« Ist vielleicht auch besser so. Wer will schon in den Flitterwochen von seiner Freundin mit Problemen vollgequatscht werden.

Und ich kann ja sowieso nicht frei sprechen, weil Tim

noch schläft. Wenn ich mich jetzt etwas beeile, werde ich ihm vor seiner Abreise nicht mehr über den Weg laufen …

Als ich mein Haus verlasse, scheint schon die Sonne. Es wird ein heißer Tag. Die Vögel zwitschern vergnügt und einige Möwen schweben lautlos über meinen Kopf hinweg, obwohl es noch so früh am Morgen ist. Tiere stellen nicht infrage, was sie tun. Sie tun einfach, was sie tun müssen, was ihr Instinkt ihnen sagt. Sie wägen nicht ab, zergrübeln nicht jedes Detail. Vielleicht wäre das der beste Weg, mit der aktuellen Situation umzugehen. Augen zu und durch und mich von meinem Instinkt leiten lassen. Aber was, wenn mein Instinkt falschliegt?

Ich bin rechtzeitig beim Cateringwagen. Es ist noch keiner da, und ich kann in Ruhe alles vorbereiten. Heute gibt es Müsli mit frischem Obst. Peter hat mir gestern noch alle Zutaten in den Wagen gestellt. Apfel, Erdbeere, Orange, Maracuja und Banane. Während ich so vor mich hin schnippele, geht mir der gestrige Abend wieder und wieder durch den Kopf. Vor allem der gute, der romantische Teil. Wie aufmerksam Nick wieder war. Und ganz besonders natürlich der Kuss. Der Kuss war so, wie man sich als ungeküsster Teenager mit pastelligen Sonnenuntergang-am-Meer-mit-springendem-Delfin-davor-Postern an der Wand einen Kuss vorstellt. Atemberaubend. Himmlisch. Traumhaft. Sanft. Voll von leisen Versprechen. Au! War ja klar. Schön mit dem Messer in den Zeigefinger geschnitten. Das bestmögliche Sinnbild für den letzten Teil des Abends. Mein Blut vermischt sich mit dem Saft der Früchte auf dem Brett und ergibt ein hübsches Batikmuster. Ich muss mich konzentrieren. So kann das hier nur danebengehen.

Ich schaffe es, meine Gedanken beiseitezuschieben und brauche weitere hundert Jahre, bis ich die Obstberge klein geschnitten habe. Meine Hände sind schrumplig, mein verpflasterter Finger pocht unangenehm, und mein Rücken tut weh. Aber die kleinen Weckgläser, die ich jetzt mit Müsli fülle und dann mit den Früchten dekoriere, entschädigen mich. Was gibt es Befriedigenderes, als zu sehen, was man die letzten Stunden gemacht hat und anderen Menschen damit dann sogar noch einen schönen Start in den Tag zu bescheren?!

Der Kaffee dampft durch die Maschine, ich öffne die Klappe des Wagens und blicke direkt in Runner Steves gut gelauntes Gesicht.

»Na, mien Seuten. Allns kloar? Du siehst 'n büschn verdrrreiht ut. Nix für ungood«, begrüßt er mich, heute in einem sandfarbenen Tausend-Taschen-Overall. So ein Kleidungsstück habe ich noch nie gesehen, oder ist das vielleicht schon sein Partyoutfit? Ich beschließe, ihn nicht danach zu fragen und antworte: »Guten Morgen, Runner Steve. Ich hab nicht so viel geschlafen und mir gerade in den Finger geschnitten. Heut gibt's Müsli – mit ganz frischem Obst. Extra für dich und gerade eben erst geschnippelt.«

»Na, mach dir nix drrraus. Wo gehobelt wird, da fallen Späne. Denn mal her mit dat Obst. Und twee Tassen scheun starken Kaffee, so wie gestern.«

»Na klar. Geiht los.« Irgendwie tröstet es mich, dass es für ihn wichtiger ist, was es zu essen gibt, als über meine kurze Nacht zu sprechen und bevor ich mich versehe, bin ich auch schon mittendrin im morgendlichen Catering-Tumult. Ein »Hallo« hier, ein »wie geht's?« da, ein »ich geh als Fakir«, »ich als Ali Baba« und »wir sind ihre sieben Räuber«, »was macht der Kojote?« und »wer kümmert sich eigentlich um deinen Kräutergarten, Sophie?«, lenken mich von meinem Gedankenkarussell um den gestrigen Abend, um Tim und vor allem um Nick ab. Ich lasse mich von der fröhlichen Betriebsamkeit der Schauspieler, der Kameraleute, der Tonleute und allen anderen anstecken und fange an, mich trotz aller Ungewissheiten auf heute Abend zu freuen.

Augen zu und durch klappt bis jetzt ganz gut. Hin und wieder drängelt sich der Kuss in meinen Kopf, gefolgt von der Zwergenarmee, die sich heute für eine Demo mit dem Titel »Reinen Tisch machen« formiert. Dann kommt aber schon wieder jemand an den Wagen und will Kaffee, Cola oder eine Schorle.

Was wäre denn, wenn ich jetzt Augen zu und durch bis zu seinem Haus gehen, mich einfach ausziehen und in sein Bett legen würde? Schluss damit! Das wäre jetzt das Gegenteil von: reinen Tisch machen. Erst einmal müsste ich Augen zu und durch mit Tim Schluss machen. Aber was, wenn Tim doch eigentlich noch der Alte ist, nur gerade eine schlechte Phase hat, ich ihn jetzt zu schnell aufgebe, und das mit Nick nur eine Luftblase ist. Wenn ich einfach nur wegen des ganzes Stresses und der ganzen seltsamen Streitereien mit Tim in letzter Zeit offen für die charmanten Avancen eines Fremden bin, der eigentlich ein Taugenichts ohne Ambitionen, ein Tunichtgut mit Verführungskünsten, ein Habenichts mit

Hochstaplerqualitäten ist und von dem ich noch nicht mal weiß, ob ihm das Haus, der Hund, das Auto und seine Geschichte wirklich gehören. Und passt so einer überhaupt zu mir? Einer, der tut, was er will, nicht was er sollte? Einer, der umsetzt, was er sich erträumt, auch wenn seine Träume vielleicht nicht der gesellschaftlichen Norm entsprechen? Sollte ich von so jemandem nicht lieber die Finger lassen, damit es für mich nicht noch ungemütlicher wird, als es jetzt schon geworden ist? Wenn doch nur Sasha hier wäre, oder ich wenigstens mal mit ihr sprechen könnte. Sie wüsste Antworten auf meine Fragen oder würde mich zumindest erfolgreich davon ablenken. Mit einer lustigen Geschichte, mit einem wilden Abend, mit einem ihrer für mich selbst harmlosen abenteuerlichen Erlebnisse. Ahhhh!

»Entschuldigung? Alles okay bei dir?« Ich drehe mich um. Vor meinem Wagen steht Viviane.

»So schön, dich zu sehen!«, und noch bevor sie sich versieht, bin ich aus dem Wagen gerannt und liege ihr in den Armen.

Zwar umarmt sie mich zurück, ist aber doch sichtlich überrascht von meiner überschwänglichen Reaktion auf ihr Erscheinen. Kann ich ihr nicht verdenken. So gut kennen wir uns ja nun auch wieder nicht. Ich löse mich schnell von ihr und tue so, als wäre gar nichts.

»Sorry, ich war gerade so überwältigt vor Glück, weil mir die Arbeit im Cateringwagen so viel Freude macht und ich mich so auf die Party heute Abend freue«, versuche ich meine übertriebene Reaktion zu erklären.

»Ach, wie schön! Ich hab ja nur gedacht, weil du eben

ziemlich laut geknurrt hast. Fast wie Lacucaracha. Du weißt schon, der Film-Kojote.«

»Das konntest du hören?! Entschuldige bitte, bei mir geht irgendwie gerade alles ziemlich drunter und drüber. Gestern Nacht war mein Freund hier – als Überraschung sozusagen. Aber es ist komisch zwischen uns. Egal. Lange Geschichte. Die hat hier eigentlich nichts verloren. Was kann ich für dich tun?«

»Ach Sophie. Bei mir ist es nicht anders. Dennis und ich haben uns geküsst, und jetzt ist auch bei mir alles drunter und drüber. Es war total schön, aber ich kann nicht unterscheiden, wann er spielt und wann er wirklich er ist. Das ist völlig verstörend für mich. Vielleicht müssen wir die Männer heute mal vergessen und so richtig schön abfeiern? Was denkst du? Ach so, und 'nen Latte hätte ich gern. Das Müsli sieht ja auch gut aus. Nehme ich auch mit.« Viviane scheinen die amourösen Turbulenzen weniger auszumachen als mir. Ich sollte mir ein Beispiel an ihr nehmen und vielleicht auch erst einmal ein Müsli essen. Ich greife zu einem der Weckgläser und löffele drauflos.

»Das klingt gut. Seit ich diesen Marketing-Job habe, steht mein Leben kopf. Vielleicht sollte ich kündigen?«, bringe ich mit vollem Mund hervor und wundere mich, wie befreiend sich diese unüberlegt ausgesprochene Idee anfühlt.

»Du spinnst ja wohl total. Wieso denn das? Das Leben muss doch so sein. Wie langweilig wäre es denn, wenn immer alles in geordneten Bahnen verlaufen würde?«, antwortet Viviane fast schon entsetzt. »Ich habe mir irgendwann mal geschworen, dass mein Leben alles sein darf, nur nicht langweilig. Und so ist es ja auch. Höhen und Tiefen, aber in der Mitte halte ich mich äußerst selten auf. Und das mag ich so.«

»Und ich liebe die langweilige Mitte«, sage ich und merke, wie sehr ich mich wirklich nach dieser langweiligen Mitte sehne.

»Wat de een sien Uhl, is de anner sien Nachtigall«, lässt uns Runner Steve beiläufig wissen, während er sich ein zweites Müsli vom Tresen greift. Wie recht er hat.

»Sag mal, viel wichtiger: Als was gehst du heute Abend?«, frage ich Viviane wieder etwas beunruhigt, weil ich ja immer noch nicht weiß, welches Kostüm mich erwartet.

»Ich bin eine von unzähligen Bauchtänzerinnen. Und du?«, fragt sie gespannt zurück.

»Toni und Julia haben ein Kostüm für mich bestellt, das erst am Nachmittag ankommt. Ich fürchte, dass ich als Schimpanse gehen muss«, antworte ich betrübt.

Viviane bekommt einen Lachkrampf, und ich schäme mich ein bisschen, dass ich ihr von meiner albernen und eitlen Befürchtung erzählt habe.

Die Stunde der Wahrheit kommt am späten Nachmittag. Der Platz vor dem Cateringwagen ist schon wie leer gefegt. Alle machen sich fertig für die große Abschlussparty. Ich habe den Wagen für morgen vorbereitet, Peter einen Dankesbrief geschrieben, dass er mich in seinem Reich hat wirbeln lassen, und mache nun die Schotten dicht.

Schon fast widerwillig, aber auch ein bisschen neugierig

begebe ich mich zu Julias Transporter. Auf dem Weg checke ich noch mal mein Telefon. Weder Sasha noch Tim haben sich bei mir gemeldet. Dafür habe ich eine Voicemail von meinem Vater und zwei SMS von Claudio, der endlich wissen will, wie es so ist am Puls der aufregenden Filmwelt.

Julia sitzt wie gestern auf der Ladefläche des Trucks und lächelt: »Noch ein wenig Geduld, meine Liebe. Du gehst erst zu Tamara, und dann zeig ich dir dein Outfit.« Anscheinend haben Toni und sie sich wirklich viele Gedanken um meine Verkleidung gemacht. Ich gehe artig an ihren baumelnden Beinen vorbei zum Masken-Wohnwagen.

»Hi Tamara«, grüße ich die supernette Visagistin, die mich ein bisschen an Nina Hagen in einem 50er-Jahre-Polka-Dot-Kleid erinnert.

»Hi Sophie. Na, wieso siehst du denn so unglücklich aus? Ist doch nur 'ne Kostümparty. Setz dich mal hin. Das wird schon.« Und mit diesen Worten drückt sie mich in den gemütlich-weichen Drehstuhl mit Kopfstütze und verhängt den Spiegel, was meine schlimmsten Befürchtungen nur bestätigt.

»Warum ver...«

»Anweisung von oben. Komm, Liebchen. Lehn dich zurück und entspann dich.« Tamara fährt mit einer Bürste durch meine Haare. Meine Kopfhaut kribbelt ...

Ein sanftes Ruckeln an meiner Schulter und Tamaras Stimme wecken mich auf: »Liebchen. Aufwachen. Du musst mal die Augen aufmachen, damit ich noch den Eyeliner und die Wimperntusche auftragen kann. Du hast ja geschlafen wie ein Stein.« Sie schaut mich ungläubig an und schüttelt den Kopf. »Kurze Nacht gehabt, was?«

»Das kann man wohl sagen«, murmele ich und versuche meine Nackenverspannung etwas zu lockern.

»Jetzt nicht so rumzucken auf den letzten Metern. Nach unten schauen. Gut. Nach oben. Super. Und noch mal das Ganze.« Sie deutet auf den Boden und nachdem sie zwanzig Lagen Mascara aufgetragen hat, noch mal gen Wohnwagendecke.

»Na. Siehste wohl. Jetzt haben wir's geschafft. Ich würde sagen, du bist fertig für die Party.« Und mit diesen Worten zieht sie wie ein Magier das schwarze Tuch vom Spiegel.

Ich bin sprachlos. Denn vor mir sitzt eine echte Prinzessin aus Tausendundeiner Nacht. Mit wallendem offenem Haar, mit mandelförmigen, schwarz umrandeten Augen, mit beerenfarbigen Lippen und mit einem Edelstein auf der Stirn. Ich hebe meine rechte Hand, die genau wie meine linke über und über mit Henna-Tattoos verziert ist – wie lange und wie tief habe ich denn bloß geschlafen? –, und erschrecke, weil die Person im Spiegel ebenfalls die Hand hebt. Mir bleibt neben meinen Worten auch noch alles andere weg. Ich bin total überwältigt und muss mir die Tränen verkneifen, die dieses Mal aus Erleichterung und Freude darüber, dass ich wohl doch nicht als kleiner Affe im Tutu über die Feier tanzen muss, aus meinen Augen zu purzeln drohen.

»Und hier dein Kleid.« Julia ist neben Tamara aufgetaucht, und auch wenn ich bis heute nicht weiß, wie grinsende Honigkuchenpferde aussehen, so würde ich sagen, dass die beiden meiner Vorstellung schon ziemlich nahekommen.

»Und?«, fragen beide wie aus einem Mund.

»-- !« Ich bin weiterhin atem- und sprachlos.

Vor meiner Nase und zum Anfassen nah hängt das schönste, schillerndste und aufregendste Kleid, das je ein weibliches Wesen in Tausendundeiner Nacht getragen hat. Seidig, weich fallender Chiffon in leuchtendem Fuchsia, Orange, Dunkelblau mit winzigen goldenen Stickereien an den Ausschnitten und Ärmeln. Orientalische Muster und Wüstentiere, die sich fantasievoll auf dem Stoff ausbreiten. Hier eine Schlange, hier ein Elefant, dort ein Kamel. Ein Traum.

»Du sagst ja gar nichts. Gefällt es dir nicht?« Julia sieht ein bisschen enttäuscht aus.

»Nein. Ich bin einfach nur sprachlos, weil es so hinreißend ist. Und was Tamara aus mir gemacht hat ... Ich weiß echt nicht, was ich sagen soll. Jetzt fange ich bestimmt gleich an zu weinen und ruiniere alles.«

Tamara und Julia lachen über meine unbeholfene Freude und helfen mir in das Kleid, wobei ich den Cinderella-Moment meines Lebens habe und endlich wirklich verstehen kann, warum so viele Frauen heiraten wollen.

Das Kleid passt perfekt, hebt meine guten Seiten noch besser hervor und versteckt meine schlechten. Zusammen mit dem Make-up und der Frisur lässt es mich so aussehen wie jemand, den ich ganz, ganz schrecklich beneiden würde, wenn ich es nicht selbst wäre. Ich kann nicht aufhören, mich vor dem riesigen Spiegel hin und her zu drehen.

Ich bin so fasziniert, dass es mir noch nicht einmal etwas ausmacht, bei meiner Selbstbewunderung von Tamara und Julia beobachtet zu werden, die untergehakt mit schräg gelegtem Kopf lächelnd auf mein Spiegelbild schauen. Kann das wirklich ich sein? Die Sophie, die BWL studiert hat, anstatt Köchin zu werden? Die Sophie, die lieber kneift, als eine Entscheidung zu treffen? Die Sophie, die lächelt, wenn man es ihr sagt? Oder ist das hier vielleicht die Sophie, die ich sein könnte? Die Sophie, die nicht das tut, was sie soll, sondern tut, was sie will?

»Sehr schön, Sophie! Jetzt hast du auch noch die richtige Körperhaltung. Auf geht's, oder? Die anderen sind bestimmt schon alle da.« Tamara und Julia nicken mir aufmunternd zu. »Runner Steve wartet draußen mit einem Wagen auf dich. Er bringt dich zur Party. Ich werde Toni berichten, wie sehr du dich über sein Dankeschön für deinen Extra-Einsatz gefreut hast. Einmal Prinzessin-Sein für Sophie Petersen? Mission erfüllt, würde ich sagen. Ach und hier noch deine Schuhe.« Tamara reicht mir ein Paar mit goldenen Steinchen besetzte Sandalen.

»Soll ich nicht auf euch warten?«, langsam finde ich meine Stimme wieder.

»Nein, nein. Lass mal. Wir brauchen noch eine Weile. Wir gehen als Araber-Pferde.«

Wir lachen, mir wird leicht ums Herz und plötzlich bin ich sehr aufgeregt, weil mir einfällt, dass es ja sein könnte, dass er auch kommt. Und mit er ist nicht Tim gemeint.

»Na, mien Seuten? Willst du heute noch harrroden?« Runner Steve hat tatsächlich heute Morgen schon sein Kostüm angehabt. Oder ist er vielleicht gar nicht kostümiert? Ich werde es wahrscheinlich nie erfahren.

»Was ist haroden, Runner Steve?« Ich raffe meine Röcke zusammen und steige in sein Auto.

»Na als Brrruut und Brrrütigam vor 'n Altar steihn. Dat geiht ja wohl auch in Tausendundeiner Nacht«, antwortet er und lacht.

Aus dem Auto ausgestiegen, ordne ich mein Kleid noch einmal, lasse meine Finger über den feinen Stoff gleiten und schaue mir im Autofenster in die Augen. Was ist, wenn er wirklich heute Abend kommt? Vivianes Worte hallen in meinen Ohren: »Alles andere als langweilig«. Das Motto darf vielleicht auch ein bisschen mehr zu meinem werden, wenn es bedeutet, dass ich mich trotz allem Tohuwabohu so fühle wie jetzt gerade. Stark, erwachsen und für alles gewappnet.

»Tschüss, Sophie. Ik will noch de Arrraber-Peerde afholen.« Und schon ist Runner Steve wieder verschwunden.

Vom Meer her wehen Stimmengewirr und Lounge-Musik herüber. Um den Bunker zu erreichen, muss ich noch eine kleine Düne erklimmen. Eine salzige Meeresbrise kühlt die von der Hitze des Tages aufgeladene Luft, und ich bin dankbar, dass es nicht mehr so heiß ist wie heute Mittag. Auf der Düne angekommen, erschließt sich mir eine spektakuläre Kulisse. Die Sonne steht schon etwas tiefer über dem Meer, das grün-blau-golden glitzert. Um den Bunker herum sind unzählige Sonnensegel gespannt, unter denen bunt gemusterte Decken und Kissen liegen. Überall stehen orientalische Windlichter, durch deren kleine Löcher das Kerzenlicht schon jetzt hübsche Muster auf die Sonnensegel zeichnet, und ich sehe Palmen in den unterschiedlichsten Größen. Kann das sein? Ich zwicke mich in den Arm, wache aber nicht auf. Peter und Stavros haben ganze Arbeit geleistet. Auf kleinen Tischen und einem langen Buffet an einer Seite des Bunkers stapeln sich Früchte, Schüsseln mit Salaten, Platten mit Fleisch und Fisch und anderen Leckereien. Ein Spanferkel wird über einem offenen Feuer gedreht, und dazwischen tummeln sich Aladine, Sindbade, Bauchtänzerinnen, Schlangenbeschwörer, Sänften-Träger und und und. Wasserpfeifen werden geraucht und Kellner mit riesigen Tabletts voller weiterer Leckereien laufen zwischen den Gästen hin und her. Ich sehe Samantha als schnurrbärtige, besäbelte Ali Baba und Mock – hat der Mann vielleicht doch Humor? – als einen ihrer Räuber. Nur Nick, den sehe ich nicht.

»Hey Sophie. Du siehst ja irre aus«, stört Dennis meine Beobachtungen und läuft, mich anerkennend von oben bis unten musternd, um mich herum. »Das hätte ich ja nicht gedacht, dass so viel mehr in dir steckt, Fräulein Rottenmeier. In diesem Look könnte man dich ja tatsächlich fast für eine Prinzessin halten. Ich finde, du hast eine Verbeugung verdient.« Und weil er spürt, dass mir genau das zuwider ist, verrenkt er sich zu einer lächerlich höfischen Verbeugung.

»Danke, Dennis. Du siehst auch ganz wunderbar aus. Halt wie immer.« Dennis ist als er selbst erschienen. Mit Hemd und Hose – ganz normal und überhaupt nicht verkleidet.

»Ich dachte, ich bin mal ganz verrückt und komme als

ich selbst, wenn ich ja sonst schon immer irgendwelche Deppen darstellen muss, dann brauche ich mich ja nicht auch noch in meiner Freizeit zum Idioten zu machen«, erwidert er mit einem abfälligen Unterton und einem Kopfnicken in Richtung Bunker. Aber irgendetwas sagt mir, dass er sich in seinem Normalo-Outfit nicht besonders wohlfühlt und wahrscheinlich nicht damit gerechnet hatte, der Einzige zu sein, der Tonis Aufforderung nicht folgt.

Aber was interessiert mich Dennis.

»Hast du Viviane gesehen?«, fragt er unvermittelt, als ich keinen weiteren Kommentar abgebe.

Ich schüttele den Kopf.

»Sie ist sauer auf mich, glaub ich. Sie hat mich mit Giselle, der Statistin, die heute als Schlangenbeschwörerin gekommen ist, beim Knutschen erwischt.« Um »erwischt« herum macht er ironische Luftanführungszeichen mit seinen Fingern und rollt mit den Augen. »Seitdem habe ich sie nicht mehr gesehen. Ich versteh das gar nicht. Wir haben ja nicht gesagt, dass wir nun miteinander gehen oder so.«

Langsam geht mir dieser arrogante Typ auf die Nerven. Ich straffe meine Schultern und sage: »Na ja, sie hat sich offensichtlich von eurem Flirt mehr versprochen, als du zu geben bereit bist. Was auch immer du von ihr willst, das solltest du ihr sagen. Und in jedem Fall wäre eine Entschuldigung angebracht.« Jetzt klinge ich tatsächlich wie Fräulein Rottenmeier und gebe moralische Empfehlungen, obwohl ich ja gerade wirklich die Letzte bin, die sich da auch nur ansatzweise aus dem Fenster lehnen sollte. Aber statt mich nur aus dem Fenster zu lehnen, habe ich mich hier gleich mal Pretty-Woman-mäßig auf das Balkongeländer der Penthousewohnung gesetzt. Argh. Dieser Typ!

»So weit kommt es noch, dass ICH mich bei ihr entschuldige. Eher geht ein Kamel durch ein Nadelöhr. Sie sollte sich bei mir entschuldigen. Schließlich hat sie mich vor Giselle bloßgestellt.«

UNGLAUBLICH! Ich kann und will ihm nicht mehr folgen.

»Tschüss Dennis, mach's gut.« Ich lasse ihn stehen und gehe die Düne hinunter zur Party. Unten angekommen, bietet mir ein Kellner sofort einen eisgekühlten Mojito an, den ich mir jetzt mehr als verdient habe. Prost, Sophie!

Im Bunker ist es gerammelt voll und tierisch laut. Die Bässe von Dua Lipas »One Kiss« wummern in meinem Bauch, der sich heute erstaunlich ruhig verhält. Stavros und Peter stehen hinter der Bar und winken mich ganz aufgeregt zu sich heran.

»Sophie. Sophie, komm schnell her. Wir wollen mit dir anstoßen«, ruft Peter über die Köpfe der Gäste hinweg. Ich schlängele mich durch die dichte Menge und werde von Stavros mit: »Ist es nicht unglaublich hier? Und deinetwegen konnten wir das überhaupt erst möglich machen«, begrüßt.

»Ja, genau. Vielen, vielen Dank noch einmal dafür«, fällt Peter ihm ins Wort, was Stavros ihm gleich nachmacht und dazwischenkräht: »Übrigens, du siehst wirklich toll aus. Echt Wahnsinn!« Die beiden nicken angetan.

Ich strahle. »Danke!«

Toni bahnt sich als orientalischer Sultan mit Turban,

schwarzem Schnurrbart und bunt besticktem, wehendem Gewand einen Weg durch die Menge. Ein Grüppchen Statisten, das sich so oft wie möglich in seiner Nähe aufhält, wahrscheinlich weil es hofft, von ihm entdeckt zu werden, folgt ihm auf dem Fuße.

»Hallo ihr Lieben«, sagt Toni zu Stavros und Peter, und mir zugewandt fügt er hinzu: »Und wen haben wir hier? Ist das etwa unsere bezaubernde Sophie?!!« Er mustert mich anerkennend von der Seite.

»Unsere Rede, Mann!« Stavros und Peter begrüßen Toni mit lässigem Handschlag.

»Unsere Sophie könnte glatt als Hollywood-Star durchgehen. Meint ihr nicht? Apropos Star. Wo ist eigentlich Viviane?«, fragt Toni in die Runde.

Hoffentlich sitzt sie nicht wegen dieses Vollidioten von Dennis in ihrem Wohnwagen und weint.

»Ich weiß nicht, wo sie ist, aber ihre Abwesenheit könnte damit zusammenhängen, dass sie eine Meinungsverschiedenheit mit Dennis hatte«, traue ich mich, Toni zu offenbaren.

»Ach ja?! Heute ist kein Abend für Meinungsverschiedenheiten. Ich schick gleich Runner Steve los, um sie zu suchen.« Und schon tippt er eine Nachricht in sein Handy. Dann dreht er sich um und sagt zu den neugierigen, immer näher gerückten Statisten: »Falls jemand von euch sie sieht, sagt mir bitte Bescheid!« Anschließend befiehlt er in strengem Ton: »Und jetzt holt mir Zigaretten! Sofort!«, was die Gruppe nicht für einen Witz, sondern für einen Auftrag hält und sich nur deshalb nicht sofort in alle Richtungen zerstreuen kann, weil es im Bunker noch voller geworden ist, als bei meiner Ankunft. »Oh, mein Gott, Leute! Das war nur ein Spaß! Nur ein Spaß! Ich kann mir meine Zigaretten schon selbst holen!« Er schüttelt ungläubig den Kopf und wendet sich wieder mir zu: »Und jetzt zu dir, Sophie.«

Es fühlt sich ein bisschen so an, als würde er mir etwas sagen wollen, das nur für meine Ohren bestimmt ist. Er legt den Kopf leicht schief und räuspert sich: »Ich ...«

Doch bevor er weitersprechen kann, werden wir von einem schockierend glücklich aussehenden Räuber Mock und einer stilechten Ali Baba-Samantha gestört. »Guten Abend zusammen. Toni, das ist ja mal ein Fest. Ich muss schon sagen, mein lieber Sindbad. Hahaha.« Bei jedem »Ha« schlägt Mock Toni freundschaftlich auf die Schulter. »Respekt! Respekt! Mein Lieber. Wenn der Film nur halb so gut wird wie diese Party, dann haben wir schon gewonnen, würde ich sagen. Ich besorge uns mal etwas zu trinken, und dann können wir auf deinen Film und auf die Party anstoßen.« Mock greift nach den Drinks, die Peter und Stavros bereitgestellt haben, drückt mir einen der hübschen Kelche in die Hand und schaut mich an, als hätte er einen Geist gesehen. »Sind Sie das etwa, Frau Petersen? Sie sehen ja wirklich beeindruckend aus!« Der Erfolg der Party und die Drinks müssen Herrn Mock wohl zu Kopf gestiegen sein.

»Natürlich ist sie das«, reagiert Toni leicht genervt und legt schützend seinen Arm um mich. Bei der Berührung blicke ich über meine linke Schulter in Richtung seiner Hand und bin kurz irritiert. War es etwas in diese Richtung, auf das er eben hinauswollte? Nein, das kann nicht sein. Es fühlt sich zumindest nicht so an. Aber meine Verwirrung scheint mir ins Gesicht geschrieben. Samantha zieht fragend ihre linke Augenbraue nach oben. Ich zucke, nur für sie merklich, mit den Schultern.

In seinem Glücksrausch bekommt Mock von dem ganzen Handauflegen-Schulterzucken-Augenbrauen-Hochziehen nichts mit und hebt seinen Kelch: »Auf Toni, den Abschluss der Dreharbeiten, die Party, auf viele Besucher und noch mehr Umsatz! Auf Samantha, auf Triversal und meinetwegen auch auf Sie, Frau Petersen. Wo Sie schon mal hier sind!«

Ich beschließe, seinen letzten Kommentar zu überhören und stoße mit den dreien an. Während Samantha, Toni und Mock sich über Details zur Vertriebsstrategie unterhalten, lasse ich meinen Blick durch den Raum schweifen. Nichts wäre besser, als ihn jetzt zu sehen, zu ihm zu gehen, mich ihm in die Arme zu werfen, von ihm stundenlang nur gehalten zu werden und irgendwann später dann mit ihm die Party zu verlassen. Haha. Als ob das nach dem gestrigen Fiasko jemals passieren würde. Toni, Mock und Samantha verstummen.

»Darf ich erfahren, was Sie an meinen Ausführungen zur Sales-Strategie so lustig finden?«, fragt Herr Mock gereizt. Anscheinend habe ich meine »Hahas« laut von mir gegeben.

»Entschuldigen Sie, ich habe gerade über etwas ganz anderes nachgedacht«, versuche ich die Situation wieder unter Kontrolle zu bekommen.

»Das scheint Ihnen ja öfter so zu gehen. Na ja. Heute soll es ja auch nicht nur um die Arbeit gehen. Vielleicht haben

Sie ja dieses Mal sogar recht«, sagt er plötzlich ganz freundlich.

»Womit habe ich recht?« Ich habe keine Ahnung, wovon Mock redet.

»Sie wissen schon, dass Sie uns darauf hingewiesen haben, dass wir auf einer Party nicht über die Arbeit sprechen sollten. Also nicht nur. Mit Ihrem ›Haha‹. Sie wissen schon. Sie müssen da jetzt gar nicht so drauf rumreiten.«

Ich habe keine Ahnung, was der Mann mir sagen will, aber Hauptsache, ich bin nicht wieder in sämtliche Fettnäpfchen getreten.

Als Samantha sein »rumreiten« als Aufhänger nimmt, um zur Zerstreuung von ihren Pferden zu erzählen, erlaube ich mir, wieder zu meinen Gedanken an Nick zurückzukehren. Natürlich wäre es überhaupt nicht schön, sondern ganz schrecklich furchtbar, wenn wir uns hier in die Arme liefen. Mir würden die richtigen Worte fehlen, um zu erklären, warum ich Tim verschwiegen habe. Es gibt ja auch keine vernünftige, entschuldbare Erklärung dafür. Und mit »Es tut mir sehr leid, dass ich dir verheimlicht habe, dass ich einen Freund habe, aber ich habe gestern Nacht gleich mit ihm Schluss gemacht« könnte ich auch nicht glänzen. Stattdessen müsste ich sagen: »Es tut mir leid, dass ich dir verschwiegen habe, dass ich einen Freund habe. Und um bei der Wahrheit zu bleiben, weiß ich gerade nicht, ob ich es fertigbringe, mich von ihm zu trennen, weil ich den Gedanken nicht ertrage, dass nach dem Tod meiner Mutter eine weitere Person für immer aus meinem Leben verschwinden soll.« Und das würde er. Tim ist nicht die Sorte Mann, mit dem man Schluss machen und danach gute Freunde bleiben kann.

»Ein wunderbares Pferd. Toll für den Wettkampf«, höre ich Samantha aus dem Ohrenwinkel sagen.

Ich beneide das Pferd darum, dass es anscheinend weiß, was es zu tun hat. Zumindest in Peters Cateringwagen konnte ich es ihm gleichtun. Ohne das vertraute Gebrauchen von Messern, Töpfen, Formen, Schalen und Gläsern wäre ich vermutlich einfach durchgedreht. Bin ich aber nicht. Und ich habe sogar einen richtig guten Job gemacht. Immerhin eine Sache, die ich neben der Betreuung des Film-Marketings richtig gemacht habe. Jetzt muss ich nur noch mein Liebesleben sortieren, wobei ich keinen blassen Schimmer habe, wie das gehen soll.

»Bis später. Günther, Samantha.« Toni verabschiedet die beiden und wendet sich wieder mir zu. »Was ich vorhin sagen wollte.« Er räuspert sich, und ich bin gespannt.

Über Tonis Kopf hinweg sehe ich plötzlich jemand Großes, Dunkelhaariges mit Bart. Mein Herz setzt aus. Aber es ist nur Christoph, einer der Set-Designer.

»Also, Sophie.« Toni fasst mich an den Oberarmen, um meine volle Aufmerksamkeit zu erlangen. »Ich finde es echt klasse, wie du dich hier auf alles eingelassen hast, wie du auf alle zugegangen bist, einfach so das Catering übernommen und es dann auch gleich noch total super gemacht hast. Und deine Marketingideen sind innovativ und einfach nur klasse! Oder wie siehst du das, Peter?« Toni nickt Peter fragend zu, der unmöglich gegen Calvin Harrises »Promises« irgendwas hatte verstehen können, aber trotzdem fröhlich grinst, zurücknickt und weiter tapfer die Limetten für den bestimmt hundertsten Mojito stampft, den er heute Abend zubereitet.

Ich weiß nicht, worauf Toni hinauswill, und sage vorsichtshalber und wegen der ganzen Komplimente etwas verschüchtert: »Danke.«

»Gerne. Für mich bist du ein absoluter Glücksgriff! Aber ich denke auch, dass ...«, doch Toni unterbricht sich, holt sein Handy aus einer Innentasche seines Gewands und schaut aufs Display. »Sorry, Sophie. Da muss ich rangehen. Auf diesen Anruf warte ich schon seit Tagen. Wir sprechen später, okay?«, und während er abnimmt, seinen Turban richtet und den Anrufer mit »Hello, Toni speaking« begrüßt, geht er zum Ausgang und lässt mich ebenso neugierig wie die Statisten zurück.

Ein Remix aus Matt Biancos »Half a Minute« und Justin Timberlakes »Can't stop the Feeling« begleitet mich, als auch ich mich durchs »Koloss« in Richtung Ausgang drängele.

Draußen angekommen, stibitze ich mir noch einen Mojito vom Tablett eines Kellners und lasse das Ambiente auf mich wirken, als Runner Steve mit Viviane auf mich zukommt.

»Hey. Sophie. Ich wollte eigentlich gar nicht kommen, aber jetzt bin ich so froh, dich zu sehen.« Sie fällt mir in die Arme.

»Du, Viviane. Ich muss dir was sagen.« Mit einem schrägen Blick zu Runner Steve senke ich die Stimme und schiebe zwischen zusammengepressten Zähnen »Über Dennis« nach.

»Schon gut, schon gut. Geiht mi ja nix an. Ihr schnackt man scheun. Und ik geih erstmol een supen. Watt mutt, dat mutt!«

Und damit stehen wir alleine vor dem Bunker.

»Ich weiß schon. Ich weiß schon. Er ist nicht gut für mich. Das ist es doch, was du mir sagen willst, oder?«, fragt Viviane mich leicht genervt.

»Ja. Er scheint kein besonders netter Typ zu sein, wenn du mich fragst. Die Sache mit Giselle. Die hat er mir so erzählt, als wäre gar nichts dabei«, berichte ich Viviane wahrheitsgetreu.

»Na ja, genau genommen hat er ja recht. Es ist ja nicht so, als wären wir zusammen oder so.«

Ich bin erstaunt. »Aber du magst ihn doch, oder?«

»Ja, gerade deswegen. Ich glaube, ich steh einfach auf Arschlöcher, und dann muss ich so etwas halt in Kauf nehmen.« Sie scheint mir völlig davon überzeugt, dass das ihr Schicksal ist – für immer. Ich kann nicht wirklich glauben, was ich da höre.

»Das kann doch nicht …«, doch »dein Ernst sein« bleibt mir im Hals stecken, weil mir siedend heiß einfällt, dass auch mein eigener Freund in Sachen Einfühlungsvermögen in letzter Zeit stark zu wünschen übrig lässt. Wer im Glashaus sitzt, sollte unbedingt die Finger von den Steinen lassen.

»Was kann doch nicht ihr Ernst sein, Sophie?« Dennis ist an Vivianes Seite aufgetaucht und legt besitzergreifend seinen Arm um sie.

Viviane lächelt ihn erleichtert an, und ich wünsche ihr

still alles Glück der Welt, als Dennis sagt: »Wir gehen rein. Kommst du auch?«

Ich schüttele den Kopf: »Nein danke! Viel Spaß ihr zwei.« Im Gehen wirft er noch einen Blick zurück, zwinkert mir mit seinen unsympathischen Augen zu und antwortet: »Danke, den werden wir haben«, ehe die beiden im Bunker verschwinden.

Im Grunde genommen geht mich diese Liebesgeschichte, wenn es denn eine ist, ja gar nichts an. Ich sollte mich wirklich besser um meine eigenen Angelegenheiten kümmern.

Ich drehe mich in dieser unwirklichen Szenerie einmal um mich selbst und merke, dass mir der Alkohol und die Hitze schon etwas zu Kopf gestiegen sind. Mir ist schwindelig. Am besten wird es wohl sein, ein bisschen zum Meer zu laufen und mich abzukühlen. Aber vorher noch die Schuhe aus. Ich knie mich hin und nestle an den Verschlüssen meiner goldenen Sandalen.

»Na, wenn das mal nicht unser Aschenputtel ist. Dich haben sie aber fein rausgeputzt. Spielst du noch ein bisschen ›Die guten ins Töpfchen, die schlechten ins Kröpfchen‹? Oder wühlst du einfach nur so im Dreck rum?«

Ein Blick nach oben und meine Ahnung wird bestätigt.

Wer könnte es anderes sein, als eine blöderweise betörend elegante Sibylle in einem atemberaubenden goldenen Kleid im 50er-Jahre-Stil mit beeindruckender Krone und meterlangem Schleier. Ein Outfit, das wohl dem von Gina Lollobrigida als Königin von Saba nachempfunden ist. Und wen könnte sie anderes dabeihaben als einen ziemlich übernächtigt aussehenden Nick, bei dem sie sich jetzt demonstrativ unterhakt und der mit ausdruckslosem Gesicht seine Hand zu einem stummen Gruß hebt. Mir fällt nichts anderes ein, als eine verdrießliche Grimasse zu ziehen, Nick mit gerunzeltem Gesicht anzustarren und weiterhin vor den beiden im Sand zu knien.

»Langsam wird's peinlich. Willst du uns 'n Antrag machen, oder was? Ach, was interessiert's mich denn. Komm, Nick. Wir gehen rein.« Sibylle zieht Nick mit sich. Als ich sehe, wie sie ihren Arm aus der Unterhakung löst und ihn um seine Taille schlingt, löse ich mich endlich aus meiner Schockstarre und lasse mich sackartig auf meine vier Buchstaben in den Sand plumpsen.

Mein Bauch gibt ein lang gestrecktes »Gnooorgh« von sich. Ja, Bauch, ich weiß schon. Aber was hätte ich denn machen sollen? Ich wäre ja aufgestanden, hätte ihr die Stirn geboten. Du glaubst ja wohl nicht, dass es mir Spaß gemacht hat, mich so von oben herab anlabern zu lassen. »Gnooorgh.« »Doch«? Du sagst »doch«? Ich habe das also so gewollt und bin extra knien geblieben? Ist es das, was du mir sagen willst?

Keine weitere Reaktion. Na dann. Nimm dies, Bauch! Und mit drei großen Schlucken leere ich den Mojito und frage mich dabei, der wievielte es eigentlich gewesen ist.

Ich werde jetzt mit ihm reden. Einfach alles sagen und auf das Beste hoffen. Es besteht ja immerhin die Chance, dass er mir zuhört und mich versteht. Der Mojito mojitet in meinem Kopf herum und macht mich mutig. Irgendwas fällt mir schon ein, wenn ich vor ihm stehe. »Sei doch mal ein bisschen spontan, Sophie!«, sagt Sasha ja auch immer. Dann ist das bestimmt eine gute Idee. Hat sie mir eigentlich mal geschrieben? Ich zücke mein Handy, aber es gibt nach wie vor keine Nachricht aus Barbados.

Im Bunker ist es jetzt so voll, dass ich mich wundere, woher all die Leute wohl gekommen sind. Ein Durchkommen durch die schwitzende, tanzende Meute scheint mir unmöglich. Als der DJ »Toxic« von Britney Spears auflegt, sehe ich in einer Ecke Viviane und Dennis eng umschlungen knutschen, und dahinter an der Bar reicht Stavros Nick gerade einen Drink.

»Nick. Ich …«, rufe ich, was natürlich kompletter Schwachsinn ist, weil Britney mich komplett übertönt. Und so bleibt mir nichts anderes übrig, als ihn dabei zu beobachten, wie er sich mit dem Rücken zur Bar dreht, sich anlehnt und die Königin von Saba sich von der Seite an seine Brust schmiegt und ihm einen Kuss auf die Wange drückt.

Okkkaaay?! Wenn das so ist …

Ich mache auf der Ferse kehrt, greife mir im Vorübergehen aus einem Kühler eine Flasche Weißwein und stolpere verwirrt und gekränkt in Richtung Meer.

Die Sonne ist schon untergegangen, aber der Himmel ist immer noch hell und mit den Pastelltönen des Sommers gezeichnet. Überall brennen kleine Lagerfeuer, an denen sich Sultane und Bauchtänzerinnen mit Fakiren und Aladinen unterhalten. Die Luft ist warm und riecht nach den Kräutern der Speisen, die durch die Gegend getragen werden.

Noch mal weht der Refrain von »Toxic« zu mir rüber, und ich frage mich, wen Britney damit meint.

Meine Füße und der Saum meines Kleides werden von den Ausläufern einer anbrandenden Welle erfasst. Der Horizont scheint zum Greifen nah. Am liebsten würde ich reingehen ins Meer. Mich umspülen lassen, untergehen, auf dem Grund stranden, nicht wieder auftauchen.

Als Teenager, der aus dem Dachfenster den Sternen beim Aufgehen zugeschaut, dabei »Nightswimming« von R.E.M. gehört und währenddessen von einer glänzenden, grenzenlosen Zukunft geträumt hat, hatte ich mir das Erwachsensein ganz leicht vorgestellt. Man verliebt sich in jemanden, der sich auch zurück in einen verliebt. Man küsst sich, hält Händchen, ist glücklich. Man hat einen Job, der einem Spaß macht. Niemand schreibt einem etwas vor, niemand passt auf, dass man um acht im Bett liegt und seine Zähne geputzt hat. Man darf über die Stränge schlagen und fängt sich selber wieder ein. Und alle, die man liebt, bleiben gesund und munter.

Aber so ist es nicht. Erwachsensein ist nicht leicht. Es ist verdammt schwer, kompliziert und anstrengend.

Erwachsensein sucks!

Oder bin ich die einzige Person auf der Welt, die das geheime Buch »Erwachsensein für Dummys« nicht gelesen hat?

Das Meer gibt mir keine Antwort auf meine Fragen, und ich lasse es für heute Abend gut sein, bedaure ein bisschen, dass ich für mein Kleid und mein Make-up keinen spektakuläreren Party-Auftritt hingelegt habe, drehe mich um und gehe leicht schwankend am Meer entlang zu meinem Ferienhaus.

»Phhhhh.« Mit einem tiefen Seufzer lasse ich meine Wohnungstür hinter mir zufallen und stelle meinen Rollkoffer ab. Wenn man doch seine Probleme auch so einfach loswerden könnte ...

Ich bin bis auf die Unterhose nass geworden. Das Gewitter hat eine dicke Wolke nur für mich direkt über dem U-Bahn-Ausgang platziert und sie als persönliche Begrüßung bei meiner Ankunft auf Starkregen programmiert.

Mir ist kalt. Ich muss unter die Dusche.

Die Abreise aus Dänemark ist ohne weitere Vorkommnisse vonstatten gegangen. Nach einer eher unruhigen Nacht mit viel trunkenheitsbedingtem und Geschehnisse verarbeitendem Herumgewälze bin ich gerädert aufgewacht, ein letztes Mal zu Peters Cateringwagen gelaufen, wurde herzlichst begrüßt und gleich danach aber gescholten, weil ich am Abend – obwohl Prinzessin – sang- und klanglos verschwunden war. Trotzdem wurde ich mit einem

Lunchpaket für die Zugreise versorgt. Denn es war der Tag meiner Abreise und der Tag des generellen Zusammenpackens am Set, was alle Wartenden in der langen Frühstücksschlange – heute gab es zum Abschied frisch gebackene Croissants – einstimmig bedauerten.

Die Statisten sagten mir Lebwohl. Viviane und ich umarmten uns lange und freuten uns auf ein Wiedersehen, spätestens bei der Premierenparty. Ich drückte Tamara und Julia, ließ Stavros grüßen und verabschiedete mich vom Himmel, vom Horizont und vom Meer.

Am Auto, mit dem mich Runner Steve zum Zug bringen sollte, passte Toni mich ab, sagte mir Tschüss und erinnerte mich daran, dass er ja noch etwas mit mir besprechen wollte: »Aber nicht jetzt. Ich bin auf dem Sprung zum nächsten Meeting. Ich rufe dich dazu noch mal an, wenn ein bisschen Ruhe eingekehrt ist, okay?«

Bevor ich dazu kam, Toni zu bitten, mir wenigstens grob zu umreißen, worum es denn überhaupt geht, kam Runner Steve dazu und drängte zum Aufbruch: »So, mien Toni, nu musst du uns Sophie aber ma in Rrruh lass'n, sonst verpasst die noch ihr'n Zuch. Und lütt Sophie soll doch schließlich auch mol wedder to Hus bei kommen, oder nich?«

Toni stimmte ihm zu und versuchte Steves Hoch- und Plattdeutschmix zu imitieren, was ihm mit »Ars kleer, minn Jong« komplett misslang, und von Runner Steve nur belustigt mit: »Mien Jung! Schuster bliev du man lever bi dien Leisten«, kommentiert wurde.

Ihn hatte ich nicht noch einmal gesehen, hatte ihm nichts erklärt, und ihn nicht gefragt, warum die Königin von

Saba sich an seine Brust werfen und ihm einen Kuss auf die Wange hauchen durfte, ob er überhaupt etwas für mich empfand, ob unser Kuss echt gewesen war, oder ob ich mir doch nur alles eingebildet, ob ich geträumt hatte.

Denn so fühlt es sich inzwischen an. Wie ein Traum sind diese zwei Abende gewesen, die mir jetzt so weit weg vorkommen, dass ich schon gar nicht mehr weiß, ob das alles wirklich passiert ist. Sein wortloser Gruß am Arm einer mir unverständlichen Begleitung hatte dieses Gefühl nur noch verstärkt. So schnell kann einem doch keiner fremd werden, dem man sich eben noch so nah gefühlt hat.

Meine Wohnung kommt mir abweisend und kalt vor. Ich komme mir abweisend und kalt vor. Habe ich mich so schnell an das neue Leben am Set mit all den Leuten, die mir innerhalb kürzester Zeit ans Herz gewachsen waren, und meinem Job als Caterer gewöhnt, dass ich jetzt, wo ich wieder zu Hause und nicht mehr inmitten des Gewusels bin, diese wüstenartig-weite Leere in mir empfinde? Das kann doch gar nicht sein.

Mein Telefon klingelt und erfreulicherweise erscheint Claudios Name auf dem Display. Aber wenn ich jetzt rangehe, muss ich erzählen und wenn ich nicht erzähle, weiß er sofort, dass ich etwas verheimliche. Dann fragt er. Aus Sorge, aus Neugier, aus Interesse. Und dann kann ich ja nicht anders, als zu berichten, was alles passiert ist, und damit würde das alles wieder ein Stückchen realer, und das geht jetzt gerade nicht. Damit, dass es sich so anfühlt, als hätte ich tief und lange geträumt, kann ich besser umgehen.

Also lasse ich das Telefon klingeln, bis die Mailbox rangeht, und seine SMS »Warum gehst du nicht ans Telefon??« mir ein weiteres, schlechtes Gewissen macht. Argh! Warum ist das alles bloß so verkorkst?

Die heiße Dusche macht es auch nicht besser. Unschlüssig sitze ich in ein riesiges Strandhandtuch gewickelt und mit Turban auf dem Kopf auf meinem Bett. Bei Blitz und Donner nach oben aufs Dach zu gehen, ist jetzt vielleicht nicht die beste Idee, aber irgendwie muss ich. Und so räume ich die Papiere von Theodore herunter, damit sie nicht nass werden, steige auf ihn drauf, klappe das Fenster auf und stehe schon wieder im Regen. Wenn die Welt schon untergeht, sind wenigstens noch alle meine Kräuter da. Ich streife mit den Händen durch Lavendel, Minze, Thymian und freue mich, dass ich sie trotz oder gerade wegen des heftigen Regens so intensiv riechen kann. Die ewig gleichen Gedankenschleifen, wer wie, wie viel und auf wen sauer ist und dass ich an allem schuld bin, die ihre Runden seit zwei Tagen unablässig durch mein Gehirn drehen, halten mal kurz an, und ich kann einfach nur hier sein.

Ein Blitz leuchtet durch den Himmel, gefolgt von einem furchteinflößenden Krachen. In Sekundenbruchteilen bin ich wieder in meiner Haut und meinen Gedanken gefangen. Und außerdem bekomme ich es mit der Angst zu tun. Es war wirklich keine gute Idee, bei diesem Wetter aufs Dach zu steigen.

Zurück in meiner Wohnung, ist mir klar, dass ich nicht hierbleiben kann. Ich muss noch mal weg und weiß auch schon wohin. Ich greife mir eine Sporttasche, schmeiße ein paar frische Klamotten hinein, wickele mich aus dem Handtuch, steige in ein leichtes Blusenkleid, schüttele meine Haare an die richtigen Stellen, schnappe mir Jeansjacke und Autoschlüssel und schließe die Tür, wobei ich mich so konzentriere, dass ich, unten angekommen, ganz sicher bin, sie abgeschlossen zu haben.

»Komm mal her«, sagt sie und nimmt mich ganz, ganz fest in ihre Arme. Und ich sinke, so wie ich mir das Untergehen am Meer vorgestellt habe, immer tiefer in sie hinein. Ich tauche unter in ihren Armen, an ihrem riesigen Busen, rieche ihr rosmariniges, mit Zigarettenrauch vermischtes Parfum an der luftigen Tunika, die sie trägt, und hoffe, dass ich mich in ihren roten, bauschigen Locken für immer verstecken kann. Ich war noch nicht mal durch die niedrige Tür, an der ich mir erst seit ich erwachsen bin und nur mit hohen Schuhen den Kopf stoße, und wurde schon dabei ertappt, unglücklich zu sein.

»Und du weißt ja, meine Süße, das ist hier verboten.« Claudette löst mich aus der Umarmung, was ich nicht will, weil ich ihr dann in die Augen sehen muss, hält mich eine Armlänge von sich entfernt und mustert mich liebevoll, aber mit ihrem typischen Röntgenblick.

»Komm mal erst mal mit, meine Süße.« Sie nimmt meine Hand, zieht mich durch die Pforte in den Garten und drückt mich auf meinen Lieblingsstuhl am gedeckten Tisch unter dem voll behängten Birnbaum.

»Was machst du denn bloß mit den ganzen Birnen?«, schluchze ich hervor, und wir müssen beide lachen.

»Wenn die Birnen deine einzige Sorge sind, Phie-chen, dann kann das alles ja nicht so schlimm sein, nicht wahr?« Sie runzelt die Stirn und schaut mich über den nickeligen Rahmen ihrer Brille an.

»Komm, Phie-chen. Jetzt trinkst du erst mal ein bisschen Pimm's, und dann sieht die Welt schon ganz anders aus.«

»Aber ich habe immer noch einen Kater von gestern«, protestiere ich schwach.

Doch Claudette meint nur trocken: »Dann betrachte das als Konter-Pimm's. Das ist die beste Methode, um einen Kater loszuwerden. Ich muss es wissen. Ich bin ja schließlich schon ganz schrecklich alt.« Sie klopft sich eine weiße Slim aus der für mich immer schon mondänen Eve-Verpackung und steckt sie sich in den Mundwinkel.

»Dass du immer noch rauchst«, stelle ich verwundert fest, woraufhin sie nur lacht: »Phie-chen, willst du der alten Claudette jetzt erzählen, was dir auf dem Herzen liegt, oder muss ich dir erst noch mal ausführlich erklären, dass Lemmy – du weißt schon, der Sänger von Motörhead – von seinen Ärzten die Empfehlung bekam, seinen extrem ungesunden Lifestyle unbedingt beizubehalten, weil sein Körper die Umstellung sonst nicht mehr verkraften würde? Und sogar der ist 70 geworden.«

Schon wieder Motörhead. Findet Claudette diesen Krach etwa auch gut? Ich will wie immer Einspruch erheben, aber in dem Moment kommt Claudettes Mann Victor aus dem schnuckeligen, mit Rosen berankten Backsteinhaus. Dickbäuchig, ein wenig runzelig und nackt, wie Gott ihn schuf.

»Phie-chen. Schön, dich zu sehen. Wir ham uns ja lang

nich' jesehn, wa?! Wie jeht es dir? Und deinem Vater? Den habe ick ooch lang nicht mehr jesehn. Wann eigentlich dat letzte Ma. Ach ja, euch beide bei der Be...« Doch bevor er den Satz beenden kann, räuspert sich Claudette und blickt ihn strafend über ihre Brille hinweg an. »Victor, mein Lieber. Vielleicht sollten wir doch mal zum Arzt gehen und schauen, ob du schon an Alzheimer erkrankt bist. Gönn dem armen Phie-chen doch bitte mal eine Pause von deinem Geschlecht, okay?«

Victor schaut so erstaunt an sich herunter, als hätte er erst jetzt bemerkt, dass er splitterfasernackt in seinem Garten vor seiner Frau und eben auch vor mir herumsteht.

»Ach so, ditte. Na ja, is doch halb so wild. Uns're Kleene hat doch och schon ma 'n nackten Mann jesehn, wa, Phiechen? Nur wahrscheinlich nich' so'n alten Schinken, wa? Is ja jut, is ja jut. Ick jeh ja schon.« Und so habe ich die Gelegenheit, Victors nahtlose Bräune auch noch einmal von hinten bewundern zu dürfen und schmunzele in mich hinein.

»'tschuldigung, Phie-chen. Wir sind schon 'n bisschen verwahrlost, seit deine Mutter nicht mehr is'.«

Claudette zündet sich ihre Zigarette an, pafft ein paar Mal und hebt beherzt zwei riesige Stücke Himbeerstreuselkuchen auf meinen blau-berankten Teller.

Claudette hat die unausgesprochene Erlaubnis, von meiner Mutter zu reden, wann immer sie will. Denn sie ist ihre beste Freundin. Ist. Nicht war. Denn das »war« können weder Claudette noch ich ertragen.

Das kleine, mit Wein bewachsene rosa Gästehäuschen im Garten von Claudette und Victor war für meine Mutter immer ein zusätzliches Zuhause. Ein Ort, an den sie manchmal fuhr, zum Seele baumeln lassen, zum Runterkommen und um Zeit mit ihrer allerältesten Freundin und deren Mann zu verbringen. Und so ist diese alte, mit Rosen berankte Reetdachkate im Alten Land mit diesen beiden schrulligen Freunden meiner Mutter und diesem wunderbaren Gartenhäuschen irgendwie auch zu meinem Unterschlupf geworden, wenn ich mal nicht mehr weiterweiß.

Und das Beste ist, ich muss nie vorher anrufen. Vicdette, wie meine Mutter die beiden wegen ihrer Schwäche für die Klatschpresse in Anlehnung an Promipärchen wie Brangelina und Bennifer genannt hat, sind eigentlich immer zu Hause.

»Victor«, schreit Claudette in Richtung Haus, die Zigarette weiter im Mundwinkel baumelnd, während sie den Krug Pimm's mit dem umgedrehten Kuchenheber umrührt. »Viiiiictoooor! Mehr EIS! Wir brrraaaauchen MEHR EIS! Mein Gott. Jetzt tut er wieder so, als wäre er schwerhörig. Nun erzähl mal, Phie-chen. Was ist denn los?«

Und während ich erzähle, was seit dem Tod meiner Mutter vor einem Jahr und vor allem in den letzten Wochen alles passiert ist, weiche ich auf und liebe sie dafür, dass sie mir keine Vorwürfe macht, dass ich nicht früher vorbeigekommen bin, mich nicht früher gemeldet habe. Ich bin mir sicher, sie versteht, dass das nicht ging. Dass es mich umgeworfen hätte, meine Trauer in ihrer gespiegelt zu sehen.

Als ich von meiner Rausschmiss-Beförderung berichte, schüttelt Claudette ungläubig ihre roten Locken, hält sich den Bauch vor Lachen, sagt: »Das gefällt deiner Mutter, da bin ich mir sicher«, und meine Schultern sinken endlich an ihren normalen Platz. Als ich ihr schildere, wie Sasha Mike kennengelernt und ihn spontan geheiratet hat, reißt sie ihre kleinen Augen auf und sagt: »So verrückt waren wir auch mal«, und das Summen in meinen Ohren lässt nach. Als ich ihr berichte, wie ich nach Dänemark gefahren bin, einen eigenen Regiestuhl geschenkt bekommen, Peters Cateringbusiness geschmissen, wie ich Nick und Yukon am Strand und noch besser vor seinem Haus kennengelernt und dann nicht die Wahrheit gesagt habe, meint sie nur: »Aber das lässt sich doch klären, meine Süße«, woraufhin ich mich dazu entschließe, ihr nicht von Tims Überraschungsbesuch, nicht von Nicks geknicktem Blick, nicht vom Wiedersehen auf der Party, nicht von der Königin von Saba an seiner Brust zu berichten, weil ich fürchte, dass sie dann sagt: »Oh, das. Das lässt sich nicht so gut klären, Phie-chen, da haste aber wirklich richtigen Mist gebaut.« Und weil ich das eben nicht hören will, zeige ich ihr das Polaroid von mir in meinem Prinzessinnenkleid, das der Veranstaltungsfotograf auf der Party gemacht hat, und freue mich über ihr: »Oh und Ah«, und über ihr: »VICTOR! Wo biste denn schon wieder? Schau dir mal uns're Kleene an. Sie sieht ihrer Mutter jeden Tag ähnlicher. Weißt du noch, Victor, als wir mal eine Kostümparty geschmissen haben? Mit Phie-chens Mama? Ach, das war'n noch Zeiten.« Und nach einer kleiner Pause, während der sie in die Ferne schaut, schiebt sie noch »und übrigens den Tim, den haben wir noch nie gemocht« hinterher; so als stünde es überhaupt nicht zur Debatte, dass ich mich nicht von ihm trenne. Und ich würde gern wissen, ob sie mit »wir«

sich und Victor oder sich und meine Mutter meint, traue mich aber nicht zu fragen.

Es tut gut, mir endlich mal alles von der Seele zu reden, hier in diesem Garten, unter diesem Birnbaum zu sitzen und nicht in meiner Wohnung. Niemand weiß, dass ich hier bin. Und das ist doch auch das Magische an Unterschlüpfen und Uralt-Handys ohne Standortbestimmung. Heute und morgen und übermorgen werde ich bei Claudette und Victor bleiben, unbewertet meine ausgesuchten Wahrheiten erzählen und irgendwann mit vollem himbeerbestreuselten Pimm's-Bauch in das Gästebett fallen, in dem meine Mutter bis letztes Jahr hin und wieder geschlafen hat. Und wenn ich Glück habe, dann riecht das Häuschen noch ein bisschen nach ihr, sie gesellt sich bei einem guten Traum ein wenig zu mir und erzählt mir, wie die ganze Situation in Wirklichkeit aussieht: nämlich gar nicht schlimm!

»So gefällst du mir schon besser, Schätzelein«, sagt Claudette jetzt, als sie mich dabei beobachtet, wie ich verträumt in die Gegend schaue.

Langsam wird es kühl. Sie hat mir aus dem Haus eine dicke Decke mitgebracht, und Victor, der sich nicht nur eine Hose, sondern auch ein Hemd angezogen hat, zieht eine gusseiserne Schale zu uns heran und entzündet ein kleines Feuer. Ich fühle mich geborgen und wünschte, ich könnte für immer hierbleiben.

Das Wochenende vergeht weit, weit weg von allem im verwunschenen Garten von Vicdette und lädt meine Batterien wieder auf. Mein Handy ist ausgeschaltet. Ich versuche nicht mehr, Sasha zu erreichen, erwarte keine SMS von Tim und erhoffe keine Nachrichten von Nick, der ja noch nicht einmal meine Telefonnummer hat. Ich bin abgetaucht. So wie ich es am Meer in Dänemark auf eine eher ungesunde Art und Weise hatte tun wollen, so tue ich es hier und jetzt auf eine gesunde Weise. Ich gönne mir Me-time, merke, wie herrlich das ist und summe immer wieder: »Me, myself, and I« von Beyoncé vor mich hin, bis Claudette mich ermahnt, dass sie wahnsinnig werden würde, müsste sie diesen Refrain noch ein weiteres Mal hören.

Ich schlafe, ich esse. Ich esse, ich schlafe. Zwischendurch liege ich in der riesigen Wanne, bis ich komplett aufgeweicht bin, koche mit Claudette Soljanka, mache Ravioli und lese *Alles Glück kommt nie* von Anna Gavalda, was mich beseelt, weil das Glück in diesem Buch genau wie in echt oft an den unerwartetsten Ecken lauert und streichele dabei stundenlang Kater Klaus. Claudette ist nur eine Armlänge entfernt und wandert mit mir in unseren Lieblingssesseln dem Schatten hinterher. Vom Apfelbaum- zum Birnbaum- bis hin zum Kastanienbaumschatten, bevor wir wieder an unseren Ausgangspunkt bei der Feuerschale zurückkehren und uns dabei immer neue Eiswürfel von Victor in unsere Pimm'se schmeißen lassen. Wir schwelgen in Erinnerungen an meine Mutter, denken daran, dass sie die Meisterin im Nichtstun und Genießen war und widmen ihr dieses Wochenende. Wir freuen uns darüber, dass sie eine Träumerin war, eine Poetin, etwas entrückt, und doch die beste Zuhörerin. Und wir weinen ein bisschen, weil wir beide finden, dass sie immer noch da ist, obwohl wir das niemand anderem als uns erzählen würden. Schade, dass Nick sie nicht kennengelernt hat. Ich glaube wirklich, die beiden hätten sich sehr gemocht.

Und am Feuer fällt mir ein, dass ja auch Claudette sich irgendwann mal den Richtigen ausgesucht hat, und ich frage ganz unschuldig und ganz nebenbei: »Woran hast du denn eigentlich gemerkt, dass Victor der Richtige für dich ist?«

»Ach, meine Süße. Ich glaube, das ist bei jedem anders. Bei manchen ist es das große Feuerwerk, bei anderen schleicht es sich leise ein. Mir war es von einem Moment auf den anderen klar. Mit Victor ist es einfach tausendmal besser als ohne Victor.«

»So einfach ist das?«, frage ich gequält.

»So einfach ist das!«, sagt Claudette dieses Mal ganz ohne ihre sonst immer mitschwingende Ironie, wenn es um Liebesdinge geht.

»Das hört sich vielleicht komisch an, aber ich habe das Gefühl, dass es mit Nick, du weißt schon, dem Typen mit dem Champagner am Strand, auch so ist. Ich ...« Ich räuspere mich, weil ich Angst habe, in Worte zu fassen, was schon die ganze Zeit in meinem Hinterkopf herumschwirrt. »Ich habe mich noch nie zuvor bei einem Mann so gewertschätzt, so geborgen und in Sicherheit gefühlt. Aber das kann doch eigentlich gar nicht sein. Ich kenne ihn doch kaum.« Ich blicke Claudette verzweifelt an.

»Och, mein Phie-chen! Du guckst ja so, als wär hier gerade ein Wal gestrandet. Das ist doch etwas Wunderbares!« Claudette schiebt sich aus ihrem Sessel, kniet sich vor mich hin, nimmt meine Hände in die ihren und sagt: »Für mich hört sich das nach Liebe an. Und die passiert im besten Fall einfach so und sehr spontan. Deine Eltern haben sich doch auch Hals über Kopf ineinander verliebt und waren von heute auf morgen ein Paar. Du kennst doch die Geschichte, wie deiner Mutter vorm Supermarkt die Einkaufstasche riss und ihre Orangen vor die Füße deines Vaters rollten. Deine Mutter hat immer gesagt: ›Ich wusste gleich: Der isses!‹ Tja, mein Phie-chen, du hast wohl noch mehr mit deiner Mama gemeinsam als nur das Aussehen. Ich würde sagen, auch die Liebe fällt nicht weit vom Stamm.«

» ... oder vom Strand ...«, ergänze ich leise.

Der Abschied am Sonntagabend fällt schwer. Ich weiß, es gibt Dinge zu regeln, Arbeit zu tun, einen Alltag, in den es zurückzukehren gilt. Und ich will nicht. Keins davon. Aber schließlich sind meine Tasche und jede Menge Himbeeren und Johannisbeeren, viel zu viele Tomaten und noch mehr Bohnen aus eigenem Anbau auf der Rückbank verladen. Ich drücke aufs Gas und sehe im Rückspiegel, wie Vicdette aneinandergelehnt immer kleiner werden. Ich bin braun geworden dieses Wochenende. Fast so braun wie Victor, nur nicht so nahtlos.

»Endlich! Endlich bist du wieder da! Oh, mein Gott! Hier sind alle ausgeflippt! Ich weiß nicht, wer der Maulwurf am Set ist, aber die Gerüchteküche hat gebrrrrooodelt! Ich sag es dir!« Claudio hat mir die Tür im vierten Stock aufgebuzzt und kommt mir mit diversen Umschlägen in der einen und einer überschwappenden Kaffeetasse in der anderen Hand aufgeregt entgegen. Ich komme gar nicht erst dazu, meiner Nachfolgerin am Empfang »Hallo« zu sagen, und so winke ich ihr nur entschuldigend zu, während Claudio in Fahrt kommt: »Und ich kam mir echt vernachlässigt vor. Ich sollte doch die heißesten News aus erster Hand erfahren. Ich bin doch schließlich dein Freund, oder??« Claudio drückt mir die heiße Tasse in die Hand und redet weiter wasserfallartig auf mich ein: »Nun erzähl doch endlich! Wie war es? Warum hast du dich nicht gemeldet? Ist dein alter analog-Kasten jetzt endlich kaputt, und ich kann dir mein ausgedientes iPhone schenken? Bist du jetzt wirklich mit Toni Ziegler zusammen? Wirst du bald für seine Produktionsfirma arbeiten? Wie war Dennis? Wurdest du doch wieder gefeuert, oder warum musstest du für alle kochen? Hast du Bilder von der Party gemacht? Wieso ist dein Leben eigentlich so glamourös und meins nicht?« Endlich muss Claudio Luft holen, klemmt sich die Umschläge unter den linken Arm und stemmt sich die rechte Hand vorwurfsvoll in die Hüfte.

Auch wenn es schrecklich guttut, Claudio endlich wiederzusehen und ich ihm sehr gerne seinen Wunsch erfüllen würde, habe ich seine ganzen Fragen schon wieder vergessen. Mir schwirren nur zwei Fragen im Kopf herum: Ist es mit Tim tausendmal besser als ohne Tim? Oder andersherum?

Heute Abend werden wir uns das erste Mal seit Dänemark wiedersehen, und bis dahin werde ich mir die Frage spätestens beantworten müssen.

Eigentlich hatte ich sie mir schon längst beantwortet, war mir über so vieles klar geworden, hatte eine Entscheidung gefällt, war ganz sicher gewesen, hatte nicht mehr gezweifelt und glasklar vor Augen gehabt, dass es an der Zeit ist, sich zu trennen.

Aber die Ruhe und die Gewissheit, die bei Claudette und Victor in mich eingekehrt waren, sind verrückterweise, während ich eine Stunde lang um meine Wohnung herumfuhr, um einen Parkplatz zu finden, wieder etwas ins Wanken geraten.

Mein Nokia biept dreimal laut aus meiner Tasche, und während Claudio mich weiter mit: »Wie war Viviane? Hat sie nun was mit Dennis oder nicht? Was war dein Lieblingsessen? Und hast du echt ein Extra-Kleid für die Party geordert bekommen?«, bombardiert, lese ich eine Nachricht von Sasha, dass sie und Mike wieder in Hamburg sind und sie sich darauf freut, mich zu sehen. Und auch das ist mir gerade einfach nur zu viel.

»Sophie. Hörst du mir überhaupt zu? Hallo, Sophie.« Claudio stupst mich an.

»Tut mir leid. Ich bin in Gedanken ganz woanders. Können wir das alles nicht später bereden?«, bitte ich Claudio vorsichtig, weil ich weiß, dass es ganz schön viel verlangt ist, auf die vielen, von ihm ersehnten Antworten noch länger warten zu müssen. Aber ich kann ihm ja jetzt auch nicht in Fast Foward im Triversal-Empfangsbereich erzählen, warum ich wirklich gerade so durch den Wind bin. Claudio schmollt ein bisschen, sagt dann aber verständnisvoll: »Na klar. Komm du erst mal wieder richtig hier an«, als Tina direkt an mir vorbeiläuft, ein »Schlampe« in meine Richtung niest und mich keines weiteren Blickes würdigt. Ein Traum, wieder hier zu sein. Claudio und ich verdrehen die Augen.

»Da habe ich aber schon kreativeres Mobbing erlebt«, tröstet er mich und reicht mir die diversen Umschläge, die ich in meine Tasche stopfe.

»Danke fürs Post sammeln, Claudio. Und danke, dass du so verständnisvoll bist. Wir sehen uns dann später, ja?« Und als ich gerade dabei bin, mich mit der immer noch viel zu vollen, überschwappenden Kaffeetasse zu meinem Büro aufzumachen, geht die Fahrstuhltür gegenüber des Empfangstresens auf und vor mir steht Herr Mock.

Ist hier heute ein Mobbing Meet & Greet zu meiner Begrüßung einberufen worden?

Ohne ein Wort der Begrüßung fängt auch er an auf mich einzureden: »Dann mal los, Frau Petersen. Ihre Tage als Prinzessin sind jetzt vorbei. Bis zum Filmstart ist es nicht mehr lang, und Sie wissen ja, das Timing ist bei diesem Titel entscheidend. Ich kann mir nicht vorstellen, dass Sie nach Ihrem Dänemarkaufenthalt nichts zu tun haben. Oder rechnen Sie damit, dass Ihre Kollegen im Marketing die Arbeit für Sie machen? Darauf würde ich mich an Ihrer Stelle nicht verlassen. Wie mir zu Ohren gekommen ist, sind Sie in dem Team nicht so beliebt wie bei der Filmcrew in Dänemark. Wenn ich bitten darf ...« Und mit einer schlägerlosen Tennisrückhand in Richtung meines Büros fordert er mich auf, mich fortzubewegen.

In meinem Büro angekommen, ärgere ich mich. Ich ärgere mich so sehr, dass ich zwar nicht schwarz, aber dafür ganz blass werde vor lauter Empörung. Wieso erlaube ich immer wieder, dass dieser Mensch auf mir herumtrampelt?

»Wir können ja mal einen Beliebtheitswettbewerb ausrufen lassen.« oder »Glauben Sie, dass Gladiator Films Ihnen mit der Torte eine Freude machen wollte?« oder »Wissen Sie was, ich kündige!« oder »Guten Tag, Herr Mock. Wie schön, Sie zu sehen. Wie geht es Ihnen heute? – schon mal was von einem Konzept namens Höflichkeit gehört?«

Aber nichts. Gar nichts! Noch nicht einmal ein »Groim«, »Gnurg« oder »Grargh« vom Bauch. Nicht mal mehr auf den kann ich mich verlassen. Aber jetzt, jetzt drückt er natürlich an mir herum und fordert Gerechtigkeit.

Ich hatte während meiner Abwesenheit hin und wieder Blicke in meine Mails und auch in den Terminkalender geworfen, aber anscheinend waren diese Blicke nicht gründlich genug gewesen. Mein Postfach platzt aus allen Nähten, rote Fähnchen fast an jeder Mail und auch mein Terminkalender sieht nicht besser aus. Alleine heute stehen drei Meetings an, die alle bestimmt länger als eine Stunde dauern werden. Um elf muss ich mich mit Ricarda aus der PR-Abteilung zusammensetzen und mit ihr die Film Stills, das Pressejunket und die Premiereneinladungen abstimmen. Um zwei steht das wöchentliche Marketingmeeting mit Samantha und den anderen Produktmanagern an, in dem ich ein Update zum aktuellen Stand der Kampagne von Tonis Film geben soll, und um sechs habe ich noch das Vergnügen, mich bei einer Telefonkonferenz mit Triversal in New York vor unseren amerikanischen Oberbossen für unser hohes Marketingbudget zu rechtfertigen.

Eins nach dem anderen. Ich setze mich schwungvoll in meinen Bürostuhl und arbeite mich von oben nach unten durch die Mails, die aber glücklicherweise keine allzu wichtigen und sofort zu bearbeitenden To-dos beinhalten und mehrheitlich aus Informationen bestehen.

Um Punkt elf steht Ricarda vor meiner Tür und wedelt mit der »Promi« und der »Stars« vor meiner Nase herum: »Du bist in der Prehehehesse!«, flötet sie freudestrahlend in mein Büro und lacht, als sie meinen verständnislosen Gesichtsausdruck sieht.

»Das Abschlussfest? In Dänemark? Erde an Sophie! Alles

in Ordnung bei dir? Wir hatten doch auch ein paar Pressefotografen eingeladen.«

»Ach, das wusste ich gar nicht«, stammele ich vor mich hin. Jetzt war es mir gerade gelungen, Dänemark als weit entfernten Traum abzutun und mich bis auf Weiteres nicht mehr damit zu beschäftigen. Aber da spielt Dänemark anscheinend nicht mit und sagt: In your face, Sophie. IN YOUR FACE!

Mit einem kalten »Klatsch« lässt Ricarda die zwei größten Tratschzeitschriften Deutschlands auf meinen Schreibtisch fallen. Aufgeschlagen auf den Seiten, die wohl über die Abschlussfeier berichten. Und entgegen leuchtet mir der goldene Glow der Königin von Saba am Arm eines mit dunklen Augenringen versehenen Nick. Bildunterschrift: »Deutschlands erfolgreichste Location-Scout Sibylle Demester mit Begleitung.« Mein Herz sinkt vom Bauch zum Boden, vier Stockwerke bis nach unten und immer weiter in Richtung Keller. Daneben ein riesiges Bild vom Bunker mit dem ganzen, auf dem Foto noch viel eindrucksvolleren Tausendundeine-Nacht-Drumherum. Daneben Mock und Samantha, daneben Stavros und Peter, daneben Runner Steve mit Viviane und daneben ich, völlig ins Gespräch mit Toni vertieft, mit seiner Hand auf meinem Rücken. Ich hatte nicht einmal gemerkt, dass irgendjemand ein Foto von uns gemacht hat, während Toni fröhlich in die Kamera grinst. Bildunterschrift: »Erfolgsproduzent Anton Ziegler mit Triversal Marketing Managerin Sophie Petersen.« Und über der ganzen Doppelseite die Überschrift in Großbuchstaben und mit einem roten Balken hinterlegt: »Neue Romanze für

Ziegler in 1001 Nacht?« Schnell überfliege ich die Seite, um ein Foto von der neuen Romanze zu entdecken, aber das einzige, auf dem er mit einer Frau zu sehen ist, ist das Bild mit mir. Meine Augen begreifen schneller als mein Hirn und überfliegen den Lauftext nach weiteren Hinweisen. Und da steht es – schwarz auf weiß: » ...bestätigte eine gute Freundin Zieglers, dass er sich in Sophie Petersens Gegenwart mehr als wohlfühlt.«

Ich schließe meine Augen. Das kann doch alles nicht wahr sein.

»Und?« Ricarda lässt ihre Augenbrauen auf und ab hüpfen. »Wie ist er so?«

Ich schüttele vehement den Kopf. Vielleicht ein bisschen zu vehement, aber ich habe bisher keine Schulung bekommen, in der mir beigebracht wurde, wie ich mit einer solchen Situation umzugehen habe.

»Wenn es so ein Gerücht gibt, ist meistens auch was dran. Aber du musst ja wissen, was du mir erzählst. Ich kann dir nur raten, nicht vor dem Film-Release damit an die Öffentlichkeit zu gehen, sonst rasten hier alle aus.« Mit verschwörerischem Blick zeigt sie in Richtung fünfter Stock.

»Er ist ja schon ein paar Jährchen älter als du«, plaudert sie munter weiter, »aber eine Freundin einer Freundin einer Freundin – du weißt schon – hat mir erzählt, dass er immer noch sehr yummy ist. Also, viel Spaß!« Sie zwinkert mir zu, während ich immer noch völlig verstört auf die hochglänzenden Seiten auf meinem Schreibtisch starre.

»Auf jeden Fall bringt das gute Aufmerksamkeit für den Film. Und es ist doch auch megaromantisch. Die Angestellte aus dem Marketing und DER Erfolgsproduzent schlechthin. Und wenn die Presse erst die Geschichte hört, wie du an den Job gekommen bist. Ein gefundenes Fressen, sag ich da nur. Gefundenes Fressen! Und das meine ich jetzt ganz wertfrei.« Ricarda klatscht begeistert in die Hände.

Meinem Bauch gefällt diese neue Situation so gar nicht. Er zwickt und zwackt, und ich versuche unauffällig den obersten Knopf meiner Hose zu öffnen, ohne dass Ricarda es merkt.

»Du, ich habe heute noch sehr viel auf dem Zettel. Am besten, wir legen das hier«, ich schließe demonstrativ die beiden Magazine, »zu den Akten und legen los. Okay?«

Meine äußerliche Bestimmtheit beeindruckt mich selbst ein bisschen, denn innerlich bin ich völlig aufgelöst. Meine ganzen, so vielfältigen Einzelbaustellen stapeln sich zu einem wackeligen Jenga-Turm auf, und ich weiß, bin ganz sicher, warte nur darauf, dass dieser Turm bald über mir zusammenbricht. Und jetzt denkt auch noch ganz Deutschland, dass ich eine Affäre mit Anton Ziegler habe! Oh. Mein. Gott. Ich klicke auf dem Bildschirm Tonis Mail mit der zip-Datei voller potenzieller Pressebilder auf, was Ricarda mit Argusaugen beobachtet.

»Uhhh. Das hat er dir direkt geschickt? Soweit ich weiß, hat er das bei Tina nie gemacht. Da hat seine Assistentin die komplette Korrespondenz erledigt ... Aha! Interessant!«, schlussfolgert sie süffisant.

Ricarda weiß genau, wie sie mich aufziehen kann. Ich beschließe, ihre Kommentare zu ignorieren und zu meiner großen Erleichterung lässt sie es auch gut sein.

Trotz der neuen Ereignisse arbeiten wir super zusammen, suchen die besten Bilder aus und schaffen es sogar, uns bei der Einladungsliste für die Premiere, dem Design der Einladungen und der Planung für das Pressejunket sofort einig zu werden.

»Super! Dann haben wir ja alles«, schließe ich unser Meeting. Jetzt kann ich mich endlich meiner ellenlangen Liste für die Premierenparty und allen weiteren marketingrelevanten Aufgaben widmen.

»Cool!«, sagt Ricarda, springt von ihrem Stuhl auf und läuft zur Tür, wo sie sich noch einmal umdreht: »Du bist gar nicht so, wie alle immer sagen, Sophie. Und am Ende spielt es ja auch keine Rolle, ob du jetzt was mit ihm hast oder nicht. Lass mich dir nur einen Rat geben: Rechtfertige dich nie! Rechtfertigen ist was für Schwächlinge! Okay?«

Und damit lässt sie mich verdutzt und nachdenklich in meinem Büro zurück, wo ich abwesend die »Promi« durchblättere und zu Tode erschrecke, als ich auf der Seite mit meinem Bild und der Schlagzeile lande, die ich gerade erfolgreich verdrängt hatte. Hat Ricarda sich mit ihrem letzten Kommentar etwa darauf bezogen?

»Ja?« Ich klinge schon so genervt und zickig wie Tina. Das darf nicht sein! Ich räuspere mich schnell und starte noch einmal neu. »Schön, dass du anrufst, Conny! Was kann ich für dich tun?«

»Ich habe hier einen Herrn Petersen für dich. Kann ich durchstellen?«, fragt meine Nachfolgerin am Empfang vorsichtig.

»Na klar, Conny. Kein Problem.«

Huch? Mein Vater ruft mich bei der Arbeit an? Ich hoffe, es ist nichts Schlimmes passiert …

»Hallo, mein Schätzchen. Geht es dir gut?« Sein jugendlicher Bariton dröhnt in meinem Ohr.

»Hallo Papa. Ja, danke. Was kann ich für dich tun?«

»Ich wollte nur mal kurz hören, wie es dir geht. Auf deinem Handy erreiche ich dich ja nie. Aber du hast ja wahrscheinlich auch sehr viel zu tun, nicht wahr? Und deshalb dachte ich, ich versuche es mal über die Firma …« Stille. Auch von mir.

»Geht es dir gut?«, fragt er noch mal.

»Ja, mir geht es gut. Danke. Alles ist bestens. Mir geht es prima«, antworte ich schnell, obwohl ich am liebsten sagen würde: »Nein, mir geht es gar nicht gut. Alles zum Kotzen. Mir geht es furchtbar.« Aber meinen Vater mit meinen Lappalien belasten? Das kommt nicht infrage. Deshalb bleibt es bei: »Ja, wirklich ganz prima. Wieso fragst du?«

»Claudette und ich haben gerade telefoniert, und sie sagte mir, du wärst das Wochenende bei ihr gewesen, und dass es einen Artikel über dich und Toni Ziegler in der heute erschienenen ›Promi‹ und in der ›Stars‹ gebe. Und da wollte ich mal hören, wie es dir so geht. Du weißt ja, dass du auch jederzeit zu uns nach Hause kommen kannst, oder?«

Das »uns« ist genau der Grund, warum ich das bis jetzt nicht so einfach konnte. Aber das zu erklären würde mich jetzt an meine Grenzen bringen: »Ja, Papa, das weiß ich. Und ich werde dich bestimmt auch bald wieder besuchen, aber dieses Wochenende brauchte ich einfach eine Dosis Vicdette. Ich hoffe, das kannst du verstehen?«

»Natürlich verstehe ich das, mein Schatz. Ich wollte dich nur wissen lassen, dass hier immer alle Türen für dich offen stehen.«

»Danke, Papa. Das ist sehr lieb von dir! Ich ...« Meine Stimme erzittert, weil mir plötzlich bewusst wird, wie ungerecht ich mich ihm gegenüber schon immer verhalten habe. Ich bin die Tochter meiner Mutter. Immer gewesen. Ich habe mir lieber mit ihr die Fingernägel lackiert, als mit ihm Tennis zu spielen, wollte lieber mit ihr im Taunus durch die Gegend fahren, als von ihm schwimmen beigebracht zu bekommen, habe seine Gutenachtgeschichten immer weniger gern gehört als ihre, und selbst die von ihm so selten und so liebevoll zubereiteten Mittagessen waren für mich immer die weniger guten.

Jetzt gibt es nur noch ihn, und es bricht mir gerade das Herz, dass ich es nicht über mich bringe, ihn den Vater sein zu lassen, der er die ganze Zeit schon hatte sein wollen und können. Aber wie sollte ich das alles jetzt in Worte fassen? Ich räuspere mich: »Es tut mir leid. Ich – ähm ... können wir einfach später oder besser in ein paar Tagen noch einmal telefonieren?« Ich werde meinen Tochter-Job in Zukunft besser machen und ihn wirklich bald besuchen.

»Natürlich, mein Schätzchen. Natürlich. Ich wollte dir nur sagen, dass ich, egal, was du machst, sehr, sehr stolz auf dich bin. Claudette hat mir berichtet, dass du ein paar Tage lang erfolgreich das Catering am Filmset geschmissen hast. Das finde ich großartig. Weißt du, seit deine Mutter ...«, ihm versagt die Stimme und er räuspert sich, »seit deine Mutter gestorben ist, ist mir klar geworden, dass das Leben zu kurz ist, um immer nur Dinge zu tun, die einen eigentlich nicht glücklich machen. Diese Erkenntnis schien mir wichtig. Das wollte ich dir nur sagen. Das, und dass du hier auch immer dein Zuhause hast. Aber ... aber jetzt wiederhole ich mich. Also, mach's gut, mein Schatz. Mach's gut.«

»Danke, Papa, und mach du's auch gut.« Mir gelingt es gerade noch so die Tränenersticktheit meiner Stimme zu verbergen, bevor ich auflege, meine Ellbogen auf den Klatschzeitschriften aufstütze, in denen sich mein Konterfei befindet, und die Hände vors Gesicht schlage.

Zu spät, zu spät, zu spät. Ich raffe meine Unterlagen zusammen und stolpere aus dem Büro in Richtung Konferenzraum. Vor fünfzehn Minuten hat das wöchentliche Marketingmeeting begonnen, und ich bin bestimmt die Letzte. Ich klopfe vorsichtig an die Tür, öffne sie einen Spalt und das aufgeregte Gemurmel, das eben noch zu hören war, verstummt sofort. Normalerweise fehlt immer ungefähr die Hälfte der dreiundzwanzig Meetingteilnehmer, aber heute ist fast jeder Stuhl in dem dafür viel zu kleinen Konferenzraum besetzt. Mit Schrecken erblicke ich auf jedem dritten Schoß die aufgeschlagene »Promi« oder die »Stars« mit der Berichterstattung von der Party.

»Da kommt ja unsere Marketing Managerin. Das ging ja wirklich schnell mit der Beförderung. Aber ist ja auch kein Wunder, nach dem, was man so hört«, höhnt Tina, die »Promi« durch die Luft schwenkend.

»Da hat sich wohl jemand zu sehr an das Filmstar-Leben in Dänemark gewöhnt und hat es jetzt nicht mehr nötig, rechtzeitig zu Meetings zu erscheinen, was?«, setzt Nina noch einen oben drauf. Während ich versuche, mich zum einzigen freien Stuhl auf der anderen Seite des Raumes zu begeben, verfolgen mich alle Augenpaare. Gut, dass mir noch eingefallen ist, meine Hose wieder zuzumachen. Der Bauch hasst diese Einzwängung und ist auch mit der Gesamtsituation sehr unzufrieden. Er grummelt, was das Zeug hält.

»Wie ist er denn so?«, raunt Ilka mir beim Vorbeigehen zu, was Markus und Korbinian dazu veranlasst, mit den Augen zu rollen. Als ich mich gerade neben Ricarda auf meinen Stuhl setze und mich trotz allem noch über ihr »Hab ich für dich freigehalten« freuen kann, betritt Samantha den Raum.

»Hallo Sophie«, der strenge Unterton in Samanthas Begrüßung veranlasst mich, aufzuspringen. Fast hätte ich auch noch strammgestanden und »Jawoll« geschrien, hätten mich das Gemurmel meiner Kollegen und Samanthas überraschter Blick nicht davon abgehalten.

»Schön, dich wieder hier zu haben. Ungünstig, das mit dem Artikel in der Klatschpresse. Ein paar Online-Redaktionen haben die Story leider auch schon aufgegriffen. Aber wir wissen ja alle, dass da nichts dran ist, nicht wahr, Sophie?« Totenstille im Meetingraum und eine Samantha, die mich durchdringend fixiert.

Ich nicke.

»Also was jetzt. Ja, da ist was dran oder ja, da ist nichts dran, Sophie?«, hakt sie noch ein wenig strenger nach.

»Groimgh!«, mein Bauch übernimmt, und der ganze Konferenzraum lacht.

Das ist schlimmer, als beim Völkerball nicht ins Team gewählt zu werden. Schlimmer, als nackt in der Aula vor der gesamten Schule ein Lied singen zu müssen. Schlimmer, als von Nick nach Hause gefahren und von Tim überrascht zu werden. Wobei ... Ist das hier wirklich, wirklich, wirklich schlimmer als das?

»Groimgh!«

Wieder lachen alle.

»Sophie?« Samantha ist kurz davor, richtig sauer zu werden.

Und endlich sage ich: »Nein, da ist natürlich nichts dran. Wir haben uns nur ...«, aber da kneift mich Ricarda auch schon in die Wade, und ich verstumme sofort. Nicht rechtfertigen!

»Na dann ist ja endlich alles geklärt, und wir können loslegen. Sophie, willst du anfangen?«

Ich nicke und beginne, erst stockend, dann immer flüssiger, von den Dreharbeiten, der Stimmung am Set, von Toni und den Schauspielern zu erzählen und merke, wie sehr ich alle und das ganze Dreh-Team vermisse. Ich berichte vom aktuellen Stand der Kampagne, schaffe es, Tinas abfälliges Naseschnauben zu ignorieren, meine Kollegen und deren kritische Gesichter auszublenden, zeige Kinotrailer und Werbespots, erkläre begeistert unsere weiteren Marketingideen, schüttele meine Selbstzweifel auf dem Weg zur Vorstellung der dazugehörigen, für mich gigantischen und unvorstellbaren Budgets ab, und zu guter Letzt zeichnen

Ricarda und ich das Bild von der makellosen, glamourösen, aber gleichzeitig auch zwanglosen, Strand-inspirierten Premierenfeier mit ausgewählten Gästen aus der Filmbranche, jeder Menge A-List-Promis und ganz viel Presse auf eigens aufgeschütteten Dünen in Tonis neuem Beach Club an der Elbe.

»Bravo, Sophie, Ricarda. Ganz, ganz toll! Ich bin begeistert und freue mich jetzt schon auf die Party. Team? Was denkt ihr? Und bitte nur Wortmeldungen, wenn ihr etwas Relevantes beizutragen habt.« Samantha schaut in die Runde. Tina, die sich während meines gesamten Updates wie wild Notizen gemacht hat, findet anscheinend keinen Ansatz, mir irgendetwas reinzuwürgen und scharrt nur genervt mit ihren Louboutins auf dem Teppich herum. Auch sonst meldet sich keiner zu Wort. Außer – wie immer:

»Ja, Korbinian?« Samantha erteilt Korbinian nur ungern das Wort.

»Ich habe mich nur gefragt, warum wir jetzt so viel Geld für die Mediaschalte für ›Strandherzgold‹ ausgeben und für ›Hektopholix‹, der ja unser wichtigster Wintertitel ist, nur die Hälfte im Budget haben? Ist das nicht Verschwendung an der falschen Stelle? Ihr wisst ja, wie gut unsere Marktforschung ›Hektopholix‹ einschätzt, nicht wahr? Und irgendwie ist das doch dann ungerecht.«

Tinas Stimme schneidet durch das peinlich berührte, kollektive Seufzen, das stets auf Korbinians Fragen folgt, noch bevor Samantha etwas erwidern kann.

»Korbinian. So ist das Leben halt. Gemein und ungerecht. Sonst würde ja auch nicht eine völlig unerfahrene Product Managerin, oder sollte ich besser sagen: selbst ernannte Marketing Managerin, den wichtigsten Titel des Jahres im Local-Production-Geschäft betreuen. Aber Triversal liebt ja anscheinend das Risiko. Warum auch nicht. Wenn man sich's leisten kann«, keift Tina in meine Richtung, obwohl das ja eigentlich eine Antwort auf Korbinians Frage hatte sein sollen. Bevor ich mich vor Korbinian werfen kann, um die Kugel abzufangen, die eigentlich für mich gedacht ist, befindet er sich schon im Angriffs-Modus und schnappt zurück:

»Du hast aber schlechte Laune heute. Hat das was damit zu tun, dass Mike wieder da ist, und zwar verheiratet? Oder ist es nur kalendertechnisch mal wieder so weit?«

Tina läuft knallrot an, ballt ihre Hände zu Fäusten, greift nach ihren Sachen und stürmt um den Meetingtisch herum zum Ausgang: »Ich habe noch einen wichtigen Telefontermin. Nina gibt mir später ein Update.« Dann knallt sie die Tür hinter sich zu.

»Kinder, Kinder. Ich denke, wir sollten bald mal wieder einen Workshop zum Thema Team Building machen. Hier scheint einiges im Argen zu liegen. Korbinian, auch wenn Tinas Reaktion unmöglich war, möchte ich mir verbitten, dass wir in unseren Meetings romantische oder menstruationsbedingte Stimmungsschwankungen von Kollegen thematisieren. Das ist einfach total daneben«, rügt Samantha ihren Mitarbeiter streng.

»Ich wollte nicht von ihr wissen, ob sie PMS hat, wenn es das ist, was du meinst, Samantha. Ich habe ihren Fourteen-Day-Cleanse gemeint. Sie ist immer unausstehlich, wenn sie auf Kaffee und weiße Schokolade verzichten muss.« Zu Nina gewandt flüstert er: »Und, habe ich recht?«, was Nina zwar ein bisschen unwillig, aber doch nickend bejaht.

Selbstzufrieden lacht Korbinian in sich hinein, zwinkert mir zu und kritzelt etwas auf ein Stück Papier, das er mir rüberreicht, als Samantha sagt: »Back to business. Tristan, bist du so gut und gibst uns mal einen kurzen Überblick zu den Social-Media-Kampagnen, die gerade so laufen?«

Ich entfalte den Zettel und muss lachen: »DING DONG the witch is dead« steht neben einer, Tina überraschend ähnelnden, Karikatur der Hexe aus dem *Zauberer von OZ*, die mit faltigem Gesicht auf einem Besen reitet, der Detox heißt.

Ich lächele Korbinian dankbar an, der mir daraufhin noch einmal zuzwinkert. Vielleicht sind die Leute hier doch netter, als ich anfangs dachte.

»Hi Sophie, deine alte Freundin Sasha hier. Kennst du mich noch? Sorry, dass ich mich so wenig gemeldet habe in letzter Zeit. Also, im Grunde genommen – so gar nicht. Also, es tut mir leid. Ich weiß, du hast nach deiner Rückkehr aus Dänemark bestimmt viel um die Ohren, aber Mike hatte die Idee, dass wir uns einfach heute alle treffen und unsere Hochzeit feiern. Ganz spontan, ganz unspektakulär, im ›Entenwerder1‹. Und heute ist ja auch so tolles Wetter. Wir haben schon einen Tisch reserviert. Kommst du auch? Alle anderen können. Bitte …? Bitte …? Bittebittebittebiiiiiiiiittte? Ich würde mich dermaßen doll freuen. Und ich lieb dich. Ruf bitte zurück, ja?«

»Zum Löschen dieser Nachricht, drücken Sie ... Sie hab ... nächste Nachricht.«

»Hallo Sophie. Toni hier. Ich hoffe, du hast dich gut erholt. Du, ich würde gern Peter auch fürs Premieren-Buffet buchen. Ist das nicht eine spitzenmäßige Idee? Ruf doch mal zurück.«

»Zum Lösch ... Sie h ... nächste Nachricht.«

»Schätzelein, du bist in der ›Promi‹ UND in der ›Stars‹! Das kann doch gar nich wahr sein! Meine Güte. Und ich find ja, du siehst aus wie Schneewittchen! Das is ja was!! Das hätte deiner Mama gefallen. Endlich passiert mal was in der Familie. Herrlich, Phie-chen. Aber eigentlich liebst du doch den, wie hieß er noch gleich ... VICTOR! Wie hieß noch gleich der Champagnermann vom Phie-chen. Ach, du bist auch wirklich zu nix zu gebrauchen. Hallo? Läuft die Maschine noch? Wie ist er denn so, der Ziegler. Säuft der wirklich so viel? Ruf an, wenn du was brauchst. Ach ja, Claudette hier.«

»Zum Lösche ... Sie ... Nachricht ... nächste Nachricht.«

»Bitte! BIIIIITTTTTTEEEEEEE!!! Das ist dann auch mein Hochzeitsgeschenk von dir an mich. Dass du heute Abend kommst. Also riesengroßes BITTE! Ja? Wirklich? Du kommst also? Super! Ich freu mich auf dich! Dann bis heut Ahaaabend. Um acht im ›Entenwerder1‹. Ruf doch bitte kurz zurück, damit ich weiß, dass du auch wirklichwirklich kommst, ja?«

»Zum Lö ... Sie ... nächste Nachricht.«

»Sophie. Sehen wir uns heute Abend bei der Hochzeitsparty von den beiden Verrückten? Ach ja, Sandrine hier.

Sorry. Ich bin so aufgedreht. Tomas bringt die Blumen, und ich habe kurzerhand alles für einen Naked-Cake als Überraschungshochzeitstorte besorgt, die sie ja bestimmt nicht hatten in Vegas. Hast du eigentlich mal Bilder gesehen von den beiden in Vegas? Ach egal. Zurück zum nackten Kuchen. Also, den will ich jetzt gleich machen, und ich dachte, vielleicht hast du ja Zeit und willst mitmachen. Du bist einfach die bessere Bäckerin. Ich habe sogar essbare Blüten bekommen. Ruf mich an, oder komm einfach vorbei. Du weißt ja, wo ich wohne.«

»Zum Lö ... S ... nächste Nachricht.«

»Hi Sophie, hier Tim, ich ... wir sind ja für heute verabredet. Ich wollte nur noch mal sichergehen, dass wir uns heute Abend auch wirklich sehen. 20 Uhr bei dir steht noch? Ruf doch bitte zurück.«

»Zum L ... Si ... keine neuen Nachrichten.«

Ganz in Gedanken habe ich alle Nachrichten, die während des Meetings auf meiner Mailbox eingetrudelt waren, gelöscht, währenddessen aber nicht aufgeschrieben, wer mich alles angerufen hat. Ich schnappe mir einen Kugelschreiber und notiere: Claudette, Tim – anscheinend hat er als einziger Mensch auf dem Planeten weder die »Promi« noch die »Stars« gesehen, sonst hätte er sich bestimmt nicht so nett angehört –, Toni, Sandrine und genau in dem Moment, als ich Sasha niederschreibe, kommt ein gut gelaunter Mike in mein Büro gestürmt.

Er drückt mich und fällt dabei gleich mit der Tür ins Haus: »Hast du Sashas Nachrichten schon abgehört?«

»Ja, gerade eben.«

»Bitte, Sophie. Sasha macht sich tierische Sorgen, dass du sauer auf sie bist, weil sie sich so gar nicht bei dir gemeldet hat. Aber das kannst du doch verstehen, oder? Honeymoon hat man, also hoffentlich, schließlich nur einmal im Leben. Kannst du bittebittebitte heute Abend kommen? Wir würden uns wirklich so sehr und so doll freuen. Und alle anderen können es heute spontan möglich machen. Und du weißt doch: Spontan ist immer am besten. Wir haben übrigens schon überlegt, ob wir uns das irgendwohin tätowieren lassen sollen. Egal. Auf jeden Fall musst du kommen. Ohne dich macht der Abend sonst keinen Sinn.« Er hat die Hände wie zum Gebet verschränkt, und ich habe fast Angst, dass er sich gleich hinkniet, um seiner Bitte noch mehr Nachdruck zu verleihen.

Ich möchte »Ja« sagen, möchte lieber mit den beiden feiern, als ein problematisches Gespräch mit meinem Noch-Freund zu führen, das wahrscheinlich, so wie es aussieht, also zu 99%, wenn nicht doch noch irgendetwas total Verrücktes passiert, darauf hinausläuft, dass wir uns trennen.

Oder sollte ich mich doch lieber nicht von ihm trennen? Wofür trennen, wenn es eh keinen Nick mehr in meinem Leben gibt. Dann kann ich doch jetzt auch mit Tim zusammenbleiben. Also, erst mal. Vielleicht ändert er sich ja doch noch, oder sollte ich besser sagen, vielleicht ändert er sich ja doch noch wieder zurück?

»Ist bei dir alles okay?«, fragt Mike sichtlich verwundert.

»Ja, warum?«

»Na, weil du eine Grimasse nach der anderen schneidest. Du siehst ein bisschen so aus, als würdest du mit jemandem über etwas diskutieren. Aber du sagst halt nichts. Deshalb meine Frage.«

»Ach so, das. Ja, also nein. Ich ... Vergiss es einfach. Es ist nur so, ich bin heute Abend schon verabredet, und zwar mit Tim. Und wir haben einiges zu besprechen«, antworte ich Mike etwas widerwillig, weil ich keine schlafenden Sashas wecken will, die mich darin bestärken, mich zu trennen.

Ich stolpere wieder über Mikes Blick und sage: »Ich habe es schon wieder getan, richtig?«

»Ja. Dir geht anscheinend gerade sehr viel im Kopf herum. Im wahrsten Sinne des Wortes. Also, ich lass dich jetzt mal in Ruhe weiter Grimassen schneiden. Vielleicht kannst du dich ja doch irgendwie dazu durchringen, dein Date mit Tim zu verschieben und zu kommen. Sasha würde sich riesig freuen.«

»Ja, ich denke drüber nach. Tschüss Mike und hey, herzlichen Glückwunsch!« Meine Daumen zeigen nach oben. Seit wann mache ich so etwas? Ich weiß wirklich nicht, was mit mir los ist.

Mike schüttelt befremdet den Kopf und geht.

Die eine Möglichkeit ist also, endlich Sasha wiederzusehen und mit ihr, Mike, Sandrine, Tomas und noch anderen, bestimmt sehr lieben Menschen ihre Hochzeit zu feiern. Die andere Möglichkeit ist ... ein tiefer Seufzer entweicht meiner Brust ... ein alles veränderndes Gespräch mit Tim. Allein bei der Vorstellung des letzteren wird mir schlecht. Vielleicht hat das ja doch noch einen Tag Zeit. Tims Stimme klang auf dem Anrufbeantworter zwar nett, aber nicht besonders überschwänglich, sondern eher sachlich. Kein Wunder, nach dem Verlauf seines Überraschungsbesuchs in Dänemark. Er wird wohl mittlerweile auch spüren, dass es so nicht weitergehen kann. Vielleicht steht ihm ja unser Gespräch genauso bevor wie mir, und auch er wäre erleichtert, es noch einmal zu verschieben.

Ich wühle in meiner Tasche nach meinem Handy und schreibe: »Vielen Dank für Deine Nachricht. Können wir bitte morgen Abend sprechen? Ich muss heute länger arbeiten.« Dass ich lieber zu einer Hochzeitsfeier gehe, als mich mit ihm zu treffen, würde er ganz sicher nicht verstehen.

Als Nächstes texte ich Sasha, dass ich heute Abend kommen werde und mich sehr darauf freue, sie wiederzusehen, woraufhin sofort ein großgeschriebenes »JUHUU« auf meinem Display erscheint.

Sandrine schreibe ich, dass ich leider nicht beim Naked Cake helfen kann, dass wir uns aber heute Abend sehen werden, und Claudette hinterlasse ich auf dem Anrufbeantworter eine Nachricht, dass alles okay und an dem »Promi«-Artikel nichts dran ist. Dann wähle ich Tonis Nummer, entdecke 37 neue Mails in meinem Posteingang und dass es schon in einer halben Stunde Zeit für die Telefonkonferenz ist. Puh.

»Hi, So … ie. Wie … dir? Hast … meine Nach … Kchrrrrrrr … bekommen? Gute Idee, oder krccchhhh denkst du?«

»Toni, ich kann dich gar nicht gut hören. Es rauscht ganz schrecklich und die Verbindung ist ständig unterbrochen.«

»Wahrkkrrccccchhhhh, weil ich … Meer unterwegs krrrrrchcchhhhh. Ausflug mit meinkrccchhhhhh Patenkindkkrccccchhhhhh.« Toni ist kaum zu verstehen, aber ich erinnere mich, dass er mir von einem Bootsausflug erzählt hat, den er unternehmen wollte.

»Gute Idee. Mit dem Catering. Ich kümmere mich drum«, schreie ich ins Telefon.

»Nein, wie ko-krrrrcccchhhhh du denn darauf? Ich finde dich über ... nicht dumm, Sophie. Ich finde dich krccccchhhhh ... hörst du? Total ...« Und weg ist er.

Am besten schreibe ich ihm eine Mail und dann auch gleich noch eine an Peter. So. Erledigt. Jetzt noch schnell die ganzen anderen Nachrichten bearbeiten, dann die Telefonkonferenz und dann zu Sashas Essen. Was habe ich eigentlich an? Schwarze Skinny Jeans, pinke Bluse. Sandalen. Das passt fürs »Entenwerder1«. »Groim!« Ach, du schon wieder.

Claudio kommt zur Tür herein und trägt feierlich ein Tablett mit einem tiefen Teller, Besteck, einem grünen Smoothie und einer schicken Serviette vor sich her.

»Ich habe dir eine Poké Bowl mit Lachs und Bohnen gemacht, und ich habe sogar schwarzen Sesam drüber gestreut«, berichtet er stolz, während er das Tablett vor mir abstellt, nachdem ich die Computertastatur zur Seite geschoben habe. »Du hast heute bestimmt noch nichts gegessen, oder? Und da du ja seit Wochen nicht mehr für mich kochst, habe ich es jetzt einfach selber mal ausprobiert. Ich glaube, es ist ganz gut gelungen.« Er guckt mich erwartungsfroh an.

»Kannst du Bäuche lesen? Oder hast du meinen bis in den Postraum rumoren gehört?«

»Männliche Intuition, sage ich da nur. So, nun probier

aber auch und hör auf, mich auf die Folter zu spannen.« Claudio tritt ungeduldig von einem Bein aufs andere.

»Ich mach ja schon, ich mach ja schon.« Der erste Bissen ist herrlich. »Wow, superlecker. Das heißt, du machst in Zukunft für uns das Essen, richtig?« Ich schiebe mir gleich die nächste überladene Gabel in den Mund. »Danke, Claudio, du bist mein Lebensretter«, bringe ich mit vollem Mund hervor und sehe aus dem Augenwinkel das Display meines Handys aufleuchten. Tim schreibt: »Okay. Dann morgen um dieselbe Zeit.« Nicht mehr, nicht weniger. Ich bin erleichtert.

»Das freut mich. Dann mach du mal schön weiter, und ich drück die Daumen, dass alles weiter so gut klappt. Tristan hat erzählt, dass du im Meeting heute richtig gut warst und dass Korbinian Tina endlich mal einen eingeschenkt hat. Und Ricarda hat mir auch gesagt, wie gut ihr euch verstanden habt und dass du gar nicht so bist, wie immer alle sagen. Jetzt erkennen sie hier endlich, was für ein Goldstück du bist. Ich habe doch gesagt, dass es eine gute Idee ist, wenn du im Marketing arbeitest. Ich habe halt immer recht.« Claudio grinst selbstzufrieden und klopft mir auf die Schulter. »Bis dann, Sophie, und guten Appetit.«

Ich lasse Claudios Anmerkungen unkommentiert, weil mir bei »Goldstück« wieder eingefallen ist, dass ich eine Lügnerin und Verschweigerin bin und mir vor lauter schlechtem Gewissen ein Stück Ingwer im Hals stecken bleibt, das ich versuche durch eine weitere Gabel Reis zum Herunterrutschen zu bewegen.

Statt einer Antwort nicke ich und mache wieder Daumen

hoch, was Claudio noch etwas ratloser aussehen lässt als Mike.

»Ist mit dir alles okay, Sophie?«, fragt er besorgt.

Doch bevor ich ihm meinen Daumen erneut entgegenstrecken kann, kreischt jemand ein gellendes »Ahhhhhhhh! IhhhhhhhhGIIIITT!!« den Flur entlang, was mich so erschreckt, dass ich mich verschlucke. Claudio ist sofort bei mir und schlägt mir beherzt auf den Rücken, wodurch sich endlich der Ingwer erst nach oben, dann nach unten bewegt.

»Was ist denn nun schon wieder los?« Und obwohl ich mich eigentlich auf die Telefonkonferenz vorbereiten und vorher noch einhundertzehn Mails beantworten müsste, gehe ich mit Claudio den Gang entlang in Richtung Schrei. Vor Tinas Büro hat sich bereits eine Menschentraube gebildet, und ich höre ihre unangenehme Stimme schrillen: »Das war bestimmt Sophie! Wer sonst sollte auf eine so beschissene Idee kommen! Die ist doch krank im Kopf! Hört ihr? Krank!«

Als ich meinen Namen vernehme, will ich am liebsten wieder umdrehen, aber Claudio greift meinen Ellbogen, zieht mich mit und flüstert mir zu: »Ich beschütz dich vor der Furie. Wir schauen jetzt, was du wieder ›Krankes‹ angestellt hast, und dann soll sie dir ins Gesicht sagen, was ihr an dir nicht passt.«

Tristan, Ilka und Ricarda lösen sich aus dem Menschenpulk vor Tinas Büro und kommen uns feixend entgegen: »Also, Sophie. Hut ab. Wenn du das wirklich warst. So was muss man sich erst mal trauen. Aber sie hat es auch echt verdient. So eine alte Zicke ist die, und vor allem mit dir ist sie so böse. Sie hat uns ja den totalen Bullshit über dich erzählt«, meint Ricarda anerkennend und entschuldigend zugleich, und Ilka sagt: »Ja, Sophie. Sie hat es echt verdient, aber du bist auch ganz schön krass.« Und Tristan verbeugt sich anerkennend und so tief vor mir, so als würde die Queen höchstpersönlich vor ihm stehen.

Ich weiß überhaupt nicht, wovon hier die Rede ist und blicke fragend in die Runde.

Ricarda ergreift wieder das Wort: »Der Kot? Der Hundekot unter ihrem Schreibtisch? Und als sie sich hingesetzt hat, ist sie auch noch reingetreten.«

Tristan ergänzt, als hätte er meine Gedanken gelesen: »Ja, genau. Mit den Louboutins. Ihre weißen Louboutins voller brauner – na ja, du weißt schon.«

Sofort stelle ich mir das Ganze bildlich vor und muss lachen: »Was?« Und gleichzeitig bin ich auch ein wenig bestürzt. Die drei denken echt, ich würde Kot unter den Schreibtisch von Leuten legen, die mich nicht mögen? Belustigt und gleichzeitig auch etwas erschrocken, schaue ich Claudio an und warte darauf, dass er den anderen dreien erklärt, dass ich so etwas nie tun würde, vor allem, weil ich ja weiß, dass man das so schlecht aus dem Teppich wieder rauskriegt. Aber er blickt mich nur ehrfürchtig an und schiebt seine Unterlippe vor: »Mensch, Sophie. Respekt!«

Ich denke an die armen Reinigungskräfte, sage: »Ich war das nicht«, und will mich gerade umdrehen, als sich die Menschentraube vor Tinas Büro teilt, sie barfuß, wutentbrannt und mit einem weißbraunen Louboutin in der Hand inmitten der Kollegen steht und kreischt: »DU! Du bist das Allerletzte! Ich hasse dich! Erst meinen Job, dann Mike und jetzt auch noch diese Scheiße hier!« Sie fuchtelt mit dem Schuh herum, was dazu führt, dass die Leute um sie herum schnell ein paar Schritte zurücktreten oder gleich ganz das Weite suchen.

Ricarda, Ilka und Tristan können sich neben mir vor Lachen nicht mehr halten, und auch mir fällt es zunehmend schwer, ernst zu bleiben.

»Ich war das nicht«, wiederhole ich unschuldig. »Und es tut mir schrecklich leid, dass dir das passiert ist.« Das ist die Wahrheit, denn wem wünscht man schon einen Haufen Kot unterm Schreibtisch? Ich beschließe, sie nicht danach zu fragen, warum sie eher denkt, dass ich einen Hundehaufen mit ins Büro schleppe, um ihr eins auszuwischen, als in Betracht zu ziehen, dass der Bürohund Wilbur vielleicht nicht rechtzeitig Gassi gehen konnte und sich ihr Büro als sein stilles Örtchen ausgesucht hat.

»Das wird ein Nachspiel haben, Sophie. Ein Nachspiel!«, ereifert sie sich noch, als ich schon fast wieder in meinem Büro am Schreibtisch sitze.

Nach der Telefonkonferenz, bei der ich unsere amerikanischen Kollegen davon überzeugen konnte, noch mehr Geld in unser Marketing zu investieren, als eigentlich geplant war, kann ich endlich gehen. Und ich habe sogar das vage Gefühl, doch einiges auf meiner To-do-Liste abgearbeitet zu haben. Und Tim? Was du heut nicht magst besorgen, das verschiebe ruhig auf morgen. So hat meine Mutter das immer gesehen. »Nimm doch das alles nicht so ernst, Sophiechen.« Okay, Mama, wenn du meinst.

Ich habe ihre Stimme im Ohr, als ich mich in die S-Bahn setze und mich in Richtung Rothenburgsort bewege. Die Menschen, die ich im Vorbeifahren beobachte, tragen kurze Röcke, T-Shirts, Bermudas, Kleider und kurzärmelige Hemden, fahren mit dem Fahrrad oder schlendern und sehen dabei mehrheitlich sehr gut gelaunt aus. Und während ich ihnen dabei zusehe, wie sie mit ihren Einkaufstüten, ihren Kindern, ihren Wünschen, ihren Vergangenheiten und ihren Zukünften durch die Gegend laufen, merke ich wieder einmal und wie jedes Jahr um diese Zeit, wie gern ich diese Stadt habe. Vor allem im Sommer. Und im Sommer vor allem am Abend. Wenn die Arbeit getan ist und einem nichts anderes übrig bleibt, als sich gegen den Fernseher und das Sofa zu entscheiden, weil es dafür draußen einfach zu schön ist. Wenn man sich – optimistisch, ohne eine Jacke dabeizuhaben – auf sein Fahrrad schwingt, auf den ferienleeren Straßen mit dem lauen Elbe- oder Alsterwind in den Haaren mit Schwung und ohne zu treten irgendeinen kleinen Berg herunterfährt, um sich auf ein Glas Wein und ein gutes Gespräch in den »Riverkasematten«, bei »Planten un Blomen«, auf der Dachterrasse des »George«-Hotels oder eben auf dem Ponton am goldenen Pavillon mit einem oder am besten gleich mehreren lieben Menschen zu treffen.

Dabei fällt mir ein, dass Tim schon vor Ewigkeiten meinen Platten hatte flicken wollen. Wieso habe ich das eigentlich bisher nie selbst in Betracht gezogen?

»Nächste Haltestelle: Rothenburgsort.«

Mit dem guten Vorsatz, bald eigenhändig in Latzhose und einen Reifen flickend im Innenhof meines Wohnhauses zu sitzen, verlasse ich die S-Bahn und mache mich auf den Weg zu Sashas und meiner Gute-Laune-Location und finde es süß und romantisch, dass sie diesen Ort, an dem wir einige unserer schönsten und lustigsten Abende verbracht haben, für ihre Hochzeitssause ausgesucht hat. Das werde ich ihr gleich als Allererstes sagen.

Schon von Weitem leuchtet der gepunktete Pavillon golden im Abendlicht, und ich kann es jetzt gar nicht mehr erwarten, endlich meine Freundin wiederzusehen und sie ganz fest zu drücken.

Auf der Stahlbrücke, die zum »Entenwerder1« führt, schaue ich auf den schwimmenden Ponton und sehe eine lange bunte Tafel, die von unzähligen Windlichtern und von den bunten Lichterketten drum herum stimmungsvoll beleuchtet wird. In der Mitte sitzen Sasha und Mike aneinandergeschmiegt, und doch in alle Richtungen wild gestikulierend in Gespräche vertieft mit unseren Freunden.

Ich bleibe einen Moment auf der Brücke stehen und lasse die Atmosphäre, das goldene Licht des Pavillons, den Abendhimmel, die Möwen, die über meinen Kopf sausen, das Boot, das auf der Elbe vorbeituckert, den Duft der mit Kräutern und Sommerblumen bepflanzten Kübel, das Geräusch von klackernden Absätzen auf dem Riffelblech des Brückenlaufstegs und die Sommerluft um mich herum auf mich wirken.

Das hier würde Nick gefallen, denke ich und sehne mich so sehr nach diesem Mann, den ich doch noch gar nicht richtig kenne, dass mein Herz ganz schwer wird. So jemand wie er kann so jemanden wie mich bestimmt nicht zur Freundin haben wollen. Und mein Herz wird noch ein bisschen schwerer und auch ein bisschen leichter, weil ich jetzt ganz sicher weiß, dass ich mit Tim Schluss machen muss und werde. Es führt kein Weg daran vorbei.

In dem Moment wandert Sashas Blick über die Tafel in meine Richtung und als sie mich sieht, stößt sie einen Freudenschrei aus und kommt, wild mit den Armen fuchtelnd, in einem hellblauen, bodenlangen Sommerkleid auf mich zugerannt.

Außer Atem auf der Brücke angekommen, wirft sie sich mir in die Arme und japst: »Endlich, Sophie.« Und sie umarmt mich dabei so doll, dass sie mir nebenbei ein paar Wirbel einrenkt.

»Ich habe dich so vermisst, auch wenn ich mich nicht gemeldet habe. Es tut mir leid. Aber ... na ja, Vegas, und dann Barbados. Das war alles so unwirklich. Und irgendwie war ich auch mental ganz, ganz weit weg. Kannst du das verstehen?«, sprudelt es aufgeregt aus ihr heraus, und als ich nicht sofort antworte, sprudelt sie erschrocken weiter: »Du bist böse auf mich, stimmt's? Wirklich richtig sauer? Es tut mir so leid! Bitte, bitte verzeih mir!«

»Es gibt nichts zu verzeihen. Herzlichen Glückwunsch, meine Süße, und alles, alles Gute! Ich freu mich so für dich und wünsche euch eine wunderbare Ehe! Ich hab mich übrigens riesig darüber gefreut, dass du das ›Entenwerder1‹ für eure Feier ausgesucht hast.«

Wir umarmen uns noch einmal ganz fest, bevor ich ausgiebig ihre Bräune und ihr schönes Kleid bewundere und sie ein wenig necke: »Du kannst aber auch gern dein schlechtes Gewissen beruhigen, indem du mir dein Kleid mal leihst.«

»Du kannst sogar dein eigenes haben. Ich habe dir nämlich auch so eins mitgebracht, aber in Gelb – das passt besser zu deinen Haaren«, lacht sie erleichtert.

Ich bin froh, dass die Beklommenheit von ihr abgefallen ist und sie wieder ganz meine gute, alte, neuerdings verheiratete, Sasha ist.

Endlich haben wir uns wieder, und ich merke erst jetzt, wie traurig mich das Gefühl gemacht hat, bei meiner besten Freundin scheinbar völlig abgemeldet gewesen zu sein.

»Wollen wir zu den anderen gehen?«, fragt sie und hakt sich bei mir unter.

Ich räuspere meine Verletztheit weg und sage: »Na klar.«

Nach vielen lauten und freudigen »Hallos« mit Umarmung, »Willkommens« mit Küsschen rechts, Küsschen links und »Wie geht's?« mit Händeschütteln, stoßen wir alle mit einem Bellini, der ja schon der Kennenlern-Drink der beiden war, auf das Brautpaar an und bedienen uns an den Häppchen-Platten, auf denen knusprige Brote, belegt mit köstlichem Rührei, hausgebeiztem Lachs, Linsenpaste und Guacamole angerichtet sind. Ein Platz am Tisch ist noch leer. Sandrine hat wahrscheinlich inzwischen herausgefunden, dass der Name der Torte nicht unbedingt bedeutet, dass es einfacher ist, sie zu machen.

Ich sitze zwischen Sasha und Tomas. Mike sitzt uns gegenüber und quatscht mit seinen Freunden, die durch die

Bank weg total nett wirken. Ich lehne meinen Kopf an Sashas Schulter. »Es ist so schön, dich zu sehen. Ich habe das Gefühl, die Welt ist einmal unter- und wieder aufgegangen, seit wir uns das letzte Mal gesprochen haben.« Jetzt werde ich doch echt ein bisschen heulig. Nein. Das darf nicht sein. Sophie, reiß dich zusammen!

Sasha schaut mich alarmiert an: »Sophie. Was ist denn passiert?«

»Ich erzähl dir alles in Ruhe in den nächsten Tagen. Das passt jetzt einfach nicht hierher.«

»Aber ich will doch wissen, wie es dir geht. Los, komm schon, erzähl.« So leicht lässt sie sich nicht abwimmeln.

»Nein, wirklich Sasha. Wir treffen uns einfach in ein paar Tagen, und dann erzähl ich dir alles. Nicht heute Abend«, versichere ich ihr erneut.

»Wie du meinst. Aber ich will nicht, dass du traurig bist. Was kann ich denn tun, um dich ein bisschen aufzuheitern?«, fragt sie liebevoll und streicht über meinen Unterarm.

»Erzähl mir noch mal die ganze Geschichte von eurem Trip und wenn du Bilder hast, würde ich die auch gern sehen. Ich kann nicht glauben, dass ich noch nicht einmal Bilder von deinem Brautkleid gesehen habe.« Ich setze eine erschütterte Miene auf.

»Aber das ist nicht meine Schuld. Melde dich bei WhatsApp, Insta oder Facebook an oder kauf dir endlich, endlich ein Smartphone.« Sie schüttelt den Kopf. Sie kann es wieder und wieder nicht fassen, dass ich immer noch mit meinem Uralt-Handy unterwegs bin.

»Du weißt schon, dass man Bilder auch per Mail verschicken kann, oder?«, ziehe ich sie auf, woraufhin sie übertrieben empört aufstöhnt: »Ach, per Mail. Das ist doch nur was für Großeltern.« Bei diesem Thema werden wir wohl nie zusammenkommen.

Dann fängt sie an zu erzählen. Wie romantisch der Antrag war, wie Mike sich hingekniet hat, wie er das Kleid aus der Sporttasche gezogen hat, wie er die Tickets gezückt, wie er die Kirche gefunden hat, wie sie nach Vegas geflogen sind, wie der Elvis-Priester nach der Trauung »Love me Tender« gesungen hat, wie Reis geflogen ist, wie es sich in einer Suite mit Blick auf die berühmten Wasserfontänen im »Bellagio«-Hotel schläft, wie sie im Roulette gewonnen und beim Blackjack verloren haben und wie sie ein paar Tage später in das tollste Hotel in Barbados eingecheckt sind. Ein Paradies mit Daybed am Strand, Frühstück auf der Meerterrasse, Massage am Infinity Pool und eigenem Pagen, der ihnen jeden Wunsch von den Augen abgelesen hat.

»Hach. Wie ich mich für dich freu!« Und ich freue mich auch für mich, dass ich ihr dieses Glück und ihre Liebe von ganzem Herzen gönnen kann.

Alle am Tisch quatschen lustig durcheinander, übertreffen sich mit ihren Berichten darüber, wo sie gerade waren und was sie gerade gemacht haben, als sie den Anruf von Sasha oder Mike mit den Hochzeitsnews bekommen haben, und holen sich hin und wieder ein Würstchen, ein paar Scheiben Haloumi, gegrillten Pfirsich oder ein Stück Räucherfisch von der Barbecue-Station. Die Plätze werden gewechselt. Ich unterhalte mich mit Serafina, einer Freundin von Mike, über ihr Sabbatical, das sie in Neuseeland verbracht hat, lerne Keith, einen neuen Arbeitskollegen von Sasha kennen, der Tin Whistle in einer Irish Folk Band spielt und werde von Serafinas Freundin Stella zu einem Yoga-Workshop eingeladen.

»Huhu, ihr Lieben. Überraschung!«, unterbricht uns Sandrine, die ihren beblümten Naked Cake vor sich herbalanciert.

»Dieses Schätzchen hier ist für euch und auch ein bisschen für uns. Ihr hattet in Vegas bestimmt keine ordentliche Hochzeitstorte, oder?«, fragt sie freudig und platziert die Torte an der Ecke der Tafel, wo Sasha, Mike und ich gerade mal wieder zusammensitzen.

»Oh! Danke, Sandrine. Wenn die genauso gut schmeckt, wie sie aussieht, dann kannst du dich ja mit Sophie zusammentun und ihr eröffnet einen Foodtruck. Vielleicht mit dem Namen ›It's all naked‹ oder ›The naked Food‹ oder ›naked & co‹ oder noch besser, ›naked & naked‹.« Mike kriegt sich vor lauter Begeisterung gar nicht mehr ein, derweil ich mich ganz still und leise freue. Sasha hat also mit Mike über meine Träume geredet ... Dann bin ich wohl wirklich nicht so allein auf der Welt, wie ich mich in der letzten Zeit gefühlt habe ...

Das frisch verheiratete Paar schneidet die Torte an und verteilt die köstlich aussehenden Stücke mit der cremigen Füllung, den Beeren und den Blumen in alle Richtungen. Auch ich will sie sofort probieren und nehme ein Stück von Sasha entgegen. Ihr Blick fixiert etwas oder jemanden hinter mir und versteinert von einer Sekunde auf die andere. So kenne ich sie nur, wenn …

Plötzlich liegt eine eiskalte Hand auf meiner Schulter und drückt ein wenig zu kräftig zu. Ich weiß, wem diese Hand gehört.

»Sophie. Wir müssen reden!«

»Tim. Was machst du denn hier? Und woher wusstest du …?«, bringe ich verdattert und erschrocken hervor, während ich mich langsam von meinem Stuhl erhebe.

»Das sollte ich wohl besser dich fragen«, zischt er aggressiv zurück. »Claudio war so freundlich, mir zu sagen, wo du bist, als ich ihm vor eurem Büro in die Arme gelaufen bin. Weißt du eigentlich, wie beschissen es ist, wenn ein fast Fremder besser über den Aufenthaltsort der eigenen Freundin Bescheid weiß als man selbst?« So in Rage habe ich Tim selten erlebt. »Also, kommst du nun mit oder nicht?« Er ergreift meinen Ellbogen, schiebt meinen Stuhl, der laut über den Boden kreischt, zur Seite und zieht mich in seine Richtung.

Das gemütliche Stimmengewirr, das diesen Abend auf dem Ponton bisher begleitet hat, verstummt, und ich spüre die Blicke aller »Entenwerder«-Gäste auf uns.

»Das ist Sashas und Mikes Abend. Mach hier jetzt bitte keine Szene.« Ich erinnere mich daran, dass er genau das Gleiche am Abend im »Whispers« vor einigen Wochen zu mir gesagt hat. Aber im Gegensatz zu meinem damals eher dezenten Abgang, schnaubt er nur verächtlich: »Keine Szene? Meine Freundin hat eine Affäre, über die Doppelseiten-weise in der Klatschpresse berichtet wird, und du machst dir Gedanken darüber, dass ich hier keine Szene machen soll?« Er hatte es also doch gesehen. »Wenigstens weiß ich jetzt sicher, warum du den Job im Marketing bekommen hast. Der Typ wollte dich einfach nur flachlegen, und das hat ja auch super geklappt. Jetzt machen deine Beförderung und wie du dich mir gegenüber in Dänemark verhalten hast auch Sinn. Und ganz ehrlich – was interessieren mich diese zwei Trottel hier, die sich gerade mal drei Tage kennen und dann, weil sie ja sooo cool sind, nach Las Vegas fliegen und Ehe spielen? Die sind mir doch so was von scheißegal! Ich würde es wirklich sehr begrüßen, wenn wir jetzt gehen könnten, dann brauchst du dir auch keine weiteren Sorgen mehr darüber zu machen, diesen beiden Witzfiguren hier ihre ach so coole Party zu versauen!«

Zu weit gegangen. Viiiiiiel zu weit! So viel zu weit, dass selbst mein gutmütigstes Ich keine Entschuldigung mehr für ihn finden kann. Ich bin sauer. Stinksauer! So sauer und so wütend, wie ich noch nie war. Noch nie! In meinem ganzen Leben nicht. So sauer und so wütend, dass ich sogar ein bisschen Hass empfinde, was mich so sehr bestürzt, dass ich am liebsten noch mehr aus meiner Haut fahren möchte als ohnehin schon, und in meiner Brust bricht sich jeder einzelne heruntergeschluckte Schmerz der letzten zwei Jahre Bahn. Schmerz über jedes herablassende »meinst du wirklich?«, jedes geringschätzige »ich weiß nicht, ob du«, jedes mißbilligende »ach so«, jedes gnädige »wenn du meinst«, jedes eifersüchtige »du hast doch« und jedes gönnerhafte »vielleicht später«. Schmerz über alles Kränkende, Sarkastische und Arrogante, über die Dornen des Rosenstraußes in meinem Rücken, über sein Desinteresse an meinen Träumen, an meinen Freunden, an meinen Leidenschaften. Und dieser Schmerz ist so heftig und so umfassend, dass ich vor mir nicht mehr Tim sehe, sondern nur noch ROT. Schluss! Jetzt ist Schluss!!!

Mit einem energischen Schütteln befreie ich mich aus seinem Klammergriff, der in den letzten Sekunden noch fester und noch kälter geworden ist: »Ich werde hierbleiben. Und du, DU wirst gehen. Und zwar sofort und für immer! Es ist aus!«

Hinter mir ertönt ein kleiner Juchzer aus Sashas Richtung, und meine Mundwinkel gehen ein kleines Stück nach oben.

»Du?« Er zeigt auf mich. »Du machst mit mir Schluss? Hier?« Dabei dreht er sich in alle Richtungen. »Vor diesen Clowns machst du mit mir Schluss? Und das nach allem, was ich für dich getan habe? Dass ich nicht lache!« Tim guckt höhnisch in die Gesichter am Tisch. »Ich würde sagen, du kommst jetzt mit, und dann reden wir.« Und wieder greift er nach meinem Ellbogen, und dieses Mal zerrt er mich dabei ziemlich grob mit sich.

Aus dem Augenwinkel sehe ich, wie Mike und Sasha, Keith und Sandrine sich bereit machen, etwas gegen das Geziehe und Gezerre zu unternehmen, und ich denke noch: »Nein, lasst mich das machen!«, und dann geht alles wahnsinnig schnell. Tim zieht mich ein paar Meter in Richtung Brücke. Ich kann nicht glauben, was mir da gerade passiert, und stemme mich mit aller Kraft dagegen, während ich versuche, ihn abzuschütteln. Er wird immer zorniger und hektischer, weil er merkt, dass er es wahrscheinlich gleich mit zwei ziemlich großen Typen – nämlich Mike und Keith – zu tun bekommt und verliert die Contenance. In diesem Moment kann ich mich aus seinem Schraubstockgriff lösen, und er verliert das Gleichgewicht, weil er über einen Sonnenschirmhalter stolpert. Und schließlich verliert er auch noch seine Würde, weil er in vollendeter Slapstick-Manier mit den Armen rudernd und mit einem lauten Platschen im eiskalten Elbewasser landet und ganz »Entenwerder1« zur Reling rennt, um ihm dabei zuzusehen, wie er verzweifelt versucht, wieder aus dem Wasser auf den Ponton zu gelangen, was augenscheinlich alles andere als einfach ist.

Ich wende mich ab. Auch wenn er das hier wirklich, wirklich, wirklich verdient, hat sich meine ganze Wut im Nu verflüchtigt, und ich bin nur noch traurig. Traurig, dass es so enden musste.

Sasha umarmt mich, zieht mich sanft zur anderen Seite des Pontons, weg von allen anderen und weg von Tim, der immer noch vergeblich versucht, irgendwie aus dem Wasser zu kommen.

»Ich müsste lügen, wenn ich jetzt sagen würde, es täte mir leid«, sagt sie vorsichtig und stupst mich in die Seite.

Wir setzen uns in zwei der auf dem Deck angeschraubten Flugzeugsessel und blicken eine ganze Weile stumm auf die Elbe.

Eine der Kellnerinnen bringt uns zwei eiskalte Vodka Tonics vorbei, und ich meine hinter mir zu hören, wie ein klatschnasser Tim, leise vor sich hin fluchend, über den Ponton läuft und über die Brücke verschwindet.

Wir stoßen an, die Gläser und die Eiswürfel darin klirren, und Sasha sagt ganz trocken, total liebevoll und so, als wäre das alles eben gar nicht passiert: »Auf Neuanfänge«, und ich fühle mich in diesem Moment gleichzeitig haltlos und klein, aber auch so erleichtert und befreit, dass ich wie aus dem Nichts und zu meiner eigenen Verblüffung wage, laut auszusprechen, was ich bisher noch nicht einmal mir selbst eingestanden habe: »Ich glaube, ich habe mich verliebt.«

Und dann erzähle ich Sasha endlich alles über Dänemark.

»Du bist mir ja eine! Was für eine verrückte Geschichte! Die ist ja fast noch besser und romantischer als meine! Und natürlich bist du verliebt. Ich meine, Sophie!« Sasha drückt mich fest und lässt ihr Glas noch mal an meines klirren. »Wie könntest du auch nicht in ihn verliebt sein. Sogar ich bin ein bisschen in den Typen verliebt. Also, falls ich nicht schon verheiratet wäre, wäre ich jetzt auf direktem Weg nach Dänemark.«

Bei ihren Worten jault mein Bauch auf.

»War das dein Bauch?« Sasha deutet belustigt mit dem Zeigefinger darauf.

»Ja, der hat ziemlich viel zu sagen in letzter Zeit.«

»Was sagt er denn jetzt gerade?«, fragt Sasha und legt den Kopf schief.

»Dass ich natürlich nicht nach Dänemark fahren kann, weil Nick mich ganz sicher nicht wiedersehen will. Und anrufen kann ich ihn auch nicht. Und über Facebook oder so erreiche ich ihn ja auch nicht.«

»Ach komm. Der lebt also genau wie du noch im letzten Jahrhundert? Doppelquadruppelromantisch!« Sasha drückt beide Hände auf ihr Herz, seufzt theatralisch und fügt pathetisch hinzu: »Sophie und Nick. Eine romantische Nacht am Strand, ein Kuss unterm Sternenzelt, aber die beiden sollten nicht zueinanderfinden. Denn sie hatten keine Telefonnummern ausgetauscht. Ganz ehrlich, Sophie. Du weißt doch, wo er wohnt. Fahr hin. Entschuldige dich bei ihm. Mehrmals. Und ich bin mir sicher, dann renkt sich alles wieder ein. Der scheint ja echt total Feuer und Flamme für dich zu sein! Worauf wartest du noch?«, aufmunternd schaut sie mich an.

»Ich kann doch nicht einfach bei ihm aufkreuzen.« So konkret will ich doch jetzt gar nicht besprechen, was als Nächstes zu tun ist. Ich wollte ihr doch nur erzählen, wie ich mich fühle und warum ...

»Dann ruf ihn an.« Sasha gibt nicht auf.

»Ich habe dir doch gesagt, dass ich seine Nummer nicht habe.« Hört sie mir nicht richtig zu?

»Du kannst doch Toni nach seiner Nummer fragen. Oder du rufst die, wie hieß sie noch gleich, diese Location-Zicke, die den Kontakt zwischen ihm und Toni gemacht hat, an.«

»Du meinst Sibylle? Die ruf ich ganz bestimmt nicht an.«

»Sophie. Ganz ehrlich. Ich versteh dich nicht. Du sagst, du bist verliebt. Dann mach was draus. Den ersten Schritt hast du doch eben schon gemacht. Ich bin mir sicher, Nick wird sich darüber freuen, dass du dich getrennt hast. Und wenn du ihm alles erklärt hast, und er – also Nick – ist dann doof zu dir, dann ist er es nicht wert, dass du noch einen einzigen Gedanken an ihn verschwendest. Du kannst also nur gewinnen. So oder so, Sophie. Wovor hast du denn so schreckliche Angst?«

Ich weiß nicht, warum meine beste Freundin mich an so einem Abend so bedrängt. Sie müsste doch eigentlich wissen, dass meine kleine Seele nicht für einen Tanz auf dem Vulkan gemacht ist. Ganz bestimmt stürze ich mich nicht gleich in das nächste Abenteuer, aus dem ich vielleicht nicht unversehrt zurückkehren werde. Ich habe von Verletzungen jeglicher Art erst einmal genug. Sasha hat doch sonst immer so feine Antennen. Sind ihr die in ihrem ganzen Glück vielleicht abhandengekommen?

»Bitte, Sasha, lass uns zu den anderen zurückgehen, ja? Wir sitzen jetzt schon eine ganze Weile hier, und ich will dich an eurem Abend auf keinen Fall nur für mich in Beschlag nehmen. Ich mag jetzt auch gar nicht mehr weiter darüber reden, okay?«

»Ach, Sophie. Jetzt sei doch nicht ...« Sasha sucht nach einem passenden Wort, das mich nicht so verletzt, aber sie beendet den Satz mit: »beleidigt«, und mein heute schon sehr angekratztes und gleichzeitig auch über meine Norm aufgeblasenes Ego fühlt sich erneut sehr ungerecht behandelt und lässt mich total eingeschnappt klingend sagen: »Ich bin nicht beleidigt. Ich will nur, dass wir jetzt zu den anderen zurückgehen, damit du mit deinem Mann noch einen schönen Abend haben kannst.«

»Schon gut. Schon gut, Sophie. Wir gehen ja schon.« Sasha hebt kapitulierend die Hände, und ich würde am liebsten sagen: »Hände hoch hilft jetzt auch nix mehr«, aber ich lasse es gut sein. Wir gehen nebeneinander her, zurück zu den anderen, wo wir mit lautem Gepfeife und Gejohle begrüßt werden, und ich sofort von zehn Leuten umringt bin.

»Mensch, Sophie. Das war ja was. War das echt dein Freund? Wahnsinn! Was für eine Show!« Keith schüttelt ungläubig den Kopf. Neben ihm Mike, der ihn ablöst mit: »Der spinnt ja total. Fast hätte ich ihn umgehauen. Sophie. Ich war so kurz davor. Ich sag es dir, wenn er nicht ins Wasser gefallen wäre ...«, und er ballt seine Faust. Neben ihm Serafina, die sagt: »Das muss ja eine Höllenbeziehung gewesen sein. Sophie, richtig? So happy für dich, dass du den in die Wüste geschickt hast. Hast du doch, oder?« Neben ihr Stella, die mich, mir auf die Schulter klopfend, tröstet mit: »Lieber allein als mit Arschloch, stimmt's?« Neben ihr eine Blondine, die ich noch nie gesehen habe und die mir ihre Daumen entgegenstreckt, so wie ich es heute Nachmittag im Büro auch gemacht habe. Ist das wirklich erst heute gewesen? Neben ihr Matthias, ein Freund von Mike, der fragt: »Willst du was trinken, Sophie?«, neben ihm Tomas, der sagt: »Mal was ganz anderes, Sophie. Wir müssen unbedingt über das Bild von dir und Toni Ziegler in der ›Promi‹ reden«, neben ihm Sasha, die fragt: »Du bist in der ›Promi‹?‹, neben ihr die Kellnerin, die informiert: »Falls ihr noch eine Wurst wollt, Last Call an der Barbecue-Station«, neben ihr Douglas, der sagt: »Der Typ, der war ja so was von klatschnass. Also so richtig. Hat er aber ja auch verdient.« Und neben ihm Sandrine, die mich nur anschaut, aus irgendeinem Grund genau weiß, was mit mir los ist und so, dass ich weiß, dass Widerstand zwecklos ist, feststellt: »Ich bringe dich jetzt nach Hause, Sophie.«

Sie klemmt meinen Arm unter ihren, bugsiert mich aus dem Mittelpunkt des Kreises heraus, lässt mich Sasha und Mike umarmen und führt mich dann behutsam über den Ponton, über die Brücke bis zum Taxistand. Nach nur einem Bellini und einem Vodka Tonic kann ich eigentlich nicht betrunken sein, aber genauso fühle ich mich. Dumpf und trunken. Alle, die heute Abend dabei waren, sind anscheinend der Meinung, dass ich mich nach diesem Befreiungsschlag ganz großartig fühlen sollte, bereit für das nächste Gespräch, den nächsten Witz, den nächsten Flirt, die nächste Eskapade, aber ich fühle mich zerbrochen und erschöpft. Funktionieren habe ich für heute aufgegeben. Sandrine regelt das jetzt. Und das ist im Gegensatz zu allen anderen Gefühlen des heutigen Abends ein wunderbares. Und noch besser ist, dass sie keinen Ton sagt, mich nicht nach einer Bewertung der Ereignisse fragt, sondern mich einfach sein lässt. Schweigend gehen wir zum Taxi, schweigend fahren wir zu meiner Wohnung, schweigend gehen wir die fünf Stockwerke hoch, sitzen eine Weile schweigend auf meinem Bett, bis sie aus meinem Schrank ein T-Shirt hervorkramt und mir bedeutet, meine Klamotten aus und das T-Shirt anzuziehen. Dann klappt sie die Bettdecke zurück, und ich lege mich immer noch schweigend hinein und lasse mich von ihr zudecken. Sie gibt mir einen Kuss auf die Stirn und sagt nur: »Bonne nuit, Sophie. Ruf an, wenn du mich brauchst. Auch wenn es nur zum Schweigen ist«, und bevor die Tür hinter ihr ins Schloss fällt, fallen mir auch schon die Augen zu.

Meine Augenringe sind tiefschwarz, mein Kiefer ist verspannt, mein Gesicht geschwollen, meine Beine schmerzen, mein Bauch spannt, mein Nacken ist verkrampft, mein Schädel brummt. Ich lehne mich in meinem Badezimmer an die kalte Wand, versuche zwar nicht in meine Leber, aber in mein Innerstes hineinzuatmen und zu erfühlen, was zu tun ist, während in meinem Kopf einer der aufgeregten Zwerge herumspringt und schreit: »Du musst zur Arbeit, es ist so viel zu tun! Du musst! Du musst! Du musst!« Aber mein ganzer Körper sagt: »Nein, Sophie! Heute nicht!« Und obwohl ich quasi sehen kann, wie mein Posteingang vor lauter Mails explodiert, gebe ich nach, schreibe Claudio eine SMS, dass er mich bitte bei der Personalabteilung krankmelden soll und Toni, dass ich mich morgen wieder um alles kümmere, aber dass ich heute krank bin. Woraufhin ich sofort zwei sehr liebe Nachrichten mit Gute-Besserungs-Wünschen bekomme und dann noch eine, weil Toni sichergehen will, dass ich nicht wegen des schwachsinnigen »Promi«-Artikels untertauche. »Das ist so bescheuert und unwichtig, dass wir es noch nicht einmal unseren Enkelkindern erzählen, um darüber mit ihnen zu lachen.«

Ich weiß, dass er recht hat, und schicke ihm als Antwort einen Smiley.

Ich schleppe meinen schweren Körper zurück ins Bett und ziehe mir die Decke bis über den Kopf. Die Bilder von gestern Abend sickern zurück in mein Bewusstsein. Ist Tim echt ins Wasser gefallen? Habe ich mich wirklich von ihm getrennt? War ich ernsthaft mit Toni in der »Promi«? War es zwischen Sasha und mir tatsächlich komisch? Hatte ich mich von Sandrine nach Hause bringen lassen und mich nicht einmal dafür bedankt? Ich strecke meine rechte Hand unter der Decke hervor, taste nach meinem Telefon auf dem Nachttisch und ziehe es zu mir unter die Decke. »Ist das gestern wirklich alles passiert? Und wenn ja, dann tausend Dank für dein Schweigen auf dem Heimweg.« Die Nachricht schicke ich an Sandrine, und an Sasha schreibe ich: »Sind wir gut?«, bevor mir die Augen wieder zufallen und der Schlaf mich übermannt.

»GGGgggggrrrrrhhhh«, knurrt mein Magen und weckt mich auf. Ich befinde mich immer noch in derselben Position unter der Decke, in der ich eben eingeschlafen bin. Ein Blick auf mein Handy korrigiert mein »eben«. Es ist halb drei. Ich habe also noch einmal sieben Stunden geschlafen. Und ich habe zwei ungelesene Nachrichten von Sandrine und Sasha.

»Sehr gern. Ruf an, wenn du mich brauchst. Ich koche auch eine gute Hühnersuppe – die hilft immer«, schreibt Sandrine, was meinen Magen gleich wieder dazu veranlasst, sich zu melden. Ich habe großen Hunger. Das deute ich jetzt einfach mal als gutes Zeichen.

»Ja, natürlich sind wir gut!!!!! Und es tut mir leid, wenn du das Gefühl hattest, dass ich dich zu etwas drängen wollte. Ich will doch nur, dass du glücklich bist, und der Typ mit dem Champagner, der hört sich so an, als könnte er dich verdammt glücklich machen. Ruf an, wenn du mich brauchst oder reden willst. Ich komme sofort vorbei. Dicker Kuss.«

Ich klappe die Decke zurück und blinzele gegen das Licht. Mein Körper hat sich ein bisschen entspannt, aber leicht dumpf und trunken fühle ich mich immer noch. Ich setze mich auf und komme weiter zu mir.

Mit kleinen Schritten mache ich mich auf den Weg in die Küche. Dort angekommen, bereite ich mir einen Kaffee zu und greife zum Telefon, um bei meinem Lieblings-Vietnamesen die Karte rauf und runter zu bestellen.

Mit meinem Kaffee steige ich auf Theodore und klettere auf die Dachterrasse. Und wie jedes Mal, wenn ich das tue, bin ich überwältigt von den Gerüchen meiner Kräuter und dem schönen Ausblick über ganz Eimsbüttel. Vom Regen heute Morgen habe ich in meinem Komaschlaf überhaupt nichts mitbekommen. Gießen muss ich also nicht.

Der Boden ist mit Pfützen übersät und mein kleiner Hocker ist auch noch etwas nass von dem Guss. Ich wische die letzten Tropfen mit der Hand weg, setze mich und finde es irgendwie schön, dass ich noch ein bisschen Nässe durch meine Jogginghose spüren kann.

Mein Blick schweift über die Dächer, und die bauschigdichten Wolken, die die Sonne verstecken, sind zum Greifen nah. Es ist schön hier oben. Warm, eine laue Brise, Sommer. Eigentlich ist doch alles gerade ziemlich gut. Du hast einen heißen, leckeren Kaffee in der Hand, du hast ein Dach über dem Kopf, eine Krankenversicherung, du hast dir gerade Essen für eine fünfköpfige Familie bestellt, das dir jemand zubereitet und nach Hause bringt, du hast einen Job, den du vielleicht lieber nicht hättest, den du aber irgendwie gut zu beherrschen scheinst, der tatsächlich auch hin und wieder Spaß macht und dazu auch noch gutes Geld einbringt, du hast dich von einem Typen getrennt, der offensichtlich und überhaupt nicht der Richtige für dich ist, du hast Freunde, die sich mit Hühnersuppe und lieben Worten um dich kümmern, du hast einen besorgten Vater, ein paar nette Kollegen und einen Claudio, du hast Vicdette, wer kann das schon von sich sagen, und du hast deine Mutter. Auch wenn du sie vielleicht nicht mehr auf einen Kaffee treffen kannst, so hast du doch deine Erinnerung an sie und kannst sie hören, wann immer du sie brauchst.

Die Sonne drängt sich zwischen den weißen Wolken hervor und scheint mir warm ins Gesicht – wahrscheinlich um meine weisen Erkenntnisse noch zu unterstreichen. Ich muss lächeln und hebe meine Tasse in ihre Richtung: »Okay. Ich hab's kapiert.« Ich proste der Sonne, dem Himmel, meiner Mutter und meinem Leben zu und die Steine auf meinen Schultern, bestehend aus den vielen kleinen und großen Fragezeichen, zerbröseln. Es stimmt. Es ist wirklich gerade alles ziemlich gut. Auch wenn oder gerade weil ich mich ein bisschen verliebt und eine schöne Zeit gehabt habe, ohne viel über die Konsequenzen nachzudenken. Na und? Das passiert den Besten unter uns. Und ja, wenn ich an ihn denke, gibt es Schmetterlinge und Gänsehaut, aber möglicherweise ist das auch einfach nur der Reiz des Neuen und Verbotenen? Ich kenne Nick ja schließlich kaum. Und so wie die ganze Sache ausgegangen ist, steht sie vielleicht einfach nicht unter einem guten Stern.

Außerdem habe ich mich gerade eben getrennt. Von jemandem, der mich mehr kontrolliert und beeinflusst hat, als ich es mir je hätte vorstellen können. Das wird mir so schnell nicht wieder passieren. Und wer gibt mir die Garantie, dass dieser Nick nicht am Ende genauso ist wie Tim? Mein Bauch unterbricht diese Gedanken mit einem merkwürdigen Gegreine. Jaja, ich weiß, du hast Hunger. Das Essen kommt gleich.

Vielleicht sollte ich Nick einfach vergessen.

Ja, ich denke, das ist das Beste und Gesündeste für mich.

Ich brauche keinen Mann.

Ich brauche bestimmt keinen Mann.

Ich mache nämlich jetzt Karriere.

Ja, genau!

Und wer mir dabei in die Quere kommt, wird weggeräumt!

Also, aus dem Weg! Und zwar alle!

Ich werde Fahrradreifen flicken und Filme vermarkten, dass die Schwarte kracht!

Und wenn Nick wirklich auf mich steht, dann kann ER ja auch mich suchen und finden. Er weiß zwar nicht, wo ich wohne, aber wo ich arbeite, weiß er schon. Und wieso bin ich ihm überhaupt eine Erklärung schuldig? Nei-ein! Ich muss mich nicht rechtfertigen. Damit ist jetzt Schluss! Wie gesagt: Me, myself and I! Und wie auf Kommando, so als hätte das Universum mir ein Ausrufezeichen geschickt, klingelt es an meiner Tür.

Genau!

Yeah!

Ich rock das jetzt!

Beschwingt steige ich auf Theodore runter, drücke den Buzzer und nehme wenig später zwei Tüten besten Essens entgegen, das ich mir gemütlich im Bett sitzend und in den romantischen Hinterhof blickend genehmige. #dankbar #yourock! Vielleicht sollte ich es doch mal mit Instagram probieren.

Dritter Teil

»Herein!« Ich erschrecke mich selbst ein bisschen über meine herrische Stimme. Vor mir steht Claudio, der mich mit seinem zaghaften Klopfen an meiner Bürotür ganz aus meiner To-do-Listen-Aktualisierung herausgebracht hat.

»Hi Sophie. Da du ja so viel zu tun hast, dachte ich, bring ich dir deine FashionTex-Bestellung mal runter.« Er stellt mir das riesige Paket mitten in mein Büro. »Gibt es eine Chance, dass wir demnächst mal wieder zusammen Mittag machen?«, fragt er vorsichtig.

»So kurz vor der Premiere? Nein, Claudio, wirklich nicht. Ich habe so viel zu tun, dass ich überhaupt nicht mehr weiß, wo mir der Kopf steht. Und zum Friseur und zur Pediküre muss ich auch noch. Gestern saß ich noch bis um halb elf hier. An Mittagessen ist nicht zu denken.« Ich kann gar nicht glauben, dass er mich das überhaupt fragt. Hat er denn vergessen, dass die wichtigste Triversal-Premiere dieses Jahres in genau drei Tagen stattfinden wird? Ist doch klar, dass ich da keine Zeit für Mittagspausen habe.

»Sorry ..., war ja nur eine Frage. Ich geh ja schon«, geknickt dreht sich Claudio zum Gehen.

»Och. Claudio, nicht beleidigt sein, ja? Wenn die Pre...«, aber er ist schon durch die schwere Tür, die zum Treppenhaus führt, und ich bin zu beschäftigt, um ihm hinterherzulaufen. Da klingelt auch schon wieder mein Telefon.

»Ja? Na klar, Toni. Kein Problem. Ich habe auf deiner Gästeliste ja auch noch ordentlich Puffer eingebaut. Mach dir keine Sorgen. Das wird alles super. Ja? Echt? Das ist ja toll! Wie schön, dass du schon wieder die nächste Idee hast. Ja, gern. Ich freu mich, wenn du meine Meinung haben willst.« DER Erfolgsproduzent will MEINE Meinung zu seinem neuen Filmprojekt wissen? Die Dinge haben sich wirklich gut entwickelt. Wie hat es Allen aus dem Headquarter in New York letztens so schön gesagt? »Sophie. You are on top of your game.« Und ich muss gestehen, dass ich da ganz gerne bin. Und ich erinnere mich an den Moment auf der Dachterrasse vor ein paar Monaten, als mir klar geworden ist, dass ich aufhören muss, mich gegen etwas zu sträuben, das anscheinend jetzt gerade bei mir dran ist. Und zwar Karriere machen im Filmbusiness. Kein Männer-Drama, kein Gefühlsgewirr, keine Foodtruck-Träumereien. Einfach nur ganz geradeaus arbeiten. Ohne Ablenkung. Das hat mir die letzten Wochen und Monate richtig gutgetan. Auch wenn Sasha in ihren Textnachrichten immer leicht besorgt klingt und mir vorwirft, dass wir uns nie sehen, versteht sie schon, dass ich mich jetzt einfach auf diesen Bereich in meinem Leben konzentrieren muss.

Das Telefon klingelt erneut. Ich klemme mir den Hörer zwischen Ohr und Schulter und versuche, möglichst leise das FashionTex-Paket aufzureißen.

»Frau Sitzig, hallo! Ja, natürlich. Von der Hostessenvermittlung. Was kann ich für Sie tun? Oh. Aha. Oh, das ist schlecht. Na ja, mir bleibt ja nichts anderes übrig. Auf Wiederhören.« Während ich mir einen Blazer, eine weiße Bluse und ein paar schwarze, spitze Lackpumps aus dem Karton fische, überlege ich fieberhaft, wo wir jetzt auf die Schnelle noch Ersatz-Hostessen herbekommen sollen, die die Gäste im Kino einchecken. Frau Sitzigs Leute, die ich bis eben gerade gebucht hatte, liegen gesammelt mit einer Salmonellenvergiftung im Krankenhaus, weil sie zusammen feiern waren und in einem halbseidenen Imbiss schlechten Fisch gegessen haben.

In meinem Büroschrank habe ich einen Spiegel installiert, vor dem ich jetzt den schwarz-weißen, mit Leoprint versehenen Long-Blazer probiere, mir die weiße Bluse vorhalte und versuche zu bestimmen, ob meine Bootys oder die neuen Pumps besser zu meiner schwarzen Hose passen. Gleich haben Samantha, Tristan und ich noch ein Last-minute-Meeting mit zwei Sponsoren, die interessiert sind, ganz kurzfristig noch eine Menge Geld in die Premierenparty zu schießen, um sich dort präsentieren zu können. Ich will sie unbedingt dabeihaben. Und ich bin sicher: Wir werden sie überzeugen.

Wieder klingelt das Telefon. Während mir Herr Mock

durch seine Fernsprechanlage rauschend ins Ohr brüllt, dass er gern hätte, dass ich morgen bei der Local-Production-Planung für die nächsten drei Jahre dabei bin, balanciere ich von einem Booty zum anderen Pumps und kann mich einfach nicht entscheiden, welcher Schuh der bessere für das Meeting ist.

»Ja, gern. Herr Mock, können wir das vielleicht morgen ...? Ja ... Danke für Ihr Verständnis.«

Doch. Jetzt weiß ich es. Definitiv der Pumps.

Outfit – Check. Haare – Check. Make up – Check. Der rote Lippenstift passt wie die Faust aufs Auge. Liste mit Marketing-Aktionen – Check. Einladungsliste für die Premiere – Check. Alles da. Die Pumps fühlen sich gut an, und ich gehe gleich noch ein bisschen aufrechter in Richtung Meetingraum. Weißt du noch, Sophie? Vor ein paar Monaten? Da bist du fast vor Angst gestorben, als du vor Anton Ziegler mit schlotternden Knien eine Präsentation halten solltest, die nicht deine war. Und heute? Sieh dich an! Sogar deinen Bauch hast du unter Kontrolle. So wie du hier selbstbewusst durch die Gänge läufst, würde man meinen, du wärst auf dem Weg zur Bühne, um den Preis als Nachwuchs-Karrieristin des Jahres entgegenzunehmen, und gleich würde aus unsichtbaren Boxen die Musik ertönen, die immer läuft, wenn Rocky für einen Kampf trainiert, den er dann natürlich auch gewinnt. De de deee, de de deee, de de deee, de de deee! Wenn dir vor einem halben Jahr jemand gesagt hätte, dass Toni Ziegler bald seine neuen Projekte mit dir bespricht, du gleichzeitig drei richtig wichtige Filme für Triversal im Marketing betreust, dass dich Herr Mock höchstpersönlich anruft, um dich zu seinem heiligen Meeting einzuladen, und dass du eine Premierenfeier auf die Beine stellst, zu der um die tausend Leute kommen, hättest du das geglaubt? Mmh. Wahrscheinlich nicht.

Ich betrete den Meetingraum und nehme die Gäste in Empfang.

»Guten Tag. Guten Tag. Schön, Sie kennenzulernen. Frau Schmarthe, Herr Gravites, Samantha, Tristan. Herzlich willkommen zu unserem Meeting. Bitte setzen Sie sich.«

Als alle von Ilka mit Kaffee versorgt sind, fahre ich selbstbewusst fort.

»Worum soll es heute gehen? Wir von Triversal möchten Sie überzeugen, uns Geld zu geben. Viel Geld.« Souverän eröffne ich das Meeting. »Und was bekommen Sie dafür?«, ich drücke auf die Fernbedienung, und auf der Leinwand erscheint ein Mock-up von der Party, das Frau Schmarthe und Herrn Gravites genau die »Ohs« und »Ahs« entlockt, die ich mir erhofft hatte. Sogar Samantha sieht beeindruckt aus, und sie kennt die Bilder ja schon.

Ich bin mir sicher, wir haben sie. Und nach weiteren zwanzig Minuten, in denen Tristan mich mit seiner brillanten Social-Media-Kampagne unterstützt und Samantha hin und wieder sagt, wie viel wir von »Strandherzgold« erwarten, wie vielversprechend unser Marketing greift und wie gut die Reaktionen aus der Marktforschung bereits sind, haben wir sie wirklich. Frau Schmarthe und Herr Gravites schlagen ein und sind sehr glücklich damit, uns je ein kleines Vermögen plus Goodie-Bags mit Meeressalzkosmetik und Bio-Energy-Drinks mit veganer Verpackung zur Verfügung zu stellen.

»Auf Wiedersehen. Auf Wiedersehen. Ja, wir haben uns auch sehr gefreut, Sie kennenzulernen und freuen uns auf die Zusammenarbeit. Und natürlich darauf, Sie auf der Premiere zu sehen. Ja, natürlich können Sie sehr gern eine Begleitung mitbringen.« Wir verabschieden unsere neuen Geschäftspartner, und während Tristan die beiden zur Tür bringt, holt Samantha eine Flasche Champagner aus dem Meeting-Kühlschrank.

»Die haben wir uns verdient.« Sie lässt den Korken knallen.

Anstatt »De de deee. De de deee« zu hören und »Yes!«, zu rufen, fühle ich mich so, als hätte mich der Champagnerkorken mitten auf die Zwölf getroffen. Das Geräusch katapultiert mich auf direktem Weg zurück an den Strand, zurück zu Nicks Haus, und ja, auch zurück zu unserem Kuss. Fast kann ich seine Lippen auf meinen spüren. Wieso jetzt? Ich habe ihn doch erfolgreich verdrängt, ihn erfolgreich in eine Schachtel gepackt und unter einem Blumenkübel auf der Dachterrasse versteckt. Und mir nur ganz manchmal und nur ganz leise und nur kurz vor dem Einschlafen erlaubt, an ihn zu denken. Er hat hier nichts zu suchen. Gar nichts. »Hau ab«, zische ich Gedanken-Nick zu.

»Sophie. Was guckst du denn so grantig? Du hast gerade einen fetten Deal an Land gezogen. Und das feiern wir jetzt. Nicht immer nur arbeiten. Das schlägt einem auf die Dauer sonst auf den Magen.« Tristan, der wieder im Konferenzraum angekommen ist, nimmt Samantha ein Glas ab und reicht es mir. Und nachdem ich mit den anderen angestoßen habe, nehme ich einen Schluck und habe noch nie etwas getrunken, was bitterer und trauriger geschmeckt hat als dieser Champagner. Meine Güte, Sophie. Reiß dich zusammen. Die letzten Monate haben doch richtig gut funktioniert. Ohne Mann scheinst du einfach besser dran zu sein.

Ich schiebe Nick aus meinem Kopf, zurück in die Schachtel und unter den Blumenkübel und koste noch einmal vom Champagner, der mir auch beim zweiten Schluck nicht viel besser schmeckt.

Mit einem leichten Glimmer sitze ich eine halbe Stunde später wieder am Schreibtisch. Zwanzig Anrufe in Abwesenheit und mein Posteingang glüht. Aber bevor ich mich weiteren guten und schlechten Nachrichten widmen kann, muss ich mich erst mal um die Hostessen für die Premiere kümmern. Per Geistesblitz rufe ich bei meiner alten Zeitarbeitsfirma an und frage die Chefin nach einem Tipp. Sie verweist mich an eine Felicitas, die sie aus dem Studium kennt und die mittlerweile eine Servicekräfte-Vermittlung auf die Beine gestellt hat, die wohl echt tolle Leute vermittelt. Ich behalte den Hörer gleich in der Hand und wähle die Nummer.

»At your Service, Liene am Apparat. Was kann ich für dich tun?«, begrüßt mich professionell eine freundliche Stimme. Nach diesem guten ersten Eindruck bin ich optimistisch, dass Felicitas und ich zusammenkommen werden.

»Ich bin Sophie Petersen von Triversal und würde gern mit Felicitas sprechen. Wäre das möglich?«

»Sehr gern. Darf ich fragen, worum es geht?«, fragt Liene höflich, aber bestimmt.

»Natürlich. Ich brauche für Donnerstag ungefähr zehn Hostessen für eine Filmpremiere in Hamburg.«

»Ich stelle dich durch.«

»Danke.«

Erholsamerweise ist das die erste Firma, die mich nicht mit Warteschleifenmusik quält.

»Hallo Sophie. Wie schön, dass du anrufst«, meldet sich eine fröhliche Person am anderen Ende der Leitung.

»Hallo? Bist du Felicitas?«, frage ich etwas erstaunt über die so persönliche Ansprache.

»Ja, genau. Mensch, wie geht es dir?«, fragt Felicitas munter weiter, als würden wir uns schon ewig kennen.

»Ähm. Kennen wir uns?« Ich bin verwirrt.

»Na klar, kennen wir uns. Felicitas – aus deiner Klasse? Wir haben uns letztens in der U-Bahn getroffen. Du warst obenrum ziemlich leicht bekleidet und hast immer zu allem, was ich vorgeschlagen habe, ›Nein‹ gesagt. Ich hätte fast einen Krankenwagen gerufen, weil ich dachte, du hattest vielleicht gerade einen Nervenzusammenbruch oder so. Aber dann warst du auch schon weg, und ich konnte dir gar nicht mehr helfen. Und auf Insta oder Facebook bist du ja auch nicht. Also, zumindest nicht unter deinem richtigen Namen, oder?«, plappert Felicitas so vergnügt weiter, als hätte ich sie damals mit meiner schroffen Art gar nicht getroffen. Dass wir uns jetzt auf diesem Wege wieder begegnen, finde ich skurril und gleichzeitig schäme ich mich, dass ich so blöd zu ihr war. Sie hatte ja schließlich nur einen Kaffee trinken gehen wollen.

»Ach ja, das«, antworte ich lapidar, um zu kaschieren wie unangenehm mir die Situation ist, »da war ich nicht so gut drauf. Tut mir leid.«

»Ach, kein Problem, Sophie. Ich bin nicht nachtragend. Und jeder hat ja schließlich mal 'nen schlechten Tag, nicht wahr? Was kann ich für dich tun?«, lenkt sie geschickt das Thema aufs Geschäft, was ich sehr zu schätzen weiß. Aber eins interessiert mich dann doch noch: »Sag mal, Felicitas. Warst du immer schon so gut gelaunt? Ich kann mich nicht daran erinnern, dass du in der Schule so positiv warst.«

Da lacht sie aus vollem Herzen und sagt: »Sophie, Sophie. Du bist nicht die Einzige, die die Schulzeit zum Kotzen fand. Ich habe es gehasst. Und erst die Leute da. Meine Güte, echt schlimm. Also, um deine Frage zu beantworten: Nein, ich war früher superschlecht gelaunt, und zwar immer. Aber seit ich nicht mehr in der Schule bin, bin ich quasi ein anderer Mensch. Ich hatte immer das Gefühl, dass es dir ähnlich geht wie mir, deshalb habe ich dich überhaupt nur gefragt, ob wir einen Kaffee trinken gehen wollen. Ich habe sonst mit niemandem aus der Schule noch was zu tun.«

Man soll Menschen einfach nicht danach beurteilen, wo sie herkommen und wie sie sich vor zehn Jahren verhalten haben. Claudette sagt immer: Menschen ändern sich im besten Fall. So richtig hatte ich das nie verstanden, aber jetzt geht mir ein kleines Licht auf.

»Felicitas, ganz ehrlich, es tut mir echt leid, wie ich mich an dem Morgen verhalten habe, und ich würde mich sehr freuen, wenn wir mal zusammen einen Kaffee trinken gehen.«

»Schwamm drüber. Sag mir einfach, wie ich dir helfen kann.«

»Okay. Danke! Also, ich brauche zehn Hostessen für die Premiere unseres Anton-Ziegler-Streifens ›Strandherzgold‹. Und zwar schon am Donnerstag. Kann ich die so kurzfristig noch über dich buchen?«, frage ich hoffnungsvoll.

»Na klar, Sophie. Aber nur, wenn ich auch kommen darf!«

Ich schiele auf meine Gästeliste, die jetzt schon viel zu lang ist: »Na klar, Felicitas.«

Natürlich habe ich heute Nacht kein Auge zugetan und mir gewünscht, ich wäre Vogelwart auf den nördlichen Hebriden. Wo liegen die noch gleich? Und wieso grübelt es sich eigentlich nachts immer am besten? Haben die Grübelgötter kein Erbarmen mit Menschen, die am nächsten Tag für das Schmeißen einer Premierenparty topfit funktionieren müssen?

Auf Samanthas Empfehlung hin sitze ich in Hans' Salon vor einem riesigen, pompösen Spiegel, wundere mich darüber, dass ich mir den Besuch bei einem solchen Friseur leisten kann und versuche, eine Balance zwischen bleischwerer Müdigkeit mit Sekundenschlaf und zittriger Hyperaktivität mit obsessivem Handyverhalten zu finden. Vor ein paar Wochen hatte mir Samantha einfach so ein fertig eingerichtetes Smartphone auf den Schreibtisch gelegt, und die erste WhatsApp meines Lebens war von ihr: »Ich sehe, dass du endlich die Handbremse gelöst hast und bereit bist, richtig durchzustarten. Ohne dieses Baby hier geht es einfach nicht. Ich hoffe, es hilft dir auf deinem Weg nach ganz oben! Ich freu mich auf deine guten Nachrichten :) Gruß, Samantha.«

Ich war total gerührt, und wie hätte ich diese nette Geste zurückweisen können? Und irgendwie war es ja auch ganz praktisch und hilfreich, von überall aus auf meine Mails und das Internet zugreifen zu können. Nur half dieses neue Gerät mir nicht gerade dabei, mich zu entspannen.

Während Alicia mir eine Kopfmassage mit ätherischen Ölen verpasst, scrolle ich hektisch durch die zehn Anfragen, die in den drei Minuten seit meinem letzten Mail-Check eingetrudelt sind. Wenn ich kein Smartphone hätte, würden nach meiner Rückkehr ins Büro wahrscheinlich hundertzwanzig Nachrichten auf mich warten. Ich tröste mich damit, dass das ja nur eine vorübergehende Vielbeschäftigung ist. Bald wird sich bestimmt wieder eine normalere Frequenz einstellen. Bald. Nach meiner ersten Premiere. Ich hoffe, es geht alles gut.

Felicitas hat sich als totaler Engel herausgestellt. Sie hat nicht nur ein super Hostessenteam für die Premierenvorführung zusammengestellt, sondern auch noch richtig gute Vorschläge für die Getränkekarte und eine DJ-Empfehlung für die anschließende Party parat gehabt. Und unser Austausch über die Motivation von Personal bei einem unserer Telefonate hat mir die beste Idee überhaupt beschert. Und zwar, unter den Kolleginnen und Kollegen bei Triversal zehn Mal zwei Tickets für die Premiere zu verlosen. Normalerweise darf nur das Management bei den großen Veranstaltungen erscheinen. Aber warum sollen nicht alle Mitarbeiter und Mitarbeiterinnen die Chance bekommen, mal eine solche Party zu besuchen?

Die Aktion kam im Haus wahnsinnig gut an. Und meine Beliebtheit, die sich von Tinas Verleumdungskampagne langsam erholt hatte, nahm dadurch noch einmal deutlich zu. Aber vielleicht lag es auch daran, dass ich mich seit dem Tag nach »Entenwerder1« bei meiner Arbeit einfach wohlfühlte. Ich hatte aufgehört, mich gegen diesen mir zugeflogenen Job und den Alltag im Büro zu sträuben und hatte angefangen, zufrieden mit meinen, wenn man mal ehrlich ist, doch ziemlich spannenden Aufgaben zu sein und mich zugehörig zu fühlen. Das plus die Lotterie vor ein paar Tagen haben anscheinend alles verändert. Wenn ich heute in die Triversal-Küche komme, unterbrechen die Kollegen ihre Unterhaltung, um mich zu fragen, wie es mir geht. Wenn ich heute einen Meetingraum betrete, begrüßen mich alle herzlich und fragen, was ich am Wochenende so gemacht habe. Und wenn ich heute am Kopierer stehe, kommt immer irgendwer vorbei und schwatzt mit mir über den Stand der Dinge bei Tonis Film. Und das wiederum hat mich gleich auf die nächste supergute Idee gebracht. Ein firmeninternes Meet & Greet mit unseren Local-Production-Stars als Motivation für unsere Kollegen und Kolleginnen. Samantha war gleich Feuer und Flamme, und auch Herrn Mock, der natürlich zu Beginn total dagegen war, konnten wir am Ende davon überzeugen, wie wichtig solche Anreize für die Mitarbeiter-Zufriedenheit sind. Ich war selbst von mir überrascht, dass ich mich plötzlich für solche Dinge interessierte und die Energie aufbrachte, meine Ideen auch durchzuboxen. Wer hätte das gedacht? Und wer hätte gedacht, dass es nicht unter Tinas und Ninas Würde war, an der Verlosung der Premierentickets teilzunehmen?

Als Hans das warme Wasser beim Haarewaschen über meinen Kopf laufen lässt, kann ich nur darüber nachdenken, wie sehr es mich ärgert, dass die beiden gewonnen haben. Ich hätte es viel eher den Kollegen und Kolleginnen aus der Rechtsabteilung oder der Buchhaltung gegönnt. Ich hoffe nur, dass sie mir nicht den Abend versauen, auf den ich so lange hingearbeitet habe.

Habe ich neben der ganzen den Filmstart vorbereitenden Marketingarbeit auch wirklich an alles Nötige für die Premierenparty gedacht? Deko im Kino und in der Location steht, genügend Personal generell auch, Popcorn und Getränke im Kino sind bestellt, Hostessen für den Check-in und die Handyabgabe-Station sind gebucht, der Bustransfer ist organisiert, das Flying Buffet auf der Party ist abgestimmt, den DJ habe ich probegehört und engagiert, die Bändchen geordert, die Check-in-Counter bestellt, die Security angewiesen, die Goodie-Bags gepackt, die Werbematerialien von unseren Sponsoren angefragt, die Gästeliste aktualisiert, die ...

»Ist die Temperatur so angenehm?«

»Mmh?« Ich habe ganz vergessen, wo ich bin.

»Ich wollte nur wissen, ob die Temperatur so angenehm ist?«

»Ja, alles super. Sorry. Ich bin einfach nur in Gedanken

bei der Premiere«, antworte ich entschuldigend und versuche dabei, ein Gähnen zu unterdrücken.

»Heute ist die Ziegler-Premiere, richtig? Sammy kommt nachher auch noch hierher«, freut sich Hans. Ob er mit Sammy die taffe, geradeheraus, durch nichts zu beeindruckende, angstfreie Samantha meint?

»Meinst du meine Chefin, Samantha?«, frage ich erstaunt.

Hans lacht. »Ja, genau die meine ich. Wir kennen uns schon, seit wir Kinder sind, deshalb wird sie für mich immer nur Sammy sein.«

»Ach so. Ich wusste gar nicht, dass ihr euch schon so lange kennt. Ich hätte ja auch mit ihr zusammen kommen können, aber ich dachte, ich komme lieber während der Mittagszeit, dann habe ich noch ein bisschen Puffer, bis die Premiere startet und kann noch mal zum Kino und zur Location fahren, um zu checken, ob auch alles perfekt vorbereitet ist.« Ich kneife meine Augen zu und reiße sie kurz danach wieder auf, um endlich diese schreckliche Müdigkeit loszuwerden.

»Alicia! Espresso für Miss Petersen!«, schreit Hans so laut über Föhne und laufende Wasserhähne hinweg, dass ich zusammenzucke. Das hat definitiv auch schon ein bisschen geholfen. Sekunden später kommt Alicia mit einem doppelten Espresso zurück, den sie mir in die Hand drückt, während Hans mit einem grauen Handtuch einen kunstvollen Turban um mein Haupt drapiert. Der Kaffee ist göttlich und bringt meine Lebensgeister zurück, sodass ich während des Föhnens mit schräg gehaltenem Kopf und hundertfünfzig Rundbürsten im Haar erneut meine Mails checken kann.

Kurz danach habe ich meinen ganz persönlichen Queer-Eye-Moment, als Hans mich fragt: »Ready?«, und mich ohne meine Antwort abzuwarten zum Spiegel umdreht. Vergeblich warte ich auf ein »Gordsch!«, aber er nickt, anscheinend zufrieden mit seinem Werk, das in sanften Wellen über meine Schultern fällt und extrem glänzt. Und auch ich finde, er hat meine Haare für heute Abend tiptop in Form gebracht.

»Danke. Wir sehen uns heute Abend, richtig? Samantha, also Sammy, hat mir gesagt, dass du ihr plus eins bist?« Wir küssen uns rechts und links, er nickt und sagt: »Viel Glück, viel Spaß und bis später. Und denk dran, es ist nur eine Premiere. Namaste!« Und mit einer schwungvollen Drehung lässt er mich stehen und ist in drei langen Schritten schon bei seiner nächsten Kundin.

Mein Bauch blubbert aufgeregt herum, als ich den Taxifahrer bitte, in zweiter Reihe parkend auf mich zu warten. Ich hatte Toni davon überzeugen können, mit dem vor Kurzem renovierten Zelluloid-Kino ein etwas kleineres Programmhaus für die Premiere anzufragen, weil ich fand, dass das den Ton und das Gefühl des Films noch unterstreichen würde. Und nun wird der Film wirklich an diesem so passenden Ort das erste Mal vor Publikum und auf drei Kinoleinwänden gleichzeitig gezeigt.

Die Deko-Crew ist bereits in vollem Gange.

Aber erst als ich vor dem Kino stehe, kann ich erkennen, wie gut die Umsetzung meiner Vorstellung geworden ist. Statt eines roten Teppichs liegt hier ein beigefarbener, der die optimale Grundlage für die riesigen, fotorealistischen Dünen-Aufsteller bildet, die eine große Leinwand einrahmen, auf welche mittels eines Beamers das rauschende Meer projiziert wird. Es ist besser, als ich es mir in meinen kühnsten Träumen ausgemalt hatte.

»Man weiß ja erst, ob es wirklich funktioniert, wenn man's aufgebaut hat, nicht wahr?«

Mit Samantha, die mir freudestrahlend aus dem Kino entgegenkommt, habe ich hier noch gar nicht gerechnet.

»Was machst du denn hier?«, frage ich sie verdutzt und begrüße sie so, wie ich Hans verabschiedet habe.

»Ach, ich sehe, du warst schon bei Hans. Sieht super aus! Ist er immer noch auf dem Namaste-Trip? Habt ihr euch gut verstanden? Ach, das können wir ja auch noch später bereden. Sophie. Ich bin begeistert! Als du mir deine Deko-Ideen fürs Kino präsentiert hast, war ich kein großer Fan von den Dünen-Aufstellern, aber das Ganze sieht wirklich toll aus und wird einen super Fotohintergrund für die Presse abgeben. Ganz, ganz toll! Bravo! Ich bin stolz auf dich, wenn ich das so sagen darf?«

Mein Bauch groimt auf, aber Samantha lächelt nur verständnisvoll. »Ist ja klar, dass du nervös bist, aber ich glaube, bei deiner Planung wird alles ganz fantastisch laufen.«

Ich verschränke meine Finger hinter dem Rücken und denke nur, »Dein Wort in Gottes Ohr!«.

»Sophie. Schau doch nicht so zerknirscht. Es wird schon werden. Ganz sicher. Wir sehen uns heute Abend. Warst du schon bei der Party-Location?«

»Nein, da fahre ich als Nächstes hin.«

»Gut, dann brauche ich mir das ja nicht mehr anzuschauen. So wie es für mich aussieht, hast du alles im Griff. Jetzt brauch ich nur noch ein Taxi.« Samantha schaut sich suchend um, und ich deute in Richtung meines Taxis: »Nimm ruhig meins. Ich bestell mir ein neues.«

»Du hast ja wirklich für alles eine Lösung!«

Ich winke dem Taxifahrer zu und nicke mit dem Kopf, während Samantha im Inneren des Wagens verschwindet.

Und wie ich so dastehe, merke ich, wie sehr ich mich auf die Filmcrew freue. Auch wenn ich nur eine knappe Woche mit dabei war, so habe ich mich dort und vor allem in Peters Cateringwagen so zugehörig und richtig am Platz gefühlt wie ... ja ... wie wann eigentlich? Wie früher vielleicht. Bei uns zu Hause, in unserer Küche, wenn ich mal wieder mit meiner Mutter irgendein überkandideltes, absurd kompliziertes Rezept ausprobierte, das ich aus einem ihrer unzähligen Kochbücher hatte auswählen dürfen, und wir dabei die ganze Nachbarschaft mit unseren orientalisch-asiatischen Gerüchen einnebelten. Ich wundere mich ein bisschen, dass der Erinnerungsschmerz mich inzwischen weniger umwirft, und ich jetzt eher lächele als weine, wenn ich daran denke, wie wir zusammen den Kochlöffel geschwungen haben.

»Sind Sie Frau Petersen von Triversal?« Eine junge Frau unterbricht mein Damals und holt mich zurück ins Jetzt.

»Ja. Was kann ich für Sie tun?»

»Ich bin Rita Denger und heute Abend vor Ort Ihre Ansprechpartnerin. Wir hatten ja auch schon telefoniert.«

»Ach, wie schön, Sie endlich kennenzulernen. Sieht toll aus, oder was denken Sie?«

»Ja, ich finde auch. Ich würde Ihnen gern die Kinos zeigen, in denen der Film heute Abend gespielt wird, und mit Ihnen besprechen, welche Reihen wir für das Filmteam und die VIPs reservieren sollen. Passt Ihnen das?«

»Sehr gern. Lassen Sie mich nur noch kurz meine Mails checken, ja?« Ihre Antwort warte ich gar nicht mehr ab und scrolle bereits wieder in den nie enden wollenden Anfragen für die Gästeliste, einigen Info-Nachrichten zu neuen Filmtiteln und den letzten Freigaben für den intensiven Teil der Social-Media-Kampagne, der ab heute Abend zum Filmstart beginnt.

Frau Denger räuspert sich. Anscheinend ist aus dem kurz mal Mails checken ein etwas längeres Mails bearbeiten geworden.

»Entschuldigen Sie bitte. Ich bin jetzt ganz bei Ihnen.« Mit einem letzten Linsen auf den Bildschirm sperre ich widerwillig mein Telefon und versuche, Frau Denger meine ungeteilte Aufmerksamkeit zu schenken.

Wir besichtigen die Kinosäle, besprechen den Ablauf, und sie zeigt mir die reservierten Sitzreihen für die Crew und die VIPs.

»Das sieht alles gut aus, Rita. Ich bin begeistert. Dann bin ich hier erst einmal fertig. Wir erwarten die Gäste ab 19 Uhr, ich werde ab 18 Uhr hier vor Ort sein. Ich freue mich, Sie nachher zu sehen. Tschüss.«

»Tschüss, Frau Petersen.«

Tonis Beach-Club-Team hat die Location so was von zurechtgemacht, dass ich erst einmal nur bewundernd und mit offenem Mund eine Weile sprachlos durch die Gegend laufe. Liegestühle, frisch aufgeschütteter Sand zwischen zusätzlichen Holzstegen für die Gäste, die nicht in Flip-Flops oder barfuß kommen. Lichterketten überall, Bilder vom Filmset, Bilder von den Schauspielern und der Crew vor und hinter der Kamera, Fotos von der Abschlussparty und Peters Outdoor-Buffet mittendrin. Eine Überdachung mit riesigen Sonnensegeln, falls es doch regnen sollte, und Heizstrahler, falls die Temperaturen doch eher dem Herbst, der bisher nur in Form der hübschen und bunten Blätterfärbungen der Bäume in Hamburg eingezogen ist, entsprechen sollten. Und das alles mit Blick auf die Elbe. Jetzt bin ich mir ein bisschen sicherer, dass dieser Abend ein voller Erfolg wird. Sasha wird als Mikes Begleitung dabei sein. Und ich konnte Claudio, Sandrine und Tomas auf die Gästeliste schmuggeln. Ich freue mich darauf, sie alle zu sehen und mit ihnen – im besten Fall und zu späterer Stunde – so richtig abzufeiern.

Bevor ich wieder zum Kino düse, fahre ich noch kurz nach Hause, um mich umzuziehen. Der Wetterbericht scheint nicht zu lügen. Wie vorhergesagt verteilen sich noch ein paar Wolken am Himmel, aber später sollen wir uns auf einen lauen Herbstabend freuen können. Und so eine Feier, besonders in einem Beach Club, macht einfach mehr Spaß, wenn das Wetter mitspielt. Ob auch alle Gäste kommen? Ob es Toni und Mock gefällt? Ob auch wirklich nichts schiefläuft? Die viele Arbeit, der ganze Aufwand und die

Kosten für einen einzigen Abend Feierei. Wahnsinn! Und ich bin mittendrin. Ohne mich würde es zwar eine Party geben, aber nicht genau diese, geht es mir durch den Kopf, als ich die Stufen zu meiner Wohnung emporsteige. Das ist verrückt! Ich hatte mich mit allem, was ich habe, in diesen Job hineingestürzt und bin selbst von mir überrascht, über wie viele weitere meiner Grenzen ich in den letzten Wochen hinausgewachsen bin. Allein das Sponsorenmeeting. Ich wollte sie. Wir haben sie.

Ja, Sophie. Das hast du toll gemacht. Du kannst richtig stolz auf dich sein. Los, sei doch mal stolz auf dich. So richtig, schulterklopfend stolz. So »on top of your game« stolz. So »ich hab's geschafft« stolz, so »de de deee de de deee«, Rocky-reißt-die-Arme-hoch-stolz!

Geht nicht?

Komisch.

Nervosität, Erwartung, Spannung – alles da, aber Stolz auf das, was ich die letzten Wochen geschafft habe? Fehlanzeige. Hinter der ganzen emsigen Betriebsamkeit, dem ständigen Schaffen-wollen-Müssen, dem höher, schneller, weiter und dem Ich-mach-das-schon-kein-Problem finde ich statt eines gesunden Gefühlslebens nur eine ausgestorbene Geisterstadt, in der die Saloontüren in den Angeln knarzen und vertrocknete Gestrüppballen durch die Gegend gewindet werden. Die Fassade steht – noch –, aber innen ist alles ausgestorben, verlassen, leer.

Als ich die Tür zu meiner Wohnung aufschließe, läuft mir ein kalter Schauer über den Rücken, den ich mit einem Schulterzucken zu vertreiben versuche. Fast nehme ich an, dass in meiner Wohnung wirklich Gestrüppballen durch die Gegend winden. Und das erste Mal in meinem Leben bin ich froh, als mich mein Bauch wissen lässt, dass wenigstens er noch da ist und nach etwas ganz Banalem, nämlich nach etwas zu essen, verlangt. Der kalte Schauer hat mich frösteln lassen, und ich suche in dem Klamottenhaufen, der in den zeitlosen letzten Wochen in meiner Zimmerecke entstanden ist, eine Jacke zum Überwerfen. Irgendwo in der Mitte guckt ein hellgraues Bündchen hervor, das so aussieht, als könnte es zu einem von meinen Cardigans gehören, und bevor ich mich versehe, habe ich daran gezogen und halte Nicks weiche Strickjacke in der Hand, die er mir an dem Abend in Dänemark um die Schultern gelegt hat.

Obwohl ich es besser wissen müsste, drücke ich meine Nase in die graumelierte Wolle, versuche, ihn zu riechen und als sein Geruch mein Gehirn erreicht, schlüpfe ich schnell hinein und tue so, als wäre das hier die normalste Jacke der Welt. Ich schlinge sie um meinen Körper, fahre mit den Händen über meine Oberarme und grabe sie dann tief in die Taschen der Jacke, so als könnte ich ihn dort wiederfinden.

»Huch, was ist das?«, entfährt es mir, als ich etwas eckiges im Inneren der rechten Jackentasche ertaste. Und noch bevor ich die kleine Schachtel herausgeholt habe, fällt mir wieder ein, was es ist. Nicks Geschenk. Ich habe es nie geöffnet, habe die Erinnerung daran wie den ganzen Nick und unsere zwei zauberhaften Abende unter meinen Pflanzen versteckt. Und nun liegt das kornblumenblaue Päckchen hier in meiner Hand. Direkt vor meiner Nase. Ich sollte es nicht öffnen. Zumindest nicht jetzt. Aber ich will, ich muss, ich werde es öffnen. Das Papier knistert kaum, als ich vorsichtig meinen Finger unter den Tesafilm schiebe, um ihn zu entfernen. Zum Vorschein kommt ein Stück grau-silbernes Treibholz mit einer Oberfläche wie Samt. Ich lasse meine Finger über die strukturierte, weiche Oberfläche gleiten und entdecke, dass es nicht ein, sondern zwei Stücke Treibholz sind, die genau passend übereinanderliegen. Ich drehe das Kästchen und sehe, dass an der anderen Seite zwei Scharniere angebracht wurden und empfinde eine seltsame kribbelnde Vorfreude. Fast traue ich mich nicht, das Kästchen aufzuklappen. Aber ich will, ich muss, ich werde es öffnen. Und so klappe ich das obere Treibholz mit angehaltenem Atem nach hinten und finde im Inneren eine präzise ausgefräste Mulde vor, in der ein bisschen Sand, zwei Muscheln, ein kleines, mit einer dünnen Kordel zusammengebundenes Röllchen Papier und eine Wunderkerze liegen.

Mit zittrigen Fingern stelle ich das Kästchen auf Theodore ab, greife nach der Wunderkerze und der kleinen Papierrolle und löse die Kordel. »Wünsche können wahr werden. Man darf nur nicht aufhören, daran zu glauben.« Und unter dieser Zeile ist eine Zeichnung von einem mintfarbenen Foodtruck unterm Sternenzelt zu sehen.

Eine bodenlose Sehnsucht überkommt mich so plötzlich, dass ich gar nicht weiß, wie mir geschieht. Ich hatte ihn doch erfolgreich in die Schachtel unter den Pflanzenkübeln verbannt. Weil ... ja, warum eigentlich noch mal? Maximale Karriere im Job mit minimalem Drama im Privatleben! Ist doch klar! Oder war es vielleicht doch nur die Angst davor, sich wieder auf jemanden einzulassen, sich zu irren und enttäuscht zu werden?

Ahhhh. Links die Wunderkerze, rechts das Papier, lasse ich meine Hände sinken und seufze laut. Ein paar Tränen versuchen, sich ihren Weg in meine Augenwinkel zu bahnen, aber ich blinzele sie weg. Nein! Ich kann das jetzt nicht. Wirklich nicht! Und mit einer Rigorosität, die dieses wunderschöne Kästchen so ganz und gar nicht verdient hat, knalle ich den Deckel zu, lege Papier und Wunderkerze daneben und werfe ein Halstuch vom Klamottenstapel darüber.

Wo waren wir eben stehen geblieben? Ach ja, Hunger!

Glücklicherweise hat Peter mir im Beach Club trotz meines Protestes einen Salat mit Gemüse in die Handtasche gesteckt. Nicks Kästchen, Rockys Stolz und meine idiotische Geisterstadt können mir gestohlen bleiben. Jetzt muss ich erst einmal was essen und trinken muss ich auch. Zum Salat noch Apfelschorle – und frische Minze aus meinem Dachgarten gehört natürlich auch dazu.

Mit dem Glas in der Hand rauf auf Theodore und durch die Klappe nach oben.

WAS IST DENN HIER PASSIERT? Ein Feld der Zerstörung offenbart sich meinen Augen. Umgefallene Kübel, vertrocknete Minze, Erde überall, verholzter Rosmarin, eingegangener Salbei, jämmerlicher Dill, mein Höckerchen ganz ramponiert auf der Seite liegend, verblühter, ungeschnittener Lavendel, kümmerlicher Koriander, und abgeknickte Tomaten. Wer hat hier bloß gewütet?

Salat und Schorle stelle ich auf dem Boden ab und richte

den Hocker auf, auf dem ich erst einmal völlig geschockt Platz nehme. Wie hat mein Kräutergarten von einem Tag auf den anderen einen solchen Schaden nehmen können? Vor Schreck trinke ich mein Glas fast leer und bin ein bisschen benommen, als ich aufstehe und mir das Ausmaß des Kräutermassakers näher anschaue. Wann bin ich denn bloß das letzte Mal hier oben gewesen? Ist das wirklich so lange her, dass mein ganzer Kräutergarten hatte verwahrlosen können? Ich lasse die letzten Wochen Revue passieren, und mir fällt nur der Nachmittag ein, an dem ich entschieden habe, mich auf eine Karriere einzulassen, die ich eigentlich nie haben wollte. Kann das wirklich sein? Das würde bedeuten, dass ich seit Monaten nicht mehr hier oben gewesen bin ... und genauso lange habe ich wohl auch nicht mehr gekocht. Denn wenn ich gekocht hätte, hätte ich mir dafür ja auch Kräuter holen müssen. Aus meinem Kräutergarten. Der sich jetzt in Luft aufgelöst hat beziehungsweise der komplett vertrocknet ist.

Oh. Da ist noch etwas Lebendiges. Zwischen all den grauen, knisternden Pflanzen hat sich ein grün leuchtender Basilikum versteckt. Zwar sind einige der Blätter braun, aber im Großen und Ganzen sieht er noch gut aus. Ich hole die Gießkanne, gebe ihm ein bisschen Wasser und schnuppere an seinen Blättchen. Mmhhhh. Das riecht gut. Und ich realisiere, wie sehr ich meine Sinne in den letzten Wochen vernachlässigt habe. Das Kräutergartenmassaker mit geisterstadtmäßigen Gestrüppbüscheln ist also jetzt die Quittung dafür, dass es im Job so gut laufen konnte.

»Wenn man seine ganze Energie nur in eine Sache

steckt, dann fehlt sie an anderer Stelle. Das ist doch ganz normal, Kind«, höre ich meine Mutter sagen, was das Ganze noch schrecklicher für mich macht. Ich fahre mit den Fingern über die starren Stängel und würde am liebsten komplett zusammenbrechen.

WIESSOOOO bleibt immer irgendetwas auf der Strecke? Ich möchte schreien, heulen, mit den Füßen stampfen, mich auf dem Boden in der Erde herumrollen und mich für immer verkriechen. Aber zwei Stunden vor Premierenbeginn ist dafür jetzt wirklich der falscheste von allen falschen Zeitpunkten, und deshalb verdränge ich auch das und klettere ohne einen weiteren Blick zurück durch die Dachluke in meine Wohnung.

Ich erlaube mir nicht, weiter darüber nachzudenken. Nicht über die Kräuter und schon gar nicht über das Treibholzkästchen!

Nein!

Verboten!

Du bist jetzt im wahren Leben angekommen. In dem Leben, wo man einem richtigen Job nachgeht und nicht Dachgärtnerin spielt, Wunderkerzen anzündet und von mintfarbenen Foodtrucks träumt.

Aus meinem Kleiderschrank fische ich ein seidenes Vintage-Hippie-Kleid von meiner Mutter, das mit Keulenärmeln und einem wilden Blumendruck ein echter Hingucker ist. Wenig später sitze ich schon wieder im Taxi und mache mich auf den Weg zurück zum Kino. Ricarda schickt mir eine WhatsApp nach der anderen mit guten Nachrichten, dass die Interviews mit den Schauspielern zufriedenstellend gelaufen und alle total gelöst und gut drauf sind.

Am Kino angekommen, entdecke ich hinter der Absperrung schon die ersten Fans, die geduldig auf ein Selfie mit Toni, ein Autogramm von Dennis, einen Blick auf die anderen Schauspieler und ein bisschen Glitzer und Glamour hoffen. Auch die Security steht an Ort und Stelle. Die Check-in-Counter sind mit den Hostessen besetzt, Frau Denger läuft geschäftig von A nach B und ruft mir zu, dass der Technik-Check für die Vorführung schon abgeschlossen ist, und alles gut geklappt hat. Es sieht so aus, als könnte es losgehen, und da trudeln auch schon die ersten Gäste ein. Viel zu früh zwar, aber wenn wir jetzt mit dem Einlass beginnen, gibt es nachher für die anderen Gäste weniger Warterei. Und so bedeute ich den Hostessen und der Security, die Absperrung an den dafür vorgesehenen Stellen zu öffnen und die Gäste reinzulassen.

Mittlerweile bin ich richtig nervös, und mein Bauch zwickt und zwackt, was das Zeug hält. Der Druck, der sich in den vergangenen Wochen in mir aufgebaut hat, ist fast nicht auszuhalten. Mein ganzer Körper ist angespannt, und so ist es kein Wunder, dass ich erschrocken zusammenzucke, als Claudio mich von der Seite anspricht: »Kann ich dir was zu trinken bringen?«

»Oh Gott. Hast du mich erschreckt. Nein, danke.« Schon der Gedanke daran, jetzt irgendetwas zu mir nehmen zu müssen, verursacht bei mir Übelkeit.

Claudio blickt sich fröhlich um. »Toll, Sophie. Ich wusste ja, du kannst es. Jetzt bist du dir auch sicher, dass du in diesem Job genau richtig bist, oder? Sieh dich nur um.« Claudio blickt mich fragend an, als ich nicht gleich nicke. Denn das, was ich sehe, ist nicht ein perfekt vorbereitetes Kino mit einer umwerfenden Deko, sondern die Geisterstadt mit den wehenden Gestrüppballen, den knarzenden Saloontüren, den eingeschlagenen Fenstern und den leer gefegten Straßen. Aber wie kann ich ihm das jetzt erklären.

»Wieso machst du denn so ein Gesicht?«

»Ich ... ich weiß nicht.«

Das ist komplett gelogen, denn ich weiß genau, warum. Ich habe Angst. Nasskalt-schweißige Angst, die sich durch die Entdeckung der Geisterstadt mit dem verwahrlosten Kräutergarten Bahn gebrochen und meine noch einigermaßen moderate Nervosität abgelöst hat. Angst, dass ich mir nicht genug Mühe gegeben habe. Angst, dass der Film nicht gut ankommt, Angst, dass Toni schlechte Presse kriegt, Angst, dass mein Marketing-Konzept nicht aufgeht, dass es bei den dreißig Gästen bleibt, die ich gerade reingelassen habe, dass es anfängt zu regnen, dass das Personal davonläuft, dass das Essen vergiftet ist, dass ich gefeuert werde, dass die Popcornmaschine explodiert, dass ein Sturm alle Gäste in die Elbe wirbelt, dass der Bus, der die Gäste vom Kino zum Beach Club bringen soll, verunglückt, und Angst, dass ich etwas wirklich, wirklich, wirklich Wichtiges vergessen habe. »Denk dran, es ist nur eine Premiere«, hat Hans gesagt, aber es fühlt sich nach so viel mehr an. Fast so, als würde meine Existenz davon abhängen, ob dieser Abend nun gelänge oder nicht.

»Meine Güte, Sophie. Du bist ganz blass. Komm, lass

uns reingehen. Du musst dich bestimmt nur mal einen kleinen Moment ausruhen.« Claudio versucht mich dazu zu bewegen, mit ihm ins Kino zu gehen und fasst meinen Arm, was bei mir ein ultimatives Tim-Flashback verursacht und mich seine Hand harsch abschütteln lässt.

»Ich kann mich jetzt nicht ausruhen. Du siehst doch, was hier los ist.« Und obwohl in diesem Moment so gar nichts Aufregendes oder Heikles oder Besonderes los ist, lasse ich ihn stehen und stöckele in meinen Pumps zum Check-in-Counter, an dem die Gäste begrüßt werden, die ihre Einladung vergessen haben.

»Mensch, Sophie, mien Seuten!« Runner Steve hat sich mit einem olivfarbenen Anzug, einem geflochtenen Zopf und einem Lederkäppi stadt- und premierenfein gemacht, und ich freue mich über alle Maßen, ihn zu sehen.

»Runner Steve.« Ich falle ihm völlig übertrieben und unprofessionell um den Hals, bemerke aus dem Augenwinkel die pikierten Blicke der Hostessen und löse mich mit einem Räuspern schnell wieder von ihm.

»Schön, dich zu sehen. Sind die anderen auch schon da?«

»Jo, die hem de beste Plätze im Kino rrreserveert. Warrrum siehst du denn so keesig ut, Sophie?«, fragt Runner Steve mich genauso besorgt wie Claudio ein paar Minuten zuvor.

»Ach. Das ist nichts«, antworte ich wenig glaubwürdig.

»Du bist doch ganz rrrammdösig. Bist du sicher, dat du dien Onkel Steve nich vertelln willst, wat di op'n Herzen liggen deit?« Mit seiner gutmütigen und netten Art will ich mich ihm am liebsten gleich noch mal an die Brust werfen und ihm alles anvertrauen, was mir auf der Seele liegt, aber ich sage einfach nur: »Das ist lieb, aber es ist alles in Ordnung«, was mein Bauch mit einem lauten »Ggrrhumpf, Grumpf, Groimphieb!« dementiert.

Runner Steve lacht: »Dat sieht dien Pansen aber ganz anners! Na ja, mach du dat mol so, wie du meinst, ward schon scheefgeihn.« Und damit klopft er mir auf die Schulter und lässt mich zurück. Aber ich bleibe nicht lang allein.

»Ahhhhhhhhh. Sophie!«, kreischt eine aufgeregt auf mich zu hüpfende Viviane und umarmt mich stürmisch, als sie endlich bei mir angekommen ist. »Wie schön, dich zu sehen!«

»Weißt du was?«, fragt sie mich strahlend.

»Nein, was?«, antworte ich gespannt.

»Rate.«

»Oh nein, Viviane. Ich hasse solche Ratespiele. Und ich muss mich hier auch noch um einiges kümmern. Das dauert bestimmt Stunden, bis ich draufkomme.« Ratespiele? Ich hasse sie wirklich. Und außerdem bin ich damit beschäftigt, mit simplen Tätigkeiten, wie Gästenamen auf Listen zu finden, meine Katastrophenangst in Schach zu halten.

»Ach komm schon. Sei kein Spielverderber.«

»Also gut«, stimme ich leicht entnervt zu. »Du bist für den Oscar nominiert.«

»Nein.«

»Du hast herausgefunden, dass du laktoseintolerant bist. Oder du bist im nächsten Film von Toni wieder dabei.«

»Ja, woher weißt du? Also beides. Aber das ist es nicht.«

»Du hast geheiratet.«

»Nein. Oh Mann, Sophie. Du bist echt schlecht darin. Kein Wunder, dass du dieses Spiel nicht magst. Ich sag es dir. Bist du bereit?«

Ich nicke.

»Stell dir vor. Ich habe Dennis in die Wüste geschickt. Weil er einfach total bescheuert ist. Du hattest recht. Und außerdem ist er impotent, weißt du? Also, am Set kriegt er immer einen hoch. Aber privat nicht. Also, so gar nicht. Ist das nicht skurril? Ach, es tut so gut, dich zu sehen. Ich habe noch so oft an unsere schöne gemeinsame Zeit am Set gedacht. Du auch?« Sie umarmt mich erneut und sieht nicht, dass ich auf dem besten Weg zu einem Lachkrampf bin. Woah! Was für eine herrliche Geschichte. Dieser schleimige Don Juan ist also impotent. Ha! Es gibt doch noch Gerechtigkeit. Ich muss mich zusammenreißen, nicht sofort eine Mail mit diesen News an das gesamte Marketingteam von Triversal zu schicken.

»Wie schön für dich! Also, dass du Schluss gemacht hast, nicht das mit dem nicht hochkriegen. Du weißt schon, was ich meine. Ich hab meinen Freund auch in die Wüste geschickt. Dann sind wir ja jetzt beide Single.«

»Das ist ja cool! Ohne Männer sind wir eh besser dran. Weißt du noch, dass ich dachte, ich MUSS mich mit Arschlöchern abgeben? Das ist jetzt vorbei. Ich bin auf Arschloch-Entzug, bis der Richtige kommt. Wir sehen uns später, ja?« Mit einem Augenzwinkern lässt sie mich am Check-in-Counter zurück und gesellt sich zu Toni, Dennis und den anderen Darstellern, die gerade aus den vorgefahrenen schwarzen Limousinen aussteigen, um über den sandfarbenen Teppich zu laufen und sich zwischen den Dünen und vor dem rauschenden Meer von der Presse ablichten zu lassen. Die Fotografen schreien Posenanweisungen in Richtung der Stars und Sternchen, während die Fans klatschen und ihre Namen rufen, um ein Autogramm zu ergattern. Und es sieht so aus, als würden alle diese Aufmerksamkeit genießen.

Der Applaus nach der Vorstellung in dem gerammelt vollen größten der drei Kinosäle ebbt gar nicht ab. Die Zuschauer, die noch nicht aufgestanden sind, trampeln mit den Füßen und begeisterte Pfiffe tönen über den rauschenden Beifall hinweg. Auf Geheiß von Toni soll ich mit auf die Bühne. Und so stehe ich zwischen Samantha, die sehr zufrieden mit dem Abend zu sein scheint, und Herrn Mock, den ich noch nie so begeistert erlebt habe, am Bühnenaufgang.

»Toni. Die hören ja gar nicht mehr auf. Das gab's noch nie. Oder, Samantha, was sagst du?« Mocks Augen glänzen.

Samantha schüttelt den Kopf und zwinkert mir aufmunternd zu.

»Seid ihr bereit?« Toni blickt in die Runde, und alle nicken. »Dann los!« Von ihm angeführt, geht das ganze Team auf die Bühne. So viele sind es, dass sie fast gar nicht alle drauf passen. Runner Steve steht selbstbewusst grinsend in der Mitte und sieht so aus, als hätte er nie etwas anderes gemacht, als sich bei einem aufgeregten Publikum Applaus abzuholen.

Ein paar Blumen fliegen in Tonis Richtung, der jetzt das

Mikrofon entgegennimmt, während das Klatschen langsam ein bisschen leiser wird.

»Warum gibt es diesen Film?«, fragt er feierlich und blickt sich dabei im Saal um. »Es gibt diesen Film, und es gibt ihn jetzt, weil diese Menschen hier«, und er zeigt auf alle von uns, die da mit ihm auf der Bühne stehen, »weil diese Menschen hier alles in ihrer Macht stehende getan haben, all ihre Kreativität, all ihren Mut, all ihre Zeit, all ihre Liebe, all ihr Können, all ihre Talente, all ihre Leidenschaft für diesen Film geopfert haben, sodass wir ihn trotz des unmöglich engen Zeitplans nun wirklich in die Kinos bringen können. Und dafür möchte ich mich bei euch allen bedanken. Also, danke! Und feiert schön! Wir sehen uns auf der Party im Beach Club!« Die Menge tobt, der Beifall tost, und ich fühle mich wie eine Hochstaplerin. Hat Toni wirklich all meine Kreativität, meinen Mut, meine Zeit, meine Liebe, mein Können, meine Talente, meine Leidenschaft für sein Projekt bekommen? Oder nur einen Teil davon? Und wenn er nur einen Teil davon bekommen hat, wo ist dann der andere Teil geblieben? In meinem Kräutergarten ist er nicht, in meiner Küche nicht und wenn ich ganz ehrlich bin, ist er in meinen Beziehungen und Freundschaften in den letzten Monaten auch nicht gewesen, und ganz bestimmt ist er nicht in der schrecklich leeren Geisterstadt in mir drin.

»Sophie. Willst du bei uns in der Limousine mitfahren?« Toni legt seinen Arm um meine Schulter und während ich nur denke, bitte nicht, weil Schlagzeilengefahr, drückt er mich noch ein bisschen fester und sagt: »Schön, dich zu sehen. Du hast echt einen super Job gemacht. Ich bin schon gespannt, wie es in meinem Beach Club aussieht.« Und schon bin ich wieder schrecklich aufgeregt, weil ja der gelungene Kinoabend erst ein Drittel der Miete ist, und ich jetzt noch bei der Party und dem Kinostart bestehen muss, was mir sofort wieder Bauchschmerzen verursacht.

»Wow! Sophie! Die Beleuchtung!« Toni blickt noch einen Moment durch die verdunkelten Scheiben seiner Limousine auf den dieses Mal roten Teppich, der zum Eingang seines Beach Clubs führt. An den Seiten des Teppichs habe ich ein Ständerwerk aus Holz errichten lassen, zwischen dem jetzt weiße, sehr fein gewebte Stoffbahnen hin und her schwingen, und über dem roten Teppich hängen unzählige beleuchtete Lampions, die in verschiedenen Farben vor sich hin strahlen.

»Das sollten wir immer so lassen, Sophie. Super Idee! Danke!« Toni ist begeistert und öffnet die Tür des Wagens. Er reicht mir die Hand, und als ich sie ergreife, um mich aus dem Auto zu schrauben, sehe ich Sternchen, weil ich genau in das Blitzlichtgewitter der Fotografen schaue, die schon am Beach Club auf Cast und Crew und die anderen Gäste gewartet haben. Na toll. Dann bin ich wohl morgen wieder in der »Promi« zu sehen. Ein bisschen tröstet es mich, dass wenigstens eine sich darüber freuen wird, und zwar Claudette.

Da ja das Kind jetzt sowieso schon in den Brunnen gefallen ist, hake ich mich bei Toni unter, als er mir seinen Arm anbietet, gehe mit ihm über den roten Teppich und finde das so seltsam und gleichzeitig so normal, dass ich kichere.

»Lachst du über mich?«, fragt Toni schmunzelnd.

»Nein, nein. Nur über die ganze Situation. Du und ich hier auf dem roten Teppich zusammen. Morgen wahrscheinlich wieder in der ›Promi‹. Das ist alles sehr merkwürdig für mich. Weißt du, was ich meine?«

»Ja, und doch ist es real. Weißt du, ich habe als Jugendlicher immer gedacht, dass die berühmten Leute ganz anders sind als ich. Dass sie eine ganz andere DNA haben, anders fühlen, anders denken. Aber es hat sich schnell herausgestellt, dass das nicht so ist. Wir Menschen sind im Grunde genommen alle gleich. Und deshalb ist es auch nicht völlig verrückt, dass du hier mit mir auf dem roten Teppich stehst. Leider lernen wir das als Kinder nur nicht in der Schule. Verstehst du?« Toni ist während der letzten Worte stehen geblieben und schaut mich ernst an, was mich so verunsichert, dass ich stotternd antworte: »I-i-ich glaube schon.«

»Weißt du, Sophie. Ich glaube, jeder Mensch hat unbegrenztes Potenzial. Die Frage ist nur, nutzt er seine Gaben oder nicht. Und welches Motto sowieso immer gilt, ist: Wer nicht wagt, der nicht gewinnt! Du bist ein gutes Beispiel, und deshalb wollte ich dir ja schon auf der Abschluss-Pa…«

»Toni, Sophie!« Mock unterbricht Toni und erstaunt mich mit seinem Outfit. Er hat sich noch einmal umgezogen und auf der Brust seines Partyhemdes prangt nun eine silberne Applikation des Versace-typischen Medusenkopfes. »Wollt ihr euch vielleicht mal weiterbewegen? Es wollen noch andere Leute über den Teppich gehen, und wenn ihr hier stundenlang verträumt herumsteht, müsst ihr euch auch nicht wundern, wenn ihr es dieses Mal gleich auf die erste Seite der Klatschpresse schafft. Und Sophie, nicht nur

Sie haben ein Händchen für einen guten Look.« Etwas eingeschnappt drängelt er sich zwischen uns hindurch zum Eingang. Jetzt erst merke ich, dass ich ihn die ganze Zeit ziemlich verblüfft angestarrt habe, und das erste Mal, seit ich ihn kenne, tut er mir ein bisschen leid.

»Hi ihr beiden. Toni, Sophie. Wirklich toll der Film. Das wird ein riesiger Erfolg werden! Herzlichen Glückwunsch noch mal!« Christian, der Sales Director von Triversal, begrüßt uns, legt seinen Arm um Tonis Schulter und zieht ihn mit »Was ich noch mit dir besprechen wollte ...« hinter Mock her und rein in den Beach Club. Toni blickt kurz über seine Schulter zu mir zurück und sagt: »Wir sprechen später, okay?«

Gleich am Eingang des Beach Clubs laufe ich Sasha in die Arme. »Ich habe dich schon überall gesucht. Wo warst du denn? Es tut so gut, dich zu sehen. Weißt du eigentlich, wie lange wir uns nicht gesehen haben? Du siehst blass aus. Ist alles gut?« Sie drückt mich fest, und ich werde in ihren Armen kurz zu Quittengelee.

»Du fehlst mir«, bringe ich ganz leise hervor und spanne schnell wieder alle Glieder an.

»Du fehlst mir auch. Und zwar sehr. Aber wenn dieser ganze Wahnsinn hier vorbei ist, dann sehen wir uns ja auch wieder öfter.« Sie legt den Kopf schief, und ich denke an den nächsten Filmstart und den danach und an all die Projekte, die nach »Strandherzgold« schon in den Startlöchern stehen, um von mir bearbeitet und angegangen zu werden, und sage trotzdem tapfer: »Ja, auf jeden Fall«, weil ich jetzt einfach so tun will, als wäre das die Wahrheit.

»Ich muss jetzt erst einmal eine Runde drehen, um sicherzustellen, dass hier alles reibungslos läuft. Ich finde dich gleich wieder.« Nervös reibe ich mir die Hände.

»Hier sieht doch alles super aus. Komm. Bleib bei mir. Wenn irgendwas nicht rundläuft, dann finden dich die Leute schon. Lass uns was trinken, ja?«

Sasha kann man einfach keinen Wunsch abschlagen, und obwohl ich jetzt schon ein schlechtes Gewissen habe, denke ich, »nur einmal anstoßen«, und gehe mit ihr zu einer der drei Bars, die alle in kleinen Bretterbuden auf der riesig großen Strandterrasse untergebracht sind und an denen sich schon lange Schlangen gebildet haben. Zu lange Schlangen, wenn es nach mir geht. Wo sind eigentlich die Kellner, die mit den Getränke-Tabletts herumlaufen sollen?

»Oh, da brauchen wir wohl eine Weile, bis wir anstoßen können, was?« Sasha will sich in die Schlange einreihen, aber ich weiß es besser: »Das ist das Gute daran, wenn man die Party organisiert. Dann muss man nicht Schlange stehen. Was möchtest du trinken? Es gibt drei Drinks: den ›Strand‹, den ›Herz‹ und den ›Gold‹. Der erste ist ein mit Limoncello aufgepeppter Prosecco, der zweite ist ein Longdrink aus Vodka, Minze, Orange und Johannisbeersaft und der ›Gold‹ ist so ähnlich wie ein Strawberry Colada, aber vegan. Was darf es sein, Frau Kibitz?« Lustig, noch nie habe ich Sasha bei ihrem neuen Nachnamen genannt.

»Immer noch total ungewohnt. Meinst du mich? Bin ich etwa verheiratet?« Wir grinsen.

»Das hört sich auf jeden Fall sehr erwachsen an. Wo ist

er überhaupt, dein Mann?« Ich schaue mich um, kann Mike aber nirgendwo entdecken.

»Ach, ich glaube, der ist drinnen und bespricht mit Toni und Christian noch ein paar Details zum Filmstart morgen. Ich nehme gern einen ›Gold‹. Und du?«

»Ich nehme den ›Herz‹. Bin gleich wieder da.« An der Schlange vorbei laufe ich direkt zum Seitenausgang der Barbude und rufe Dan, einem der Tresenleute, zu: »Hey Dan, einen ›Herz‹ und einen ›Gold‹ bitte! Alles okay bei euch?«

»Ja, aber siehst du die Schlange? Die wird immer länger, und so wie es aussieht, sind noch längst nicht alle Gäste hier. Wir wollten schon reingehen und Pia fragen, wo das Personal ist, das mit den Getränken herumläuft, aber wir kommen hier gerade einfach nicht weg.«

»Wer ist denn Pia?«, frage ich erstaunt. Meine Ansprechpartnerin für die Einteilung des Personals von Tonis Beach Club war bis eben gerade Melissa gewesen. Mein Bauch schlägt Alarm und drückt schon mal vorsichtshalber drauflos.

»Pia macht vertretungsweise die Personaleinteilung. Melissa hat sich heute Morgen einen Hexenschuss geholt, als sie versucht hat, drei Kisten Cola gleichzeitig hochzuheben. Und so wie ich das sehe, hat Pia in Melissas Planung kurzfristig noch etwas geändert. Aber was willst du machen, ne?« Dan zuckt mit den Schultern, reicht mir meine Drinks und jongliert mit ein paar Flaschen, bevor er die nächsten Getränke an die Wartenden verteilt. Ich lehne mich ein bisschen zurück und um die Ecke der Bretterbude sehe ich die drei immer länger werdenden Schlangen, noch viele weitere

Gäste, die gerade durch den Eingang kommen, und einen aufgeregten Mock, der ganz offensichtlich nach mir Ausschau hält.

»Und wo ist diese Pia?«, frage ich Dan gereizt.

»Keine Ahnung, Sophie. Ich habe sie seit dem Aufbauen nicht mehr gesehen«, antwortet Dan, während er zwei Cocktailshaker gleichzeitig durch die Gegend schüttelt.

Ich kann es nicht fassen, dass eine einzige Person die Planung von zwei Monaten ruiniert. »Wenn ich diese Pia zu fassen bekomme«, murmele ich vor mich hin, als ich mit den zwei Drinks und eingezogenem Kopf wieder zu Sasha gehe.

»Was?« Sasha beugt sich zu mir, aber ich drücke ihr nur den »Herz« und den »Gold« in die Hand, lasse sie wissen: »Ich muss etwas klären. Ich bin hoffentlich gleich wieder bei dir«, und stapfe los, um meine schlimmsten Albträume abzuwenden.

»'tschuldigung. 'tschuldigung.« Ich drängele mich durch die kleine Menge, die sich vor Peters Outdoor-Buffet gebildet hat, und ignoriere Beschwerden wie »Sie sind aber noch gar nicht dran«, »Auch Leute aus der ›Promi‹ müssen sich anstellen« und »Das ist aber unhöflich«, und rufe, als ich endlich vorne stehe, ohne Begrüßung: »Weißt du, wo eine gewisse Pia ist? Eine von Tonis Beach-Club-Leuten?«

Peter, der sich inmitten des Trubels beim Verteilen seiner Frühlingsrollen mehr als wohlzufühlen scheint, erblickt mich erfreut und ruft zurück: »Hey Sophie. Wie geht es dir? Schön, dich zu sehen! Wir trinken später was zusammen, ja? Was hast du gesagt?«

»Ob du weißt, wo eine bestimmte Pia ist. Eine von Tonis Beach-Club-Leuten.« Für Begrüßungen habe ich keine Zeit.

»Ach, die kurzhaarige Blonde mit den Tattoos? Der Melissa-Ersatz?« Peter lässt sich seine gute Laune von mir nicht verderben.

Ich nicke.

»Ich denke, sie ist drinnen.«

Ohne ein weiteres Wort drehe ich mich um, schiebe mich wieder unbeirrt durch die Menge und laufe schnellen Schrittes über den so liebevoll dekorierten Platz, der sich stetig füllt. Mit Menschen, die durstig sind. Argh!

»Na, mien Seuten. Allns kloar? Wat kiekst du denn so grrrummelich. Na, wenigstens bist du nu nich mehr so keesig um dien Nees.«

Aber ich bemerke Runner Steve kaum und stapfe zielstrebig an ihm vorbei und hinein in den Bungalow, der die Küche, eine weitere Bar, die Büroräume und heute auch eine Tanzfläche und das Buffet beherbergt.

Wenigstens hier sind noch genügend Servicekräfte zu finden. »Weißt du, wo Pia ist?«, frage ich eine davon, die aber nur den Kopf schüttelt und weiter die Salate durchmengt. Auch der DJ weiß es nicht, der Barmann noch weniger, und auch in der Küche scheint niemand zu wissen, wo sich diese Pia gerade aufhält. Meine Planung durcheinanderbringen und sich dann verstecken. Das ist echt nicht zu glauben. In mir brodelt die flüssige Magma des Vesuvs, und ich möchte irgendwem hier und jetzt und am liebsten sofort den Kopf abreißen. Was mache ich denn jetzt?

Innerlich tobend setze ich mich auf einen Barhocker, um

kurz zu überlegen, was als Nächstes zu tun ist, und starre auf das stark frequentierte, sehr ansprechende Buffet, auf dem Lammwürstchen, allerlei Salate, Grillgemüse in allen möglichen Variationen und Mini-Burger angeboten werden. Bald werden alle tausend Gäste hier sein, und keiner wird ein Getränk in der Hand haben. Genau so habe ich es mir vorgestellt. In meinem schlimmsten Albtraum!

»Na, Sophie. Du siehst aus, als gäbe es ein Problem. Kann ich dir irgendwie behilflich sein?«

DER Typ hat mir gerade noch gefehlt.

»Ich glaube nicht, dass DU mir helfen kannst, lieber Dennis.« Auch ich kann zicken.

»Es sieht so aus, als hätte sich hier jemand«, und er zeigt auf mich, »ein bisschen mit dem Personal verkalkuliert. Mock muss sich schon bei den Geschäftspartnern entschuldigen. Entweder du suchst dir gleich 'nen neuen Job, oder vielleicht solltest du dir mal wieder eine Schürze umbinden. Darin siehst du ja unglaublich sexy aus. Und du kochst doch auch so gern, war das nicht so? Da liegt dir kellnern bestimmt auch richtig gut.« Er lacht sich ins Fäustchen und nimmt selbstzufrieden einen Schluck von seinem »Strand«.

»Ich kann dir gern etwas zu essen bringen, wenn du dich nicht genug bewirtet fühlst.« Die Magma brodelt noch immer heftig in meinem Inneren, und ich kann für nichts mehr garantieren.

»Ja, gerne, Sophie. Das ist aber sehr zuvorkommend von dir.« Er freut sich, und ich hoffe, dass ihm sein dämliches Grinsen gleich im Hals stecken bleibt.

»Das mache ich doch gern für dich, Dennis.« Ich

schnappe mir das kleinste Würstchen vom Buffet und halte es ihm wie ein Eis am Stiel vor die Nase.

»Hier. Bitte schön. Ach nein, warte.« Und schon zeigt das Würstchen traurig nach unten. »So passt es besser, oder? Wohl bekomm's.«

Und während sich Dennis noch an seinem »Strand« verschluckt, erspähe ich am anderen Ende des Raumes eine blonde Person mit Kurzhaarschnitt und vielen Tattoos unterm Tanktop und mache mich auf den Weg, um den nächsten Marsch zu blasen.

Gerade als sie im Büro verschwinden will, erreiche ich die Frau, die vermutlich Pia ist, und tippe ihr von hinten auf die Schulter. Mein innerer Vulkanausbruch steht ganz kurz bevor. Am liebsten würde ich jetzt schreien: »Was fällt dir ein, BITCH?«, aber ich versuche, meine Raserei ein bisschen runterzudrehen und bringe ein halbwegs normales, durch die Zähne gepresstes »Hi« hervor.

Pia dreht sich um und begrüßt mich freundlich mit: »Hi. Kennen wir uns?«

»Das sollte ich dich wohl lieber fragen!« Ups, der Ton, Sophie. Der Ton.

»Wieso?«

Pia gibt sich ganz unschuldig.

»Na ja, du solltest mich kennen. Ich habe diesen ganzen Affenzirkus hier organisiert«, bricht es aus mir heraus und schon bereue ich das »Affenzirkus«.

»Na und?«, fragt Pia mich achselzuckend. »Was hat das mit mir zu tun?«

Ich reiße ungläubig die Augen auf und keuche: »Alles?!

Deine eigenmächtige Personal-Streichung hat hier zu einem totalen Getränke-Desaster geführt. Die Leute stehen in langen Schlangen vor der Bar und warten sich die Beine in den Bauch. Bei einer Premierenparty! Bei einer wichtigen Premierenparty!!« Der Vesuv spuckt heiße Lava, und in meinen Ohren rauscht es. »Wieso hast du das gemacht? Wieso? Es war alles ganz genau geplant. Und dann kommst du und ruinierst alles! Was hast du dir bloß dabei gedacht?« Jetzt bin ich wirklich außer mir.

»Reg dich ab. Hier waren viel zu viele Kellner eingeteilt für heute Abend. Das wäre viel zu teuer geworden, und ich hätte anschließend 'ne Ewigkeit gebraucht, um für alle die Stunden abzurechnen. Dann warten die Leute halt, irgendwann kriegen sie ja ihr Getränk.«

»Reg dich ab??? Erstens: Ist das dein Ernst??? Zweitens: Das ist MEIN Budget! ICH entscheide, was zu teuer ist und was nicht. Und Drittens:«, mittlerweile stehe ich auf meinen Zehenspitzen, fuchtele wild mit meinen Armen und kreische: »Echt jetzt??? Irgendwann kriegen sie ja ihr Getränk? Das ist alles, was du dazu zu sagen hast? Ich kann's nicht fassen. Das hier ist eine Premium-Veranstaltung. Das sollte ein unvergesslicher Abend für alle Gäste und die Filmleute werden. Bist du so blöd oder tust du nur so?!«

Die letzten Worte hallen nach, und hinter Pia, die mich mit in die Hüfte gestemmten Händen von oben bis unten mustert und sich wahrscheinlich gerade überlegt, ob sie mir eine kleben soll, sehe ich mich selbst in einem der Spiegel, die an den Wänden des Bungalows angebracht sind. Und was ich da sehe, lässt mich vor Grauen erstarren: Mein Gesicht ist zu einer wutentbrannten Fratze verzerrt, ich habe Schweißflecken unter den Armen, mit denen ich immer noch aufgeregt und mit gespreizten Fingern in der Luft herumfuchtele und meine Schultern sind so nah an meinen Ohren, dass ich gar keinen Hals mehr zu haben scheine. Ich schließe die Augen, atme ganz tief ein und lasse Schultern und Arme beim Ausatmen sinken. Langsam sickert es in mein Bewusstsein. Diese hysterische Person, die hier gerade einen Tobsuchtsanfall wegen ein paar fehlender Kellner auf einer Premierenfeier bekommen hat, bin ich und ich schäme mich in Grund und Boden.

»Du hast mir gar nichts zu sagen, du hysterische Kuh. Ich hau ab!«, ist Pias trotzige Antwort auf meinen Ausraster, und mit vorgerecktem Kinn rempelt sie mich an und verschwindet zwischen den Gästen.

»Bravo!« In meinem Rücken klatscht mir jemand über die letzten Töne von Pharrells »Happy« hinweg Beifall und sagt: »Willkommen im Club!« Und noch bevor ich mich umgedreht habe, weiß ich schon, dass ich ganz bestimmt nicht Mitglied in diesem Club werden will.

Tina sieht ganz begeistert aus: »Hut ab! Der hast du ja ordentlich einen eingeschenkt! Die ach so nette Sophie. Ist also gar nicht so nett. Na ja, mir hast du ja schließlich auch Hundescheiße unter den Schreibtisch gelegt. Aber nach dem Spektakel hier – Schwamm drüber! Ich hätte mir ja eigentlich gleich denken können, dass du genauso taff drauf bist wie ich. Wie schön, vielleicht finden wir ja noch mehr Gemeinsamkeiten auf dem Weg nach ganz oben.«

Ich erschaudere. Meine Mutter würde wahrscheinlich sagen, dass dieser Weg nur in eine Richtung führt, und zwar auf direktem Weg ganz nach unten.

»Ganz bestimmt nicht.«

»Wie bitte?«

»Ganz bestimmt nicht.«

»Ich weiß nicht, was du meinst, Sophie.«

»Nie und nimmer werden wir beide irgendwelche Gemeinsamkeiten haben und ganz bestimmt nicht auf dem Weg nach oben. Das hier war ein Ausrutscher und wird mir bestimmt nicht wieder passieren.« Plötzlich geht in meinem Kopf eine hellhellhelle Lampe an und leuchtet selbst die dunkelsten Ecken aus. So was von klar und deutlich weiß ich nun, was jetzt zu tun ist, dass ich mich frage, welche Schuppen da monatelang auf meinen Augen lagen. Und ohne ein weiteres Wort lasse ich Tina stehen.

Ich erspähe Toni auf der Tanzfläche, wo er ausgelassen mit Viviane zu »It's My Life« von Dr. Alban schwooft, und drängeltanze mich zu ihnen durch.

»Toni! Hast du einen Moment?«, schreie ich über die Musik hinweg, und wenig später stehen wir auf der kleinen Terrasse, die mit roten Samtkordeln exklusiv für VIPs abgesperrt ist, und schauen auf die Elbe.

»Ich muss dir etwas sagen«, fange ich gleichzeitig total euphorisch, aber auch völlig unbeholfen an.

»Ich wollte dir ja auch noch etwas sagen«, antwortet er sanft, »bin nur in dem ganzen Stress einfach noch nicht dazu gekommen.«

»Dann fang du an.«

»Wenn du meinst. Es ist nichts Weltbewegendes, und

vielleicht ist dir das ja sowieso schon klar, aber ich hatte am Set das Gefühl, dass dich die Arbeit in Peters Cateringwagen sehr glücklich gemacht hat. Glücklicher als die Arbeit am Film. Und ich wollte dir eigentlich nur sagen, dass es nie verkehrt ist, seinem Herzen zu folgen, auch wenn es vielleicht nach außen hin nicht unbedingt das Sinnvollste zu sein scheint, und alle dich für verrückt erklären. Versteh mich nicht falsch ... Ich möchte dich nur ungern als meine Product Managerin verlieren, aber ich glaube, dass du eigentlich mit deinem Herzen woanders bist. Ich hätte mir gewünscht, dass mir das jemand in deinem Alter, oder besser noch früher, so gesagt hätte. Jemand, der diesen Weg schon gegangen ist, der also aus Erfahrung spricht. Und deshalb hatte ich das Bedürfnis, dir das mitzuteilen.«

Ich bin ein bisschen baff und sehe anscheinend auch so aus, denn Toni lacht laut los: »Mach mal den Mund wieder zu, Sophie! Das steht dir nicht so gut! Und? Was wolltest du mir sagen?«

»Da haben Sie aber noch mal Glück gehabt, Sophie«, bevor ich Toni antworten kann, stolpert uns ein glitzernder, schwitzender Herr Mock über die rote Samtkordel entgegen und kommt kurz vor uns zum Stehen. »Das hätte ja auch total in die Hose gehen können. Ich hätte nicht gedacht, dass es ausgerechnet Ihnen passieren würde, zu wenig Personal einzuplanen, aber glücklicherweise scheinen Sie ja doch sehr beliebt zu sein.«

»Hä?« Ich verstehe nur Bahnhof.

»Na, Ihre Freunde. Sie wissen schon.« Herr Mock wedelt ungeduldig mit den Händen herum, und als ich immer noch verunsichert zwischen Toni und ihm hin und her schaue, hat er Erbarmen und erklärt: »Einige Ihrer Freunde und Mikes Ehefrau – ganz nebenbei, wer hätte gedacht, dass dieser Schwerenöter jemals heiratet, nicht wahr? – haben sich kurzerhand ein paar weiße Schürzen geschnappt und den Flying-Service draußen übernommen. Et voilà – Gäste happy, Mock happy.« Und mit einem zufriedenen Grinsen zeigt er dabei auf seinen silbernen Medusenkopf, der so stark glänzt, dass ich mein Spiegelbild darin erkenne.

»Na dann ist ja alles roger, Günther, nicht wahr?« Macht Toni sich gerade über Herrn Mock lustig?

»Was wolltest du mir sagen, Sophie.«

Wieder schaue ich zwischen Mock und Toni hin und her und entschließe mich, jetzt nicht zu kneifen.

»Erstens: Ich habe eine von deinen Mitarbeiterinnen rundgemacht. Pia.«

Mock schüttelt missbilligend den Kopf, während Toni losprustet.

»Was? Warum lachst du?«, frage ich perplex.

»Na, weil Pia meine Cousine und eine echt faule blöde Kuh ist, und ich sie jetzt nicht mehr feuern muss, weil sie wahrscheinlich beleidigt ist und von selber geht. Ich habe sie nur meinem Onkel zuliebe eingestellt. Also, wieder einmal vielen Dank, Sophie. Und zweitens?«

Ich zögere kurz. Soll ich es wagen? Mir fallen meine Freunde ein, die sich ohne zu zögern überlegt haben, was sie tun können, um mir das Popöchen zu retten. Sie haben lieber gehandelt, als lange herumzuzaudern. Das ist absolut nachahmenswert und gibt mir nach Tonis Ansprache den letzten Schubs in die richtige Richtung: »Zweitens«, tief ausatmen und wieder ein, »zweitens: Ich kündige.«

»Yes!«, schreit Toni und Mock schreit »Waaaaas?«, und wieder blicke ich zwischen den beiden hin und her und bin so froh, dass es endlich raus ist, dass es sich laut ausgesprochen genauso gut und richtig anfühlt, wie es sich eben schon in mir drin gut und richtig angefühlt hat, und dass ich endlich wieder ich selbst bin – in meiner Haut und im Kleid meiner Mutter, dem ich nun auch wieder gerecht werden kann.

»Das können Sie mir nicht antun. Sie machen das doch alles so verblüffend gut! Wir brauchen Sie!« Mock ist völlig außer sich und wendet sich flehend an Toni: »Jetzt tu doch was, Toni!«

»Günther. Nur weil man etwas gut kann, heißt das noch lange nicht, dass man es auch machen muss. Und so oder so, bin ich mir sicher, dass Sophie uns auf die eine oder andere Art erhalten bleibt. Vielleicht hast du Lust zusammen mit Peter bei unserem nächsten Film das Catering zu schmeißen? Aber das sehen wir dann. Jetzt muss sie sich erst mal ihre eigenen Träume erfüllen.«

Und ich staune, wie sehr dieser Mann, der den Ruf hat, ein unempathischer, egozentrischer Kokser zu sein, das genaue Gegenteil von alldem ist und wie gut er mich durchschaut hat.

»Du willst los, oder?«, fragt er jetzt auch noch und wird mir langsam unheimlich.

»Ja«, lächele ich ihm zu. »Ich muss. Wünsch mir Glück!«

Und ich drücke ihm zum Abschied einen dicken Kuss auf die Wange.

»Bis bald, Sophie. Und denk dran. Auch du bist unbegrenzt!« Er grinst mich an und winkt mir zum Abschied.

Leicht wie eine Feder hüpfe ich über die samtene Absperrkordel und laufe schnellen Schrittes nach draußen. Zwischen den Gästen, die sich gut zu amüsieren scheinen, sehe ich hier und da Sasha, Sandrine, Claudio und Tomas mit weißen Schürzen auftauchen und Getränke verteilen. Ich habe wirklich richtig gute Freunde.

Ich renne zu Sasha, die gerade mit Claudio über die korrekte Tragetechnik des Tabletts fachsimpelt, und umarme beide stürmisch. »Danke, ihr Lieben. Danke. Ihr seid so toll! Und es tut mir schrecklich leid, dass ich mich in den letzten Wochen so komisch verhalten habe und überhaupt keine Zeit mehr für euch hatte. Das wird sich ab sofort wieder ändern.« Atemlos sprudelt es nur so aus mir hervor. Und da, wo gerade eben noch der glühende Schlund des Vesuvs zu finden war, ist jetzt ein Ozean aus Glück, Liebe, Dankbarkeit und unzähligen Schmetterlingen.

»Was ist denn bloß passiert, Sophie?«, fragt Sasha mit einem Lächeln auf den Lippen.

»Ich habe gekündigt!«

»Echt?«

»Ja! Echt! Ich habe in den letzten Wochen und Monaten Prioritäten gesetzt, die ich eigentlich nie wichtig fand, und dafür Dinge aus den Augen verloren, die mir aber absolut wichtig sind. Aus lauter Angst, nach der Trennung von Tim wieder einmal den Boden unter den Füßen zu verlieren und orientierungslos durch mein Leben zu stolpern, habe ich mich Hals über Kopf in einen Job gestürzt, der dem, was ich eigentlich machen will, gar nicht entspricht. Aber er hat mir irgendwie Halt, eine Mission, einen Sinn gegeben. Das dachte ich zumindest. Und dabei habe ich aufgehört, vom ›eigentlich‹ zu träumen. Ich hatte keine Zeit mehr, euch zu treffen, euch zuzuhören und habe mein Vorhaben nicht umgesetzt, meinen Vater zu besuchen und ihn besser kennenzulernen. Ich habe nicht mehr gekocht, meinen Kräutergarten total vernachlässigt und habe nicht mal versucht, die Missverständnisse mit jemandem aus dem Weg zu räumen, bei dem zumindest die Chance bestand, dass er der Richtige für mich hätte sein können. Kurzum, ich bin zu jemandem geworden, der ich nicht sein will. Und mein Ausraster eben, den ihr hoffentlich nicht mitbekommen habt, war gleichzeitig mein Einraster. Es kommt mir vor, als wäre ich nach einem langen Dornröschen-ähnlichen Schlaf wieder zu mir gekommen, und zwar glücklicherweise mit ein paar Erkenntnissen im Gepäck. Ich weiß jetzt, dass es keinen Sinn macht, seine Wünsche auf die lange Bank zu schieben. Glück kann man nicht in einer fernen Zukunft finden, sondern nur im Jetzt, und dafür muss man eben auch mal das eine oder andere Risiko eingehen. Wisst ihr, was ich meine?«

»Halleluja! Oder sollten wir besser ›Amen‹ sagen? Wir wissen genau, was du meinst! Können wir dann jetzt endlich mit dir anstoßen?« Claudio hat Sasha schon einen »Herz« in die Hand gedrückt und hält mir einen »Gold« hin.

»Tut mir leid, aber ich muss los«, antworte ich aufgeregt und von meiner Ansprache noch etwas außer Atem.

»Wohin denn?«, fragen beide unisono.

»Nach Dänemark!«

Und bei diesen Worten schlägt mein Herz ein bisschen schneller.

Ein Blick auf die Uhr sagt mir, dass es mittlerweile schon halb zwölf ist. Sollte ich vielleicht doch lieber erst morgen früh fahren? Nein, ich kann nicht mehr warten, und ich würde eh kein Auge zutun.

Zurück in meiner Wohnung, will ich keine Sekunde verlieren, und so schmeiße ich wahllos Pullover, Hosen, Röcke, Strümpfe, BHs und Unterhosen in meine Tasche. Nicks Jacke ziehe ich mir über, und als ich schon fast wieder aus der Tür raus bin, fällt mir noch das Kästchen ein. Ich renne zurück, krame in der Küchenschublade nach einem Feuerzeug, greife mir die Wunderkerze und steige über Theodore nach oben auf die Dachterrasse. Ein bisschen Unterstützung kann ja nicht schaden. Und über den Dächern Hamburgs, unterm Sternenhimmel vertraue ich dem Universum meinen allerdringendsten Wunsch an, nämlich »Nick!«, bevor ich die Wunderkerze anzünde und mich von den diamantenen, tanzenden Funken hypnotisieren lasse.

Wieder in meiner Wohnung, stecke ich die abgebrannte Wunderkerze zurück ins Kästchen und das Kästchen in meine Handtasche.

Und was, wenn er dich nicht sehen will? Was, wenn er dir die Tür vor der Nase zuschlägt? Was, wenn er dich anschreit? Was, wenn diese zwei Abende nur in deiner Fantasie stattgefunden haben, wenn du nur geträumt hast, Sophie?

Ich weiß es nicht. Was ich aber weiß, ist, dass ich ihn sehen muss. Tür ins Gesicht, angeschrien werden, nicht gesehen werden wollen – hin oder her! Erst, wenn ich ihn sehe, weiß ich, wie es weitergeht.

Eilig nehme ich zwei Stufen auf einmal, bin unten angekommen ganz sicher, dass ich vergessen habe, abzuschließen, was mir nur ein kehliges Lachen entlockt, und laufe mit großen Schritten in Richtung Taunus. Ob die alte Lady, wie meine Mutter ihren geliebten Schlitten immer genannt hat, mich heil bis ganz nach Dänemark bringt und ob ich das Haus überhaupt wiederfinde? Wir werden sehen.

Der Motor springt an, die Straßen sind leer und im Kassettendeck steckt ein Mix-Tape, das ich vor Jahren mal für meine Mutter zusammengestellt habe. »Born To Be Wild«, »Heart Of Gold«, »Baby Love«, »Your Love Is King«, »Tell It To My Heart«, »I Want To Break Free«, »You're My Hero« und jede Menge Cola halten mich neben meiner hibbeligen Aufgeregtheit so wach, dass ich nur zum Tanken stoppe und in den frühen Morgenstunden noch im Dunkeln über die Grenze rolle. Habe ich eigentlich einen Ausweis dabei? Ich krame hektisch in meiner Handtasche herum und ertaste erleichtert das kleine Mäppchen mit den Ausweisen. Aber da werde ich auch schon von den Grenzposten durchgewunken. Mein Handy biept, und ich fahre auf den nächsten Parkplatz, um zu prüfen, ob es sich um die Nachricht handelt, die ich schon die ganze Nacht über händeringend erwarte. Mike hat die nötigen Koordinaten von Tonis Assistentin bekommen und mir diese bereits so in Google Maps markiert, dass ich nur noch auf Start tippen muss, und das Navi sagt: »Ihre Route wird berechnet.«

An der letzten Tankstelle vor der Abfahrt gehe ich zum Zähneputzen auf die Toilette und wundere mich, wie frisch ich aussehe. Zwei Nächte ohne Schlaf können anscheinend Wunder bewirken. Oder hat es etwas mit der Kündigung zu tun? Auch wenn ich keinen blassen Schimmer habe, wie es für mich weitergeht, fühle ich mit jeder Faser meines Körpers, dass ich die richtige Entscheidung getroffen habe. Denn eine Furie, die ihren Job über alles stellt, hatte ich nie sein wollen. Wenn ich an mein Spiegelbild im Beach Club denke, bin ich gleich wieder in meinem persönlichen Horrorkabinett. Nein, das wird mir nicht noch einmal passieren.

Die hügelige Landschaft, die von der Morgensonne in warmgoldenes Licht getaucht wird, macht mich jetzt doch ein bisschen schläfrig, und ich kurbele mein Fenster runter, damit der Fahrtwind mich wach halten kann. »In 200 Metern rechts abbiegen«, lässt mich das Navi wissen, und ich folge seinen Anweisungen. Weitere zwei Stunden durch abgemähte Felder, an Kuhweiden und schnuckeligen, mit Reet gedeckten Häusern vorbei, die Meeresluft schon in der

Nase, muss ich auf einen kleinen Weg inmitten einer Wiese abbiegen, wo ich in vierhundert Metern auf der rechten Seite mein Ziel erreichen soll. Und bevor die blecherne Stimme aus dem Telefon mich mit »Sie haben Ihr Ziel erreicht« siegessicher darauf hinweist, dass ich angekommen bin, spüre ich genau das, noch ehe ich das Haus erspähe.

Ich stelle den Motor des Taunus ab und laufe den Rest zu Fuß. Laut Navi muss ich diesem Weg, der sich zwischen mit Strandhafer bewachsenen Dünen entlangschlängelt, noch dreihundert Meter folgen, und ich bin da. Gestern waren diese Dünen noch aus Pappmaschee und standen auf einem beigen Teppich ... Erst jetzt wird mir bewusst, dass ich immer noch mein Premierenoutfit und darüber Nicks Strickjacke trage und wahrscheinlich im Tageslicht doch ziemlich übernächtigt aussehe. Und was soll ich ihm überhaupt sagen, wenn er mir die Tür aufmacht? War das Ganze vielleicht doch keine so gute Idee? Ich verlangsame meinen Schritt und greife zu meinem Handy.

»Ich bin da, und jetzt hab ich Schiss.«

Sashas Antwort erscheint sofort auf meinem Display: »Stell dich nicht so an. Du hast schließlich gerade eine mega Premierenfeier auf die Beine gestellt. Das wird ein Kinderspiel! Sei einfach ganz du selbst!«, plus Daumen-hoch- und Champagner-Emoji. Ich schicke ihr den Grübel-Smiley zurück, den wahrscheinlich keiner außer uns benutzt oder versteht, und gehe zögerlich mit kleinen Schritten in Richtung Haus.

Bestimmt schläft er noch. Vielleicht setze ich mich erst einmal noch ein bisschen auf die Bank und warte, bis er von alleine rauskommt, dann wäre die Tür ins Gesicht schlagen schon mal aus dem Rennen. Aber was ist mit Yukon? Yukon würde mich bestimmt entlarven und gleich laut bellen.

Irgendwie kommt es mir so vor, als wäre ich schon viel weiter als dreihundert Meter gelaufen. Habe ich vielleicht eine Abzweigung verpasst? Hilfesuchend schaue ich mich um, aber mir kommt nichts bekannt vor. Mein Handy zeigt »Kein Netz«.

»Das war ja klar.«

Ich laufe noch ein bisschen weiter in die Richtung, aus der ich meine Meeresrauschen zu hören, und fühle mich verloren. Hat sich Mike vielleicht mit den Koordinaten getäuscht?

Nachdem ich weitere zehn Minuten durch die Dünenlandschaft geirrt bin, bin ich mir sicher, dass ich mich verlaufen habe und bezweifle, dass ich jemals wieder zu meinem Auto zurückfinde. Ich besteige eine mittelhohe Düne, weil ich hoffe, einen Überblick über das Hinterland zu gewinnen und vielleicht ja sogar sein Haus zu sehen, und erschrecke, weil mir unvermittelt ein Mann mit Hund gegenübersteht, dessen Gesicht ich gegen das Sonnenlicht gar nicht erkennen kann.

»Hahhh«, entfährt es mir, und auch der Mann zuckt zusammen.

Yukon ist das nicht. Und Nick auch nicht, wie ich beim zweiten Blick geknickt feststelle. Nachdem ich meine Schreck-Enttäuschung heruntergeschluckt habe, versuche ich mein Glück und frage den Mann: »Entschuldigung, aber wissen Sie, wo dieses kleine Häuschen ist, mit der Blumenwiese und der Bank davor? Das mit den schwarzen Fensterläden?«

»Natürlich. Von hier aus gesehen, hinter der dritte Düne links«, antwortet der Fremde freundlich mit dänischem Akzent und fügt hinzu: »Komme Sie, komme Sie. Wenn Sie oben auf die Düne stehen, dann sehe Sie es besser.«

Und so kraxele ich mit dem Dänen auf die Düne und sehe erst das weite, weite Meer vor mir und dann, als ich mich umdrehe, endlich das Haus, das ich nun schon seit gefühlt hundert Stunden suche.

»Danke«, rufe ich dem Fremden zu, renne die Düne wieder runter und versuche nicht zu vergessen, hinter der wievielten Düne ich nun abbiegen sollte.

Es sieht immer noch genauso aus wie an dem Tag, als ich es das erste Mal gesehen habe. Nur die Wiese davor hat sich etwas verändert. Kleine, kräftige Sonnenblumen und rostrote Gräser prägen jetzt das Bild und lassen das Haus mit seinen Fensterläden, den Blumenkübeln und der hübschen Treibholzbank noch romantischer wirken. Obwohl es hier schon merklich kühler und viel herbstlicher ist als in Hamburg, hat mich meine kleine Schnitzeljagd doch ganz schön ins Schwitzen gebracht!

Ich versuche mich ein bisschen zu beruhigen und gehe nun zielstrebig auf die Haustür zu.

Kein Bellen?

Oh.

Und kein schwarzer R4 vor der Tür, sondern ein protziger SUV mit verchromten Felgen?

Zögerlich klopfe ich an die Tür, woraufhin eine Frauenstimme aus dem Inneren ruft: »Kleinen Moment. Ich kohooomme.«

Die Stimme kenne ich doch. Ist das nicht …?

»Sibylle«, keuche ich, als genau die in einem weißen übergroßen Männerhemd und sonst nichts vor mir steht.

»That's me!«, flötet sie mir gut gelaunt entgegen, verschränkt die Arme vor ihrer Brust und lehnt sich lässig gegen den Türrahmen. »Da schau mal einer an, wen es da an unseren Strand gespült hat. Warst du nicht bei Tonis Film die Küchenfee? Wie heißt du noch gleich?« Mit demonstrativem Desinteresse schaut sie auf ihre makellos manikürten Fingernägel und wartet gar nicht erst auf meine Antwort, ehe sie fortfährt: »Ganz ehrlich, ist mir total egal. Was willst du?«

»I-i-ich …«, stottere ich und versuche meine Fassung wiederzuerlangen. Das hatte ich mir nicht gut überlegt, und es lag so nah. Oje! »Ich … Ich wollte gern mit Nick sprechen«, bringe ich gerade noch so hervor und hoffe inständig, dass er nicht da ist.

»Niihhhiiiick«, ruft sie ins Haus hinein und sagt dann zu mir: »Du, ich glaub, der ist gerade unter der Dusche. Willst du warten?« Und mit einem so was von falschen Lächeln setzt sie nach: »Ich geb dir gern was von unserem Kaffee ab, wenn du willst.«

Unser Kaffee? Oh Gott, nein. Will ich nicht! Aber ein magisches Tor wäre nicht schlecht, das mich in eine andere Dimension befördert.

»Schon gut. Eigentlich ist es auch gar nicht so wichtig. Ich geh besser wied...«

»Okay, cool. Bye-bye.« Und schon schlägt sie die Tür direkt vor meiner Nase mit voller Wucht zu.

Meine Knie wackeln und die Müdigkeit der letzten zwei schlaflosen Nächte wird mir so was von bewusst. Am liebsten würde ich mich für ein kurzes Nickerchen hier auf die Bank legen, aber die Vorstellung, dass Sibylle und Nick mich hier finden, wenn sie sich mit Yukon zum romantischen Morgenspaziergang aufmachen, ist so unattraktiv, dass ich alle meine Kräfte mobilisiere und mich auf den Rückweg zu meinem Auto mache. Das hier ist die eine Variante, die mir nicht eingefallen war, an die ich nicht gedacht hatte. Und das, obwohl das nach der Abschlussparty doch die allerwahrscheinlichste von allen war. Sibylle und Nick. Klar, sind die beiden zusammen und fahren einen SUV. Wie hatte ich das Foto von der Königin von Saba mit meinem Nick so einfach verdrängen können?

Wahrscheinlich weil der Nick, den ich kennengelernt habe, einer ist, der Treibholzkästchen baut, der ramponierte Autos liebt, am Strand Muscheln kocht und mich küsst. Und weil dieser Nick unmöglich auch einer sein kann, der mit so einer Frau wie Sibylle zusammen ist.

Glücklicherweise finde ich mein Auto ohne Probleme und lasse mich erschöpft in den Fahrersitz sinken. Das Handy brummt, und Sasha schreibt: »Und? Wie ist es gelaufen?«, was ich nur mit einem Seufzer kommentiere, weil ich jetzt nicht dazu in der Lage bin, das wiederzugeben, was mir gerade passiert ist.

Als Claudio mir mal von einem dreitägigen Sitzstreik erzählt hat, meinte er, dass er danach so müde gewesen war, dass er nicht schlafen konnte, was ich nicht für möglich gehalten hatte. Aber heute weiß ich genau, was er meint. Mir fällt der Bunker ein, und ich bete, dass Stavros noch keine Winterpause eingeläutet hat und dass mein Smartphone mir den Weg zu ihm weisen kann.

Beides trifft zu, und zehn Minuten später torkele ich auf wackeligen Beinen über die letzte Düne, die ich jemals erklimmen werde.

»Stavros! Wie schön, dich zu sehen!«, rufe ich beglückt, als ich ihn hinter dem Tresen die Espressomaschine bedienen sehe.

»Sophie. Was machst du denn hier? Und dann auch noch in so einem schicken Outfit! Willst du hier arbeiten, damit ich endlich mal Urlaub machen kann?«, erstaunt kommt Stavros hinter der Theke hervor und umarmt mich.

»Keine schlechte Idee.«

Er blickt mich verwundert an.

»Egal. Vergiss es. Erst mal brauche ich einen Kaffee. Und zwar einen großen! Würdest du mir einen machen?«

»Kommt sofort. Setz dich doch draußen hin. Ich bring dir den Kaffee gleich. Du magst diesen süßen Karamellsirup, richtig?« Er streckt die Zunge raus, um klarzustellen, dass er kein Fan davon ist, und ich muss, trotz allem, lachen.

Draußen ist es schön. Ich kann das Meer sehen, hören, riechen, was alles besser macht, und Sibylle in seinem Haus kommt mir jetzt weit, weit weg vor. Vielleicht habe ich es mir nur eingebildet? Die Hoffnung stirbt zuletzt. Was für ein blöder Spruch.

Das Rauschen der Wellen lullt mich ein, und ich lege meinen Kopf für einen Moment auf dem Tisch ab. Nur für einen kleinen Moment ...

»Sophie.« Stavros rüttelt mich sanft wach.

»Mmh?«, murmele ich schlaftrunken.

»Hier dein Kaffee. Geht es dir gut?«, fragt er fürsorglich.

»Ja, ich bin nur so müde«, gähne ich ihm verschlafen entgegen.

»So siehst du auch aus. Nichts für ungut. Aber jetzt erzähl doch mal, was machst du hier?«

»Ach, ich ...« Ich setze mich auf und nehme einen großen Schluck Kaffee, der wenigstens die kleinen Lebensgeister zurückbringt. »Ganz ehrlich?«, frage ich Stavros mit einem Mix aus Mut und Resignation.

»Na klar, ehrlich!«

»Also gut. Ich habe gestern meinen Job gekündigt, weil der mich zur Furie gemacht hat, und dann bin ich auf direktem Weg hierhergefahren, weil ich Nick, der mit dem Haus hinter der dritten Düne links, du weißt schon, das Haus, das auch in Tonis Film als Kulisse diente«, Stavros nickt, »weil ich Nick sagen wollte, dass ich mich in ihn verliebt habe und dass ich mich von meinem Freund getrennt habe, den ich noch hatte, als wir uns geküsst haben, und dafür wollte ich mich außerdem bei ihm entschuldigen. Also, nicht für den Kuss, sondern für den Freund. Und dann, ja ...« Ich schließe die Augen und seufze tief: »Ja, dann hat Sibylle mir die Tür aufgemacht und gesagt, dass Nick gerade duscht, und sie hatte nichts weiter an als eins von seinen Hemden, und jetzt kriegen sie bestimmt bald ganz viele Kinder und noch mehr kleine Yukons, und ich … ich … habe nur noch eine Treibholzkiste … und vertrocknete Kräuter und …« Meine Stimme überschlägt sich, und während ich einen kleinen Nervenzusammenbruch bekomme und mir die Tränen in die Augen steigen, geht Stavros um den Tisch herum und setzt sich auf die Bank neben mich.

»Nun mal langsam, Sophie. Beruhige dich. Hier.« Er reicht mir ein Taschentuch, in das ich mich geräuschvoll schnäuze, und streicht mir über den Rücken. »Das mit der Treibholzkiste und den Kräutern habe ich durch dein Schluchzen nicht richtig verstehen können, aber was ich verstanden habe, ist, dass du denkst, dass Nick mit Sibylle zusammen ist und mit ihr viele Kinder und Hunde kriegt, richtig?«

Ich schnäuze mir erneut die Nase, nicke und traue mich etwas beschämt, Stavros in die Augen zu schauen.

»Ich kann dir nur sagen, dass Nick vor einigen Wochen weggefahren ist. Wenn ich es mir recht überlege, ist er schon unterwegs, seit die Dreharbeiten beendet sind. Er meinte, er müsse mal den Kopf freikriegen. Wahrscheinlich grast er dabei Europas Küsten nach Treibholz ab. Und ich bin mir sicher, dass nur Yukon und sein R4 mit auf die Reise gegangen sind.«

Ich höre seine Worte, aber ich sehe immer noch Sibylle in Nicks Hemd am Türrahmen lehnen.

»Und Sibylle in seinem Hemd in seinem Haus mit seinem Kaffee?«, frage ich verstört.

»Sibylles Bruder war der beste Freund von Nick. Er ist vor ein paar Jahren nach einem Motorradunfall gestorben. Nick hat ihm versprochen, ein Auge auf Sibylle zu haben. Er hat mir gesagt, dass ich ihr den Schlüssel vom Haus geben kann, falls sie ein paar Tage am Strand verbringen will und genauso ist es auch gekommen.«

»Das ist ja schrecklich. Die Arme.« Auch wenn sie nicht besonders nett zu mir gewesen ist, sie hat ihren Bruder verloren. So ein Schicksalsschlag entschuldigt vieles. Und wir haben etwas gemeinsam. Wir beide haben überraschend einen geliebten Menschen verloren. Vielleicht hat sie sich nie davon erholt und konnte einfach nicht aus ihrer Haut. Man weiß nie, welche Geschichten hinter dem Verhalten der Menschen stecken. Wie traurig. Und dann beginnt mein übermüdetes Gehirn noch etwas anderes zu begreifen: »Das heißt, Nick war da eben gar nicht unter der Dusche?« In mir drin wird es ein bisschen heller.

»Genau. Nick war gar nicht unter der Dusche.« Stavros lächelt mich an.

»Oh«, gebe ich erleichtert unerleichtert von mir. Wenn nicht Sibylle, dann vielleicht eine andere? Oder er hat keine, will mich aber trotzdem nie wiedersehen?

»Willst du, dass ich ihn anrufe?«

»Nein. Ich muss erst mal wieder zu mir kommen und meine Gedanken ordnen. Das war alles ein bisschen viel für mich.« Was kann eigentlich noch alles in vierundzwanzig Stunden passieren? »Wenn ich ehrlich bin, möchte ich nur noch schlafen.« So müde bin ich. Und jede Sekunde werde ich müder und müder.

»Du kannst dich gern oben im Bunker ausruhen. Ich denke nicht, dass heute viele Gäste kommen werden. Es bleibt bestimmt ruhig. Und dann sehen wir weiter. Was hältst du davon?«

»Das finde ich ganz wunderbar. Und meinst du, ich könnte vorm Ausruhen noch einen Kaffee bekommen?«

»Na klar.«

Während ich meinen zweiten Kaffee genieße, in den Stavros eine Extraportion Karamell hineingerührt hat, blicke ich gen Horizont und in mir drin wird es mit jedem Schluck noch ein bisschen heller und hoffnungsvoller.

»Ich hab dir schnell mein Bett frisch bezogen. Wenn du willst, kannst du dich da jetzt einfach reinfallen lassen.« Stavros zeigt nach oben, und ich folge seiner Einladung liebend gern, nachdem ich noch schnell meine Tasche aus dem Auto geholt habe.

Dass Stavros auch in dem Bunker wohnt, war mir nie in den Sinn gekommen, und so betrete ich jetzt zum ersten Mal völlig überrascht die kleine Wendeltreppe, die hinter der Rückwand der Bar versteckt nach oben führt.

Hier oben findet sich nur das Allernötigste, aber trotzdem ist es urgemütlich. Ein kleines Sofa, bezogen mit braunem Cord, eine kleine Koje direkt an der Wand mit einem dicken grauen Vorhang davor, daneben unzählige Schallplatten in einem langen Regal und darauf ein alter Plattenspieler. Sonst nichts.

»Mach's dir gemütlich. Mi casa e su casa.«

Er ist schon wieder auf dem Weg nach unten, als ich noch schnell mein Handy auf Flugmodus stelle. Dann lasse ich mein Premierenkleid zu Boden gleiten, mich in die Federn fallen und ziehe den Vorhang hinter mir zu, der die Koje sofort zu einer sicheren Höhle werden lässt.

Durch die Dachluke des Bunkers fällt ein dämmriges Licht, als ich den Vorhang vorsichtig zurückziehe. Wie spät es wohl ist? Sieben. Ich habe NEUN Stunden wie ein Stein geschlafen.

Ob hier oben auch irgendwo ein Bad ist?

Hinter der Tür dahinten vielleicht.

Ja. Sehr gut. Einen Kulturbeuteldurchgang später ist mein Aussehen etwas frischer, aber gerädert fühle ich mich noch immer. Ich ziehe mir eine Jeans, ein T-Shirt und Nicks Jacke über und gehe runter. Mein Bauch rumort und mir wird klar, dass der Salat vor der Premierenvorführung das letzte war, was ich zu mir genommen habe. Und das ist ewig her.

»Heeeeey Murmeltier«, begrüßt mich Stavros überschwänglich. »Wie geht es dir?«

»Heeeey«, antworte ich etwas verlegen. »Besser. Ich habe nur tierischen Hunger. Hast du vielleicht irgendeine Kleinigkeit da, die nicht allzu viel Mühe macht?« Ich streiche mir die Haare hinter die Ohren und blinzele immer noch verschlafen durch die Gegend.

»Sophie. Sophie. Ich bin Grieche. Natürlich habe ich was zu essen da. Und natürlich mache ich mir für dein Essen

Mühe. Das ist doch ganz normal. Also, was willst du? Einmal die ganze Karte rauf und runter? Ach was, ich stell dir was Schönes zusammen, okay?« Er schenkt mir einen Ouzo ein und hebt sein Glas: »Jámas, Sophie! Auf die Liebe, okay?«

»Okay, Stavros. Wenn du das sagst. Jámas!« Ich hatte ganz vergessen, wie lecker Ouzo ist.

»Dein Ouzo schmeckt hervorragend, und ich habe große Lust, die ganze Flasche auszutrinken, aber ich denke, dass ich lieber noch heute Nacht nach Hause fahren sollte. Vielleicht hast du einen Zettel und einen Stift für mich? Dann kann ich Nick eine Nachricht schreiben und versuchen, wenigstens ein paar Dinge klarzustellen.«

Keine Ahnung, wie ich einen solchen Brief verfassen soll. Aber irgendetwas wird mir schon einfallen.

»Na klar, Sophie. Hier.« Er reicht mir seinen Block und einen Kuli. »Aber einen nehmen wir noch zusammen, okay?«

»Okay, Stavros. Einen darf ich noch. Jámas!« Vielleicht geht das Erklären dann ja einfacher.

»Jámas, Sophie!«

Nachdem der zweite Ouzo eine angenehme Wärme in meinem Bauch entfacht hat, sagt Stavros: »Sophie. Geh du doch schon mal raus. Ich bring dir das Essen gleich. Und vielleicht nimmst du doch noch einen Ouzo? Du siehst so aus, als könntest du ihn gut gebrauchen. Du kannst auch gern noch eine Nacht hierbleiben. Ich kann auf dem Sofa schlafen, wenn das für dich in Ordnung ist.«

Entweder: lange Fahrt im Dunkeln, alleine sein mit Kündigung, mit Kräuterwüste und mit keiner Ahnung, wie es weitergeht! Ergo: wahrscheinlich schlaflos in Hamburg. Oder: Meeresrauschen im Dunkeln, nette Gesellschaft mit Ouzo, mit leckerem Essen und mit der Aussicht auf Ablenkung. Ergo: möglicherweise tiefschlafend in Dänemark.

Spontan stimme ich zu: »Okay. Danke!«

»Okay. Schön.«

Draußen ist die Sonne mittlerweile untergegangen, und die Wellen plätschern sanft an den Strand. Ich bin dankbar, dass das Schicksal mich zwar nicht zu Nick, aber doch zu Stavros geführt hat, der mich wenigstens von dem Schrecken befreien konnte, dass Nick und Sibylle ein Paar sind. Und auch wenn ich jetzt nicht direkt alles ins Reine bringen kann, so kann ich doch wenigstens einen kleinen Brief schreiben, der vielleicht einiges erklärt und ihm etwas mehr bedeutet, weil er ja nicht per Post zugestellt wird.

»Hi Nick«, »Nick«, »Mein lieber Nick«, »Hallo«, »Hallo Nick«, »Hey Nick«, »Geliebter Nick«. Ahhhh! Wenn der Rest des Briefes auch so lange dauert wie die Anrede, werde ich noch bis nächste Woche hier sitzen.

Stavros bringt ein ganzes Tablett voll mit Köstlichkeiten auf die Terrasse, und ich bin erleichtert, dass ich Kuli und Block zur Seite legen kann. Wir essen gemeinsam, und Stavros erzählt mir, wie sehr er sich darauf freut, bald den Bunker für ein paar Monate dichtzumachen und nach Kreta zu fliegen, um bei seiner Familie den Winter zu verbringen. »Komm uns doch mal besuchen, Sophie. Dort würde es dir bestimmt gut gefallen. Und ich zeig dir auch die allerhübschesten und allergeheimsten Lieblingsplätze der Einheimischen. Hast du Lust?«

»Natürlich habe ich Lust. Darauf trinken wir. Jámas!« Und während der Ouzo mir weich die Kehle herunterbrennt, stelle ich mir vor, wie ich auf Kreta auf den Spuren der Griechen wandele, und nicht nur einen geheimen Strand nach dem anderen entdecke, sondern auch die gut gehüteten Rezepte von Stavros' Familie entschlüssele, um ihnen dann in meinem mintfarbenen Foodtruck meine ganz persönliche Note zu verleihen. Und dabei fährt mein geliebter Lebenstraum aus einer staubigen Garage und wird von einer windigen Böe im Nu so blitzblank gepustet, dass sein Kotflügel mich vor lauter Glanz blendet. Auch meine großen Lebensgeister kommen jetzt zurück, und ich realisiere, wie sehr mir allein der Gedanke ans Kochen und an meine Träume gefehlt hat.

Ein Ouzo ergibt den anderen. Wir reden über Familien, über Träume, über Griechenland und Deutschland, und ehe ich mich versehe, ist es draußen so dunkel, dass über uns die Sterne aufgehen konnten. Fast genauso wie an den unvergesslichen Abenden mit Nick vor ein paar Monaten.

Nach einem kurzen Blick auf sein Handy, sagt Stavros: »Ich geh mal rein. Und mach klar Schiff, damit wir dann auch bald schlafen gehen können, okay?«

»Soll ich dir helfen?«, frage ich Stavros, und mich selbst frage ich, ob ich mit meinem leichten Ouzo-Schwips überhaupt noch zu was nutze bin. Zu meiner Erleichterung schüttelt Stavros heftig den Kopf und sagt: »Auf gar keinen

Fall. Wenn ich dich jetzt helfen ließe, würde mir meine Mutter den Hals umdrehen.«

Er dreht sich um und lässt mich auf der Terrasse unterm Sternenzelt zurück. Die Lichterketten, die im Sommer die Terrasse beleuchten, hatte er bereits abgenommen, aber für unser Abendessen hat er noch ein paar der Windlichter entzündet, die von unserer Abschlussparty übrig geblieben sind und die den Bunker, die Terrasse und den Strand jetzt mit ihrem warmen Kerzenlicht erhellen.

Morgen wird mir bestimmt etwas einfallen, was ich Nick schreiben kann und egal, was daraus wird, ein bisschen besser wird es bestimmt. Ist es ja jetzt schon. Und dann sehen wir weiter.

Ich ziehe meine Knie an die Brust und muss schmunzeln. Was seit gestern um diese Zeit alles passiert ist. Und der Bauch beschwert sich gar nicht über die ungewisse Zukunft. Das Leben ist schon seltsam. Von einer Sekunde auf die andere kann alles anders sein. Und als ich das denke, höre ich hinter mir jemanden auf die Terrasse treten, und die kribbelnde Gänsehaut, die sich in Sekundenschnelle über meinem ganzen Körper ausbreitet, lässt mich erahnen, dass es sich dabei nicht um Stavros handelt.

Blitzartig drehe ich mich um, und da steht er und sieht genauso aus wie damals, als er mich vor meinem Ferienhaus abgesetzt hat, nur nicht so traurig.

Ich springe auf, will etwas sagen, aber weiß nicht, was, und schon ist er bei mir und flüstert nur noch leise »Sophie«, bevor wir uns in den Armen liegen, seine weichen Lippen meine berühren, und ich endlich da bin, wo ich schon die ganze Zeit sein wollte.

Ich will nicht, dass er sich von mir löst, will nicht, dass wir sprechen, erklären, rechtfertigen, schlechte Erinnerungen heraufbeschwören, dass wir uns in die Augen sehen und uns vielleicht etwas einfällt, was das hier weniger perfekt macht. Ich wünschte, der Kuss wäre für immer. Wir müssten nicht über die Vergangenheit sprechen, sondern könnten nur genießen, wie es jetzt ist. Ich wünschte, ich könnte seine Hand nehmen, mit ihm in sein Haus verschwinden und die Welt draußen lassen. Aber er drückt mich vorsichtig von sich. Er will mir etwas sagen, und wie könnte ich das nicht erlauben, nach dem, wie ich mich verhalten habe?

»Ich war schon fast bei dir. Weißt du?«, sagt er leise.

»Wie bei mir?« Ich verstehe gar nichts.

»Ich war auf dem Weg zu dir nach Hamburg. Über Toni habe ich herausgefunden, wo du wohnst. Schon vor Monaten. Ich habe mich nur jetzt erst getraut. Wochenlang bin ich die ganze Atlantikküste rauf und runter gefahren, aber du …«, er sucht nach Worten, »du bist mir einfach nicht aus dem Kopf gegangen. Die beiden Abende mit dir und wie wunderschön du aussahst auf der Abschlussparty. Wie eine Prinzessin. Aber dieser Typ …«, seine Stimme bricht. »Dieser Typ. Ich habe auf den ersten Blick gesehen, was das für einer ist. Und ich wollte dir einfach sagen, dass du dich nicht an einen so unterirdischen Typen verschwenden darfst. Selbst, wenn du mich nicht willst. Und als ich gerade am Horner Kreisel in Richtung Eimsbüttel abgebogen war, rief Stavros an und erzählte mir ganz aufgeregt, dass du hier bist, weil du dich in mich verliebt hast. Und dass du dachtest, ich sei mit Sibylle zusammen, was natürlich kein Wunder ist, so wie sie sich dir gegenüber verhalten hat. Es tut mir leid, dass das überhaupt passieren konnte. Aber Stavros hat dir ja erzählt, warum ich mich um sie kümmere. Wie auch immer. Sie ist heute Nachmittag abgereist ...« Er schaut verlegen auf seine Füße und fasst sich in den Nacken. »Also, falls du heute Nacht nicht bei Stavros, sondern bei mir übernachten möchtest?«

»Du bist nicht sauer auf mich?«, frage ich erstaunt.

Er schüttelt den Kopf. »Nein, Sophie. Ich bin nicht sauer auf dich. Ich bin einfach nur froh, dass es dir gut geht und dass du jetzt hier bist. Bei mir.« Dabei lächelt er mich verschmitzt an, drückt mich ganz fest an sich und lässt mich mit seinem nächsten Kuss unmissverständlich wissen, dass ich ihm nicht nur nicht aus dem Kopf, sondern auch nicht aus dem Herzen gegangen bin.

Arm in Arm gehen wir zum Auto, halten uns an den Händen, als wir Yukon begrüßen, die auf und ab springt, mir einmal quer durchs Gesicht schleckt, als ich mich zu ihr runterbeuge und sich gar nicht wieder beruhigen will. Während der Fahrt verschränken wir unsere Finger, trennen sie nur ungern, als wir vor dem Haus ankommen, küssen uns auf dem Weg zur Tür, liebkosen uns die Treppe hinauf in sein Schlafzimmer, ziehen uns aus. Ohne Hast. Wir freuen uns über den Anblick des anderen, sind neugierig und liebevoll. Er liegt neben mir auf der Seite, hat den Kopf auf seiner Hand abgestützt, betrachtet mich, küsst mich, fährt wieder und wieder mit seinen Fingern sanft über meine Schultern, meinen Hals, meinen Bauch. Jede Berührung elektrisiert mich. So lange habe ich darauf gewartet, so oft habe ich mir in den letzten Monaten vorgestellt, wie es wäre. Mit ihm. Und jetzt liege ich hier und fühle mich unter seinem Blick wie ein wertvoller Schatz, den er nie wieder auch nur für eine Sekunde aus den Augen verlieren würde.

Irgendwann wache ich in seinem Arm liegend auf. Er schläft. Das Mondlicht scheint auf seinen Oberkörper, und ich streiche über seine Brust.

Ist das hier echt?

Ich schnappe mir sein Motörhead-T-Shirt, das auf einem Stuhl neben dem Bett liegt, und ziehe es über. Das bodentiefe Fenster, das vom Schlafzimmer im ersten Stock auf den Balkon führt, öffne ich so leise es geht und trete auf den Balkon. Ich fröstele, bleibe aber trotzdem noch einen Moment stehen und lehne mich an die Hauswand, die noch ein wenig Wärme vom Tag für mich übrig hat. Der Mond mit seinem erschrockenen Gesicht, das ich aber immer schon eher für ironisch gehalten habe, leuchtet fast voll über dem Haus.

»Ist das hier echt?«, frage ich mich und den ironischen Mond noch einmal, weil ich immer noch nicht glauben kann, dass ich plötzlich wirklich das tue, was ich will und nicht mehr das, was ich sollte, bevor ich wieder hineingehe in mein neues Leben, mich wieder in Nicks Arme lege, mich an ihn kuschele und beruhigt einschlafe, weil ich mir ganz, ganz sicher bin, dass das hier so was von echt ist.

Epilog

»Na klar. Sollst du haben, Felicitas! Wie geht's? Tristan, wie schön, dich zu sehen! Willst du auch einen? Claudette, Victor, dass ihr es geschafft habt! Mensch, Samantha, toll, dass du da bist! Für dich habe ich das Ganze auch mit extra viel Kakao. Willst du? Runner Steve! Moin!!« Bevor ich zwei Muffins, die Karottensuppe mit Seitan-Bällchen und ein Veggie-Sandwich mit Bohnenpaste über den Tresen reiche, wische ich mir noch mal sicherheitshalber beide Hände an meiner mint-weiß karierten Schürze ab.

Die linke Hand geht zu meinem Kopf, um zu überprüfen, ob meine um den Kopf geflochtenen Zöpfe noch richtig sitzen, während ich mit der rechten den Siebträger in die Espressomaschine einlege. Mein Blick streift das Foto von meiner Mutter und mir beim Himbeeren sammeln. Nick hat es mit Treibholz gerahmt und über der Maschine an der Wand angebracht. Ich berühre ihr Gesicht, streiche mit den Fingern über ihre Haare und fantasiere sie für einen kurzen

Augenblick hierher. Wie sie neben mir steht, mir sagt, dass es genau so, wie es ist, gut ist, dass ihr Nick gefällt und dass ich sicher sein kann, dass sie immer bei mir sein wird, auch wenn ich nicht mehr um sie trauere. »Lass los, Liebchen!«, höre ich sie noch ganz leise sagen, bevor sie wieder durchsichtiger wird, weil hinter mir ein lautes »Phie-chen. Wo bleibt denn mein Kaffee?« von Claudette ertönt.

Auf der aus Treibholz gebauten Plattform vor meiner Theke bewegt sich eine wuselige Traube mit meinen allerliebsten bekannten und auch ein paar unbekannten Gesichtern im Takt von BOYs Song »We Were Here« hin und her und krakeelt mir wild durcheinander eine Bestellung nach der anderen zu.

Und es sieht so aus, als wäre ich tatsächlich, kurz nachdem ich geöffnet habe schon ausverkauft. So wie Claudio es vor so vielen Monaten vorhergesagt hat, und so wie ich es damals nicht für möglich gehalten hatte. Genauso wenig hatte ich es für möglich gehalten, in echt und ganz real, einen Kredit aufzunehmen, mir davon und von dem Sparbuch meiner Mutter meinen Traum zu erfüllen und jetzt, einen Winter, eine lange, verliebte Griechenland-Reise und einen Mercedes-Rundhauber-Umbau später, im verheißungsvollen Frühsommer die Eröffnung meines mintfarbenen Foodtrucks zu feiern, der gerade mitten in Tonis Beach Club steht.

»Hey«, ertönt Nicks sanfte Stimme neben mir im Wagen.

»Hey.« Ich drehe mich zu ihm um, schlinge meine Arme um seinen Hals und küsse ihn so lange, dass draußen vor dem Wagen ein fröhlicher Tumult entsteht. Claudio ruft:

»Ich will meinen Bagel.« Viviane schreit: »Wo bleibt meine Suppe?« Und Toni beschwert sich: »Was ist mit meinem Sandwich?«

Ich löse mich von Nick und wende mich wieder den Gästen zu. »Immer schön cool bleiben, ihr Lieben!« Das sagt gerade die Richtige, denn bei jeder Bestellung kommen mir vor Freude die Tränen.

Ein euphorisches »Mein Liebling, ich bin so stolz auf dich. Dein Foodtruck sieht phänomenal aus, und ich bin mir sicher, dass ihn deine Mutter absolut fantastisch gefunden hätte!« lässt gleich die nächste Träne über meine Wange kullern, und ich kann nicht umhin, mich kurz über den Tresen zu beugen und meinen Vater fest in die Arme zu nehmen.

»Und? Wann fahrt ihr wieder los?«, fragt Sasha, die jetzt Arm in Arm mit Mike vor meiner Theke steht. »Ja, ihr Lieben, wann verlasst ihr uns wieder?«, auch Sandrine, die sich endlich mit Tomas durch die Menschentraube nach vorne gedrängelt hat, will mehr wissen.

»Wenn wir nicht zu müde sind, brechen wir vielleicht noch heute Nacht in Richtung Frankreich auf. Reisen und dabei zu kochen! Was gibt es Besseres?!«

Ich kann es gar nicht erwarten, meinen Foodtruck endlich auf die Straße zu bringen, meiner Leidenschaft nachzugehen und dabei neue Abenteuer zu erleben. Und zwar mit jemandem, dessen Gesellschaft mir in den letzten Monaten äußerst gut gefallen hat.

»Das Ganze mit mir zu tun, hoffentlich«, sagt Nick, drückt mich an sich und grinst verschmitzt in die Runde.

»Und wann sehen wir euch wieder?«, fragt Sasha und

küsst Mike liebevoll auf die Wange. Aber meine Antwort muss warten, denn mit: »Darf ich mal! Also, kommen Sie! Lassen Sie mich doch endlich durch!«, randaliert sich ein ungehaltener Herr Mock durch die Menschentraube die kleine Treppe zur Plattform hinauf bis zu meinem Tresen und sagt dann ganz zahm: »Frau Petersen, kann ich Sie nicht doch dazu überreden, zu bleiben und wieder bei Triversal anzufangen? Wenn es eine Frage des Gehalts ist, dann …« Er unterbricht sich und fügt kleinlaut hinzu: »Wir brauchen Sie.«

Ganz aus freien Stücken schenke ich ihm mein schönstes Lächeln – er ist ja auch nur ein Mensch – und drücke ihm einen Muffin in die Hand, ohne ihm zu antworten.

»Hast du das gehört, Sophie? Er braucht dich!« Toni amüsiert sich köstlich auf Kosten von Herrn Mock, während dieser versucht, sein Gesicht zu wahren und missmutig den Kopf schüttelt.

»Also, Sophie. Wann sehen wir euch wieder?«, versucht es Sasha noch einmal.

»Wenn es sich richtig anfühlt«, antworte ich und weiß ganz genau, dass das meine Wahrheit ist.

Nick legt seinen Arm um mich und schaut mich so voller unendlicher Liebe und Zustimmung mit seinen blauen Augen an, dass mir ein bisschen der Atem wegbleibt, und ich ihn stürmisch küsse, nur um noch einmal ganz, ganz, ganz und hundertprozentig sicherzugehen, dass auch er zu dieser Wahrheit gehört.

Ich bin aufgeregt. Ich bin verliebt. Ich bin angekommen. Ich fühle mich Friede, Freude und vor allem Eierkuchen und bin so Rocky-reißt-die-Arme-hoch-stolz, dass ich die ganze Zeit Angst habe, vor Glück zu platzen. Und das ist endlich mal eine schöne Angst.

Danke ...

... liebe/r LeserIn für die Zeit, die Du dieser Geschichte geschenkt hast. Ich hoffe, Du hattest Spaß und trinkst spätestens jetzt ein Gläschen Champagner.

... an die BuchhändlerInnen, die ihrer Leidenschaft nachgehen, Orte des Austausches, der Begegnung, der Kultur erschaffen und den unterschiedlichsten Geschichten einen Platz geben!

... an das gesamte Ullstein-Team für die schöne Zusammenarbeit und die vielen überwältigenden Neuigkeiten, die mich während des Schreibens immer wieder erreichten, liebe Frau Laugwitz für das nette Kennenlernen und diese tolle Chance, liebe Frau Wimmer für das wunderbare Cover, lieber Hilko für Deine herzliche Begrüßung am Ullstein-Stand auf der Frankfurter Buchmesse, liebe Marion für Dein freundliches Hallo in Deinem Büro in Berlin, liebe Judith für Deine freundlichen Worte bei unserem Mittagessen, liebe Frau Haupt, liebe Frau Bremer für den angenehmen Kontakt, liebe Frau Golosch für die Kommunikation mit Saga Egmont, liebe Frau Mitter für Ihre Freude über meine Freude, als ich den Vorschau-Katalog in der Hand hielt und

Sie am Telefon hatte, liebe Marie-Isabelle und liebe Meike für Eure Hilfsbereitschaft und liebe Linda für Deinen begeisterten Enthusiasmus, Deine sinnvollen Anmerkungen, all Deine Antworten auf unsere vielen Fragen, für das geniale Cover, den wunderschönen Titel und dass Du so offen, freundlich, fröhlich, mitdenkend und gleichzeitig so vorantreibend, gezielt und engagiert bist!!

... liebe zero Agentur für die wunderwunderschöne Gestaltung des Buchcovers – ich liebe es!!

... liebe Corinna! Wir freuen uns so, dass Du das Hörbuch eingesprochen hast!!

... Saga Egmont und Steinbach Sprechende Bücher, dass es »Die Liebe fällt nicht weit vom Strand« auch als Hörbuch gibt!

... liebe Marion für Deine Unterstützung bei diesem Projekt, dessen Umsetzung ohne Dich wahrscheinlich noch eine ganze Weile länger gedauert hätte, für Deine Besuche im Wald, besonders den im Oktober letzten Jahres, für die besten Schnäpse, dass wir Dich immer alles fragen können, sei es auch noch so verrückt, und danke für Deine supermegaobertolle Arbeit für »Kaffee mit Käuzchen«. Und vielen Dank an die Husbyholzer fürs Platt schnacken.

... liebe Kathrin für Deine granatenmäßige Unterstützung @kaffeemitkaeuzchen, für Deine Gastfreundschaft, für den Sekt auf Deiner Dachterrasse, Deine bewegende Weihnachtskarte, für Deine Freude und Begeisterung über und für Deinen Input zu all unseren Themen, sachlich und gefühlt.

... meine allerliebsten Eltern, dass ich auf Euch zählen

kann, dass Ihr uns unterstützt, dass Ihr mit uns feiert, wenn's gut läuft und uns tröstet, wenn's mal nicht so gut läuft und dass Ihr Euch immer freut, uns zu sehen oder zu hören, aber nicht böse seid, wenn wir hin und wieder untertauchen, Caro, we go a long way – und damit mein ich nicht nur unsere Vergangenheit. Danke, dass Du mir Feedback gibst, mich inspirierst, Dich immer für mich freust, mich sein lässt, dass Du mir einen Fisch brätst, wenn ich mal nicht mehr kann und natürlich für Madeira, Sally, dass Du den Wald so liebst, dass Du mich und uns vermisst – wir Dich übrigens auch sehr –, dass ich immer zu Dir kommen kann und ein Zuhause bei Dir habe, für Deine Liebe, den leckersten Kuchen und den schönsten Adventskalender, der mich genau im richtigen Moment überrascht hat und natürlich für Madeira, liebe Anna, Petzi, Miri und Mel, dass Ihr schon so lange meine Freundinnen seid, dass Ihr mich in Stuttgart überrascht habt, und wir es so oder anders immer irgendwie schaffen, uns mindestens einmal im Jahr zu sehen, Paulina, dass Du immer noch Lust hast, uns zu besuchen, liebe Lotti für Deine Freude auf und über unser Wiedersehen, für die »Energie-Aufladung« und unsere ausschweifende Feierei und für alles, was Du mir beigebracht hast, Suse für die tollsten Socken und den magischen Code :), Martin fürs Clinti-Sitting, während wir auf Tour waren, Caro und Yanni, dass ich an Eurem Leben teilhaben darf – ich bin so stolz auf Euch, Pollo für Deinen unerschütterlichen Glauben an mich und Deine Hand in meinem Rücken, an Omi für dieses typische, heimelige Großmutter-Gefühl, an die Müllis fürs Müllis-sein, an Hein Mück für Deine Bregenklöterigkeit, an Marie, Casey, Oprah, Eckhart, Robert, Seth, Brené, Cheryl, Detmar für Eure Arbeit und das Teilen Eurer Erfahrungen, Danke an BOY für Eure Inspiration und Eure mich glücklich machenden Songs, liebe MP, wieder mal aus tiefstem Herzen!, Katrin für Deine unterstützende Beratung (Wir freuen uns auf Deinen baldigen Besuch im Wald :)) und an alle Menschen, denen wir im letzten Jahr bei unseren Lesungen begegnet sind und die uns so liebe Nachrichten geschrieben haben! Wir haben überhaupt nicht damit gerechnet und waren überwältigt von den herzlichen Worten und den schönen Gesprächen!!

Und danke fröhliche Schmiddie, lustiger Clint und über alles geliebter Carsten – mit Euch bin ich ganz! ∞ ♡ !